Veröffentlicht von
DREAMSPINNER PRESS

5032 Capital Circle SW, Suite 2, PMB# 279, Tallahassee, FL 32305-7886 USA
www.dreamspinnerpress.com

Sicher und frei
Urheberrecht der deutschen Ausgabe © 2018 Dreamspinner Press.
Originaltitel: Secured and Free
Urheberrecht © 2017 Z. Allora.
Original Erstausgabe. Mai 2017
Übersetzt von Feliz Faber.

Umschlagillustration
© 2017 K-Koji.
Umschlaggestaltung
© 2017 Paul Richmond.
http://www.paulrichmondstudio.com
Die Illustrationen auf dem Einband bzw. Titelseite werden nur für darstellerische Zwecke genutzt. Jede abgebildete Person ist ein Model.

Deutsche ISBN. 978-1-64080-871-3
Deutsche eBook Ausgabe. 978-1-64080-870-6
Deutsche Erstausgabe. Juni 2018
v 1.0

Gedruckt in den Vereinigten Staaten von Amerika.

Sicher und Frei

Z. ALLORA

An alle meine Hübschen, die auf BDSM stehen: Lasst euch euren Lebensstil/ eure Vorlieben von niemandem schlechtreden (auch nicht von euch selbst). Findet Glück und Liebe! Seid ihr selbst!

DANKSAGUNG

ICH MÖCHTE der fabelhaften Belegschaft von Dreamspinner Press dafür danken, dass ihr mein „Z.-Kauderwelsch" lesbar gemacht habt! Es macht mich glücklich, zur Dreamspinner-Familie zu gehören.

Meine größte Dankbarkeit und Anerkennung gilt meinen Kritikpartnern und Betaleser(innen): Eden, Andrew, Katie und allen, die mitgeholfen haben, mein Eichhörnchen-Gebrabbel zu entwirren.

Liebe Grüße an Revi, mein sexy Yaoi-Fangirl! Danke, dass du mir Einblick in die Freuden des Piercings gewährt hast. YaoiCon 2018?

Ein besonderes Dankeschön an meine Hübschen, die sich und ihre Erfahrungen mit mir geteilt haben. Ich wünsche denen unter euch, die es brauchen, dass sie Heilung und Liebe finden. Vergesst nicht, es gibt nicht nur einen Weg, eure BDSM-Wünsche auszudrücken. Genießt das Spektrum auf eure Art!

Z-bies: Ich kann es kaum erwarten, euch weitere virtuelle Plaudereien mit den Jungs zu geben!

Viele liebe Grüße und Umarmungen für alle Leser von Liebesgeschichten unterm Regenbogen. Mit jeder Seite, die ihr umblättert, helft ihr, die Welt zu verändern.

Und wie immer an meine Liebe: Du bist alles für mich. Ohne dich hätte ich das alles nie geschafft. Du gibst mir Sicherheit und machst mich frei.

Alles Liebe, Z.

1

„KREBS!" ORION bekam keine Luft.

Stopp! Stopp! Keine Fesseln!

Alles musste aufhören. Mit fest zugekniffenen Augen schrie er: „Krebs!"

Die Seile um seine Handgelenke verschwanden, als wären sie nie dagewesen. Es war zwecklos. Was für ein Sub war er, wenn er sich nicht mal ausliefern konnte?

Nein! Vertrauen. Kann nicht. Nein!

Zack sprach zu ihm, doch Orion konnte die Bedeutung der Worte nicht erfassen.

Andrews tiefe, dominante Stimme drang durch das wachsende Grauen. „Orion, ich wickle dich jetzt in eine Decke, und dann ziehen wir auf die Plattform um."

Decke. Ja. Verstecken. Nicht weiter.

Flach auf dem Rücken liegend wühlte Orion sich in die Wärme und hoffte, dass sie ihn beschützen würde.

Dumm. Idiot. Ich bin zu nichts nutze. Ich kann nicht mal –

Er wollte, dass das alles aufhörte und schmiegte sich enger an den warmen Körper neben ihm. Die Session hatte geendet wie so viele in letzter Zeit. Es hatte mal eine Zeit gegeben, da hätte Orion sich eher die Zunge abgebissen, als sein Safeword auszusprechen. Aber jetzt benutzte er das Wort, um alles enden zu lassen, bevor noch irgendwas richtig angefangen hatte.

„Wir sind bei dir. Ich liege neben dir." Zacks Worte trösteten ihn.

Orion klammerte sich fest, als Zack ihm den Arm leicht um die Taille schlang.

Andrew streichelte ihm den Kopf. „Du bist in Sicherheit, Orion. Atme einfach. Durch die Nase ein und durch den Mund aus. Ein und aus, schön langsam."

Orion japste nach Luft.

„Ganz ruhig. Durch die Nase ein und durch den Mund aus", wiederholte Andrew.

Versagt. Schon wieder. Hab's nicht verdient, gehalten und gestreichelt zu werden. Kann nicht mal richtig atmen.

Die Last der Enttäuschung drohte ihn noch tiefer in den Abgrund zu reißen. Alles, was er von sich geglaubt hatte, war … eine Lüge. Er konzentrierte seine ganze Energie aufs Atmen. Diese einfachen Anweisungen zu befolgen war das Mindeste, was er tun konnte.

Einatmen, ausatmen. Ganz gleichmäßig. Na bitte. Er hatte seine Atmung unter Kontrolle. Sein Puls würde irgendwann auch wieder langsamer werden.

Wie oft war er schon in einem der Hinterzimmer des Entwined gewesen? Wahrscheinlich unzählige Male, da er dem BDSM-Club gleich nach dem College beigetreten war. Dieses Zimmer war wie alle anderen Standardzimmer. Es war weiß, mit einem gepolsterten Podest für diverse Aktivitäten. Ein Vorratsschrank stand in der Ecke bereit, um Doms auszuhelfen, die etwas beschaffen mussten. Eingeschraubte Ösen zierten die Wände in unterschiedlichen Höhen, und außerdem gab es ein Sofa, einen Sessel, eine Bank, Handtücher, Decken und einen Kühlschrank mit Wasser und Säften. Es war eben einfach alles da, was ein Dom oder Sub brauchte, um seine oder ihre BDSM-Träume auszuleben.

Blinzelnd, um wieder klar sehen zu können, murmelte Orion: „Ich dachte, mit einfacher Bondage würde ich klarkommen.“

Verdammt. Wie sich die Dinge geändert hatten. Früher hatte er mit keinem dieser beiden Männer spielen wollen, da er wusste, dass sie ihn nie so streng behandeln würden, wie er es brauchte.

Jetzt hingegen … waren sie überhaupt dazu gekommen, den ersten Knoten festzuziehen, ehe er der Session ein Ende gemacht hatte?

War er so geschädigt?

Zack flüsterte: „Hey, ist schon okay, Orion. Denk an die Grundlagen. Einschränkungen sind Aufforderungen, kreative Lösungen zu finden. Nächstes Mal …“

Aber es würde keine weiteren Versuche mehr geben. Orion war fertig mit Träumen, die er nicht mehr haben konnte.

Er öffnete die Augen und wünschte, er hätte es nicht getan. Zack und sein viel zu verständnisvoller Master teilten einen liebevollen Moment miteinander. Vor nicht allzulanger Zeit war Zack ein Dom gewesen, umschwärmt von Subs – bis Andrew ihn bei der Wohltätigkeitsauktion des Entwined gewonnen und ihm dann später sein Halsband umgelegt hatte. Jetzt diente Zack Andrew, als wäre er für das Halsband geboren.

Der Dom berührte Zacks Halsband, wie um stillen Beistand zu leisten. Die beiden verband ein unverbrüchliches Vertrauen. Orion hatte nie eine solche Verbundenheit erlebt … und jetzt würde er das auch nie.

Eifersucht war kein Gefühl, mit dem er sich oft herumschlagen musste, doch jetzt fraß der Neid an ihm. Er hatte nie eine langfristige, feste Beziehung gewollt; er glaubte nicht mal an romantische Liebe. Doch die zärtlichen Berührungen zwischen diesen beiden Männern mitanzusehen schmerzte ihn. Es war intimer, als ihnen bei einer vollständigen Session auf der Bühne zuzuschauen.

Der Wissenschaftler in ihm betrachtete Liebe als statistisches Resultat biologischer Faktoren. Vielleicht war das das fehlende Puzzleteilchen? Zu wissen –

Es spielte keine Rolle; dieser Teil seines Lebens war vorbei. Wenn er sich nicht mal einer simplen Handgelenks-Fesselung unterwerfen konnte, was sollte er da irgendjemandem nutzen?

Flucht.

„Ich würde mich gern anziehen ..." *Und dann nichts wie raus hier.*

„Bist du okay?" Andrew war ganz Besorgnis und einfühlsamer Dom. Die Fürsorglichkeit machte für Orion alles noch tausendmal schlimmer.

„Ja ..." Wieder wollte ihm das Wort *Sir* nicht über die Lippen. Andererseits hatte er es nicht verdient, Andrew so zu nennen, da er nicht den geringsten Hauch von Unterwerfung zu bieten hatte.

Orion musste der Wärme ihrer mittlerweile erstickenden Umarmung entkommen.

„Orion, wir würden gern noch was mit dir trinken." Oder im BDSM-Jargon: *Dom muss sicherstellen, dass Sub nicht den Moralischen kriegt.*

Zu spät. Verdammt. Sie würden ihm helfen wollen, dieses abgebrochene Debakel zu verarbeiten. Aber da gab es nichts zu analysieren. Es war vorbei.

Scheiße, vor ihrer dom-lichen Anteilnahme gab es kein Entrinnen. „Klar."

Seine arschfreie Unterhose verspottete ihn, als er die Jeans über seine bloßliegenden Hinterbacken zog. Der dehnbare blaue Stoff sollte seinen Hintern umrahmen und ihn zu einem verlockenden Ziel machen. Sein graues Seidenhemd flatterte um ihn herum und erinnerte ihn daran, dass lockere Kleidung nicht nötig war.

Andrew und Zack standen an der Tür. Mist, sie hatten sich nicht mal ausgezogen.

Was für eine Verschwendung. Ich bin ein totaler Versager.

„Was möchtest du für einen Saft?" Zack führte ihn aus dem Hinterzimmer, und Andrew machte die Tür hinter ihnen zu.

„Orange, bitte." Orion schlurfte in den Hauptteil des Entwined.

Früher hatte er den opulenten Renaissance-Stil – Kunstwerke, vergoldete Tischchen und gepolsterte Stühle – immer bezaubernd gefunden. Aber heute Abend wirkten die eleganten Kronleuchter nicht mehr luxuriös. Sie waren zu hell, die Steinwände und das Treppenhaus zu kalt, um mysteriös zu sein, die Kissen zu üppig, und das vergoldete Mobiliar schlichtweg übertrieben. Jetzt betonte das alles nur, dass er nicht mehr hierhergehörte.

Zack eilte zu der langen Bar an der Wand gegenüber, um den Saft zu holen, während Andrew Orion zu einem etwas abseits stehenden Tisch in dem schummrig erleuchteten Raum führte. Der Anblick der samtenen Bühnenvorhänge erinnerte Orion erneut daran, dass er sich nie wieder freiwillig als Sub für eine Demo melden würde.

Jemand höhnte: „Andrew, das war ja eine Blitz-Session. Hast du's nicht mehr drauf?" Der Typ war einer von den Idioten, vor denen Orions genialer Verstand ihn nicht rechtzeitig gewarnt hatte.

„Bob, zeig' Respekt, oder du wirst vor die Tür gesetzt", knurrte Andrew und zog einen vergoldeten Stuhl mit blutrotem Samtpolster für Orion heraus.

Bob grummelte etwas, was Orion nicht mitbekam, und trollte sich.

3

Andrew sah nicht nur umwerfend gut aus, er war auch ein Gentleman; er wartete mit dem Hinsetzen, bis Zack ebenfalls Platz genommen hatte. Zacks strahlendes Lächeln zeigte, dass er die Geste zu schätzen wusste. „Bitteschön. Orange für dich, Orion, Cranberry für Drew, Ananas für mich."

Orion griff nach seinem Saft, in der Hoffnung, um das Gespräch herumzukommen.

Zack ignorierte den Wink. „Hätten wir irgendwas anders machen können?"

„Ich hab' keinem von euch beiden eine Chance gegeben, irgendwas zu machen", sagte Orion verächtlich.

„Wie fühlst du dich?", fragte Andrew.

Nicht zu antworten war keine Option. „Frustriert und wütend."

„Natürlich. Dieser Wichser hat dein Vertrauen missbraucht!" Zack haute auf den Tisch.

„Es war meine Schuld. Ich wollte es hart." Orion hatte geglaubt, einen Partner gefunden zu haben, der so hardcore werden konnte, wie er es haben wollte. Dom Henry war brutal genug vorgegangen, um die zweifelnden Stimmen in seinem Kopf zum Verstummen zu bringen, die Orion ständig verfolgten. Der Mann hatte sich nicht gescheut, hart zu spielen …

„Du hast dich nicht mit Missbrauch einverstanden erklärt", knurrte Zack.

„Immer mit der Ruhe, Zack." Andrews Hand auf Zacks Handgelenk brachte zum Schweigen, was auch immer sonst noch über seine Lippen gekommen wäre. Zacks Master streichelte sein Tattoo, einen Drachen, der sich um Andrews Kosenamen wand und Zack somit als vergeben kennzeichnete.

Orion wies auf eine simple Tatsache hin. „Ich habe mein Safeword nicht eingesetzt."

„Warum?", fragte Andrew mit seiner Dom-Stimme.

„Ich habe ohne Safeword gespielt." Orion seufzte, weil sich das für jemanden, der sich an die Regeln hielt, ganz schlimm anhören musste.

Freiwillig auf ein Safeword zu verzichten, war der einzige Weg gewesen, Dom Henry als Spielpartner zu kriegen. Sechs Monate lang hatte er sich außerhalb des Entwined mit dem Dom getroffen. Die Sessions waren von Mal zu Mal heftiger geworden. Sie hatten keine Grenzen gezogen, daher war es schwer zu sagen, wann Dom Henry zu ersten Mal welche überschritten hatte.

Zack ballte die Fäuste.

„War er der erste, der von dir verlangt hat, ohne Safeword zu spielen?" Andrews Stimme beruhigte Orion und brachte ihn dazu, sich zu öffnen.

„Nein." Sein erster Freund war der Meinung gewesen, dass sie kein Safeword bräuchten, wenn Orion ihn wirklich liebte und ihm vertraute. Hätte er zur Selbstanalyse geneigt, Orion wäre sich sicher gewesen, dass ihm damals Zuneigung, Vertrauen und Safewörter durcheinandergeraten waren. Doch einem so subjektiven Denkansatz konnte er sich nicht anschließen.

4

Er war Wissenschaftler, und er würde sich an die Fakten halten, nicht an vage Vermutungen. Stimmt, er hatte einen gebrochenen Arm gehabt, aber sie waren noch auf der Highschool gewesen. Obwohl, wem versuchte er hier was vorzumachen? Heimlich schwule Verbindungsbrüder im College hatten keine Lust auf lange Diskussionen, um ein Safeword einzuplanen.

„Hast du so was oft gemacht?" Andrew beugte sich vor und musterte Orion prüfend.

„Definiere oft." Die Parameter zu verlangen, verschaffte einem immer Zeit.

Andrews gebieterischer Blick hielt Orion davon ab, weiter um den heißen Brei herumzutanzen.

Er zuckte mit den Schultern. „Safewörter sind einschränkend. Sie begrenzen –"

„Sie *schützen*", fauchte Zack.

Orion schüttelte den Kopf. „Ohne Safeword zu spielen ist so ungefähr der beste Sex aller Zeiten –"

„Bis er's nicht mehr ist", beendete Andrew den Satz für ihn.

Na schön, ein echter Gang Bang war nicht so toll, wie so was im Porno immer wirkte, aber… „Ich wollte kein Safeword."

Er hatte keine Fluchtmöglichkeit gewollt. Na ja, bisher. Jetzt tat er nichts anderes mehr, als sich in sein Safeword zu flüchten.

„Blaugeschlagene Augen und zerschrammte Gesichter sind Grenzen, die nie hätten überschritten werden dürfen", stellte Andrew mit ruhiger Stimme fest.

Ganz offensichtlich gingen die unglücklichen Zusammentreffen zwischen seinem Gesicht und Dom Henrys Fäusten weit über das hinaus, was er beim Sub-Treffen vor Monaten eingestanden hatte. Und natürlich hatte sich das rumgesprochen.

Erschöpft vom Streiten – er hatte einfach nur gekriegt, was er gewollt hatte … und noch einiges mehr. Viel, viel mehr als er je gewollt hatte, aber das war seine eigene Schuld – wollte er nur noch von hier verschwinden. Zu viele im Entwined waren entschlossen, ihn die Verantwortung nicht allein tragen zu lassen.

Ich bin kein Opfer. Es war meine Entscheidung.

Vielleicht war es nicht besonders schlau, ohne Safeword zu spielen. Aber, verdammt, für eine Weile war es herrlich gewesen, so viel Freiheit zu haben. Orion nahm alles hin, und jedes Mal ging der Dom ein bisschen weiter. Irgendwie verwandelten sich die Sessions in etwas, womit er sich nie einverstanden erklärt hatte. Irgendwann war jedes Zusammentreffen mit Dom Henry untermalt von Schmerz und Demütigung. Orion wusste nie, ob sie gerade eine Session hielten oder nicht.

Zack starrte ihn mit einer unerschütterlichen Eindringlichkeit an, die Orions Herz zu schmelzen drohte. „Ich glaube, beim nächsten Mal sollten wir …"

„Es wird kein nächstes Mal geben, Zack." Er versuchte nicht mal, sich ein *Sir* abzuringen.

Zack schnappte nach Luft. „Was soll das heißen? Natürlich –"

Orion schüttelte den Kopf. Zack musste ihn verstehen. Er hatte versagt, und er musste eingestehen, dass er fertig war. „Ich will das nicht mehr machen."

Sein bester Freund und Retter, Xavier Young, kam herbeigehüpft. „Hey, Sirs! Ich meine, Sir und Zack. Grüß dich, O!"

Xanders übertriebene Fröhlichkeit verriet, dass ein neonfarbenes Katastrophenalarmzeichen über Orions Kopf blinkte. Zu blöd, dass Xander ihn so gut kannte, und Darwin sei Dank dafür.

Orion täuschte ein Gähnen vor.

Xander nickte leicht. „Hey, ich mache mich jetzt auf den Heimweg. Kommst du, O?"

Schon war er auf den Füßen, schob seinen Stuhl unter den Tisch, und griff nach dem Rettungsseil. „Oh, äh, klar. Wir sind zusammen gekommen."

Andrew war nicht dumm. „Wir können dich zuhause absetzen. Das ist kein Problem, Orion."

„Oh …" Scheiße, nein. Orion rückte näher an Xander heran.

Rette mich! Bring mich hier weg, X.

Xander winkte ab. „Ich habe meinen Schlüssel vergessen, also muss er sowieso mitkommen."

„Aber er könnte –" Andrew drückte Zacks Handgelenk. War das ein Signal, um weitere logische Argumente vom Kurs abzubringen? Vielleicht, denn Zack sagte: „Oh … bist du wirklich okay?"

Nein! Schon seit Monaten nicht mehr. Bin am Durchdrehen.

„Ja. Also dann, bis später."

Orion stürmte die Treppe rauf und durch die Tür in die Lobby. Er riss dem Türhüter hinter dem Schreibtisch seinen Führerschein aus der Hand, schnappte sich seine Jacke aus dem Spind und flitzte hinaus auf den Parkplatz.

Als er wegen des feuchten Wetters den Reißverschluss an seiner Jacke hochzog, trafen seine Finger auf Leder. Er machte die Jacke wieder auf und holte einmal tief Luft. Dann schnallte er sein Spielhalsband ab und starrte es an, wobei er den Wind kaum bemerkte.

Vielleicht sollte er das blöde Ding wegschmeißen. Es war nutzlos und bedeutungslos. Er holte aus, um das Halsband in die Büsche zu pfeffern … doch dann hielt er inne. Nachdem er das Leder fest zusammengerollt hatte, stopfte er es in die Tasche und zog den Reißverschluss wieder hoch.

Puh. Xander kam alleine aus dem Entwined, keine besorgten Doms auf den Fersen.

Xander sagte kein Wort, sondern schob nur seine rote Rennmaschine aus der schmalen Parklücke, in die er das Motorrad reingequetscht hatte. Er reichte Orion einen Helm und half ihm, hinten aufzusteigen.

Orion würde ewig dankbar sein, dass er sich in der neunten Klasse in Bio neben Xander gesetzt hatte. Er war dem hochgewachsenen Typen mit den langen, wilden dunklen Haaren und den atemberaubenden grünen Augen gegenüber ein bisschen misstrauisch gewesen. Xander lachte immer, schien Spaß zu haben und war mit allen befreundet, aber aus irgendeinem Grund passten sie zusammen.

Vielleicht wurde ihre Verbindung gefestigt durch ihr gemeinsames Interesse an BDSM und Science Fiction, weil sie beide ihren Mitschülern voraus waren oder durch ihre Bereitschaft, ihren tobenden Hormonen gegenseitig Erleichterung zu verschaffen, ohne weitere Verpflichtungen, falls gerade kein anderes Ventil verfügbar war. Solange er Xander in seiner Welt hatte, war alles andere okay oder zumindest erträglich.

Als Orion Xanders Taille umklammerte, zog Xander eine seiner Hände an die Lippen und drückte Orion einen Kuss auf die Handfläche. Dann klappte er sein Visier runter und brauste im ersterbenden Zwielicht davon.

ORION WERKELTE in der Küche herum und machte heiße Schokolade, weil Xander eine Naschkatze war und unbedingt was Süßes gewollt hatte. Sie teilten sich eine große Zweizimmerwohnung über einer trendigen Boutique in der Lake Street, die sich keiner von ihnen alleine hätte leisten können.

Die Lake Street war die angesagteste Location im Capital District und beheimatete ungewöhnliche Läden sowie tolle Restaurants und Bars. Sie war das SoHo von Albany. Parken war verdammt schwierig, aber keiner von beiden hatte ein Auto.

„Rede mit mir", verlangte Xander.

„Ich hatte wieder mal einen Scheißtag bei der Arbeit. Ich schaffe es einfach nicht –"

„Orion, komm schon. Ich weiß, dass es hier nicht um einen schlechten Tag bei dir auf der Arbeit geht. Willst du mir nicht endlich mal sagen, was heute Abend passiert ist?" Xander streifte sich einen gehäkelten Beutel über den Kopf und hängte Orion das Gegenstück um den Hals. Xander reichte ihm ein Stück Apfel.

Tribble, der neugierige Kurzkopfgleitbeutler, steckte den Kopf aus dem regenbogenfarbenen Beutel. Er quiekte zufrieden und schnappte Orion den Apfelschnitz aus der Hand. „Was gibt's da zu erzählen? Nichts ist passiert."

Xander schüttelte den Kopf und zog sein Handy heraus. Er wisperte hinein, und Orions Handy piepte.

Er machte ein finsteres Gesicht, aber er öffnete die Nachricht und spielte das Video ab. Ein Bild von Xanders Kurzkopfgleitbeutler Nippet – benannt nach einem Ewok-Baby aus *Die Rückkehr der Jedi-Ritter* – begann mit einer gemorphten Version von Xanders Stimme zu sprechen. „Spuck's aus. Sag Xander, was passiert ist. Ich will hier nicht zum Gleitbeutler werde und dir im Schlaf das Gesicht wegfressen, aber die Stimmen … ah, die Stimmen in meinem Kopf werden mich dazu zwingen … es sei denn, du erzählst deinem aller-allerbesten Freund alles."

Orion kicherte. „Ich hätte dir die App nie zeigen sollen!" Die App verwandelte Fotos von Haustieren in sprechende Bilder. Xander nutzte sie viel zu oft, um Orion zu drohen oder um ihn zu beschwatzen.

„Was ist passiert?" In Xanders Beutel raschelte es, bis Nippet den Kopf oben rausstreckte. Er schnüffelte, um die Identität seines persönlichen Klettergestells zu bestätigen, dann quiekte er, kuschelte sich voll Zuneigung an Xander und wühlte sich dann unter sein Hemd.

„Ich habe mein Safeword gesagt, bevor es überhaupt anfing." Sollte sein Versagen in Worte zu fassen ihm etwa dazu verhelfen, sich besser zu fühlen? Er brachte zwei Becher Kakao ins Wohnzimmer und setzte sich neben Xander auf das geblümte Zweisitzer-Sofa.

Das pastellfarbene Ungetüm war so dick gepolstert, dass Orion fast einen Schemel brauchte, um sich draufzusetzen. Aber Xander hatte sich im Billig-Möbel-Markt in die bunten Farben verliebt. Orion hatte nicht das Herz gehabt, Xanders Sofaträume von Gemütlichkeit zu zerstören.

„Gut. Siehst du? Es gibt nicht nur Arschlöcher auf der Welt. Du hast dein Safeword gesagt, und alles hat aufgehört. Genau so soll es sein." Xander zog die Decke hinter ihnen hervor und warf sie über sich und Orion. Er kuschelte sich enger an ihn.

Tribble bewegte sich in seinem Beutel. Er steckte den Kopf raus, gähnte und verzog sich wieder an sein sicheres Plätzchen.

Xander fasste Orions Schweigen anscheinend als Ermutigung auf, den Zwischenfall weiter auseinanderzupflücken. „Na ja, ich weiß, dass dir das irgendwie nicht als Fortschritt vorkommt, aber ich sehe es als Sieg an. Du hast dein Safeword eingesetzt."

Ich habe versagt.

Meinte Xander etwa, dass Orion eine Lektion in „Safewörter für Anfänger" brauchte? Er atmete hörbar aus. „Du kapierst es nicht. Von Dom Henry habe ich diese Art von Spiel verlangt. Ich konnte nur nicht ‚Stopp' sagen."

„Genaugenommen hättest du es gekonnt. Das ist ja irgendwie der Sinn des Ganzen. Ein Wort stoppt alles."

Es sei denn, man hat zu viel Angst, um es zu benutzen!

Xander griff unter sein Hemd und zog Nippet heraus. Er hielt ihn auf Armeslänge von sich ab und machte den regenbogenfarbenen Beutel auf. Nippet gähnte und stürzte sich auf die Öffnung. Sobald sein kleiner Liebling sicher versorgt war, steckte Xander die Decke wieder fest.

Orion konnte nicht eingestehen, dass er nicht gewusst hatte, was er tun sollte, als Dom Henry angefangen hatte, die Fäuste einzusetzen. Er war immer stolz darauf gewesen, alles einstecken zu können, was auch immer ein Dom ihm gab. Doch die Angst vor dem Zorn, den er auf sich gezogen hätte, wenn er eine Aktivität verweigerte, lähmte ihn. Was das Fass dann endgültig zum Überlaufen brachte, war dieses eine Mal, als Dom Henry ihn ohne Kondom vergewaltigt hatte. Orion hatte nach übereifrigem Atemkontrollspiel das Bewusstsein verloren, und als er wieder aufgewacht war, rann der Beweis aus ihm heraus. Dankbar für die Pharmaindustrie hatte er achtundzwanzig Tage lang die Postexpositionsprophylaxe genommen und sich selbst jeden Tag gehasst. Er hatte noch eine weitere Woche im Testfenster vor sich und versuchte, sich nicht verrückt zu machen. Aber er brach immer noch jedes Mal vor Panik in kalten Schweiß aus, wenn er daran dachte.

„Es war ein Erfolg." Wahrscheinlich entnahm Xander Orions finsterer Miene, dass es Zeit war, das Thema zu wechseln. „Apropos Safewörter ... ich hab' endlich meins gefunden", vertraute Xander ihm an.

Das war eine Neuigkeit. Xander konnte sich nie für ein einzelnes Wort entscheiden und auch dabei bleiben. „Oh, was anderes als *Autsch*?"

Xander verdrehte die Augen. „Ha, ha. Nein ... *Aye-Aye Lemur.*"

Orion schnaubte. Nur Xander würde beschließen, den Möchtegern-Gremlin aus Madagaskar als Symbol für sein Stoppwort zu wählen. „Ich weiß, dass sie zur Lemurenfamilie gehören, aber normalerweise nennt man sie nur Aye-Aye."

Empörung straffte Xanders Rückgrat. „Ja, aber *aye-aye* könnte in einer Session fehlinterpretiert werden, *Lemur* hingegen nicht. Ganz zu schweigen davon, dass Aye-Ayes die grusligsten kleinen Mistviecher auf diesem Planeten sind! Dieser scheißlange, krumme Mittelfinger. Und ständig dieses Klopf-klopf-klopf nach Maden. Die sind wie fiese kleine Todesmaschinen. Du weißt ja, dass die hässlichen Dinger als böses Omen gelten. Ich finde, das passt perfekt."

„Klar. Warum nicht." Orion trank ein bisschen heiße Schokolade. Sein Gleitbeutler zappelte ein bisschen in seinem Beutel herum und beruhigte sich dann.

„Hattest du nicht einen Termin bei deinem Therapeuten? Warst du dort?", fragte Xander, doch Orion war sich sicher, dass er die Antwort bereits kannte.

Orion brauchte keinen Therapeuten. „Ich war ein paarmal dort, aber du weißt ja, dass mir das nichts gebracht hat."

„Vielleicht brauchst du einen anderen Therapeuten ... oder –"

„Nein."

X runzelte die Stirn. „Nein? Wie, nein?"

„Ich werde mich ab jetzt von Trigger-Aktivitäten fernhalten. Ganz einfach. Problem gelöst." Orion würde eben lernen müssen, das nagende Gefühl von Verlust in seinem Innern zu ignorieren.

Xavier legte den Kopf schräg. „Vermeidungsstrategie? Das kann nicht dein Ernst sein."

„Doch. Ich bin fertig." Na bitte. Das war einfach, klar und präzise.

X blieb der Mund offen stehen. „Was soll das heißen, du bist *fertig*?"

Offenbar hatte er sich doch nicht ganz klar ausgedrückt. „Das soll heißen, kein BDSM mehr." Er schaute zum Fenster, doch die Dunkelheit draußen hinderte ihn daran, zu sehen, ob die Wettervorhersage stimmte und es wirklich schneite.

Xander atmete tief ein und legte eine Hand aufs Herz. „Nein. Das meinst du nicht ernst."

„X, ich bin müde und ich will das nicht noch mal durchmachen."

Feigling. Waschlappen. Jämmerlich.

Xander stritt nicht mit ihm. Er nahm Orion einfach nur in die Arme und drückte ihn fest an sich. Ihre Atemzüge wurden regelmäßiger und glichen sich aneinander an.

Nippet krabbelte aus seinem Beutel und hüpfte zu Xander. Der Gleitbeutler schlängelte sich unter die Decke, und bald rannten er und sein Spielgefährte auf Xander herum.

Orion fing ihre Haustiere ein und lieferte sie wieder in ihrem Gleitbeutler-Heim ab: einem kühlschrankgroßen Käfig, der eine ganze Ecke der Küche einnahm. „Sag mal, wie war dein Abend so? Hast du mit jemandem gesprochen?"

Daumen halten.

„Nein, er ist nicht aufgetaucht."

Nicht zum ersten Mal wünschte Orion, er könnte sein, was Xander brauchte … auf diese Art. Sie passten in allem zusammen, nur nicht sexuell. „Tut mir leid. Ich wünschte …"

Xander lachte. „Ich auch. Vor allem, weil du so oralfixiert bist."

Orion stieß ihn mit dem Ellbogen an. „Eh, deine Wahnvorstellungen von wegen ‚Star Wars ist besser als Star Trek' machen unsere Liebe sowieso unmöglich."

„Apropos oralfixiert, möchtest du einen geblasen kriegen?"

Die Negativität von Orions Niederlage haftete immer noch an ihm wie der Tod an Starkiller und Juno Eclipse, als sie Befehl 66 befolgt hatten: Tötet alle noch lebenden Jedi. Sie zwang ihn, zu sagen: „Nein, aber falls du –"

„Eh, ist schon okay. Ich kann mir zu einem Porno einen runterholen. Ich habe kürzlich ein paar frühe Buck Angel-Filme gesehen. Gott! Der ist unglaublich scharf."

„Viel Spaß." Orion griff in seine Jackentasche und zog das Halsband raus. Er entrollte es und fuhr das Rund mit einem Finger nach.

Nie wieder.

Er unterdrückte gewaltsam das überwältigende Gefühl von Verlust, verstaute das Lederband in seiner Sockenschublade – ganz hinten – und machte sie zu.

2

VIELLEICHT SOLLTE Hunter besser darauf achten, wer alles im Entwined ein- und ausging, da er in der Lobby saß. Er zwang sich dazu, sich umzublicken, doch sein Facebook-Feed verlangte seine Aufmerksamkeit.

Dies war heute seine erste Gelegenheit, mal Pause zu machen. Während seiner Schicht hatte es drei Autounfälle gegeben. Glücklicherweise ohne Tote, aber Kraftfahrer schienen zu vergessen, dass kein Schnee nicht zugleich auch kein Glatteis bedeutete.

Er pausierte ein lustiges Video, um einen Anruf von seinem Lover anzunehmen. „Hey, Marc."

Marcus Sadir und er waren seit sechs Jahren ein Paar und lebten seit fünf Jahren zusammen. Sie hatten sich im Entwined kennengelernt und Hals über Kopf ineinander verliebt. Da sie nicht ganz dieselben Bedürfnisse hatten, führten sie eine offene Beziehung. Doch das hieß nicht, das Marc nicht Hunters ein und alles war. Es hieß lediglich, dass sie realistisch waren, und er wollte nicht, dass Marc auf irgendwas verzichten musste.

Marc schnurrte ins Telefon: „Hiya, Sexy. Bist du schon im Entwined?"

„Jau. Oh, erinnere mich nachher dran, dir das ‚Tagebuch einer traurigen Katze' zu zeigen." Er lächelte immer noch über die Ansichten der Katze über die menschliche Realität.

„Noch so ein Facebook-Fund?"

„Ja, ein YouTube-Video. Ich hab' bloß … es ist witzig. Das musst du sehen." Hunter lachte erneut.

„Mach' ich. Da du immer noch in der Lobby bist und telefonierst, nehme ich an, dass Sophia mit ihrem neuen *Master* noch nicht da ist." Hunter sah Marcs herzerweichendes Lächeln vor sich, das sich in die Stimme seines Geliebten eingeschlichen hatte.

„Stimmt, sie ist spät dran, du Quertreiber. Und der Typ ist nichts weiter als ein *möglicher Spielpartner*. Niemand hat was von dauerhaft gesagt." Außerdem war Hunter sich fast sicher, dass dieser Mann für seine Kollegin und beste Freundin nicht gut genug war.

„Hey, geh' schonend mit ihm um. Ich glaube, sie mag ihn wirklich." Marc fügte hinzu: „Und halt' auch für uns die Augen offen."

„Das schon wieder? Ich weiß nicht, warum du so überzeugt davon bist, dass wir uns einen festen Dritten suchen sollten. Ich dachte, du bist glücklich, so wie es ist. Es gibt uns und hin und wieder mal was außerhalb."

Marc schnaubte. „Aber nie zusammen, und nur sporadisch … und uneinheitlich."

„Es ist mir egal, ob du mehr Spielpartner findest als ich." Normalerweise fielen seine freien Nächte auf die „gemischten" Spielabende im Entwined, sodass die Auswahl an verfügbaren schwulen und bisexuellen Männern nicht so groß war.

„Es ist unfair, Hunt."

„Wenn mich das stören würde, hätte ich schon was gesagt." Er wollte, dass Marc sich aussuchen konnte, wie er zu einem Orgasmus kam. Und diese Aktivitäten hatten keine Auswirkung auf ihre Gefühle füreinander, also wo war das Problem?

„Ich werde allmählich zu alt für diese Scheiße, Hunt! Ich wünschte einfach, wir würden jemanden finden, der uns beiden geben kann, was wir brauchen", seufzte Marc.

„Ich werde nie jemanden so lieben, wie ich dich liebe." Marc war der Mensch, mit dem Hunter durch die Höhen und Tiefen des Lebens reisen wollte. Deshalb vermied er feste Bindungen und spielte kaum jemals zweimal mit demselben Sub. Ja, in einer perfekten Welt würden sie vielleicht jemanden finden, der für sie beide richtig war, aber das schien unwahrscheinlich.

Ein Dritter würde bedeuten, sich zu binden, sich um noch jemanden Gedanken machen zu müssen … und würde dieser Jemand sich in ihre beschauliche Welt einfügen? Er konnte sich nicht vorstellen, wie das möglich sein sollte. Sicher, es wäre fantastisch, einen eigenen Sub zu haben, aber nicht auf Kosten seiner Beziehung zu Marc.

Marc hatte mit Anfang Zwanzig in polyamourösen Beziehungen gelebt, und die waren alle spektakulär in die Binsen gegangen. Warum sollte er die Möglichkeit haben wollen, das zu wiederholen? Hunter wollte das ganz bestimmt nicht.

„Du würdest denjenigen auf andere Art lieben und andere Dinge an ihm mögen. Du hättest nicht weniger Liebe, sondern mehr. Ich möchte, dass du alles hast. Wäre es nicht schön, sich festzulegen?"

„Ich lege mich nicht fest. Ich glaube, du willst nur jemanden nach Lust und Laune mit spitzen Sachen pieken können", neckte Hunter Marc mit seiner Begeisterung für Piercing-Spiele. In Wahrheit fühlte er sich beschissen, weil er sich nicht für Nadelspiele begeistern konnte, aber nach so vielen Jahren in einem medizinischen Beruf hatten Nadeln keinen Reiz mehr für ihn. Er hatte es Marc zuliebe versucht, aber jeder Vorstoß war kläglich gescheitert und hatte keinem von ihnen was gebracht.

„Und du könntest endlich einen richtigen Vollzeit-Sub haben, nicht nur meine jämmerlichen Versuche und wen auch immer du abschleppst. Du hättest jemanden, den du ausbilden und anleiten kannst."

Ja, schon. Hunter blühte erst richtig auf, wenn er Subs, die auf einen Machtaustausch mit ihm standen, nicht einfach nur dominieren, sondern sie an ihre Grenzen treiben und ihnen helfen konnte, über sich selbst hinauszuwachsen. Marc hatte jemanden verdient, der Schmerz lustvoll fand und das Erlebnis mit ihm teilen wollte.

Hunter verdrängte das Verlangen nach dieser Fantasiegestalt, die ihnen beiden geben konnte, was sie brauchten. „Ich geh' mal davon aus, dass du anrufst, weil du kurzfristig noch jemanden reingekriegt hast und mir sagen willst, dass du später kommst."

Marc seufzte. „Ja. Tut mir leid. Es ist ein kleines Tattoo und wird nicht lange dauern."

„Ein Narben-Cover Up?"

„Ja. Woher weißt du –"

„Ich kenne dich. Lass dir Zeit. Ich werde hier sein." Hunter lächelte. Viele von Marcs Tattoos kaschierten chirurgische Narben, machten aus Schmerz und Leid etwas Schönes. Marc war der beste Mensch, den er kannte.

„Sei vorsichtig, bis ich dich küssen kann." Marcs Liebe lag in seinem Tonfall.

Hunter lächelte über die Worte seines romantischen Sadisten. „Du auch."

„Jetzt leg' dein Handy in den Spind und geh runter. Und versprich mir, die Ohren offen zu halten." Marcs Flehen machte es schwer, ihm die Bitte abzuschlagen.

Hunter seufzte. „Na schön. Ich verspreche, für das Unmögliche offen zu bleiben."

Er stand auf und warf Handy, Schlüssel und Portemonnaie in den Spind. Dann holte er einmal tief Luft und ging nach unten.

Das Glück schien auf Hunters Seite zu sein, denn sein Lieblingstisch wurde gerade frei. Er kam an den üblichen Paaren, Dreiergruppen und Singles vorbei, die hier waren, um leichte Sessions abzuhalten, um zu reden und um zu sehen und gesehen zu werden. Er nickte denen zu, die er kannte. Und was war schon dabei, wenn er nicht auf die Subs einging, die ihn anlächelten? Er wollte sie nicht ermutigen. Er setzte sich und blickte zum Treppenabsatz auf. Perfektes Timing.

Sophia kam hereingetänzelt, blieb auf dem Treppenabsatz stehen und warf einen suchenden Blick durch den Raum. Sie trug ein ledernes Bustier, einen schwarzen Rüschenrock, der so kurz war, dass ihre Strapse darunter hervorschauten, und glänzende Stöckelschuhe mit Zwölfzentimeterabsätzen.

Hunter hätte sie am liebsten über die Schulter geworfen und die Treppe runtergetragen, doch er hielt sich zurück – der Zorn, den diese beschützerische Geste entfesseln würde, hielt ihn an seinem Platz. Er winkte. Was konnte er benutzen, um einen verstauchten oder gebrochenen Knöchel zu bandagieren?

Soph winkte ebenfalls und schwebte die Steintreppe runter.

Nach einen erleichterten Seufzer, als sie wohlbehalten unten ankam, neckte er sie: „Du hast dich aber schick gemacht." Normalerweise sah man sie nur in

Rettungssanitäter-Uniform oder in T-Shirt und Jeans, aber heute war sie sehr sorgfältig frisiert und trug Make-up.

„Ich würde ja gern dasselbe von dir sagen, aber ..." Sophia deutete mit gerunzelter Stirn auf ihn.

„Was?" Er warf einen Blick auf seine schwarze Jeans und sein schwarzes T-Shirt. Die Sachen waren sauber, und er hatte geduscht.

„Du hast dich schon seit einer ganzen Weile nicht mehr für den Club angezogen", verwies sie und überführte ihn damit ohne Verhandlung.

„Eh, wozu auch?" Sich in seine Lederkluft zu zwängen war echt mühsam.

„Und dann wunderst du dich, dass du keine Spielpartner findest? Du musst auch äußerlich nach Alpha-Dom aussehen, wenn du die Subs an Land ziehen willst."

Aber er war ja gar nicht auf der Suche nach einem Spielgefährten, was Sophia anscheinend völlig ignorierte. Marc hatte recht; die ständige Neuheit wurde allmählich langweilig, und was konnte er schon bei einer einmaligen Session erreichen? Zum millionsten Mal bezweifelte Hunter den Nutzen einer solchen Erfahrung. „Was? Hast du etwa wieder mit Marc geredet?"

Sie kicherte. „Liegt er dir immer noch damit in den Ohren, dass du euch beiden jemanden suchen sollst, den ihr mit nach Hause nehmen und euer Eigentum nennen könnt?"

„Ja." Er wollte keinen Staub aufwirbeln, aber Marc strebte immer danach, die Dinge zu verbessern.

„Mist! Hunt! Er ist da. Wir beenden dieses Gespräch gleich morgen früh." Sophia zupfte ihre Strümpfe grade und betastete ihre Frisur.

„Grrrr." Hunter gab sein bestes warnendes Knurren von sich, doch sie ignorierte ihn und beäugte stattdessen den Mann, der die Treppe herunter stolzierte. Er war attraktiv ... wenn man auf den „vor Selbstvertrauen strotzender Filmstar"-Look stand.

„Sei nett, Hunter", zischte sie, stand auf und reichte ihrem angehenden Spielpartner die Hand.

„Sophia, reizend wie immer." Der Dom Juan drückte ihr einen Kuss auf den Handrücken, drehte ihre Hand um und küsste ihre Handfläche.

Sie seufzte.

Der Mann wandte sich an Hunter. „Bist du Hunter?"

Hunter erhob sich und streckte die Hand aus. „Hunter Dixon. Und du bist Colin Myrick." Anständiger Händedruck – fest, und der Typ versuchte nicht, etwas zu beweisen, indem er Hunter die Finger brach.

„Ja. Freut mich, dich kennenzulernen." Seine tiefe Stimme klang aufrichtig, und er sah Hunter in die Augen.

„Setz dich." Sobald alle Platz genommen hatten, begann Hunter mit seinem Verhör. „Bist du schon lange Mitglied im Entwined?"

„Erst seit ein paar Monaten." Colin lächelte und streifte Sophia mit einem Blick. Er rückte ihren Ohrring gerade.

„Wo kommst du her?", fragte Hunter.

„Schenectady, aber jetzt lebe ich in Albany."

„Irgendwelche Subs?"

Autsch! Sophias Schuhspitze traf sein Schienbein auf entschieden unfreundliche Weise. Hunter hätte sich am liebsten den angehenden blauen Fleck gerieben, doch er beherrschte sich.

Colin hob abwehrend die Hände. „Nicht, seitdem ich dem Club beigetreten bin. Und bevor du fragst, ich hatte schon mehrere. Meine früheren Beziehungen reichten von ein paar Monaten bis zu zwei Jahren, aber sie haben nicht gehalten."

Hunter gab sich keine Mühe, sich sein Misstrauen nicht anmerken zu lassen. Selbst Sophias finstere Miene brachte ihn nicht dazu, sich zurückzuhalten. „Und was erhoffst du dir?"

„Ich bin nicht an einer Vollzeit-Sub interessiert. Ich glaube, Sophias und meine Bedürfnisse passen zueinander."

Hunter schwieg und ließ seinen durchdringenden Blick für sich sprechen.

Der Blödmann steckte die Skepsis mühelos weg und sprach weiter: „Ich bin Serien-Monogamist. Ich bin gesund. Ich liebe meine Mutter. Mein Vater ist tot. Ich bin vierzig. Ich bin Arzt, daher bin ich mir darüber im Klaren, unter welchem Stress ihr zwei täglich steht." Colin schürzte die Lippen.

„Hmmm." Also, das schlug ja wohl alles. Hunter trommelte mit den Fingern auf dem Tisch herum. Was sollte er sonst noch fragen?

„Ich bin Steinbock. Ich suche nach einer Lebensgefährtin. Wenn du willst, kann ich dir meine zahnärztlichen Unterlagen zuschicken lassen", bot Colin grinsend an.

Hunter lachte leise. „Tut mir leid. Ich kann einfach nicht anders."

„Kannst du wohl, aber du willst nicht." Sophia schüttelte den Kopf. Bildete sie sich ein, Hunter mit ihrer verdrossenen Miene beeindrucken zu können? Verdammt, wenn ihr verärgertes Gesicht ihn nicht davon abgehalten hatte, Justin Bieber zu ihrer Heavy-Metal-Playlist hinzuzufügen, glaubte sie da etwa, ihr böser Blick würde ihn von etwas abbringen, was wirklich wichtig war?

Sie drehte den Kopf in Richtung Treppe. Ihr Gesicht hellte sich auf, und sie rief laut: „Orion! Oh mein Gott! Orion!"

Hunter hatte den hübschen Mann schon öfter flüchtig gesehen, aber noch nie mit ihm gesprochen. Orions hellblondes Haar war zu einer stacheligen Mangafrisur toupiert. Er hatte große blaue Augen und reichte Hunter nicht mal bis zur Schulter. Orion hatte einen breiten Mund und eine kleine, wohlgeformte Nase, was ihm ein niedliches, elfenhaftes Aussehen verlieh.

Sophia umarmte ihn. „Ich habe dich vermisst. Du kommst sonst fast nie zu den gemischten Abenden."

Xander Young tauchte hinter Orion auf und antwortete: „Ich hab' seinen Hintern mit hergeschleift."

Orion seufzte tiefer, als ein Mann seines Alters seufzen sollte. „Ich habe viel gearbeitet." Er schien direkt von der Arbeit gekommen zu sein, in maßgeschneiderten schwarzen Hosen und weißem Hemd mit Brillenetui in der Tasche – nicht unbedingt passend gekleidet, um die Menge im Entwined anzulocken. Obwohl, bei seinem Aussehen würde seine Aufmachung wohl kaum abschreckend wirken.

„Kennt ihr schon Hunter Dixon und Colin Myrick?" Fast ohne Pause fuhr Sophia fort: „Das sind Orion Gordon und Xander Young."

Xander schüttelte Hunter die Hand. „Schön, dich zu sehen, Hunt. Du warst in letzter Zeit nicht oft da."

„Nee, hab viel gearbeitet." Hunter fing Orions Blick ein und flüsterte hörbar: „Ich bin auch hergeschleift worden."

Orions Lächeln reichte nicht bis zu seinen Augen, was Hunter zu schaffen machte … sehr sogar. Jemand so Junges sollte noch nicht die Schatten der Welt mit sich rumtragen. Plötzlich verspürte Hunter ein dringendes Bedürfnis, etwas von dieser Bürde wegzunehmen.

Orion und Xander schüttelten Colin die Hand.

„Setzt euch zu uns." Sophia hielt Orion und Xander fest und zerrte sie auf zwei freie Stühle, ehe einer von beiden widersprechen konnte. „Hunter hat Colin gerade ins Kreuzverhör genommen."

Hätte Colin gerade getrunken, hätten sie vermutlich einen filmreifen Spuckanfall erlebt, davon war Hunter überzeugt. Aber er trank nicht. Sobald er sich wieder unter Kontrolle hatte, grinste er: „Er ist eben ein Beschützer."

Orion musterte Hunter, schien ihn zu analysieren.

Hunter legte den Kopf schief und sah den Möchtegern-Bishie genauso eindringlich an, widmete ihm seine volle Aufmerksamkeit.

Schöne blaue Augen wurden groß, und Orion senkte den Blick. Aha, ein Sub. Wie alt war er? Vielleicht Mitte Zwanzig?

Xander beugte sich vor. „Und, Hunter, bist du immer noch Sophias Partner?"

Was? Ach, richtig, es saßen ja noch andere mit am Tisch. „Ja, wir fahren schon zusammen, seit Soph hierher gezogen ist."

Sophias finstere Miene glättete sich. „Seit fünf Jahren jetzt, und wir haben uns noch nicht gegenseitig umgebracht."

„Du hältst dich bloß zurück", frotzelte Hunter.

„Und morgen ist auch noch ein Tag", scherzte Sophia. „Vergiss das nicht … heute Abend."

Orion blinzelte, sagte aber nichts.

„Wir sind Rettungssanitäter", stellte Hunter klar.

Orion nickte und schaute wieder weg. Verdammt, Hunter hatte Schüchternheit nie besonders reizvoll gefunden; heute jedoch machte zurückhaltend ihn an.

Xander blickte zwischen Sophia und Colin hin und her. Dann fiel ihm ins Auge, was zwischen Orion und Hunter aufblitzte. Hunter konnte fast hören, wie sich in Xanders Kopf die Rädchen drehten.

Colin stand auf. „Hat mich gefreut, euch alle kennenzulernen. Sophia, ich würde dich jetzt gerne für eine Weile entführen, damit wir uns besser kennenlernen können. Möchtest du mit mir was trinken?"

Sophia sah Hunter finster an, aber dann lächelte sie zuckersüß und nahm Colins Hand. „Natürlich."

Hunter hätte fast gerufen: *Was zum Teufel war das eben?* Aber das wäre Sophia vermutlich nicht recht gewesen. Na schön, er konnte sich benehmen und bis morgen warten, um sich wegen dieser *Little Miss Sunshine*-Masche über sie lustig zu machen.

„Der Ecktisch wäre ruhiger." Colin deutete auf den freien Tisch.

Sie nickte und hastete davon, um ihre Ansprüche auf das kostbare Plätzchen anzumelden.

Hunter drehte voll auf. Er stellte sich aufrecht hin, die Hände in die Hüften gestemmt, und wartete.

Orion nach Luft schnappen zu hören überraschte ihn nicht. Die meisten Subs reagierten auf ihn, wenn er den Dom raushängen ließ. Er strahlte Macht und Kontrolle aus, und manchmal war der Nebeneffekt, dass ein Sub weiche Knie bekam.

Colin schüttelte den Kopf und klopfte ihm auf die Schulter, kein bisschen eingeschüchtert.

„Wir überspringen lieber die ‚wenn du ihr wehtust'-Ansprache, denn das habe ich nicht vor. Sophia ist eine kluge Frau, und wenn ich ein Idiot wäre, würde sie sich nicht mit mir abgeben."

Verdammt, der Doc hatte recht, Sophia konnte selbst auf sich aufpassen, aber ... „Sie ist wie eine Schwester für mich."

„Ich weiß, und ich respektiere dein Bedürfnis, sie zu beschützen. Also, bis du beschließt, dass ich nicht böse bin, unterstütze ich dich gerne bei deinen Ermittlungen über mich. Ich freue mich darauf, dich besser kennenzulernen. Ich glaube, wir werden mal gute Freunde. Bis später." Colin nickte Orion und Xander zu, machte auf dem Absatz kehrt und ging zu Sophia.

Hoffentlich vergaß der Mann nicht, dass Hunter Zugang zum Leichenschauhaus hatte. Als er sich wieder auf seinen Stuhl sinken ließ, wurde ihm bewusst, dass er Zuschauer hatte. Er zuckte mit den Schultern.

Xander strich sich sein langes, dunkles Haar aus dem Gesicht. „Lieb von dir, dass du so auf sie aufpasst." Er warf Orion einen Blick zu. „Da draußen laufen zu viele Deppen rum, die verkennen, dass Sub nicht Fußabtreter heißt."

Orion presste die Lippen zusammen und durchbohrte Xander mit einem mörderischen Blick.

Hmmm, wie es schien, wollten sie bei ihm bleiben und *plaudern*. „Kann ich euch beiden was zu trinken holen?"

Xander sprang auf. „Ich geh' schon. Ihr zwei könnt euch unterhalten …" Er versuchte, Orion einen vielsagenden Blick zuzuwerfen, doch Orion zeigte Interesse an den Kronleuchtern. Xander seufzte und fragte Hunter: „Was möchtest du?"

„Ananassaft."

Xander wackelte mit den Augenbrauen und verkündete: „Ein rücksichtsvoller Master. Siehst du, Orion, es gibt sie doch."

Orion knurrte, als Xander sich an die Bar verzog.

Das niedliche, leise Vibrieren klang wie etwas, was Hunter an ein zorniges Hundebaby denken ließ. Er verdrängte das knuffige Bild und stellte eine unverfängliche Frage: „Was machst du eigentlich beruflich?"

„Ich arbeite im Krebsforschungszentrum am Albany Central Hospital."

Hmmm, nicht das, was er erwartet hatte. „Oh … äh … du bist Wissenschaftler? Das muss eine lohnende Arbeit sein."

Orion warf Hunter einen scheelen Blick zu und schüttelte den Kopf. „Es ist frustrierend. Ich bin einer der Forschungsleiter, und ich kriege einfach nicht die Fördergelder, die ich brauche. Das CRC braucht ein Protonentherapiezentrum, aber ich kriege auf Schritt und Tritt Steine in den Weg gelegt."

Hunters Wissen über Krebsbehandlungen war ziemlich vage. „Ein Protonentherapiezentrum?"

„Da werden in Zukunft die ganzen Durchbrüche herkommen, und das nächste ist an der Universität von Philadelphia."

„Drunten in Philly?"

„Ja."

Xander kam mit den Getränken zurück und setzte sich. Er schob Hunter den Ananassaft zu, stellte Orion seinen Orangensaft hin und trank einen Schluck von seinem Mix aus verschiedenen Säften. „Meckert Orion schon wieder über das Albany Central?"

Hunter gefiel die stillschweigende Folgerung nicht, dass Orion sich nicht so aufregen sollte; schließlich bekämpfte er Krebs.

Als Xander Hunters Gesicht sah, winkte er ab. „Versteh' mich nicht falsch, ich kann's verstehen. Aber Orion, die Verwaltung will in eine andere Richtung, und dein Chef ist ein Arschloch. Sie haben eben einen zwei-Millionen-Schubs gekriegt, um sich auf Krebs bei schwangeren Frauen zu konzentrieren, und dein Chef wird den Dollars folgen."

„Aber wenn wir ein Protonentherapiezentrum hätten …" Orion hatte anscheinen gemerkt, dass Hunter ein Seminar brauchte. „Der Protonenstrahl kann so eingestellt werden, dass er gezielt den Tumor zerstört und dabei das umgebende Gewebe schont."

„Wow. Im Fernsehen kam neulich eine Sendung darüber und wie dicht die Krebsbekämpfung vor einem echten Durchbruch steht." Hunter musste sich das unbedingt noch mal anschauen – falls Marc es nicht von ihrem DVR gelöscht hatte.

Orion beugte den Kopf nach rechts, bis seine Nackenwirbel knackten. „Tut mir leid. Ich bin immer noch angespannt von einer Sitzung, die nicht gut gelaufen ist."

„Du musst es einfach dabei bewenden lassen. Dr. Schwinner ist ein Trottel. Du solltest unterrichten und –" Er stieß Orion mit dem Ellbogen an. „Heilige Scheiße, Orion! Da ist er ... Gott, er ist so heiß, ich würde am liebsten auf seinem Bein rumjuckeln." Er wischte sich mit einer Hand übers Gesicht und begann, schwer zu atmen.

Orion legte ihm die Hand auf den Arm. „Entspann' dich. Atme. Er hat dich gesehen."

„Oh Gott!", japste Xander.

Orion wandte sich an Hunter. „Xander hat sich total in Quillon Roth verknallt."

„Was soll ich machen?", zischte Xander.

„Sei du selbst." Orion winkte Quillon, aber der kam bereits geradewegs auf ihren Tisch zu.

„Guten Abend, die Herren. Schön, euch zu sehen, Xander, Orion." Er streckte die Hand aus. „Ich bin Quillon. Du bist Hunter, stimmt's?"

Hunter stand auf und schüttelte Quillon die Hand. „Ja. Freut mich, dich kennenzulernen."

Der extrovertierte Xander war auf einmal wie ausgewechselt, still und ziemlich nervös.

„Möchtest du dich zu uns setzen?", fragte Hunter und deutete auf die freien Plätze. Marc würde stolz auf seine Fähigkeiten als Gastgeber sein. Er war kein Einsiedler ... jedenfalls nicht immer.

„Danke." Quillon drehte einen der hochlehnigen Stühle um und setzte sich breitbeinig drauf. Er fuhr sich mit den Fingern durch die militärisch kurz geschnittenen Haare und grinste Xander an.

Xander seufzte und schmolz auf seinem Stuhl dahin, als hätte Quillon sich gerade nackt ausgezogen und ihn mit einem Lapdance beglückt.

Da seine beiden Begleiter ihm bei der Unterhaltung keine große Hilfe waren, fragte Hunter: „Was machst du beruflich, Quillon?"

„Ich bin Direktor bei der Alliance for Trans Advocacy. Wir treten für die Rechte von Transsexuellen ein."

Orion spitzte die Ohren. „Davon habe ich noch nie gehört. Wo habt ihr euren Sitz, und steht ihr schon mit dem Albany Central Hospital in Verbindung?"

„Wir sind eine relativ neue Ressource für die Gemeinschaft. Die Alliance hat ihren Sitz in der Innenstadt, und ich warte noch auf den Rückruf vom Albany Central, also nein, noch nicht."

Xander räusperte sich. „Es gibt großen Bedarf, und nur sehr wenige Ressourcen."

„Wir hoffen das zu ändern, aber genug von der Arbeit." Quillon konzentrierte sich auf Xander. „Ich habe dich hier schon gesehen, aber du warst immer mit einer großen Gruppe von Leuten zusammen, oder du verschwindest, bevor ich bei dir bin."

„Wirklich?" Xander ließ den Kopf nach vorne fallen, wodurch sein langes Haar sein Gesicht verdeckte.

Quillon strich ihm eine Haarsträhne hinters Ohr. „Ja. Auf die Gefahr hin, unhöflich zu deinen Freunden zu sein, möchtest du vielleicht mit mir was trinken?"

Xander blickte zwischen Orion und Hunter hin und her. Er machte den Mund auf, und das einzige, was herauskam, war „Autsch!" Er funkelte Orion zornig an.

Orion antwortete: „Xander würde sich liebend gerne mit dir unterhalten."

Quillon stand langsam auf, und etwas von seinem Selbstvertrauen wich von ihm. „Du weißt, dass ich trans bin, oder?"

Xander zuckte mit den Schultern. „Ich bin pan."

Quillon verschränkte die Arme vor der Brust und machte ein finsteres Gesicht. „Warum hast du das gesagt? Um mich wissen zu lassen, dass du immer noch interessiert bist, obwohl ich kein *richtiger* Mann bin?"

„Ähm, nein. Ich dachte, es ginge darum, wer wir sind." Xander zog den Kopf ein und murmelte: „Ich weiß, dass manche Männer ein Problem damit haben, dass ich pansexuell bin, also wollte ich das gleich von vornherein klarstellen."

Quillon musterte Xander. „Warum hast du mit den Schultern gezuckt?"

„Ich weiß nicht. Das mache ich oft." Xander zuckte erneut mit den Schultern.

Xander schob seinen Stuhl zurück und stand auf. Bei jedem anderen hätten die langsamen, gemessenen Bewegungen vielleicht aggressiv gewirkt, aber Xanders sehnsüchtige Blicke in Richtung des nächstgelegenen Ausgangs schlossen diese Deutung aus. „Hör mal, vielleicht war das keine so gute Idee."

Hunter drückte die Daumen, dass Quillon die Lage noch retten konnte, aber dann sollte er sich besser beeilen.

„Nein, Mann, mein Fehler. Bei gewissen Dingen geh' ich immer sofort in die Luft." Quillon steckte die linke Hand in seine hintere Hosentasche. „Tut mir leid wegen der Unterstellung."

„Schon okay. Ich kann das verstehen." Xanders leise Stimme überschlug sich ein bisschen.

„Ich würde dich gern kennenlernen." Quillon fuhr mit dem Finger über Xanders Unterarm.

Orion räusperte sich. Als er Xanders Aufmerksamkeit hatte, nickte er.

Quillon schürzte die Lippen und fragte: „Soso, pan. Welche Art von Flöte spielst du?"

„Ha, ha. Kann ich ‚alle' sagen?" Xander klang angespannt, aber dann entschlüpfte ihm ein Kichern. „Nein, *pfannsexuell* … ich bin Küchenfetischist."

Quillon schnaubte und ging auf den Scherz ein, als er Xander wegführte. „Bezieht sich das auf alle Küchengerätschaften oder nur auf Pfannen?"

„Puh." Orion sackte auf seinem Stuhl zusammen. Sein Lächeln ließ sein ganzes Gesicht erstrahlen. Unerwartetes Verlangen durchrann Hunter. Er wollte der Grund für dieses Lächeln sein.

„Nun, jetzt sind bloß noch wir zwei übrig." Hunters Herz war leicht, und er konnte sich das Grinsen nicht verkneifen. Zum ersten Mal seit langem wollte er mehr über den Mann wissen, den er vor sich hatte.

Orion setzte ein Lächeln auf und wandte sich an Hunter. „Hey, falls du dir einen Spielgefährten suchen oder in die Hinterzimmer gehen willst, verstehe ich das. Lass dich nicht aufhalten."

Er konnte nicht erkennen, ob Orion nur höflich sein oder ihm einen Hinweis geben wollte. „Gleichfalls. Ich will dich nicht davon abhalten … zu finden, was auch immer du dir von diesem Abend erhofft hast."

Orion seufzte. „Bitte, ich schwöre, ich suche gar nichts, aber das glaubt mir sowieso niemand."

„Was? Ein junger Mann wie du –"

„Wie alt schätzt du mich?" Orion beugte sich vor, sodass Hunter ihn näher betrachten konnte.

Er hatte ein paar Augenfältchen, aber … „Ich weiß nicht, Mitte Zwanzig?", riet Hunter.

Orion lachte leise, und bei dem magischen Laut schlug Hunters Magen einen Purzelbaum. „Ich bin seit zehn Jahren keine vierundzwanzig mehr."

„Verdammt! Du bist Mitte Dreißig?" Hunter ruderte sofort zurück, falls der Mann wegen seines Alters empfindlich war. „Nein, versteh' mich nicht falsch. Es ist bloß so, dass du nur zwei Jahre jünger bist als ich."

Ein ganz in rotes Leder gekleideter Mann kam anstolziert, stützte beide Hände auf den Tisch, starrte Orion an und räusperte sich. „N'Abend, Hunter."

„N'Abend, Greg." Hunter hatte ihn noch nie gemocht. Und er mochte ihn schon gar nicht, wenn er Orion anschmachtete.

Greg deutete mit dem Kopf in Richtung der Hinterzimmer. „Orion, willst du mit mir nach hinten gehen? Ich besorg's dir so, wie du's gerne hast."

Wow, so viel Fingerspitzengefühl … Hunter konnte sich kaum zurückhalten, nicht die Augen zu verdrehen. Er lehnte sich zurück, sah zu und fragte sich, ob sein letzter verbliebener Begleiter ihn jetzt auch verlassen würde. Zu seiner Überraschung stellte er fest, dass ein Teil von ihm auf das Gegenteil hoffte.

Orion schloss die Augen und senkte den Kopf.

Greg starrte Hunter an. Erwartete er eine Erklärung?

Schließlich fragte er: „Baby, warum machst du die Augen zu?"

„Ich bete." Orions leise Stimme ging fast im allgemeinen Gesprächslärm unter.

„Um was?" Greg sah Hunter stirnrunzelnd an, dann konzentrierte er sich auf Orion und starrte ihn mit verkniffenem Gesicht an, als könnte Orion jeden Moment ein Horn aus der Stirn sprießen.

„Ich bitte um göttliche Intervention, damit du endlich aufhörst, mich um etwas anzugehen, von dem ich dir schon zigmal gesagt habe, dass ich nicht mehr dran interessiert bin." Orions Tonfall war nicht unfreundlich, aber voll innerer Überzeugung.

Greg runzelte die Stirn. „Oh. Na ja, ich hab' halt gedacht, vielleicht hast du's dir anders überlegt oder so."

„Wohl kaum." Orion öffnete die Augen. „Greg, ich weiß dein Interesse zu schätzen und auch die Zeit, die wir miteinander verbracht haben, aber wir beide werden nie wieder zusammen ins Hinterzimmer gehen. Es gibt sicher jede Menge Subs, die bereit sind, mit dir zu spielen."

„Aber –", stotterte Greg.

„Schönen Abend noch", schnitt Orion ihm das Wort ab und schloss die Augen erneut. Greg schniefte und zog beleidigt ab.

Orion öffnete ein Auge einen Spaltbreit und schielte nach Hunter. „Ist er weg?"

Hunter nickte. „Ja. Passiert so was oft?"

Orion zuckte seufzend mit den Schultern. „Deswegen will ich ja nicht mehr in den Club kommen. Damit bin ich fertig."

„Mit dem Entwined, mit BDSM oder beidem?" Als ob ihn das etwas anginge. „Entschuldige, das brauchst du nicht zu beantworten."

Orion öffnete den Mund, und jemand anders rief: „Hunter!"

„Marc." Hunter stand auf und grinste denjenigen an, der ihm in einer einzigen Nacht das Herz gestohlen hatte. Er erwiderte die herzliche Umarmung und genoss Marcs Kuss.

Marc trat zurück. „Oh Hunter! Du hast jemanden für uns gefunden. Und er ist hübsch."

3

DER BLONDSCHOPF, der aussah wie eine Anime-Figur, schnappte nach Luft, und seine großen blauen Augen wurden riesig. „Was?"

Marcus blickte sich im Club um. Die kurze Überprüfung zeigte ihm, dass der Mann, den er da vor sich hatte, bei weitem einer der hübschesten Kerle im Entwined war.

Oh, noch mal so jung und schön zu sein … War es das, was Hunter wollte? Was zum Teufel war das für ein unbehagliches Gefühl in Marcus' Brust? Scheiße, er hatte Hunter gebeten, jemand Ansprechendes zu finden … Er sollte glücklich darüber sein. Verdammt, er war froh, dass Hunter endlich Interesse an jemandem zeigte … geradezu begeistert.

Marcus begrub seine Verunsicherung, nahm auf einem freien Stuhl Platz und setzte ein hoffentlich glaubhaftes Lächeln auf. „Meine Güte, Hunt, ich weiß, du hast versprochen, dich umzuschauen. Aber Mann, bist du schnell."

Hunter schüttelte den Kopf. „Es ist nicht so, wie du denkst. Wir unterhalten uns nur –"

„Moment mal, dich kenne ich doch …" Alle Wunschvorstellungen von einem dritten Partner mal beiseite, kam das Wiedererkennen vielleicht eher langsam bei Marcus an, aber es kam. „Du bist Orion … Orion Gordon."

„Ja."

„Verdammt! Bist du okay?" Mist. Im Club ging das Gerücht um, dass er mehrfach auf eine Art geschlagen worden war, die nichts mit BDSM zu tun hatte.

Orion richtete sich auf, steifer als sein gestärktes weißes Hemd. „Natürlich. Mir geht's gut."

Marcus griff nach Hunters Hand, um ein wenig Kraft zu absorbieren. „Na ja, nach allem, was passiert ist –"

„Was ist passiert?", fragte Hunter, der in puncto Klatsch und Tratsch nie auf dem Laufenden war, mit seiner „*Ich bin Master, gehorche mir*"-Stimme.

Marcus starrte Orion an. „Willst du's erzählen?"

Orion nippte an seinem Saft und presste die Lippen zusammen.

„Sieh mal, ich kann auch bis später warten, aber ich habe keine Geheimnisse vor Hunter. Ehrlichkeit ist die wichtigste Regel in unserer Beziehung." Jede seiner früheren Beziehungen war letztendlich an Lügen, Halbwahrheiten und Geheimnissen zerbrochen, und er würde nicht zulassen, dass das mit Hunter auch passierte.

Orion verschränkte die Arme vor der Brust und starrte auf den Tisch. „Ich … da war … Ich … du kannst es ihm sagen."

„Er ist misshandelt worden." Marcus nahm nicht an den Sub-Treffen teil, aber sein Freund Zack Davies hatte ihn ins Bild gesetzt.

„Nein, ich habe darum gebeten. Ich wollte es. Ich hatte kein Safeword." Als Hunter zischend den Atem einsog, fügte Orion hinzu: „Es war meine Entscheidung."

Hunter saß da, als hätte er einen Stock verschluckt, und presste die Lippen zusammen. Völlig auf Orion konzentriert knurrte er: „Du hattest also keine Möglichkeit, die Session zu stoppen?"

Orion zuckte mit den Schultern.

Das Bedürfnis, Orion vor sich selbst zu retten, stand Hunter deutlich ins Gesicht geschrieben. Das war einer der vielen Gründe, warum Marcus ihn liebte. Hunters Beschützerinstinkt war ausgelöst worden. „Bist du deshalb fertig mit dem Entwined und /oder BDSM?"

Orion runzelte die Stirn und nickte.

„Was?" Marcus verstand nicht, wie jemand seine diesbezüglichen Bedürfnisse einfach abstellen konnte. Wie sollte das überhaupt möglich sein? War das der Grund, warum er den Lebensstil aufgegeben hatte? Lebensstil … es war Marcus nie wie eine bewusste Entscheidung vorgekommen, mehr wie ein Teil seiner selbst. Wie konnte jemand nicht sein, was er war? „Aber jetzt bist du wieder zurück?"

Orion schüttelte den Kopf und erklärte: „Ich bin heute nur wegen Xander hier. Er macht sich Sorgen um mich."

Marcus folgte Orions Blick zu Xander – und war das Quillon? Sie schienen sich gut zu verstehen.

„Klingt, als hätte er Grund dazu", verwies Hunter und verschränkte die Arme vor der Brust.

„Entschuldigung. Ich störe euch ja nur ungern, aber ich muss dir einfach danken, Marcus."

Marcus erkannte den anderen Master als jemanden, den er ein-, zwei Mal getroffen hatte. Er stand auf und ergriff seine dargebotene Hand.

Der Mann deutete auf eine langhaarige Frau am anderen Ende des Raums. „Schau dir meine schöne Sub an, wie stolz sie die Tattoos vorzeigt, mit denen du ihre Operationsnarben verdeckt hast."

Marcus warf einen Blick zu der Frau. Sie lächelte und posierte mit der gewundenen Ranke aus bunten Blumen, die eine dreißig Zentimeter lange Narbe mitten auf ihrem Bauch kaschierte. „Gern geschehen. Wie schön, dass es ihr wieder besser geht. Es war eine Freude, an ihr zu arbeiten."

Der Mann nickte Orion und Hunter zu, dann kehrte er zu seiner Sub zurück.

Marcus konnte Hunter nicht in die Augen sehen. Hoffentlich machte Hunter jetzt keine große Sache –

Hunt packte Marcus an der Schulter und schüttelte ihn leicht. „Du bist ein guter Mensch."

24

„Eh, du bist voreingenommen." Er lächelte bei der Wärme, die ihm das Herz aufgehen ließ. Dann wandte er seine Aufmerksamkeit wieder ihrem Gespräch zu – wo waren sie gewesen? „Du hast also BDSM aufgegeben, Orion. Hast du auch bei der Suche nach Liebe das Handtuch geworfen?"

Hunter seufzte, und Marcus konnte beinahe hören, wie sein Hirn ratternd einen Plan nach dem anderen ausspuckte, Orions Leben sicherer und glücklicher zu machen.

Vielleicht war das eine dämliche Frage, aber aus irgendeinem Grund wollte er die Antwort wissen.

Orion lehnte sich zurück. „Liebe? Liebe ist lediglich ein chemischer Prozess, modifiziert durch geographische Verfügbarkeit, Nähe und sexuelle Attraktivität."

Hunter knallte die Ellbogen auf den Tisch und runzelte die Stirn.

Marcus beschloss, diesem Karnickel in den Bau zu folgen, und nicht nur, weil Orion so einen niedlichen Popo hatte … obwohl er den hatte, soweit Marcus sagen konnte … einen wirklich niedlichen Popo. „Soll heißen?"

Orion trommelte mit den Fingern auf dem Tisch herum. „Okay, zunächst einmal glaube ich nicht an Liebe, obwohl ich Sternbergs Dreieckstheorie der Liebe eine gewisse Plausibilität zugestehen muss."

„Wie bitte? Wem?" Marcus konnte sich den Scherz nicht verkneifen. „Siehst du, Hunter, ich hab doch gesagt, dass wir eine Dreiecksbeziehung brauchen, um richtig glücklich zu sein."

Hunter verzog das Gesicht und forderte Orion mit einer Geste zum Erklären auf.

Orion warf Marcus ein angedeutetes Lächeln zu, bei dem ihm innerlich ganz warm wurde und sein Schwanz sich aufzurichten begann. „Alle Arten von Liebe entstehen aus Intimität, Leidenschaft und Bindung. Je nach Art der konkreten Beziehung sind die einzelnen Komponenten unterschiedlich stark ausgeprägt."

„Soll heißen, bei Freundschaften ist die Leidenschaft schwächer ausgeprägt als bei der Liebe zu einem Geschlechtspartner", fasste Marcus zusammen.

„Das gilt sowohl für die Leidenschaft als auch für die Bindung. Obwohl eine spätere Studie darauf hindeutet, dass Intimität bei allen Beziehungstypen stark ist."

„Okay?", sagte Marcus ermutigend. Wie konnte jemand Liebe auf so was reduzieren? Es war verrückt, die schönste Erfahrung, die jemand machen konnte, auf einen chemischen Prozess zu beschränken.

„Wenn ein anderer Mensch deinen Dopamin-, Noradrenalin- und Phenylethylaminspiegel ansteigen lässt, führt das bei dir zu der Annahme, in denjenigen verliebt zu sein." Orion blickte zwischen Marcus und Hunter hin und her, um sich zu vergewissern, dass sie ihm folgen konnten.

„Dann glaubst du also, dass erhöhte Chemikalienspiegel im Blut Liebesgefühle verursachen." Marcus nickte, um Orion zu bestätigen, dass sie verstanden hatte. Dabei hoffte er jedoch, durch seinen Tonfall zu übermitteln, dass sie nicht unbedingt derselben Meinung waren.

„Stimmt, aber um die chemische Reaktion hervorzurufen, muss der Betreffende sich in deinem sozialen Umfeld befinden." Orion klang erfreut.

Marcus bestärkte ihn: „Geographische Erwünschtheit?"

„Genau. Geographische Verfügbarkeit ist der Schlüssel. Man muss den Menschen, der einem das antun kann, überhaupt erst mal treffen." Mit glühender Begeisterung fuhr er fort: „Obwohl die Nervenbahnen, die einem erlauben, andere Menschen einzuschätzen, nur eingeschränkt funktionieren."

„Hä?" Hunter legte den Kopf schräg.

Marcus biss sich auf die Lippe. Er würde dem Gelächter nicht nachgeben, das bei Hunters Reaktion direkt unter der Oberfläche blubberte.

Orion schien die Anzeichen für Skepsis nicht zu erkennen, daher fuhr er fort und versuchte an seine Lehrstunde anzuknüpfen: „Bei Verliebten sinkt der Serotoninspiegel … normalerweise auf dasselbe Niveau wie bei Menschen mit einer Zwangsstörung."

Verdammt, zu sehen, wie Orions rosige Lippen sich bewegten, weckte in Marcus das Bedürfnis nach einem Blowjob. Er hatte den perfekten Mund für Oralsex, und –

„Moment mal. Hast du eben Verliebte mit psychisch Kranken verglichen?" Hunter verschränkte die Arme vor der Brust.

Orion rückte ein wenig von Hunter ab, doch er nickte.

Marcus winkte Hunter ab, doch sein eigenes Stirnrunzeln vertiefte sich unwillkürlich. Obwohl er sich zwanghaft mit der Vorstellung von Orions reger Zunge an seinem Schwanz beschäftigt hatte, war ihm der saftigste Leckerbissen des Gesprächs nicht entgangen.

„Das erklärt vermutlich, warum Menschen sich zwanghaft mit denen beschäftigen, die sie lieben."

Wie konnte jemand, der aussah wie eine erwachsene Version von Amor persönlich, nicht an Liebe glauben? Vor Hunt hätte Marcus vielleicht zugestimmt, aber jetzt würde er für den Mann, den er liebte, alles tun. Einschließlich jemanden zu finden, den Hunt dominieren konnte.

Hunt schnitt eine Grimasse. „Oder mit Orions Worten, mit demjenigen –"

„Oder denjenigen", ergänzte Marcus mit einem breiten Lächeln.

Ah, es konnte nie schaden, seine Absichten im Vorfeld klarzustellen. Hoffentlich war Hunt nachher in großzügiger Stimmung, denn die Kombination von Orions und Hunters Reaktionen auf ihn brachte Marcus' normalerweise zahme Libido so richtig auf Touren.

Hunter starrte ihn lediglich ein paar Sekunden lang mit zusammengekniffenen Augen an, dann sprach er weiter: „Mit dem- oder *den*jenigen, die deine Chemikalienspiegel ansteigen lassen."

„Genau!" Orion war gescheit, doch von Hunters Sarkasmus bekam er eindeutig nichts mit.

Hunters Kopf wackelte. Vielleicht würde die Information so besser einsickern. „Ich nehme an, das soll heißen, dass du nicht an Liebe glaubst."

„Oh nein. Ich glaube an Liebe. Ich glaube nur nicht an *romantische* Liebe."

„Wie schrecklich." Hunter setzte eine Miene auf, die *„Da gehen unsere Ansichten aber himmelweit auseinander"* besagte. Diesen Gesichtsausdruck hatte Marcus zum letzten Mal gesehen, als er Hunter überredet hatte, äthiopisches Essen zu probieren. Als Marcus das saure, schwammige Brot als „nicht schlecht" bezeichnete, hatte Hunter ihn genauso angeschaut, aber diesmal war sein Blick noch entsetzter.

„Dann willst du wohl nichts über Hannah Frys *Mathematik der Liebe* hören. Sie nutzt Statistiken, um die optimale Strategie bei der Partnersuche zu berechnen." Orion zuckte mit den Schultern.

Der arme Hunter verzog das Gesicht. „Nee, das wäre wahrscheinlich nichts für mich."

Marcus rieb sein Knie an Hunters und setzte ein Lächeln auf, das hoffentlich charmant genug war, um die statistische Wahrscheinlichkeit für einen Blowjob zu steigern. Sich heute Abend mit seiner eigenen linken Hand begnügen zu müssen war nämlich keine verlockende Aussicht.

„Ihr zwei habt euch kennengelernt, als ihr über dreißig wart?", fragte Orion.

Marcus nickte. Er und Hunter hatten sich hier im Entwined kennengelernt. Hunter war so ... alles. „Ich war gerade dreißig geworden. Er ist vier Monate älter. Beweist wieder mal, dass das Leben nicht mit der großen Drei-Null endet."

Orion runzelte die Stirn und seufzte. „Wenn ihr Frys Strategie gefolgt wärt, hättet ihr euch bereits für andere Partner entschieden gehabt."

„Glücklicherweise hatten wir das nicht." Marcus lächelte Hunter an. Er konnte sich nicht vorstellen, nicht mit Hunter zusammen zu sein.

Sein Lover knurrte: „Liebe ist mehr als Chemie und statistische Strategien."

Ah, das war ein Gesprächsfaden, und Marcus musste einfach dran ziehen. „Dann hast du also noch nie geliebt, Orion?"

„Ich liebe Xander, meine Eltern, meine Haustiere –"

Marcus drängte auf Klarstellung. „Aber du hattest noch keinen Partner, in den du verliebt warst? Noch nie?"

Orion schüttelte den Kopf. „Nein."

„Bist du ..." Marcus wühlte in seinem Gedächtnis nach dem richtigen Wort. Hunter füllte die Lücke. „Aromantisch?"

Orion sah erst Marcus und dann Hunter an. „Darüber habe ich viel nachgedacht. Ich glaube eigentlich nicht, dass mir das emotionale Bedürfnis nach einer romantischen Beziehung fehlt. Es ist eher so, dass ..."

Marcus versuchte ihm auszuhelfen. „Kann es vielleicht sein, dass du als Wissenschaftler keiner romantischen Verbundenheit jenseits des Chemischen traust?"

Orion zuckte mit den Schultern.

27

„Du kannst an nichts glauben, was über die reine Wissenschaft des Ganzen hinausgeht?", bohrte Marcus weiter.

Orion ließ den Orangensaft in seinem Glas rumwirbeln. „Aus dem Gleichgewicht geratene Chemikalien können sich wieder ausgleichen –"

„Und was wird dann aus dir?" Hunter räusperte sich.

„Genau." Orion nickte mit einer Eindringlichkeit, die Marcus das Herz brach.

„Also, ich bin seit sechs Jahren seinetwegen aus dem Gleichgewicht." Marcus deutete auf Hunter und dann dorthin, wo er ihn zum ersten Mal gesehen hatte. „Gleich dort stand er, und es war Liebe auf den ersten Blick."

Orion schüttelte den Kopf.

„Liebe auf den ersten Blick. Das Konzept an sich ist unmöglich." Orion hob die Hand, um Marcus' und Hunters Widersprüche abzuwehren, bevor sie sie geäußert hatten. „Selbst wenn man an Liebe glaubt. Das Gehirn muss erst mal verarbeiten, was man gesehen hat."

„Anders ausgedrückt, die Neuronen müssen erst mal ungehemmt losfeuern?" Hunter runzelte die Stirn.

„Meine feuern immer ungehemmt für dich." Marcus ließ seine Hand an Hunters Arm entlanggleiten. War Oralsex denn völlig vom Tisch?

Hunter hatte einen Schuh abgestreift, und sein Fuß stahl sich in Marcus' Hosenbein. Dort war gerade genug Platz, dass Hunter die Zehen reinstecken und Marcus' Bein oberhalb des knöchelhohen Stiefels streicheln konnte. Ah, nein, es bestand noch Hoffnung.

Das hier war mehr als eine chemische Reaktion. Für Hunter würde er barfuß über Glasscherben gehen … okay, na schön, er mochte Schmerzen, aber er würde es trotzdem tun. Seine Chemikalienüberflutung für Hunter würde sich nicht einregulieren, da war er sich ganz sicher. Marcus wollte, dass Hunter alles bekam, was er sich wünschte, selbst wenn Marcus nicht derjenige war, der es ihm gab.

Orion blickte zwischen ihnen hin und her. „Genau. Selbst wenn man das chemische Ungleichgewicht als romantische Liebe einstufen wollte, bräuchte das Gehirn Zeit, um es als Liebe zu erkennen und abzuspeichern. Die beste Bezeichnung wäre ‚Liebe bald nach der ersten Begegnung'. Bleibt zu hoffen, dass wenigstens ein paar Worte gewechselt sein müssen, ehe man das Gefühl was anderes als ‚Lust' nennen kann."

Hunt zuckte mit den Schultern. „Was ist mit gemeinsamen Werten, Interessen, Hintergründen, Lebenseinstellungen, Gewohnheiten –"

Marcus machte eine Geste in Orions Richtung, wie um sich seiner Zustimmung zu versichern. „Das ist Freundschaft und lediglich das, was während dieses chemischen Ungleichgewichts passiert, wenn einem die Spiegel durcheinander geraten."

Hunter starrte Marcus wütend an und kratzte leicht mit den Zehennägeln an seinem Schienbein. Düstere Aussichten für seinen zukünftigen Blowjob.

Marcus begegnete Hunters Blick mit einem, in dem hoffentlich genug Leidenschaft lag, um zu erklären, wie der Abend enden würde.

Dem Himmel sei Dank – er bekam ein leichtes, bestätigendes Lächeln zurück.

Marcus wandte sich wieder dem Gegenstand der Debatte zu. „Aber eins musst du zugeben, Orion, Lust auf den ersten Blick ist möglich."

Orion grinste.

Juhu! Musterschüler-Punkte für Marcus.

Orion beugte sich vor und räumte ein: „Im Großen und Ganzen ja. Das ist eine instinktive Reaktion und läuft ohne kognitive Vorgänge ab. Ob man sich sexuell zu jemandem hingezogen fühlt, hängt von den jeweiligen Vorlieben im Hinblick auf körperliche Erscheinung, Stimme und Pheromonen ab."

Verdammt, er fand Orion wahnsinnig sexy, und er würde wetten, dass Hunter das Genie auch heiß fand. Marcus musste den Faden weiter entwirren. „Also, Liebe auf den ersten Blick gibt es nicht, aber Ficken-wollen auf den ersten Blick schon, und bei entsprechender Nähe zu jemandem, den man zufällig attraktiv findet, kann man sich einbilden, verliebt zu sein?"

„Genau." Orion trank von seinem Orangensaft. Wahrscheinlich war er erfreut, jemanden zu haben, der mit ihm diesen Pfad entlang tanzen wollte.

Also dann, ganz oder gar nicht. „Fühlst du dich sexuell zu uns hingezogen, Orion?"

Orion versprühte den Orangensaft, den er im Mund hatte, über den ganzen Tisch, und Marcus' Gesicht bekam auch was davon ab.

„Nicht ganz das, was hier sonst so unter Gesichtsbehandlung läuft, aber okay." Marcus berührte sein feuchtes Gesicht.

Hunters Augenbrauen gingen hoch und dann umso tiefer runter. Er presste die Lippen zusammen und half Orion, die Tröpfchen auf dem Tisch wegzuwischen.

„Also?" Marcus fuhr sich mit der Hand übers Gesicht und lutschte sich dann jeden Finger einzeln ab.

Orions Augen weiteten sich, und er blickte sich um. Hoffte er auf Rettung?

Käfer festgenagelt. Marcus würde ihm nie die Flügel ausreißen. Er wollte nur die Farben im Licht schillern sehen. „Ich frage mich nämlich gerade, ob du *Lust* auf ein Experiment hättest."

„Ein Experiment?" Orion rückte auf seinem Stuhl weiter nach vorn, und seine Augen funkelten interessiert. Gut zu wissen. „Was für eins?"

„Na ja, der Test würde *nur* funktionieren, wenn du dich zu uns hingezogen fühlst." Marcus hielt ihm den Köder weiter unter die Nase.

Ein leichtes Grinsen huschte über Orions Gesicht. „Ich würde meinen, das ginge wohl jedem so. Du mit deinem dunklen Haar und dieser lila Strähne und deinem sexy Vampir-Look ... und Hunter ist auf diese charmante Art gut aussehend, wie Channing Tatum, mit einem Körper wie ... na ja, du weißt schon."

Hmmmm, sexy Vampir. Cool.

Hunter zog eine Augenbraue hoch. „Das Fitnesstraining zahlt sich aus."

Marcus nickte. Okay, ihre Mitgliedschaft im Fitnessclub blieb im Budget für nächstes Jahr, und vielleicht würde er Hunters Beispiel folgen und die Mitgliedschaft hin und wieder mal für was anderes nutzen als einen Handjob in der Sauna.

Jesus. Hunter spannte unter dem Hemd seine Brustmuskeln an, immer einen nach dem andern.

„Angeber." Marcus musste diese Brust später ausgiebig lecken. Warum nur stand Hunt nicht auf Nippel-Piercing?

Orion sabberte ein bisschen, als Hunt seine Muskeln spielen ließ, dann schüttelte er den Kopf und sah Marcus mit zusammengekniffenen Augen an. „Okay, sexuelle Attraktivität ist vorhanden … wenigstens auf meiner Seite. Entspreche ich euren Kriterien für attraktiv?"

Gut. Kein koketter Sub, der Spielchen spielte. Das gefiel Marcus, und er wechselte einen raschen Blick mit Hunter. „Kann man wohl sagen. Hunter und ich finden dich beide extrem appetitlich."

Orion wurde nicht rot, aber seine Lippen zuckten und seine Augenbrauen hoben sich. „Was für ein Experiment?"

Wie ließ er jetzt diesen blöden Vorwand, Zeit mit Orion zu verbringen, wenigstens ein bisschen wissenschaftlich klingen? „Nun ja, wenn ich dich vorhin richtig verstanden habe, würden Hunter und ich, wenn du Zeit mit uns verbringst, deine Chemikalien aus dem Gleichgewicht bringen, oder?"

„Ähm …"

„Marc!", knurrte Hunter. Die Wahrscheinlichkeit für Oralsex heute Abend sank.

„So hatte ich das nicht gesagt", verbesserte Orion.

„Okay, *möglicherweise* deine Chemikalien aus dem Gleichgewicht bringen." Marcus wartete, bis Orion widerstrebend genickt hatte, dann fuhr er fort: „Da du nicht an romantische Liebe glaubst, wirst du, sofern deine Chemikalien aus dem Gleichgewicht geraten, auch nicht glauben, in uns verliebt zu sein. Wenn es lediglich eine chemische Reaktion auf die körperliche Nähe zum Gegenstand deiner sexuellen Begierden ist, dann solltest du trotzdem nichts weiter als Freundschaft empfinden."

Orion nickte, drückte die Fingerspitzen aneinander und starrte auf die Tischplatte. „Interessant."

Interessant, soso. Na warte. Marcus würde es ihm zeigen. Er und Hunter würden sich alles Mögliche einfallen lassen, um die schöne Intelligenzbestie umzukrempeln. Auch dann, wenn BDSM vom Tisch war … obwohl das zu schade war bei all der jungfräulichen Haut. Die Nadelmuster, die er da –

„Orion, du musst nicht. Marcus spinnt bloß rum." Hunter warf ihm einen finsteren Blick zu, der besagte: *„Wenn du ausnahmsweise mal mit einer Erektion denken musst, fliegen dir anscheinend die Tassen aus dem Schrank."* Blowjob-Wahrscheinlichkeit stark vermindert.

Mist. Der Mann war missbraucht worden. Was zum Teufel war bloß los mit Marcus? War er so wenig an Erektionen gewöhnt, dass er den Blutverlust im Hirn nicht mehr verkraftete?

Marcus wollte das klarstellen. „Falls du nicht möchtest, wegen dem, was dir zugestoßen ist …"

Orion verzog das Gesicht. „Kein Problem. Auf die Art könnte ich das alles hinter mir lassen und beweisen, dass ich mit meiner Theorie richtig liege – und noch Spaß dabei haben."

„Bist du sicher?", fragte Hunter.

Als hätte Hunter nichts gesagt, fuhr Orion nachdenklich fort: „Und wir können die Parameter des Experiments so definieren, dass Sex als Faktor eliminiert ist." Unter Orions eindringlichem Blick fühlte Marcus sich, als stünde er auf der sprichwörtlichen Speisekarte. „Oder wir könnten sexuelle Begegnungen mit reinnehmen, falls das … was das Experiment betrifft … sinnvoll erscheint."

Marcus hoffte zu Gott, dass das sinnvoll wäre, denn …

Orion grinste. „Im Geiste der wissenschaftlichen Forschung – ich bin dabei. Also dann, zur Klarstellung, ihr zwei habt eine offene Beziehung?"

„Ja", sagte Hunter.

Marcus rang sich ein Lächeln ab. „Wir brauchen beide etwas, was der andere nicht wirklich mag. Deshalb spielen wir manchmal mit anderen, statt ganz darauf zu verzichten."

„Zusammen?"

„Normalerweise klappt das nicht, weil unsere freien Abende nicht immer zusammenfallen, und falls doch, haben wir vielleicht keine Lust, ins Entwined zu gehen. Aber gelegentlich mal." Alle Jubeljahre mal, zu Marcus' großem Bedauern, denn Hunter in Aktion war ein herrlicher Anblick.

„Na ja, wir könnten es wahrscheinlich öfter machen, wenn du mehr selbst über deinen Terminplan bestimmen könntest", verwies Hunter.

Er konnte nicht leugnen, dass das Tattoo-Studio ihn ausnutzte und seinen Terminplan nicht zu achten schien. Marcus hielt ihm entgegen: „Aber auch, weil wir auf verschiedene Sachen stehen. Es ist schwierig, jemanden zu finden, der mit zwei Typen mit unseren Vorlieben spielen will. Außerdem kommandiert er gern Leute rum."

Hunter nickte. „So kann man's auch ausdrücken. Ich lasse eben einen Sub gern zeigen, was er kann. Ich möchte mich drauf konzentrieren, dafür zu sorgen, dass er alles kriegt, was er braucht."

Hatte Orion eben gezittert? So, wie er auf seinem Stuhl rumrutschte, war Marcus sich nicht ganz sicher. Er rückte besser auch gleich mit seiner Vorliebe raus. „Ich bin Sadist."

Hunter schüttelte den Kopf und sagte: „Du hast sadistische Tendenzen."

Marcus verdrehte die Augen. „Na schön! Sadistische Tendenzen mit einem Schuss Masochismus. Ich tu' anderen gern richtig weh und teile das Gefühl mit ihnen."

Orion schnappte nach Luft und keuchte ein bisschen. „Maso-Schlampe" stand ihm so deutlich ins Gesicht geschrieben, als wäre ein Neonschild über seinem Kopf angegangen.

Aha, Marcus war also auf der richtigen Spur. Ermutigt goss er weiter Öl ins Feuer: „Ich lebe für den Moment, wenn Schmerz sich in Lust verwandelt." Er nahm seine lila gefärbten Haarsträhnen und pinselte damit über Orions Gesicht. „Ich liebe das Gefühl so sehr, dass ich am Geschenk des Leidens teilhaben will … an dieser Intensität."

Der hübsche Mann machte den Mund zu und schluckte.

Halleluja! Sie drei würden gut zusammenpassen, falls Marcus seinen Plan verwirklichen konnte. „Aber Hunter steht weder auf Nadeln noch auf Schmerz. Ich bin nicht das, was man allgemein als dominant bezeichnen würde, weil ich selber so total auf Schmerzen abfahre. Aber wenn ich mir auch noch so viel Mühe gebe, ich werde nie devot genug sein, um Hunters Bedürfnis nach Dominanz zu entsprechen."

Marcus ließ Orions rasches Blinzeln auf sich wirken, die Art, wie er sich seine üppigen Lippen leckte. Ja, Marcus hatte sich daran gewöhnt, sich mit sehr viel weniger zu begnügen, um nur ein bisschen was von dem zu kriegen, was er brauchte. Mit Orion brauchte er sich nicht mit weniger abzufinden … und an Hunters vollkommener Befriedigung teilzuhaben würde himmlisch sein.

Hunter wandte sich an Marcus, voll auf ihn konzentriert, und nahm seine Hand. „Du bist genug für mich."

In Marcus' Herzgegend brach ein Feuerwerk los, doch er entgegnete: „Ich kann den Sub spielen, aber das ist wie Flöhe hüten. Und außerdem bin ich schlicht unfähig, mich völlig zu ergeben." Früher hatte ihn das gestört, doch er ließ seinen Blick zu Orion schweifen und schnurrte: „Ich wette, du gibst dich von ganzem Herzen hin."

Orion blinzelte und leckte sich die Lippen. „Ja. Ich … ja, als ich … ich hab's versucht."

Ja … komm näher, aber du kannst es noch nicht haben. Marcus würde ihn schon noch zum Betteln kriegen.

„Aber egal. Wir werden unser Experiment ohne jeden Zwang zu *körperlichen* Vereinigungen durchführen." Marcus grinste; er war sich absolut sicher, dass er soeben jedem am Tisch einen Ständer beschert hatte.

Orion seufzte und nickte.

Hunter lehnte sich zurück. „Marcus denkt, wenn wir jemanden mit ähnlichen Gelüsten hätten, könnte derjenige die Lücke zwischen uns schließen, sozusagen. Deshalb hat er aktiv nach einem Dritten gesucht."

„Aber du nicht." Hunters Widerstreben war Orion nicht entgangen.

„Eh, ich wüsste nicht, wie das gehen sollte."

Gut. Ein manipulativer Gedanke kam Marcus in den Sinn. Hunter hatte zu verstehen gegeben, dass er möglicherweise gar nicht interessiert war, und das würde sich zu ihren Gunsten auswirken.

Orion runzelte die Stirn. „Okay, für die Dauer des Experiments, könntet ihr beide euch diesem Unterfangen ohne äußere Einflüsse widmen?"

Hunter nickte. „Kein Problem."

Marcus starrte ihn an. Er konnte aufhören, sich mit irgendwelchen x-beliebigen Spielpartnern zu treffen; das tat er sowieso nicht allzu oft, also konnte er es auch sein lassen. „Ja, kein Thema."

„Also, auch wenn ich eure BDSM-Bedürfnisse nicht überbrücken kann … nicht mehr … obwohl ich mal ein ziemlicher Masochist war und immer alle Befehle befolgt habe …" Orion schüttelte den Kopf. „Ich weiß nicht, warum ich das gesagt habe. Für dieses Experiment ist das nämlich nicht nötig."

Marcus hätte am liebsten gekontert, doch er verbiss sich seine Antwort.

Hunter knurrte: „Wie kommst du darauf?"

„Na ja, gegenseitiges sexuelles Verlangen ist etabliert, also geht es jetzt eigentlich nur noch darum, einander ausgesetzt zu sein, um zu sehen …"

Marcus warf ein: „Ob irgendwas aus dem Gleichgewicht gerät."

„Stimmt! BDSM und Sex sind nicht nötig." Orions Blick streifte das Paar in der Ecke. „Und mal ganz eigennützig gesprochen – wenn ich öfter mit euch zusammen bin, wird das Xander vielleicht helfen, sich nicht mehr so viele Sorgen um mich zu machen und sich stattdessen auf sein eigenes Leben zu konzentrieren."

Wie aufs Stichwort schaute Xander zu ihrem Tisch rüber und formte wortlos mit den Lippen: „Alles okay?"

Marcus erkannte Orions Freund und winkte. Jeder kannte Xander.

Orion signalisierte ihm, dass alles in Ordnung war, und unterdrückte ein Gähnen. „Tut mir leid. Ich weiß, es ist erst halb elf, aber ich habe letzte Nacht nicht gut geschlafen."

Hunters überfürsorgliche Ader kam zum Vorschein. „Wie viele Stunden hast du geschlafen?"

Marcus versuchte, ihn per Paar-Telepathie zu etwas mehr Zurückhaltung zu bewegen.

Orion streckte sich. „Weniger als meine üblichen vier Stunden."

Hunter schnappte nach Luft. „Deine *üblichen* … Das ist verkehrt. Dein Körper braucht mindestens sieben bis neun Stunden."

Orion stöhnte auf und erklärte: „Ich weiß. Ich … kann einfach nicht."

„Warum gehst du dann nicht nach Hause und ruhst dich wenigstens ein bisschen aus?", fragte Hunter.

„Ich fühle mich wohl hier mit euch beiden, und ich bin mit Xander gekommen. Ich will ihn nicht von Quillon wegreißen. Die zwei verstehen sich richtig gut."

„Wir können dich nach Hause bringen", bot Marcus an.

Orion winkte ab. „Ich wohne ziemlich weit weg."

„Das ist kein Problem, und du kannst direkt ins Bett gehen", versicherte Hunt.

Nachdem er sie beide eine Zeitlang angestarrt hatte, sagte Orion: „Ich sage Xander Bescheid, dass ihr mich nach Hause fahrt."

HUNTS JEEP bog in die Lark Street ein, und Marcus lächelte. Als Teenager hatte er sich hier oft rumgetrieben. Viele von den Türstehern nahmen auch einen Blowjob, wenn man keinen gültigen Ausweis hatte.

„Also, wie führen wir jetzt unser Experiment weiter?", fragte Hunter, zu Marcus' freudiger Überraschung. Noch ein Beweis dafür, dass er recht gehabt hatte, auf einen Dritten zu drängen.

„Habt ihr am Mittwochabend Zeit?", fragte Orion ohne zu zögern.

„Ja, und Marcus *wird* den Abend im Studio blocken", antwortete Hunter.

Bei Hunts gebieterischem Ton hätte Marcus am liebsten den Aufstand geprobt, aber er wollte Orion wiedersehen, daher nickte er.

„Xander gibt an dem Abend länger Unterricht. Ich kann euch beiden was kochen."

Hunter hob ruckartig den Kopf und machte große Augen. Er starrte Orion im Rückspiegel an. „Du kochst?"

Orion lachte. „Ja, natürlich. Mir gefällt die Wissenschaft, die hinter dem Ganzen steckt. Ich habe daran gearbeitet, einige Gerichte zu perfektionieren."

Aber natürlich hatte er das getan. Das Licht der Straßenlampe spielte über Orions Gesicht, hob seine Aufrichtigkeit hervor und forderte Marcus heraus, daran zu glauben, dass so viel Herzensgüte tatsächlich existierte.

„Wer kümmert sich um euch beide?" Orions Besorgnis hüllte Marcus' Herz in süße Wärme.

Marcus zuckte mit den Schultern. „Wir kümmern uns gegenseitig umeinander."

„Ja, wir wechseln uns ab. Mal bestellt der eine was, mal bringt der andere was mit", schaltete Hunter sich ein.

Orion rümpfte die Nase und schüttelte den Kopf. „Hmm, irgendwelche Nahrungsmittelallergien?"

Marcus schaute in den Rückspiegel und fing Orions Blick auf. Er hob die Hand. „Hummer und Krebse, aber Shrimps vertrage ich komischerweise."

„Das liegt an den Tropomyosinen."

„Tropo… was?" Marcus bemühte sich um einen scherzhaften Ton, aber verdammt, klug war sexy.

„Tropomyosine sind die Eiweiße, die deine Reaktion bewirken. Es ist interessant, dass du nicht gegen Shrimps allergisch bist, aber vielleicht reagierst du

34

darauf nur nicht so heftig. Am besten lasse ich Meeresfrüchte ganz weg", sinnierte Orion. „Hunter, hast du auch Allergien oder magst du irgendwas nicht?"

„Äh, nein. Solange es lang genug still daliegt, dass ich es in den Mund stecken kann, ist mir alles recht."

„Das merke ich mir aber für nachher!" Marcus packte Hunters Schenkel und drückte. Blowjob wieder angeknipst.

Orion kicherte und stieg aus. „Also dann, bis Mittwoch um sieben."

„Abgemacht. Ein Date zum Daten sammeln." Zu Marcus' großer Freude runzelte Orion leicht die Stirn, als er daran erinnert wurde, dass ihr Rendezvous ausschließlich der Wissenschaft diente.

Orion blickte sich immer wieder um, während er die Treppe zur Haustür hinaufstapfte. Er öffnete die Tür und winkte.

Hunter fuhr los, nachdem Orion das Licht im Flur ausgemacht hatte. Er schwieg eine Zeitlang. „Du weißt aber schon, dass das der fadenscheinigste Vorwand für eine Affäre ist, der mir je untergekommen ist, oder?"

Marcus grinste. „Hat aber funktioniert."

„Oh ja." Hunters Tonfall ließ Marcus im Ungewissen, ob das eine gute Sache war oder nicht.

„Aber nur um das mal klarzustellen, wenn ich lange genug ruhig daliege, steckst du mich in den Mund?" Marcus schob seinen Schwanz zurecht. Es war toll, einen Ständer zu haben.

Hunter nahm eine Hand vom Lenkrad und massierte Marcus' bestes Stück. „Jederzeit …"

4

ORIONS MOM nahm seinen Anruf mit den Worten entgegen: „Schatz, bist du noch bei der Arbeit?"

„Nein, ich bin schon zuhause. Ich habe um halb fünf Feierabend gemacht." Es war schön, einen Grund zu haben, um zu einer vernünftigen Uhrzeit nach Hause zu gehen. Orion war direkt nach der Uni im Krebsforschungszentrum am Albany Central Hospital eingestellt worden. Überstunden zu machen, Projekte zu leiten und die zusätzliche Arbeit zu erledigen, die erforderlich war, um Zuschüsse zu beantragen, hatten der Forschung nicht ihren Glanz genommen, aber sein Chef … Orion hatte sich die Stelle als Forschungsleiter verdient, obwohl Dr. Schwinner ihn auf Schritt und Tritt bekämpft hatte … und meistens hatte er das Gefühl, auf Granit zu beißen.

„Bist du krank?"

War er wirklich so ein Workaholic? „Nein, Mom."

„Nun ja, es überrascht mich eben. Das ist ein halber Tag für dich. Wie hat *mein* fantastischer Xander dieses Wunder zustande gebracht?"

„Nur damit du's weißt, *mein* Xander hatte nichts damit zu tun." Orion umrundete seine kleine Küche und stellte den geschnittenen Salat in den Kühlschrank. Er holte Geschirr aus dem Schrank und Servietten und Besteck aus der Schublade.

„Wie geht's Xander? Ich habe seit Sonntag nicht mehr mit ihm gesprochen."

„Und das habt ihr beide überlebt?" Orion fand es toll, dass seine Mutter Xander ohne weiteres adoptiert hatte, als er in seinem ersten Studienjahr von seiner Familie verstoßen wurde.

„Komm schon. Wie geht's ihm?"

„Na ja, ich glaube, er hat einen Freund." Orion deckte den Tisch für drei und hielt kurz inne, um über die trianguläre Symmetrie zu lächeln.

„Wen?"

Er eilte in die Küche zurück. Die Aubergine, die er in Scheiben geschnitten und auf Küchenpapier ausgebreitet hatte, schwitzte ihren bitteren Geschmack bereits aus. „Sein Name ist Quillon."

„Oh, in den war er doch so verschossen." Die Begeisterung seiner Mom brachte ihn zum Lächeln.

„Ja. Er ist sehr verschwiegen, wenn es um ihn geht." Und zugeknöpft … Xander hatte ihm seit dem Abend im Club keinen Blowjob mehr angeboten und auch keinen mehr von ihm gewollt. Typischerweise wies dieses fehlende Interesse an Oralsex darauf hin, dass Xander sich ernsthaft in jemanden verguckt hatte.

„Danke für die Info. Die Einzelheiten kriege ich schon aus ihm raus, wenn ich ihn zum Mittagessen sehe. Aber jetzt erst mal zurück zu dir. Warum bist du zuhause?"

„Ich kriege Besuch. Zwei … Freunde kommen zum Abendessen." Er hasste es, nicht genau zu wissen, in welche Schublade Hunter und Marcus gehörten. Sie waren weder Spielpartner noch Sexkumpels oder … gab es so was wie Freunde ohne gewisse Vorzüge? Hmm, das wären dann wohl Freunde. Er hatte sie treffend bezeichnet. „Ich leg' dich mal auf Lautsprecher."

„Okay. Jedenfalls bin ich froh, dass du Freunde zu Besuch hast. Kochst du selbst oder bestellst du was zu essen?" Hatte sie ihn nicht rumklappern gehört?

„Ich mache Auberginen-Rollatini." Er strich sich das Haar aus dem Gesicht und griff in die Schublade, neben der er gerade stand. Er holte ein Paar Essstäbchen heraus, dann drehte er seine Haare auf dem Kopf zusammen und verwob ein Stäbchen mit dem Knoten. Mit dem zweiten Stäbchen steckte er den Haarknoten gut fest.

„Hast du die Auberginen gesalzen?"

„Natürlich." Er wusch sich die Hände. „Und jetzt tupfe ich gerade die Bitterstoffe ab. Danach wende ich die Scheiben in Ei und Semmelbröseln."

„Gut. Pass auf, dass sie ganz davon überzogen sind. Ähm, das ist doch keins von deinen *dekonstruierten* Gerichten, oder?" Die Missbilligung war ihr anzuhören. Sie war in einer italienischen Familie aufgewachsen, wo alles auf eine bestimmte Art gekocht wurde. Jede Abweichung bedeutete eine Respektlosigkeit gegenüber den Traditionen und war grundsätzlich falsch.

Er lachte, beruhigte sie aber. „Nein, Mom. Ich mache sie so, wie du es mir beigebracht hast."

„Gut. Gut. Ähm, darf ich fragen, was du als Füllung nehmen willst?"

Orion kicherte und begann die Röllchen zu braten. „Echte Mozzarella und Ricotta aus dem italienischen Laden."

„Dem in der New Scotland Avenue?" Als er ein bestätigendes Geräusch von sich gab, lobte sie: „So ist's brav. Jetzt erzähl mir mal von deinen *neuen* Freunden."

„Da gibt's nicht viel zu erzählen. Wir wollen uns einfach einen netten Abend machen." Das war nicht mal wirklich gelogen. „Hunter ist Rettungssanitäter und Marcus ist Tattoo-Künstler."

„Wirklich, ein Tattoo-Künstler? Wie aufregend!" Seine Mutter fand ihr Leben in der akademischen Welt anscheinend nicht exotisch genug, nicht einmal nach Dads Beförderung zum Dekan für Internationale Beziehungen vor zwei Jahren. „Ist er gut?"

„Seine Arbeiten sind fantastisch." Orion würde nicht zugeben, dass er Marcus' Studio im Internet gestalkt hatte, in der Hoffnung, einen Blick auf ihn … äh, seine Arbeiten … zu erhaschen. Er hatte einen Volltreffer gelandet. Es waren eine Menge Tattoos von Marcus auf der Website – viele seiner Arbeiten dienten zum Kaschieren von Narben, und diese Leute hatten die schönsten Kommentare hinterlassen. Es gab auch einige Bilder von Marcus selbst. Er hatte sogar eine Biographie gefunden, in der Marcus zusammen mit Hunter abgebildet war. Und möglicherweise hatte Orion dieses Bild kopiert und als unbenannte Datei auf seinem Laptop abgespeichert …

„Gut, es gibt nichts Schlimmeres als unkreative, schlecht gemachte Körperkunst. Okay, ich muss jetzt los und den Schülern in meinem Abendkurs soziale Gerechtigkeit beibringen."

„Wo bist du gerade im Lehrplan?" Er beneidete sie um ihre Begeisterung für ihren Job und wünschte, er hätte auch nur einen Bruchteil davon für seine Arbeit.

„Heute werde ich ihnen ihre eigenen Privilegien eintrichtern, und wie die ihre Wahrnehmung der Realität verzerren. Dann werde ich den Unterricht mit einer Diskussion darüber beenden, dass jedes Privileg seinen Preis hat, unabhängig vom sozioökonomischen Status."

Sie tat nichts lieber, als Leute zum Nachdenken und zum Überdenken ihrer Ansichten zu ermutigen. Orion stimmte bei gewissen Themen nicht immer mit ihrer Interpretation und Definition überein, aber er respektierte sie. „Wir fangen jetzt keine Debatte an, Mom. Geh unterrichten. Ich muss Auberginen rollen und braten. Hab' dich lieb."

„Ich dich auch. Viel Spaß!"

Orion beendete das Gespräch.

Er legte die Scheiben ins heiße Öl. Fett spritzte ihm auf die Hand. „Mmmm, verdammte Scheiße." Er rieb an der geröteten Stelle.

Gott, er vermisste das Gefühl. Obwohl einen heißen Fettspritzer auf die Haut zu kriegen nicht annähernd so schön –

Nein! Nie wieder.

Er würde die Tatsache ignorieren, dass die Vorstellung, wie Hunter und Marcus ihm Schmerzen zufügten und Grenzen setzten, neuerdings seine liebste Wichsphantasie war.

Um der Liebe zur Wissenschaft willen, er musste sich in den Griff kriegen … und die Finger von seinem pochenden Schwanz lassen.

Ein rascher Blick auf sein Smartphone zeigte ihm, dass seine Gäste bald kommen würden. Keine Zeit, sich einen runterzuholen. Er konzentrierte sich auf die brutzelnden Auberginen.

Um Punkt sieben erschreckte ihn die Türglocke. Orion rannte die Treppe runter, um ihnen die Haustür aufzumachen.

Er riss die Tür auf. Hunter und Marcus füllten den Türrahmen aus. Wow! Als die beiden so nebeneinander standen, war Orion überwältigt von ihrer Größe, ihrem guten Aussehen und …

„Ähm, hi. Kommt rein." Er flitzte wieder nach oben, und sie folgten ihm in die Wohnung.

Hunter kam als letzter herein. Er machte die Tür hinter sich zu und blieb dann neben Marcus stehen.

Sie sind da. Funktionieren!

Orion trat von einem Fuß auf den anderen. Er zwang sich, still zu stehen und mit dem Rumnagen an seiner Unterlippe aufzuhören.

„Niedliche Steckfrisur." Marcus umkreiste ihn.

„Verdammt, ich habe vergessen, die rauszunehmen." Orion griff nach dem Haarknoten, um ihn aufzumachen.

Marcus hielt seine Hand fest. „Lass sie drin. Mir gefällt die Essstäbchen-Bondage."

Hunter beugte sich vor und inspizierte die Essstäbchen. „Sind das Krieg der Sterne-Lichtschwerter?"

Der Duft nach Leder drohte Orion einen Ständer zu bescheren. Gott, Hunter roch gut.

„Ja, die sind mit Beleuchtung", krächzte Orion. Marcus hielt immer noch sein Handgelenk fest. Näher war er Bondage nicht mehr gekommen, seit –

Hunter fummelte an den Enden der Essstäbchen herum, bis er den Knopf gefunden hatte. „Hey, die leuchten ja wirklich."

„Sie sind blau." Marcus' Finger tanzten durch die rausgerutschten Haarsträhnen. Gott, entweder war Orion ausgehungert nach Körperkontakt, oder Marcus' Berührung war perfekt. Vielleicht beides.

„Ähm, ja, die hat mir Xander zum Geburtstag geschenkt. Blau ist die Farbe von Luke Skywalker." Seine Stimme überschlug sich und erinnerte ihn wieder daran, wie er sich damals als fünfzehnjähriger Streber gefühlt hatte.

Hunter knipste die Beleuchtung der Schwerter aus. „Sie stehen dir wirklich gut, aber schonen wir lieber die Batterien."

Orion wurde nicht rot. Vierunddreißigjährige Männer wurden nicht rot. Der Backofen musste die Wohnung aufgeheizt haben.

Marcus hielt eine braune Papiertüte mit Griffen hoch. „Das ist für dich."

„Oh." Orion schielte hinein.

„Marc hat das Brot aus einer kleinen Bäckerei in der Nähe des Tattoostudios", teilte Hunter ihm mit. „Das Zeug ist total lecker."

Was? Orion zog einen Blumenstrauß aus der Tüte.

Marcus streichelte Hunters Arm. „Die hat Hunt für dich ausgesucht."

Hunters Wangen färbten sich rosa. „Sie sind von uns beiden."

„Danke. Sie sind wunderschön. Mir hat noch nie jemand Blumen geschenkt."

Marcus stieß Hunter mit dem Ellbogen an. „Siehst du. Nicht alle Männer sind so romantisch wie du."

Sie standen da und starrten einander an. Ein aberwitziges Verlangen durchfuhr Orion und ließ ihn wünschen, es würde ihm regelmäßig jemand Blumen und gute Sachen aus einer Bäckerei mitbringen. Jemand, für den er kochen konnte … oder zwei Jemande. Er wünschte sich … zu viel. Was für ein Irrsinn war dieser häusliche Quatsch? Verdammte Spannungsspitzen des chemischen Ungleichgewichts!

„Ähm, möchtet ihr was trinken?" Endlich funktionierte Orions Mund wieder, befreit vom Bann des Schweigens, in den ihn die atemberaubenden Männer in seiner Wohnung geschlagen hatten.

„Wasser." Marcus' tiefe Stimme ließ Orion erschauern vor Verlangen. *Was hat er gesagt? Wasser, stimmt's?*

Orion stürzte zum Kühlschrank und schaute hinein. „Mit oder ohne Kohlensäure?"

„Mit Kohlensäure wäre schön." Marcus' Antwort klang, als überlegte er noch.

Orion spähte um die Kühlschranktür herum. Hunter war ganz der nette Junge von nebenan, aber muskulös vom harten Training im Fitnessstudio. Marcus hingegen hätte einen langhaarigen Vampir-Rocker aus dem Nahen Osten spielen können. *Stell' dir die beiden beim Sex vor … oder beim Sex mit …*

Fuck! Beide Gäste starrten ihn an. „Ähm, Hunter, was hättest du gern –"

„Hast du Bier da?"

„Klar." Orion blickte auf die Blumen hinab, die er umklammerte wie einen Brautstrauß. „Ich stell die nur schnell ins Wasser", murmelte er und durchsuchte die Schränke nach einer Vase, fand aber keine. Er schnappte sich einen leeren Krug, füllte ihn und stellte die Blumen auf den Tisch. „Noch mal Dankeschön."

Er hastete wieder zum Kühlschrank, in der Hoffnung, den seltsamen Emotionen zu entrinnen, die hier hochkamen. *Bier …* Er holte ein Sprudelwasser heraus und eins von Xanders ausgefallenen Bieren aus einer Mikrobrauerei. Orion benutzte Xs Wandflaschenöffner, den er seinem besten Freund zu Weihnachten geschenkt hatte, und legte den Kronkorken für Xanders Sammlung beiseite.

Er reichte Hunter die eisige Flasche und bekam ein Lächeln zum Dank.

Marcus' Körperhaltung zeugte von Anmut und Selbstsicherheit. Orion zögerte mit der Wasserflasche in der Hand. „Ähm, ich kann dir ein Glas geben, falls dir das lieber ist."

Sogar Marcus' Kopfschütteln war elegant. „Nein, ist schon okay. Danke." Er nahm die Flasche und trank einen Schluck, wie um seine Worte zu bekräftigen.

Orion stand nicht da und sah diesen Halsmuskeln beim Arbeiten zu. Nein, ganz bestimmt nicht. Er war nur … Scheiße! Falls der Mann einen Schwanz schlucken konnte, wie würden sich diese Muskeln bei einem Kehlfick anfühlen? „Ich muss mal kurz nach dem Essen gucken."

Offenbar war ein IQ von 151 nicht gleichzusetzen mit Bestnoten in Takt und Feingefühl. Warum versteckte er sich jetzt in der Küche? Vor allem, da sie ihn immer noch sehen konnten, wie er rumstand und sich desorientiert umschaute.

„Es riecht köstlich. Können wir was helfen?", bot Marcus an.

„Nein danke, nicht nötig." Orion brauchte schon Hilfe, aber nicht beim Kochen.

Hunter schlenderte an ihm vorbei zum Ausstellungsregal. „Magst du Star Wars?"

Orion marschierte zurück ins Wohn-/Ess-/Allzweckzimmer. Ah, ein unverfängliches Gesprächsthema. „Ja, sehr sogar. Der Star Trek-Kram gehört Xander."

„Darf ich?" Marcus deutete auf die Stormtrooper-Handfesseln. Und schon war die Behaglichkeit dahin, die das Sci-Fi-Genre dem Gespräch verliehen hatte. Stattdessen stand wieder das im Raum, was Orions Leben inzwischen mit Versagen umschattete.

„Natürlich. Der Einstieg in Bondage für Science-Fiction-Freaks." Er konnte den Blick nicht davon losreißen, wie Marcus die Star Wars-Handschellen befummelte. Wie viele Stunden hatte Orion gefesselt und in seiner Fantasie einem Alien-König dienend verbracht?

Marcus mit seinen allsehenden kastanienbraunen Augen könnte diese Rolle mühelos besetzen. Er würde an grausam grenzen, und Orion würde ihm das sofort abkaufen.

Orions Blick richtete sich auf den muskulösen Hunter, und er stellte sich eine Krone auf seinem Kopf vor. Trugen Aliens Kronen? Hunter würde einen großartigen Herrscher abgeben, hart, aber fair … oh, streng und manchmal unnachgiebig –

Marcus räusperte sich und holte Orions Aufmerksamkeit zurück. Ihre Blicke trafen sich. Das Klicken, mit dem die Handschellen zuschnappten, hallte durch die kleine Wohnung. „Ah ja, die ultimativen *Freundschafts*armbänder."

Oh Gott! Bitte. Ja. Wir sind Freunde. Legt mir Armbänder um.

„Ich sollte … ich sollte …" Was sollte Orion noch mal? Außer auf die Knie fallen und um eine *bindende* Freundschaft betteln, was sollte er tun?

Grinsend legte Marcus die Handfesseln wieder ins Regal. „Ich glaube, ich leg' die mal lieber zurück. Es sei denn, wir sollen –"

Ein Knurren von Hunter schien ihn zum Schweigen zu bringen.

Marcus zuckte mit den Schultern und sagte: „Ich leg' sie ja schon zurück. Star Wars Fesselgeräte, weggetreten. Verdammt, riecht das Essen gut!"

Orion sah Hunter an, der den Kopf schüttelte, und beide folgten Marcus in Richtung Küche.

„Oh, Hunt. Guck mal", gurrte Marcus. „Wie süß."

„Was?" Hunter kam ebenfalls in die Küche. „Sind das Kurzkopfgleitbeutler?"

„Ja." Orion machte den Backofen aus, nahm die Pyrex-Formen mit den Rollatini heraus und stellte sie oben auf den Küchenherd.

Hunter kniff die Augen zusammen. „Das sind Beuteltiere, oder?"

„Ja." Die Beutlertruppe gab die typischen bellend-krächzenden Warnlaute von sich. Tribble war ängstlicher, daher warnte er die Sippe bei weitem am lautesten.

Orion öffnete den Käfig, und beide Pelzknäuel stürzten sich auf ihn. Nippet und Tribble brachten lautstark ihr Misstrauen gegen die beiden fremden Männer zum Ausdruck. „Schsch, alles okay. Hunter und Marcus tun euch nichts."

Marcus' Grinsen deutete darauf hin, dass er Orion durchaus was antun würde – aber nur, wenn er darum gebeten wurde.

Orion rezitierte im Geiste die erste Zeile des Periodensystems der Elemente rückwärts und schielte dabei nach Marcus, sagte aber nichts. Er beschwichtigte weiter seine Haustiere und wünschte sich, etwas würde ihn beruhigen. „Sie sind nur Freunde."

Nippet legte den Kopf schief, als wollte er sagen: „Bist du sicher?" und Tribble wurde leiser und klang nicht mehr ganz so gestresst.

Orion wiederholte das Mantra: „Sie sind nur Freunde." Denn das waren sie. Er hatte sich schon fast eingeredet, dass sie niemals mehr als das sein würden, da fing er Marcus' Blick auf.

Verdammt, der Mann könnte glatt der Grund für die globale Erwärmung sein!

Hunter räusperte sich, wie um Marcus zu ermahnen, die Hitze ein paar Grad runterzudrehen.

Doch Marcus rollte zur Antwort nur die Augen. Orion ignorierte, wie froh er über das Grinsen war, das Marcus ihm zuwarf und das auf alles andere als Zustimmung zum Nachgeben hindeutete.

Nach ein paar Minuten Schmusen fingen die Gleitbeutler mit ihren neugierigen Erkundungsgängen an, kletterten auf Orion herum und kamen dabei den nicht-mehr-Fremden immer näher. Orion machte die angehenden menschlichen Klettergerüste mit seinen kleinen Lieblingen bekannt. „Das hier ist Nippet, und der heißt Tribble."

„Dann hat Xander seinen also nach etwas aus Star Trek benannt?", fragte Hunter.

„Nein, Tribble ist vor allem auf mich geprägt. Xander hat seinen nach dem Ewok-Baby benannt." Orion setzte schon zu weiteren Erklärungen an, bremste sich aber gerade noch. Xander war immer darauf gefasst, von Orion verlassen zu werden. Orion hatte die Kurzkopfgleitbeutler angeschafft, um ihm zu zeigen, dass sie eine Familie waren. „Sie sind jetzt entspannt. Wollt ihr sie mal halten?"

Hunter turtelte mit den kleinen Frechdachsen, die auf Orion herumtanzten. „Geht das denn?"

„Hier." Orion nahm den Beutel vom Haken, warf ihn Hunter über den Kopf und hängte ihn vor seine breite Brust.

Nippet hörte auf, an Orions Essstäbchen zu knabbern, und schnüffelte in Hunters Richtung.

„Alles okay, Nip. Hunter ist ein Freund." Orion pflückte sich den Gleitbeutler aus den Haaren und steckte den kleinen Kerl in den Beutel. Er gab Hunter ein Stück Trockenobst. „Warte einfach, bis er sich an dich gewöhnt hat, dann kommt er raus. Das kannst du ihm dann geben."

Alle konzentrierten sich auf den Gleitbeutler, der schließlich den Kopf rausstreckte. Nippet schnüffelte an dem Leckerbissen, den Hunter ihm hinhielt. Schnurrhaare bebten, aber schließlich nahm er die Gabe mit zwei Pfoten entgegen.

„Oooh!" Hunter schmolz dahin. Als er aufblickte, stand ihm die Freude deutlich ins Gesicht geschrieben. „Habt ihr das gesehen?"

Marcus stöhnte auf. „Gott! Fetisch-Alarm! Großer starker Mann mit hinreißendem Tierchen … Jesus, Hunt, ich glaube, davon bin ich eben schwanger geworden."

Orion musste sich fragen, ob er da nicht selbst in Gefahr war.

Hunter schwärmte: „Oh, seine Augen sind riesig. Du siehst alles, nicht wahr, mein Kleiner?"

Nippet zuckte spöttisch mit den Schnurrhaaren und untersuchte seinen neuen Spielplatz.

Marcus grinste und wackelte mit den Augenbrauen. Lieber Gott! Hatte er Orions schmutzige Gedanken gelesen?

Statt ihn anzubaggern, wie Orion gehofft hatte, fragte Marcus: „Orion, meinst du, Tribble möchte mich gern kennenlernen?"

„Wer möchte das nicht?", rutschte es Orion heraus, bevor er die schlagfertige Antwort zurückhalten konnte. *Herrje, flirte ich etwa?*

Marcus sagte nichts, sondern bückte sich, um sich Tribs Beutel um den Hals hängen zu lassen. Doch er hob den Kopf nicht. Wartete er darauf, dass Orion sein dunkles Haar beiseite strich, damit es dem Band nicht im Weg war – oder war das Wunschdenken? Ohne sich zu widersetzen, wischte Orion die Haarfülle unter dem Band hervor. Seine Finger streiften Marcus' Genick; nicht mit Absicht, aber es tat ihm auch nicht leid, sie über die warme, seidige Haut gleiten zu lassen.

„Trib, willst du –" Tribble sprang einfach von Orion ab und landete in Marcus' Haar. Er klammerte sich an der lila Strähne fest.

„Tja, ich glaube, das ist ein Ja." Marcus' breites Lächeln besagte, dass fliegende Haustiere kein Problem waren.

Der Beutler hängte sich an Marcus' Haare und benutzte die lila Strähne als Kletterseil, um sich auf eine breite Schulter raufzuziehen. Er schlängelte sich über Marcus' Brust abwärts und schlüpfte in seinen Beutel. Drinnen wuselte und zappelte er noch ein bisschen, und dann war Ruhe.

„Trib wird jetzt noch kein Leckerli wollen", teilte Orion Tribbles neuem Freund mit.

Marcus spähte in Tribbles Beutel, und Hunter fütterte Nippet mit Nüssen aus seinem Futternapf. Nippet nahm gnädig jedes einzelne Stück entgegen, das sein Untertan ihm anbot.

Abendessen! Wenig Platz in der Küche bedeutete, dass Orion im Vorbeigehen Hunters Hinterteil streifte. Verdammt, sein Hintern war so straff und muskulös wie der ganze Kerl.

Konzentration! Er wusch sich die Hände, dann tischte er die Auberginen und den Salat auf. Er schnitt das Rosmarin-Parmesanbrot in Scheiben, gab diese in einen Brotkorb und stellte die Butterdose auf den Tisch. Alles war bereit.

„Wir können essen", verkündete Orion. „Lasst mich eure neuen Freunde wieder in ihr Häuschen bringen."

Tribble steckte den Kopf aus dem Beutel, blieb aber im Warmen. Orion hängte den Beutel im Käfig an einen Haken. Nippet rannte zum Wassernapf. Als beide mit Gleitbeutler-Angelegenheiten beschäftigt waren, winkte Orion seine Gäste zum Händewaschen und dann an den Tisch. „Sucht euch einen Platz aus."

Hunter ging ans Kopfende des Tisches und setzte sich. Marcus glitt auf den Stuhl zu Hunters Rechten. Orion nahm auf dem gegenüber von Marcus und links von Hunter Platz.

Frieden. Ruhe. Stille.

Sie starrten einander an.

Es spielt keine Rolle, wie wohl ich mich gerade fühle. Das hier ist nur Freundschaft.

Orion gab die Salatschüssel an Marcus weiter und reichte Hunter die Auberginen. Besonders gut aufzupassen, dass er das Essen auf seinen Teller kriegte und nicht auf die Leute um sich rum war ein guter Trick.

Das unbehagliche Schweigen wurde unerträglich, daher schaufelte Orion sich eine Gabel voll Aubergine in den Mund. Fehler. Der Käse war in Wirklichkeit Lava und verbrannte ihm die Zunge. „Autsch!"

Marcus sauste in die Küche und kam mit einem Eiswürfel zurück. „Hier." Orion ließ sich den Eiswürfel in den Mund stecken. „Lutsch das."

Orion gehorchte. Sofort war der Schmerz gelindert. Er konnte nicht anders, als Marcus starr in die Augen zu sehen. Die Anweisung widerhallte in seinem Verstand und rief Erinnerungen an andere Befehle zum Lutschen wach.

Marcus beobachtete ihn weiter, während das Eis langsam schmolz. „Mund auf."

Gott, ja! Nein!

Der Mann wischte mit dem Daumen über Orions Unterlippe und zog sie runter. „Keine Blasen. Soll ich dir noch einen holen?"

Orion schüttelte den Kopf und flüsterte: „Nein, danke … Marcus."

Er hatte nicht *Sir* sagen wollen. Nein, bestimmt nicht. Orion würde das nie wieder sagen.

Als Marcus an seinen Platz zurückschlenderte, ließ er eine Hand über Hunters Schultern gleiten. Er nahm einen Bissen von den Auberginen und rief: „Echt lecker!"

Nach den üblichen Bemerkungen von wegen Familienrezept versuchte Orion, ein normales Gespräch anzufangen. „Und, was machst du so in deiner Freizeit, Hunter?"

„Du meinst, außer die Welt retten, Subs dominieren und mich rumkommandieren?", fragte Marcus, ohne eine Miene zu verziehen.

Hunter grinste und tätschelte Marcus die Hand. „Ich versuche, dich rumzukommandieren, aber du lässt mich ja nicht."

44

Marcus zuckte mit den Schultern und aß ein bisschen Salat.

Orion suchte fieberhaft nach Worten. „Nein, ich meine …"

„Ich gehe gern angeln", kam Hunter ihm zur Hilfe und rettete ihn damit vor dem Untergang.

Marcus schüttelte den Kopf. „Du fängst sie und schmeißt sie wieder rein. Ha! Und da heißt es immer, ich wäre der Sadist."

Wie um den Vorwurf von sich zu weisen, betonte Hunter: „Die Fische haben auch einen Nutzen davon. Ich füttere sie."

Lachend sagte Marcus: „Ja, ich frage mich, ob die Fische das genauso sehen, wenn sie erst mal in deinem Eimer waren. Der Preis für eine Mahlzeit a la Hunter kommt mir ziemlich happig vor."

Hunter winkte ab und wandte sich dann an Orion. „Angelst du?"

„Hab's noch nie versucht. Mein Dad war kein großer Frischluftfan. Wenn wir draußen waren, haben wir meistens Picknicks gemacht, gelesen oder sind geschwommen."

„Ich gehe unheimlich gern angeln", wiederholte Hunter.

„Warum?", fragte Orion, da er nicht ganz verstand, was daran so anziehend sein sollte.

„Man ist auf dem Wasser. Die Vögel zwitschern, und alle Probleme erscheinen unwichtig. Es ist friedlich. Der ganze Lärm in meinem Kopf legt sich, und alles wird still."

Das klang zu schön, um wahr zu sein. „Klingt wie Subspace."

Hunter zuckte mit den Schultern. „Vielleicht ist es das ja."

Marcus schüttelte den Kopf. „Es ist die reinste Folter! Meistens gibt's keinen Handyempfang, und die Mücken … oh Mann, die Viecher sind riesig, Orion. Die könnten dich hochheben und wegtragen."

Er klang so entsetzt, dass Orion in Gelächter ausbrach.

„Wenn du's gerne mal versuchen würdest, ich will übers Wochenende am Thompson's Lake angeln gehen." Hunter lächelte, und seine Augen weiteten sich.

„Oh, äh …" Hunter warf einen Blick zu Marcus, der ihn nachdenklich musterte.

Marcus schob seinen Salat auf dem Teller herum. „Du solltest mitgehen, aber nur, wenn du versprichst, hinterher mit mir Bilder auszumalen."

„Mit dir Bilder auszumalen?"

Marcus nickte und erklärte: „Wenn ich abschalten will, male ich Malbücher aus."

Eine Erinnerung an das Aufsehen um ein Malbuch für Erwachsene, das durch Orions Büro gefegt war, kam ihm in den Sinn. Alle hatten im Pausenraum bunte Filzstifte rumgereicht. Vielleicht war das wirklich der neueste Trend. „Ich habe als Kind immer gern Malbücher ausgemalt. Klingt lustig."

„Super! Du gehst mit Hunter angeln, und wenn er zur Arbeit geht, kannst du bei mir bleiben und Malbücher ausmalen, bis ich zur Arbeit muss."

Offenbar war damit alles geregelt, denn Hunter und Marcus begannen mit Begeisterung zu essen.

ALS SIE dann später noch bei Kaffee und frisch gebackenen Keksen zusammen saßen, unterhielten sie sich über alles Mögliche, von Politik über umweltfreundliche Autos bis zu Leuten, die sie aus dem Entwined kannten.

Hunter grollte: „Apropos Idioten! Henry McSara! Den konnte ich nicht ausstehen, und ich bin froh, dass er nicht mehr im Club ist. Seine Vorstellung von Safer Sex besteht darin, seine Partner ans Bett zu fesseln, damit sie nicht rausfallen."

„Facebook-Meme?", fragte Marcus.

Hunter grinste und nickte.

„Oder er fesselt sie ans Bett, damit sie nicht weglaufen und er sie ohne Kondom ficken kann, wenn sie von Atemkontrollspielen bewusstlos sind", bemerkte Orion abfällig.

Beide Männer drehten sich um und starrten ihn an.

Mist! Das hätte ihm nie über die Lippen kommen sollen.

„Er war das ..." Marcus setzte die Teile zusammen. „Dieser Wichser! War es das, was er dir angetan hat?"

Orion war es egal; er hatte es so satt, weiter den Ballast seines stillschweigenden Einvernehmens mit diesem Arschloch mit sich rumzuschleppen, indem er seinen Namen geheim hielt. Er versuchte, sich von der ganzen Sache abzuschotten. „Er hat mich gefesselt und mir die Luft abgeschnürt, erst mit der Hand und dann mit einer Plastiktüte ... als ich wieder aufgewacht bin, war klar, dass er kein Kondom benutzt hatte. Das hat das Fass endgültig zum Überlaufen gebracht."

„Hast du ihn angezeigt?"

„Nein. Ich habe nur ... es war nun mal passiert. Ich musste mich mit den Konsequenzen befassen."

Alle Freude wich aus Hunters Gesicht. „Hast du Postexpositions-Prophylaxe genommen?"

Orion nickte und versuchte sich innerlich von dem Grauen zu distanzieren, das er dabei empfunden hatte. „Ja, innerhalb von zwei Stunden nach dem Aufwachen. Was habe ich geschwitzt, bis diese Zeitrahmen alle vorbei waren." Die letzten Testergebnisse hatte er diesen Montag bekommen, und er war negativ.

„Hunt und ich nehmen PrEP. Wir sind beide supervorsichtig, aber in unseren Berufen kann immer mal was passieren. Gott sei Dank ist das Medikament jetzt verfügbar."

„Wem sagst du das!" Orion war ewig dankbar dafür.

Alle schwiegen.

Typisch Orion, wieder mal eine Party ruiniert. „Tut mir leid, ich wollte die Stimmung nicht verderben."

„Wir danken dir für dein Vertrauen." Hunter griff über den Tisch und tätschelte Orion die Hand. Dann wechselte er das Thema, indem er fragte: „Also, warum magst du eigentlich Star Wars lieber als Star Trek?"

UM ZEHN Uhr sagte Marcus: „So leid es mir tut, aber wir müssen jetzt gehen. Hunt hat morgen Frühschicht, und du hast bestimmt auch einen vollen Tag."

„Wartet! Ich hab' noch was für euch." Orion eilte in die Küche und machte zwei Care-Pakete zurecht, jedes mit Auberginen, Brot, einem Stück Butter, frisch gebackenen Keksen, einer Flasche Sprudel, Plastikbesteck und einem kleinen Zettel. Er reichte jedem Mann eine Tüte. „Mittagessen für morgen."

„Das wär doch nicht nötig gewesen!" Marcus umarmte ihn.

Hunter schielte in seine Tüte. „Aubergine! Super! Marc hat recht. Das hättest du nicht tun müssen, aber ich find's schön, dass du's getan hast."

5

KAUM HATTE Marcus sich angeschnallt, verkündete er: „Ich warte nicht bis morgen Mittag. Ich klau' mir jetzt noch einen von Orions leckeren Keksen."

„Ungeduldig und gierig!" Hunter freute sich, dass sie eine Süßigkeit gefunden hatten, die Marcus schmeckte.

„Wenn ich geil bin, krieg' ich Hunger auf Süßes. Njam, njam, njam."

Hunter lachte; er fand es toll, dass Marc zugab, erregt zu sein.

„Hey, was ist das denn?" Marc zog einen Zettel aus der Tüte und klappte den beleuchteten Spiegel in seiner Sonnenblende auf. Der Keks war vergessen. „Oh Mann!"

„Was? Was steht da drauf?" Alles, was Marcus so stöhnen ließ, musste gut sein.

„Da steht: ‚Ich wünschte, wir drei könnten mehr als nur Freunde sein. Freu' mich auf viele weitere Abende ohne gewisse Vorzüge. Also dann, bis Samstag zum Ausmalen. Immer brav innerhalb der Linien. Orion'."

„Na ja …" Albern, aber es begeisterte Hunter. „Hat er für mich auch was geschrieben?"

Marc kramte in der anderen Tüte herum. „Jau. Hier steht: ‚Ich bin neugierig, ob das Angeln mir ein bisschen was von dem Frieden geben kann, den ich früher immer im Subspace gefunden habe. Ich kann's kaum erwarten, mit dir die Fische zu füttern. Orion'."

Das Hupen eines Autos hinter ihnen zwang Hunter, sich wieder auf seine Aufgabe zu konzentrieren – sie nach Hause zu bringen.

„Ich sage dir, er will uns. Das ist seine Art, um Hilfe zu bitten. Er will zurück in die BDSM-Szene", sagte Marc mit zu viel Enthusiasmus.

„Das wissen wir nicht." Freilich hörte es sich ganz danach an, aber …

Marcus wedelte mit den Zetteln herum. „Und ob. Er wünscht sich, wir könnten mehr als nur Freunde sein und hofft auf ein bisschen was von dem, was er früher mal im Subspace gefunden hat. Subspace! Muss er dir erst noch ein Bild malen? Ist das deiner Meinung nach kein Hilferuf?"

Hunter schüttelte den Kopf und gab einen Schuss Vernunft an die Debatte. „Kann schon sein. Aber wenn jemand ein Trauma durchgemacht hat, sagt und tut er viele widersprüchliche Dinge."

Marcus runzelte die Stirn, faltete die Zettel wieder zusammen und klappte dann seinen beleuchteten Spiegel zu. „Na, dann ist er aber der König im Land der widersprüchlichen Botschaften."

„Ich weiß. Wir müssen ihm Zeit geben." Geduld war anscheinend Mangelware.

„Dem Himmel sei Dank für dieses blöde Experiment. Das er nicht erwähnt hat, wohlgemerkt." Marcus zeichnete mit den Fingern ein verführerisches Muster auf Hunters Oberschenkel. Jedes Mal driftete er ein kleines Stück weiter nach oben. „Er weiß, dass es totaler Quatsch ist, aber es liefert ihm den Vorwand, den er braucht, um uns gegenüber aus der Deckung zu kommen. Ich sage, wir machen einfach weiter mit."

Hunter trat fester aufs Gaspedal, brachte sie genau bis an die erlaubte Höchstgeschwindigkeit. Verdammt, er war heute total aufgedreht. „Marc, Schatz, bitte, das lenkt ab."

„Oh, dann ist das hier wahrscheinlich auch nicht gut." Marcus legte eine Hand über die Beule in Hunters Hose und rieb.

Hunter keuchte auf und drückte sich in Marcus' Hand. „Das ist sehr gut, aber nicht jetzt. Ich will nicht, dass einer von meinen Kollegen nachher mit dem Wasserschlauch ausrücken und unser Hirn von der Straße spritzen muss."

„Du bist voll der Romantiker." Marc zeichnete weiter seinen Schwanz mit dem Finger nach. „Ich wette, Orion würde uns durch die Jeans durch lecken."

Köstliche Gelüste wurden stärker. „Vielleicht ist Vorfreude überbewertet. Ich könnte anhalten. Wir könnten –"

„Nein, du hast recht." Marc grinste und nahm seine Hand weg.

„Dreckskerl." Er liebte Marcs Art, ihn zum Wahnsinn zu treiben, aber manchmal …

„Nein, ich hab' heute schon geduscht." Marcus fuhr zärtlich mit dem Finger an seinem Hosenschlitz entlang.

Hunter stöhnte auf. „Du kannst geduscht haben und trotzdem ein Dreckskerl sein."

Marcus winkte ab. „Das sind bloß … wie hast du das genannt? Oh ja, meine sadistischen Tendenzen, die zum Spielen rauskommen."

Hunter packte das Lenkrad fester und konzentrierte sich aufs Fahren. „Ich nehme an, Orion hat sie rausgerufen."

„Scheiße, ja! Und wie. Gott. Orion … in Bondage … mit Eis … Wachs … Nadeln … deinen Befehlen gehorchend …" Marcus machte sich die Hose auf und holte seinen Schwanz raus.

Allmächtiger! Zum Glück stand Hunter gerade an einer roten Ampel und bekam dank der hellen Straßenbeleuchtung mit, wie Marcus die Spitze umkreiste, mit dem Finger durch die Feuchtigkeit fuhr.

Marcus steckte seinen feuchtglitzernden Finger in den Mund und lutschte ihn ab. „Hast du diese Handfesseln gesehen? Fuck! Wie oft hat er wohl mit Selbst-Bondage gespielt und sich dann einen runtergeholt?"

Tuut! Tuut! Tuuut!

Mist! Es war grün. Hunter richtete den Blick widerwillig wieder auf die Straße und fuhr weiter.

„Wie umwerfend Orion wohl in Hängebondage aussehen würde, wenn er dir den Schwanz zu lutschen versucht, während ich seinen Ständer streichle? Wir würden ihn erst kommen lassen, wenn du abgespritzt hast. Ihn immer wieder bis kurz vor den Orgasmus bringen, bis ihm die Tränen über die Wangen laufen." Marc leckte sich einen weiteren Tropfen vom Finger.

„Ich würde mich beherrschen, so lange ich nur kann. Aber du würdest noch länger durchhalten, weil du seine Frustration absorbieren würdest." Er und Marcus spielten selten zusammen. Doch die sadistische Seite seines Lovers, gepaart mit seiner masochistischen Ader, war herrlich mitanzusehen.

Entscheidungen, Entscheidungen. Sie waren noch eine halbe Meile von zuhause weg. Hunter konnte in das neue Wohngebiet abbiegen, das gerade erschlossen wurde. Es stand noch fast leer, und sie könnten –

„Er wäre bestimmt atemberaubend, wenn er sich anstrengt, eine deiner Positionen zu halten. Meinst du nicht?", fragte Marcus.

„Ja. Oder wenn er den Schmerz von deinen Nadeln in sich aufnimmt." Hunter versuchte zu ignorieren, was gerade auf dem Beifahrersitz vor sich ging, aber Marc machte es ihm nicht leicht. „Hey, tote Männer kommen nicht."

„Nein, aber ich wette, dass Orion das jetzt grade tut." Am Stoppschild legte Marcus die Hand um seinen Schwanz und streichelte sich träge.

Hunter warf ihm einen finsteren Blick zu und sagte: „Fast zuhause."

„Mmm, ja, ich auch … bin fast da", neckte Marcus.

„Wir sind in unsere Straße eingebogen. Reißverschluss zu", verlangte Hunter mit einem leichten Grinsen.

Grummelnd zwängte Marc seinen Ständer wieder in die Hose. „Autsch. Mmm."

„Du liebst es." Hunter seufzte erleichtert auf, als er in die Einfahrt einbog und in die Garage fuhr.

Marcus sprang aus dem Auto und stürmte ins Haus, ehe das Garagentor zu war.

Hunter folgte ihm durch die Küchentür. Er hob Marcs abgestreiften Schuh vor dem Küchenherd auf und grapschte sich auf dem Weg ins Wohnzimmer den zweiten von der Arbeitsfläche. Nachdem er Marcs Hemd vom Fußboden aufgerafft hatte, folgte er der Spur aus Kleidungsstücken die Treppe rauf in ihr Schlafzimmer. Er zog Marcs modischen Slip vom Türgriff und wünschte sich für einen Moment, er hätte den Arsch seines Geliebten in dem Ding zu sehen gekriegt, garniert mit einem komplizierten Muster aus Baumwollbändern.

Marcus, ausgestreckt in der Mitte des Bettes liegend, strich dieses Verlangen aus Hunters Gedächtnis. Sein dunkles Haar fächerte sich über die Kissen aus. Er zwirbelte seine lila Haarsträhnen. Die frischen, weißen Laken hoben seinen olivfarbenen Hautton hervor. In ein paar Wochen würde seine Haut von der Sonne tief gebräunt sein.

Wenigstens benutzte er auf Hunters Drängen hin Sonnenschutzmittel, seit sie zusammen waren, und trotzdem untersuchte er ihn routinemäßig auf Hautkrebs, ob er wollte oder nicht. Verdammt; er musste den Rettungssanitäter wegpacken. Denn auch dann, wenn Hunter aus solchen Hautchecks eine sexuelle Erkundung zu machen versuchte, hatte Marc immer ein Gespür dafür, ob Hunter gerade klinische Inspektionen durchführte. Seufzend schlug Hunter sich alle medizinischen Belange aus dem Kopf und konzentrierte sich auf den Traum von einem Mann in seinem … in ihrem Bett.

Er warf Marcs abgelegte Klamotten auf den Stuhl. Verdammt, jetzt war er froh, dass er ihm dieses Reizhöschen nicht ausziehen musste. Sonst wäre ihm vielleicht dieser Anblick entgangen.

Marcs tätowierte Erektion ragte steil nach oben. Normalerweise war es schwieriger, Marc so stark zu erregen. Manchmal fiel es seinem Geliebten schwer, zum Höhepunkt zu kommen. Aber jetzt sah es nicht so aus, als wäre das zu befürchten. Vielleicht hatte Marc nichts weiter als die richtige Motivation gebraucht. Konnte Orion das fehlende Puzzleteil sein?

Hunter würde ihm mit Freuden weitere Anreize bieten. „Nichts ist erotischer als du in unserem Bett. Ich werde nie genug davon kriegen, dich auf mich warten zu sehen. Worauf hast du Lust?"

„Was Schnelles, und zwar sofort." Marcus zwirbelte seine Nippel, bis er nach Luft schnappte.

„Willst du mich in dir?"

„Ja, aber ich will nicht warten. Blasen wir uns gegenseitig einen." Marcus hatte immer fabelhafte Ideen.

Für einen Blowjob war Hunter immer zu haben. Er zog sein Hemd aus. „Orion hat dich anscheinend richtig geil gemacht."

„Scheiße, ja! Tu bloß nicht so, als ob du ihm nicht selber am liebsten diese Spielzeughandschellen umgelegt hättest."

Gott, die Fantasie, mit Orion zu spielen, schwebte zwischen ihnen.

Marc trieb die Vorstellung weiter: „Er wäre auf die Knie gefallen und hätte drum gebettelt, gefesselt zu werden."

„Hättest du ihn gefesselt, wenn ich es verlangt hätte?"

„Ja. Scheiße, ich will ihn an den Fesseln zerren sehen. Begierig und hilflos …" Marc beugte das Knie.

Hunter packte Marcs Arsch. Seine Tribal-Tattoos folgten den Konturen seines perfekten Hinterteils, betonten die Rundung auf beiden Seiten. Jedes Mal, wenn Hunter sie sah, musste er gegen den Drang ankämpfen, sich zwischen diesen untätowierten Hinterbacken zu vergraben und Marc blindwütig zu ficken, bis er in ihm abspritzte. „Ich würde dich ungefesselt lassen."

„Ja, dann könnte ich ihn bearbeiten. Ich würde ihn in die Nippel zwicken. Vielleicht mit Eis drüber streichen …"

Hunter konnte sich die Schönheit der Szene so lebhaft vorstellen, als ob sie sich vor seinen Augen abspielen würde. „Dann würde ich euch beide über den Esstisch bücken. Seite an Seite."

Marc stöhnte und folterte seinen steifen Schwanz mit Berührungen, die zu sanft waren, um genug Reibung zu bieten.

„Ich würde euch beide abwechselnd ficken."

„In wessen Arsch würdest du kommen?" Marc quetschte seine Erektion mit der Faust zusammen und drehte kräftig, presste einen Tropfen zäher Flüssigkeit aus dem Schlitz.

„Hat das wehgetan?" Hunter achtete darauf, das „sei nicht so grob; du machst ihn noch kaputt" aus seiner Stimme rauszuhalten.

„So gut." Marc war in seiner selbstgeschaffenen Traumwelt.

„Gut. Gib ihm einen Klaps."

Klatsch!

„Sehr schön." Hunter ließ die Hände über Marcs Schenkel gleiten.

Marc stöhnte auf. „Aber wo würdest du kommen?"

„Es wäre der totale Wahnsinn, das entscheiden zu müssen."

„Aber du müsstest dich entscheiden", verlangte Marc.

„Ich würde rausziehen und euch beiden auf den Arsch spritzen." Hunter streifte sich Schuhe und Socken ab.

Marc drehte sich auf den Bauch und räkelte sich. „Ja, spritz' uns mit deiner heißen Wichse voll."

Hunter malte sich aus, wie seine Befriedigung auf Marcs Arsch regnete. Marc sah ihn über die Schulter hinweg an, und in seinem Blick lag so viel Anerkennung, dass Hunter mit den Hüften wackelte, als er sich Jeans und Unterhose abstreifte.

„Dann würde ich alles bis zum letzten Tropfen ablecken."

„Mmmm, ja!", zischte Marc. „Was dann?"

„Dann würde ich euch befehlen, euch gegenseitig die Schwänze zu lutschen."

Marc keuchte. „Ja, ich würde ihn ganz tief in die Kehle nehmen, und er würde heulen und drum betteln, kommen zu dürfen."

Hunter kroch auf Knien übers Bett und streichelte Marcs Hals. „Du bist gut mit deiner Kehle." Er fuhr mit dem Daumen über üppige, dunkelrote Lippen. „Und damit bist du auch echt gut."

Wie vorherzusehen saugte Marc Hunters Daumen in den Mund und bewies damit sein unvergleichliches Talent in den oralen Künsten.

Hunter schnappte nach Luft.

Marc gab Hunters Finger frei. „Würdest du uns kommen lassen?"

Hunter knurrte und versuchte, Marcs Vorstellung von „sexy" mit ins Spiel zu bringen. „Vielleicht."

52

Lust zu verweigern lag nicht in seiner Natur, aber er gab sich Mühe. Hunter genoss den Machtaustausch der Verzögerung sehr, aber er fand es auch herrlich, anderen Männern beim Orgasmus zuzusehen. Marc liebte diesen schmerzhaften, spannungsvollen Moment direkt vor dem Höhepunkt. In der Schwebe zu hängen, nicht zu wissen, ob der Eintritt ins Paradies gestattet werden würde, während Hunter die überschwängliche Erleichterung liebte, wenn rasende Lust den Körper des Mannes marterte, den er spielte wie ein Instrument.

„Fuck!" Marc wand sich und rieb sich an der Matratze.

„Ich würde euch beide dafür arbeiten lassen. Orion würde warten müssen, bis du gekommen bist." Er drückte Marcs Hinterbacken und gab beiden einen Klaps, um sie hüpfen zu sehen.

Marc wackelte mit seinem perfekten Hintern und streckte ihn hoch. „Ich würde dieses köstliche Gefühl von allem, was er haben will, außer Reichweite halten, würde ihn das Verlangen richtig spüren lassen."

„Ja, ihn mit Wollust quälen, indem du deinen eigenen Orgasmus zurückhältst."

Marc drehte sich um und legte sich mit dem Kopf zum Fußende des Bettes, dann zog er Hunter mit einem Ruck an sich. „Ich blas' dir jetzt einen." Er schlürfte Hunters halbsteifen Schwanz in den Mund und machte sich ans Werk.

Gott! Marc, halb verrückt vor Verlangen, war ein unvergesslicher Anblick und ein noch unvergesslicheres Erlebnis. Er rammte sich Hunter bis zum Anschlag in den Mund. Es gab nicht das geringste Würgen; Marc schluckte ihn einfach und saugte ihn tief in seine unglaubliche Kehle.

Hunter war entschlossen, es Marc heute Abend gründlich zu besorgen. Er konzentrierte sich. Bei jeder wiegenden Bewegung stießen Marcs Eier an Hunts Kinn, und ein Hauch von Marcs Geruch umwehte ihn. Er leckte das Stück Haut zwischen Hoden und Anus, dann tauchte er mit der Zunge ein. Mmm, dieser warme Moschusduft mit einem Hauch Patschouli … Hunter hätte ihn die ganze Nacht rimmen können.

Marc nahm seinen Mund dort weg, wo Hunter ihn haben wollte, und verlangte: „Hunt, lass das. Heute brauchst du mich nicht erst geil zu *machen*." Er saugte Hunters Schwanz wieder ein, verschob seinen schlanken Körper und richtete seinen Hintern so aus, dass dieser prachtvolle Ständer direkt auf Hunters Mund zeigte.

„Fuck." Hunter leckte das Tribal-Tattoo auf Marcs Schaft. Selbst nach sechs Jahren faszinierte ihn das Muster immer noch; die Schmerzen, die Marc ertragen haben musste, reizten ihn. Die verschlungenen Muster aus schwarzen Linien und Formen waren ein kühnes Bekenntnis zum Masochismus.

Marc hob den Kopf. „Ja. Jetzt lutsch' mich." Er schluckte Hunt wieder.

Hunt ließ sich Marcs Schwanz zwischen die Lippen schieben. Er lutschte und ließ seinen Mund am Schaft nach unten gleiten, bis seine Lippen die Basis umschlossen. Ein erstickter Seufzer um Hunters Schwanz war die Folge. Ja, genau das wollte er.

Marc grub ihm die Finger in den Hintern und trieb ihn sich bei jedem Stoß tiefer in den Rachen.

Verdammt! Hunter musste sich beeilen, wenn er mit Marcs Verlangen Schritt halten wollte. In Gedanken sah er wieder vor sich, wie Orion und Marc ihn Seite an Seite anbettelten.

Hunter umfasste Marcs perfekten Hintern und lutschte fester. Er drückte zu, hinterließ wahrscheinlich blaue Flecken, die Marc mit Stolz tragen würde. Hunter wünschte sich, Marcs sadomasochistischen Gelüsten ein Echo bieten zu können, das Zufügen von Schmerzen ebenso zu genießen wie das Bestreben, die Qual zu teilen, aber das konnte er nicht.

Wieder kam ihm Orion in den Sinn. Er sah ihn vor sich, wie er Marc eifrig den Schwanz lutschte. Sie wären an entgegengesetzten Enden des Spektrums. Der eine die großäugige Unschuld in Person, der andere voller teuflischer Absichten. Tattoos gegen, wie er annahm, unberührte Haut, beide nach dem Orgasmus fiebernd. Marc würde Orion aufgeilen, bis ihm die Tränen kamen, und der blonde Schopf würde hüpfen, bis Marc stöhnte und immer schneller zustieß.

Genauso wie er jetzt.

Ja, ja. Fick' ihn in den Mund, bis du ...

Hunter kniff den Hintern zusammen.

Verdammt! Er sollte jetzt rausziehen und nicht in Marcs Mund kommen. Medizinische Informationen trampelten ihm durch den Kopf. Er hatte sich zu ungeschütztem Oralsex bereit erklärt, weil die Risiken gering waren. Außerdem hatte Marc darauf verwiesen, dass diese Studien ohne Truvada durchgeführt worden waren, was sie beide jetzt nahmen. Dennoch bot jeder Austausch von Körperflüssigkeiten immer noch Risiken, und jedes Mal kamen sämtliche klinischen Studien hoch und stürzten Hunter in eine Gewissenskrise. Er sollte –

Marc grub ihm die Nägel in den Hintern. *Fuck!* Statistiken und rationales Denken flüchteten. Marc schien zum Schlucken entschlossen.

Marcs Rachenmuskeln entschieden die Auseinandersetzung für sich, und Hunter ergoss sich in Marcs heißen Mund.

Marc gab Hunters Schwanz frei und stöhnte: „So gut." Er stieß ernsthaft in Hunters Mund, jagte seinem eigenen Paradies nach.

Hunter lutschte und ließ gleichzeitig einen Finger aufreizend über Marc Rosette gleiten.

Marc keuchte: „Ja!" Er mochte die schmerzhafte Reibung eines trockenen Fingers immer.

Hunter verstärkte den Sog und rieb fester.

Marc erstarrte, stieß zu und kam. Stöhnend spannte er den Hintern an, füllte Hunters Mund mit seinem Erguss.

Es war keine devote Geste, aber Hunter genoss die Kapitulation trotzdem. Marc vertraute ihm, ihn wieder auf die Erde zurückzuholen.

Marc wälzte sich weg und machte keine Anstalten, wieder zu ihm ans Kopfende des Bettes zu kommen.

Hunter schnappte sich ein paar Kissen, drehte sich in Richtung Fußende, zog die Bettdecke über sich und Marcus und nahm ihn in die Arme.

„Hunt?"

„Ja?"

„Tut mir leid, dass ich nicht besser gehorsam sein kann. Ich wünschte, ich könnte mich für dich devot stellen."

„Du wärst nicht du, wenn du es könntest. Also braucht es dir nicht leidzutun."

„Tut es aber."

Hunter spielte mit einer Strähne von Marcs Haar. „Sieh mal, ich wünschte, ich könnte für dich auf Nadelspiele stehen."

Marcus seufzte und fuhr mit den Fingern durch Hunters Brusthaare.

„Marc, ich weiß, du denkst, ich wäre nicht glücklich –"

„Nein, ich weiß, dass du glücklich bist, aber du könntest noch glücklicher sein. Es ist mein Job, dafür zu sorgen, dass das passiert."

„Marc –"

„Doch, so ist es. Und du musst zugeben, dass Orion das sensible Gleichgewicht zwischen Schmerz und Lust genießen würde. Und dass er unter deiner Führung aufblühen würde."

Konnte Hunter wirklich diesen Weg einschlagen?

Er zuckte mit den Schultern. „Ich weiß nicht. Und selbst wenn es so wäre … er könnte sich ein für alle Mal von BDSM fernhalten wollen. Ich kann mir nicht vorstellen, wie man je über so ein Trauma wegkommen soll."

„Aber du willst ihn doch auch … oder nicht?"

Das stimmte, aber Hunter war ein bisschen beunruhigt über Marcs Zielstrebigkeit. Obwohl er noch nicht bereit war, es zuzugeben – die Herausforderung, Orion wieder in den Subspace zurück zu helfen, interessierte ihn. „Wir haben ihn eben erst kennengelernt. Wir wollen unsere Fantasievorstellung von ihm."

„Ich kann die Verbindung spüren." Marc starrte ihn an.

Aus Liebe verdrehte Hunter nicht die Augen.

Marcus drängte weiter. „Ich will, dass du alles hast … und dass ich alles habe … und Orion auch. Alles, was wir wollen und brauchen. Du sollst dich nicht mit weniger abfinden müssen."

Hunter seufzte. „Und ich will nicht, dass du dich mit weniger abfinden musst. Aber etwas zu wollen und es wahr zu machen sind zwei verschiedene Dinge."

6

ORION GÄHNTE und blickte sich nach den hohen Kiefern am Seeufer um, deren Umrisse in der Morgendämmerung gerade so auszumachen waren. Er lehnte sich auf dem noblen Gartenstuhl zurück, den Hunter bereitgestellt hatte, und sah zu, wie Hunter mit routinierten Handgriffen ihre Ausrüstung klarmachte.

„Bist du sicher, dass ich nichts helfen kann?" Es ging ihm gegen den Strich, nur rumzusitzen und sich von seinem ... von Hunter bedienen zu lassen.

Hunter stellte einen geschlossenen Isolierbecher in Orions Becherhalter. „Nein danke, nicht nötig."

Orion wäre nur im Weg gewesen, also blieb er sitzen.

„Ich habe die Ruten gestern Abend vorbereitet. Pass auf mit dem Haken." Hunter reichte ihm eine bereits mit einem Köder versehene Teleskoprute.

„Ah, Vorbereitung. Trennt die Doms von den Möchtegerns."

Hunter erstarrte, dann richtete er sich langsam zu seiner vollen Größe auf und musterte ihn eingehend.

Orions Herz schlug einen Purzelbaum. „Ähm, ich weiß nicht, warum ich das gesagt habe."

„Oh doch, das weißt du."

Ja, stimmt. Weil ich mich so verzweifelt nach BDSM sehne, selbst einer vagen Andeutung davon. Orion grummelte: „Schon möglich."

„Weißt du, wie man eine Angel auswirft?"

War's das zum Thema? Na schön, Orion wollte sowieso nicht über BDSM reden. Angeln ... einen Köder auswerfen ... wie schwer konnte so was schon sein? „Das sind Rollen mit Kindersicherung, oder?"

„Ich dachte, wir heben uns die Freilaufrollen für ein andermal auf."

Ein andermal? Orion brachte sein Herz zum Schweigen und erklärte: „Ich drücke diesen Knopf und ..." Der Köder plumpste auf den Boden. „Ähm, anscheinend nicht."

Hunter demonstrierte. „Du musst den Knopf gedrückt halten, und beim Auswerfen lässt du ihn dann los."

Orion kurbelte den Großteil seiner Angelschnur ein und versuchte, Hunter möglichst genau nachzuahmen. Er atmete erleichtert auf. Sein Köder landete nicht annähernd so weit draußen, wie Hunter seinen geworfen hatte, aber wenigstens war das blöde Ding ins Wasser geplumpst.

„Gut gemacht, Orion."

Orion saugte Hunters breites Lächeln auf wie ein Schwamm.

Aufgabe ausgeführt. Erfolg. Lob.

Gott, er vermisste Sessions. Die Einfachheit, etwas auszuführen, was jemand anders von ihm verlangte.

Begierig auf mehr fragte er: „Und was jetzt?"

Hunter setzte sich, seine Angelrute in der Hand. „Jetzt warten wir."

Eine halbe Stunde verging, und Sonnenlicht sprenkelte das Wasser. Friede senkte sich auf Orion herab. Das Gefühl der Zufriedenheit grenzte tatsächlich fast an die Ruhe, die er sonst nur nach einer harten Session fand.

Die Sonne lugte allmählich über den Horizont des Sees. In diesem Licht sah Hunter Channing Tatum wirklich sehr ähnlich – ganz der adrette Junge von nebenan, nur besser aussehend und stark genug, dass Orion am liebsten auf die Knie gefallen wäre. In Hunters Augen lag eine Güte und Aufrichtigkeit, die ihn an Vertrauen glauben ließ. Alles an Hunter war ruhig und beständig, selbst sein rhythmisches Atmen.

Hunter merkte wahrscheinlich, wie eingehend Orion ihn betrachtete, aber er sagte nur: „Nicht wie in *„Am goldenen See"*, hm?"

Orion lachte leise. „Ich hätte gedacht, du würdest wenigstens das Wasser mit deiner Angelrute peitschen."

„Ich steh' nicht auf Fliegenfischen. Zuviel Arbeit", erwiderte Hunter.

„Na ja, du hast erwähnt, dass Angeln wie Subspace ist. Da dachte ich eben, das Peitschen gehört dazu." Warum konnte Orion es nicht lassen, immer wieder auf BDSM anzuspielen? Er hätte auch gut einen anderen Vergleich wählen können.

„Nein, ich glaube, das hast du gesagt."

„Hmmm, stimmt, habe ich." Orion seufzte. Vielleicht wäre es die beste Lösung, ab jetzt die Klappe zu halten.

„Ein Seufzen heißt, dass du dir was wünschst. Was willst du, Orion?" Hunter steckte seine Angelrute in die Halterung und widmete Orion seine ungeteilte Aufmerksamkeit.

Schauder. Was für eine Frage. Er wünschte sich so viele Dinge …

Achselzuckend stieß er ein „Weiß nicht" aus und sah dabei einem Vogel nach, der über dem Wasser kreiste.

„Oh doch, du weißt es", beharrte Hunter voller Zuversicht.

Scheiß drauf. „Ich wünschte, ich hätte dich und Marcus kennengelernt, bevor …"

„Bevor du vergewaltigt wurdest."

„Es war keine … Ich wünschte, wir hätten uns schon gekannt, als ich mit euch hätte spielen können."

„Orion, das kannst du immer noch."

Schön wär's. „Nein, kann ich nicht. Bei jeder Session, die ich versucht habe, habe ich versagt."

„Versagt?"

Das Krächzen eines Vogels in den Zweigen über ihnen war viel lauter als sein gemurmeltes: „Seit … damals … habe ich jedes Mal mein Safeword benutzt."

Hunter kniff die Augen zusammen und starrte ihn an, als hätte Orion eine andere Sprache gesprochen. Schließlich legte er den Kopf schief und fragte: „Das siehst du als *Versagen* an?"

Orions Kehle war wie zugeschwollen; er konnte kaum schlucken. Wahrscheinlich eine Allergie. Er nickte.

Hunter fuhr sich mit den Fingern durch die Haare und schaute hinaus aufs Wasser. „Also, ich muss ehrlich zu dir sein."

Jetzt kommt's. Grundkurs Safeword-Benutzung für Dumme. „Ich weiß, dass Safewörter dazu da sind, verwendet zu werden."

Stirnrunzelnd schüttelte Hunter den Kopf. „Ich würde mir wie ein Versager vorkommen, wenn mein Sub sein Safeword nicht aussprechen würde, so bald er es braucht."

Orion verdrängte das Gefühl der Demütigung. Sein Ego würde einen Knacks davontragen, aber er musste beweisen, dass er recht hatte. „Ja, aber sofort?"

„Der Sub sollte sein Safeword einsetzen, wann immer es ein Problem gibt. Wenn der Sub das nicht kann, habe ich als Dom meinen Job nicht gemacht."

Orion rutschte auf seinem Gartenstuhl herum. Er nahm seinen Kaffee aus dem Halter und trank einen großen Schluck.

Hunter fuhr fort: „Sein Safeword auszusprechen bedeutet, dem dominanten Partner genug zu vertrauen, um ihm Feedback zu geben und überzeugt zu sein, dass er entsprechend reagieren wird."

Orion zuckte mit den Schultern. „Das Wesen des Safewords."

„Safewörter sind ein entscheidender Bestandteil des Vertrauens, das für alle Beteiligten nötig ist. Ohne dieses Feedback kann ich nicht dominieren. Ich würde mir schwer tun, mit einem Sub zu spielen, der sein Safeword nicht einsetzt. Safewörter geben mir die Freiheit, Limits zu erkunden und auf eine Art an Grenzen zu gehen – und darüber hinaus – wie ich es ohne Safeword nie tun würde."

Zugegeben, von diesem Standpunkt aus hatte er ein Safeword noch nie betrachtet.

„Dann ist das also der einzige Grund, warum du nicht mehr an Sessions teilnimmst?" Hunters Stimme wurde sanfter, ermutigte Orion, sich zu öffnen.

Im Prinzip schon. Oder? „Ich habe keine Lust, Enttäuschungen zu erleben … eine Enttäuschung zu sein."

Schweigen.

Hat er etwa vergessen, dass ich hier bin? Wie sollte Orion erklären, dass sein Selbstwertgefühl eng mit seiner Fähigkeit verknüpft war, sich anderen zu ergeben? Nicht imstande zu sein, sich den Wünschen eines Masters zu unterwerfen, gab ihm das Gefühl –

„Was wäre, wenn du nicht so empfinden würdest?", stellte Hunter die einfachste Frage der Welt.

„Hm?" Das wäre ein Wunder, und an die glaubte Orion nicht.

„Was wäre, wenn du beschließen würdest, das Aussprechen deines Safewords nicht als Versagen zu sehen, sondern als das, was es wirklich ist … ein Fest des Vertrauens."

„Das ist –" Orion wagte es auszusprechen. „Bescheuert." Er wartete auf das domgemäße Dementi.

Hunter grinste und fragte: „Ist es das?"

Keine Spur von dem üblichen Getue, das Orion gelegentlich bei dominanten Männern erlebt hatte. Er hatte mit einigen Männern gespielt, die „Sub" mit minderwertiger Intelligenz gleichsetzten. Sie hatten Orion mangelnde Eigenwahrnehmung unterstellt und geglaubt, ihm zeigen zu müssen, was er wirklich wollte.

„Könntest du das Aussprechen deines Safewords als Vertrauensbeweis gegenüber deinen Spielpartnern betrachten?", fragte Hunter erneut.

„Ähm … ja … Ich denke …" Das Konzept hatte was für sich. Wenn der Dom es wirklich als Triumph ansah, dass ein Sub sein Safeword aussprach, könnte er jemals –

„Du hast einen!" Hunter sprang auf und reichte Orion die Angelrute. „Nimm ihn an den Haken."

„Was? Wie?" Orions Herz pochte. Die Angelschnur begann sich surrend abzuspulen.

„Kräftig anziehen. Aber reiß nicht zu stark an der Rute."

Orion befolgte die Anweisungen, oder versuchte es jedenfalls.

„Gut. Gut", spornte Hunter ihn an.

Konzentriert zu bleiben, wenn er gelobt wurde, brachte etwas in Orion zum Singen, das brachgelegen hatte und Aufmerksamkeit verlangten.

Hunter formte einen Bogen mit den Händen. „Super! Halt' die Rute gebogen – ja, genau so. Du hast Fireline auf der Spule."

Was auch immer das heißen sollte. „Okay?"

Hunter stellte sich direkt neben ihn. „Du machst das großartig. Halte die Angelrute immer unter Spannung. Wenn die Spitze aufrecht steht, lässt du das Ende der Rute runter und kurbelst schnell."

„Oh Gott!" Orion drehte an der kleinen Kurbel, so schnell er konnte.

„Du machst das sehr gut. Die Fireline hält dreißig Pfund aus, also wenn du nicht grade einen Wal dran hast, kann nichts passieren. Du machst das super. Er wird langsam müde."

Vor und zurück bewegte sich die Angelschnur durchs Wasser. Hunter legte die Arme um Orion und half ihm, die Rute beim Einholen des Fisches unter Spannung zu halten. Er hatte nicht mal Zeit, um diese warmen, männlichen Arme um sich herum zu genießen.

Orions Arme zitterten bereits, als Hunter ihn losließ, um den Fisch mit seinem Stielkescher aus dem See zu schöpfen. „Du hast ihn."

Orions Gesicht schmerzte vor lauter Stolz auf den Erfolg.

Hunter holte eine lange Chirurgenklemme aus seiner Tasche und entfernte den Haken aus dem Maul des Fisches. „Hier, wir brauchen ein Foto."

Orion legte die Angelrute weg und nahm das zappelnde Geschöpf entgegen. „Dein erster Fisch! Streck' die Arme aus. So wirkt der Fisch größer."

Hunter schoss mit seinem Handy ein paar Fotos, fütterte den Fisch mit einem Wurm und setzte ihn wieder ins Wasser. „Stillhalten, Mr. Forelle. Ich will bloß sicher gehen, dass du…" Die Forelle plantschte mit der Schwanzflosse und schwamm davon. Hunter warf einen Blick über die Schulter und verkündete: „Dem geht's gut."

Orion sah zu, wie der Fisch durchs Wasser schnitt und schließlich verschwand. Hunters Beispiel folgend schwenkte er seine fischigen Hände im See und trocknete sie dann an seiner Jeans ab.

Nachdem er den Köder überprüft hatte, gab Hunter ihm die Angelrute zurück. „Hier. Wirf sie wieder aus."

Hunter warf seine Schnur aus und griff dann nach seinem Handy, um es Orion zu zeigen. „Das ist ein tolles Lächeln. Hast du was dagegen, wenn ich das Bild hier an Marcus schicke?"

„Nein, mach nur. Könntest du's mir auch schicken?"

Hunter drückte auf „senden" und setzte sich wieder. „Klar."

Orion schickte das Foto sofort an X weiter. Er warf die Angel aus und hatte sich gerade wieder hingesetzt, als der Signalton seines Handys eine Video-Mitteilung ankündigte.

Hunter blickte von seinem Handy auf. „Xander?"

Orion prustete. „Ja. Hier. Guck' dir das an."

Er spielte das Video ab. Ein Kurzkopfgleitbeutler knurrte: „Dann probieren wir heute mal Fisch zum Abendessen. Njam, njam, njam."

Orion textete zurück: *Kein Fisch. Wir haben ihn freigelassen.*

Eine weitere Message kam über dieselbe App, aber diesmal ertönte nur ein zwanzig Sekunden langer Lippenfurz, so laut, dass Hunter zu lachen begann, bis der Piepston kam.

„Was hat Marcus gesagt?"

Hunter reichte ihm das Handy, und Orion las: „Tolles Foto, Sexy! Orion ist so schön" – den Rest las er nicht laut – *dass ich nächstes Mal auch mit zum Angeln gehen will.*

Hunter nahm das Handy zurück und las die SMS, die er schrieb, beim Tippen laut vor: „Du hast ihn ganz verlegen gemacht."

Bevor Orion seine wahrscheinlich sehr roten Wangen dementieren konnte, hielt ihn ein weiterer Piepston davon ab.

„Was?", fragte Orion, als ob es ihn was anginge. Na ja, da es dabei um ihn ging, war das vielleicht der Fall.

„Willst du's sehen?"

„Ja", antwortete Orion zu schnell, um sich am Nachdenken zu hindern.

Kopfschüttelnd reichte Hunter ihm das Handy.

Orions Augen weiteten sich, als er las: *Dann sag ihm lieber nicht, was wir alles mit ihm anstellen wollen.*

Fuck! Die Bilder von den Sessions, die diese beiden sich ausdenken könnten, blitzten vor seinem geistigen Auge auf, und Orion wand sich auf seinem Stuhl.

Hunter drehte den Kopf zur Seite. „Wird dir dabei unbehaglich zumute?"

Orion hätte sich gern dumm gestellt, aber er glaubte ans Beantworten direkter Fragen ohne Spielchen. „Es weckt Wünsche in mir."

„Wünsche ...?" Hunters tiefe Stimme schickte Orion eine Liste von Bedürfnissen und Forderungen.

„Ja." Orion wandte sich ab, um Hunters Blick zu entkommen.

Er wusste nicht genau, ob er erleichtert oder enttäuscht sein sollte, als Hunters nächste Worte waren: „Unsere Schnüre treiben ab. Wir sollten neu auswerfen, sonst verheddern sie sich."

Wem wollte Hunter hier was vormachen? Selbst Orion konnte sehen, dass sie sich bereits verheddert hatten.

ORION VERSUCHTE, das lastende Schweigen mit einem Frage-und-Antwort-Spiel zu füllen. „Warum bist du Rettungssanitäter geworden?"

Hunter warf seine Angel wieder aus und setzte sich. „Ich wollte eigentlich Medizin studieren, aber dann wurde mir klar, dass kein Arzt was für einen Patienten tun kann, der es nicht bis ins Krankenhaus schafft."

„Stimmt."

„Und nachdem ein geistesgegenwärtiges Rettungssanitäter-Team meinen Dad gerettet hatte, konnte ich mir nicht vorstellen, je was anderes zu machen. Ohne sie hätten wir ihn verloren. Ich wollte mich revanchieren."

„Steht ihr euch nahe?"

„Ja. Meine Eltern wohnen in Florida. Aber seit sie beide in Rente sind, pendeln sie ständig zwischen ihren drei Timesharing-Wohnungen hin und her und sind nur noch selten zuhause."

„Das ist cool."

„Außer, wenn ich mitten in der Nacht einen Anruf kriege, weil sie wieder mal vergessen haben, dass ich nicht in ihrer Zeitzone bin." Hunter lachte leise. „Sie sind immer ganz überrascht, dass ich um neun Uhr morgens ihrer Zeit noch tief und fest schlafe ... wenn sie in Europa sind."

Orion kicherte. „Pech für dich. Aber gut für sie. Meine Eltern reisen auch viel, aber meistens zu Vortragsreihen oder um Vorlesungen an anderen Unis zu halten."

„Sind deine Eltern Professoren?", fragte Hunter.

„Mom ist Soziologie-Professorin, und Dad ist der Dekan für Internationale Beziehungen."

Hunter nickte.

Das Gespräch kam ins Stocken. Die Stille machte Orion zappelig und brachte ihn dazu, etwas zu fragen, was er schon wusste. „Ähm, dann bist du also seit sechs Jahren mit Marcus zusammen?"

„Jau." Ein strahlendes Lächeln erhellte Hunters Gesicht, und Orion war sich sicher, dass seinetwegen noch nie jemand so gelächelt hatte, abgesehen von Xander und seiner Mutter, und die zählten eigentlich nicht.

„Was meinst du, ist er dein Mann fürs Leben und umgekehrt?"

„Also, das ist ziemlich direkt." Hunter zog eine Augenbraue hoch.

„Tut mir leid. Ich wollte nicht ... das heißt – wie habt ihr euch kennengelernt?"

Ein versonnener Blick trat in Hunters Augen. „Im Entwined gab es eine ‚Schraube sucht Mutter'-Singleparty."

„Ich erinnere mich, als ich noch Student war, habe ich ständig Flyer für Verbindungspartys mit diesem Motto gesehen."

„Wirklich, im College? Hast du teilgenommen?"

„Nee." Damals hatte Orion zwar noch nicht gewusst, was genau bei solchen Partys passierte, aber bereits geahnt, dass es wahrscheinlich nichts für ihn war. „Dabei geht es darum, zu sehen, wer die passende Schraube zu deiner Mutter hat oder umgekehrt, nicht?"

„Die Idee dahinter ist, Leute miteinander zu verkuppeln, deren Schrauben und Muttern zusammenpassen ...", verdeutlichte Hunter.

„Erst verkuppeln, dann abschleppen, was?", lachte Orion.

Hunter grinste. „Ja. Jedenfalls habe ich Marcus am Geländer lehnen sehen, die Arroganz und Erotik in Person. Ich wusste nicht, ob er gerade gehen wollte oder eben erst gekommen war."

Orion wollte sich die gesamte Szene ausmalen können. Details waren wichtig. „Weißt du noch, was er anhatte?"

„Werde ich nie vergessen. Enge lila Lederjeans, schwarze Spitzencorsage, mit lila Bändern um die Taille geschnürt, und kein Hemd."

„Mmm, sexy." Der Mann hätte wahrscheinlich dem Titelblatt eines BDSM-Pornomagazin entstiegen sein können.

Hunter warf ihm einen kritischen Blick zu. Seine Lippen zuckten, schafften aber kein ganzes Lächeln. „Er hat meinen Blick aufgefangen, an dieser lila Haarsträhne rumgezwirbelt und mich so von oben bis unten gemustert, wie er's immer macht, um zu entscheiden, ob jemand seiner würdig ist. Ich muss wohl seine Prüfung bestanden haben, weil er den Typen, der ihn gerade am Anbaggern war, einfach stehen lassen hat. Mitten im Satz. Marc hat ihn eiskalt absolviert."

Leicht vorstellbar.

Hunters verträumter Gesichtsausdruck ließ ihn noch attraktiver wirken. „Er kam auf mich zu stolziert, selbstbewusst, entschlossen und keine Spur devot. Die Menge hat sich für ihn geteilt, und es schien, als wären alle Gespräche verstummt, weil alle ihn begaffen wollten."

Orion musste es wissen. „Was hat er gesagt?"

Hunter, aus seinen Erinnerungen gerissen, lächelte ihn an. „Ob du's glaubst oder nicht – er hat gesagt, dass sein tätowierter Schwanz in meinem Mund echt geil aussehen würde."

Marcus hatte seinen Penis tätowiert? Orion hatte das bisher nur auf Bildern im Internet gesehen. Er kannte niemanden, der so was machen lassen hatte. Heilige Scheiße, das musste ja eine Tortur gewesen sein. So viele Nadelstiche an einer so empfindlichen Stelle – Gott! Orion schlug die Beine übereinander. „Er hat …?"

Hunter nickte und lachte leise, wahrscheinlich über den Sabber, den Orion sich lieber vom Kinn wischen sollte. „Und weißt du was?"

„Was?"

„Er hatte recht." Hunter grinste und verschränkte die Hände hinter dem Kopf.

Orion musste sich an seinem Becher festhalten, weil ihm die Hände zitterten. Die Vorstellung setzte ihn in Brand, und ganz gleich, wieviel kalten Kaffee er trank, nichts konnte die Flammen löschen.

Hunter räusperte sich und sagte: „Ich wollte ihm klarmachen, dass wir nicht zusammenpassen. Ich habe ihm gesagt, dass wir beide Schrauben sind."

„Was hat er gesagt?"

„Marcus hat diese lila Haarsträhne gezwirbelt und gesagt: ‚Dann machen wir's eben passend. Mein Auto steht auf dem Parkplatz. Wir müssen nämlich unbedingt vögeln'."

Gott, gab es was Erotischeres als zwei dominante Männer, die sich nicht voneinander bedroht fühlten? Da er bereits an einige Doms geraten war, die sich gegenseitig an Dominanz zu übertreffen versuchten, hielt Orion sich normalerweise von dominanten Männern fern, die was zu beweisen hatten … mit Ausnahme von Henry. Doch alles, was er bisher von Hunter und Marcus erfahren hatte, bestätigte ihre gegenseitige Wertschätzung. Pisswettbewerbe brauchten sie schlichtweg nicht.

Orion konnte sich schon denken, wie die Antwort lauten würde, aber er fragte trotzdem: „Bist du mitgegangen?"

„Er hat mir den Hals geleckt", erklärte Hunter, als wäre die Frage damit beantwortet.

Orion starrte wie gebannt auf Hunters Kehle. Sie schien eine Art erotischer Schlüssel zu sein, und Orion musste ein solches Juwel an Information einfach horten. „Deinen Hals?"

Hunter atmete ein bisschen schwerer. „Ja, meine Schwachstelle. Ich bin ihm nach draußen zu seinem Honda gefolgt, und wir haben es passend gemacht …"

Orion war zwar eigentlich kein Voyeur, aber er konnte den Wunsch nicht unterdrücken, sie zusammen zu sehen, und sei es nur im Geiste. „Moment mal. Ich dachte, die Eigentümer machen einem die Hölle heiß, wenn man auf dem Parkplatz Sex hat. Weil so was unserem Image in der Öffentlichkeit schaden könnte oder was auch immer."

Gerüchten zufolge hatten die Eigentümer des Entwined deswegen schon langjährige Mitglieder rausgeschmissen. Denen, die gegen diese Regel verstießen, drohten rechtliche Schritte; man munkelte von außergerichtlichen Einigungen mit Hilfe großzügiger Spenden an wohltätige Organisationen.

Hunter zuckte mit den Schultern, aber ein leichtes Lächeln spielte um seine Mundwinkel. „Sagen wir mal, diese Regelung gilt erst seit dem Abend, an dem Marc und ich zusammen auf den Parkplatz rausgegangen sind."

„Wow!" *Sie* waren der Grund für die Regel. Was hatten sie da draußen bloß getrieben? Moment mal, was *konnten* sie dort draußen getrieben haben? „Es geht mich ja nichts an, aber wie zum Teufel ist er auf so engem Raum aus einer Lederjeans rausgekommen?" Orions logischer Verstand rätselte, wie dieses Kunststück in einem Honda möglich sein sollte, und die Unmöglichkeit raubte dem Akt gerade jede Erotik.

Hunter sog scharf den Atem ein, dann schüttelte er rasch den Kopf und antwortete: „Er hat einfach den Reißverschluss aufgemacht."

„Reißverschluss?"

„Seine Hose hatte einen durchgängigen Reißverschluss in der Mitte, vom vorderen Bund bis ganz nach hinten. Sie war im Schritt teilbar."

„Wow." Jetzt brutzelte sein Hirn vor heißer Erotik.

„Tollste Erfindung aller Zeiten." Hunters Stimme wurde leiser. „Er hat seinen Butt-Plug rausgezogen."

Orion leckte sich die trockenen Lippen. „Dann war er also bereit für dich."

„Oh ja. Sobald ich in ihm drin war." Hunter schien ergänzen zu müssen: „Mit Kondom, natürlich."

Orion nickte. Hunters medizinische Ausbildung zwang ihn offenbar, in jeder Unterhaltung lehrreiche Momente unterzubringen. Orion störte das nicht, obwohl jetzt nicht der richtige Moment für ein Gespräch über Safer Sex war. „Und dann …?"

„Er hat seinen Mund auf meinen gepflanzt und mich geküsst. Es war … alles." Hunter lächelte Orion an.

„Was ist dann passiert?" Orion musste es wissen.

„Am nächsten Tag hat er angerufen. Er hat mich zum Essen eingeladen. Ich habe nicht gezögert."

„Und ihr zwei kriegt das immer noch hin." Orion hätte sich die Zunge abbeißen können, weil er so unglaublich schmalzig daherredete.

„Wir hatten unsere Höhen und Tiefen. Ich brauche einen Sub, dem ich dienen kann, und er braucht jemanden, mit dem er Schmerz teilen –"

„Einen Sub, dem du dienen kannst? Bringst du da nicht was durcheinander?"

Hunter verdrehte die Augen. „Ich bin als Dom eher egalitär eingestellt. Ich möchte jemandem Unterstützung bieten, der Führung und Grenzen braucht. Ich erhoffe mir einen echten Machtaustausch, keine blinde Dienstbarkeit."

„Oh, dann bist du also kein ‚Popo voll, jetzt blas mir einen'-Dom?"
Zugegeben, nicht alle autoritären Doms waren so, aber –

Hunter zog eine Augenbraue hoch. „Das will ich doch schwer hoffen. Von
denen gibt's viel zu viele, findest du nicht?"

Um nicht in eine Debatte über Dom-Typen zu geraten, wechselte Orion
lieber das Thema. „Ja. Also, ich find's jedenfalls gut, dass ihr einen Weg gefunden
habt, Marcus und du. Ihr passt gut zusammen."

„Das stimmt, aber er will einen dritten Partner." Hunter starrte hinaus auf
den See.

Die Worte platzten aus ihm heraus, ehe Orion sie zurückhalten konnte. „Und
du nicht?"

„Es ist für mich schwer vorstellbar. Obwohl jeder von uns was braucht, was
der andere ihm nicht bieten kann."

Das Schweigen trieb zwischen ihnen dahin wie die Enten, die das Ufer
verlassen hatten und in den See gehüpft waren.

Das Gefühl der Enttäuschung war lächerlich. Sie hatten sich nicht mal
geküsst. Es war lediglich sexuelle Anziehungskraft und ein Restbedürfnis nach
BDSM, was Orions Verlangen färbte.

Hunter räusperte sich. „Darf ich dich mal was fragen?"

„Klar."

„Was meinst du, ist es eher ein Mangel an Vertrauen zu Doms oder zu dir
selbst, was dich vom Spielen abhält?"

Orion hätte ihm dieselbe Frage stellen können. Fehlte ihm einfach das
Vertrauen, dass ein Sub in seine bestehende Beziehung mit Marcus kommen konnte,
ohne sie zu zerstören? Stattdessen sagte er: „Ich glaube, Vertrauen beziehungsweise
ein Mangel daran ist für uns beide der Schlüssel zu unserem Problem."

Hunter sah ihn lange nachdenklich an, dann nickte er. „Ich glaube, du hast
recht."

7

MARCUS ÖFFNETE das Garagentor, packte Orion und drückte ihn in einer Wolke von Patschuliduft fest an sich. „Bist du bereit für unser Ausmal-Date oder hat Hunter dich fertig gemacht?"

Date? Das war bestimmt scherzhaft gemeint. Sie wollten schließlich nur einen netten Nachmittag zusammen verbringen. Aber Marcus konnte ihn gern weiter umarmen, so lange er wollte. Orion keuchte: „Nein, bin bereit."

Marcus drückte fester. „Mmmm, bist du *nicht*, aber du *könntest* in –"

„Marc!", knurrte Hunter.

Orion zuckte zusammen, und Marcus ließ ihn mit einem Kichern los und ging auf Hunter zu. „Ach, stimmt ja, das Experiment beinhaltet keine … *Bereitschaft.*"

Hunter schüttelte den Kopf, aber seine Lippen bogen sich lächelnd nach oben. „Erdrück' mich nicht, Marc. Meine Rippen tun von gestern Nacht noch tierisch weh."

Neugier durchströmte Orion. Was sie wohl gestern Nacht getrieben hatten? Das wäre bestimmt eine Schau gewesen … Er musste aufhören, sich an seinen … Freunden … aufzugeilen.

Marcus umarmte Hunter mit übertriebener Vorsicht, bis Hunter seufzte: „Schon verstanden. Ich geh' nur schnell duschen." Er gab Orion einen Wink. „Du kannst gleich hier durch diesen Abstellraum gehen, den wir angeblich gar nicht haben, und die Tür rechts führt dann in die Küche."

Sie folgten Orion ins Haus, und Marcus fragte: „Willst du dir unterwegs einen Salat holen, oder bringt Soph was mit?"

„Keine Ahnung. Überleg' ich mir nachher." Hunter ging hinaus.

Ein frevlerisches Bedürfnis, sich um diese beiden Männer zu kümmern, drohte Orion etwas Dummes tun zu lassen, daher begnügte er sich mit der Frage: „Hast du was dagegen, wenn ich ihm was zum Mitnehmen mache?"

Marcus schüttelte den Kopf. „Wir waren schon ziemlich lange nicht mehr einkaufen."

„Ist es okay, wenn ich's trotzdem versuche?" Hunter hatte ein gutes Mittagessen verdient. Nur darum ging es hier – um eine Mahlzeit.

Marcus gab achselzuckend seine Erlaubnis. „Mach nur. Schau, was du finden kannst."

Orion blickte sich um. Er kam sich vor wie in einem altmodischen Diner. Zwei hochlehnige, rote Polsterbänke mit einem Resopaltisch dazwischen bildeten eine Sitznische. Ein Jukebox-Radio stand an Stirnseite des Tisches zwischen den Doppelfenstern. Beim Öffnen des Fünfziger-Jahre-Kühlschranks stellte er

66

erleichtert fest, dass die Tür nur Fassade für ein modernes Kühlgerät war. Der Herd und die Arbeitsflächen hätten aus einem Restaurant stammen können. Töpfe und Pfannen hingen über einer kleinen Edelstahl- Kücheninsel mit Unterschränken. Küchenutensilien an Haken und Messer säumten eine magnetische Zierleiste an der Wand.

„Tolle Küche", bemerkte Orion, während er nach Essbarem suchte.

Marcus zuckte mit den Schultern. „Ja, wegen dieser Küche haben wir das Haus gekauft. Wobei wir wohl beide gedacht haben, eine Themenküche würde einem von uns auf magische Weise das Kochen beibringen."

Orion inspizierte den Kühlschrank, die Schränke und Regale. Seine ausgiebige Schnitzeljagd hätte seine Kurzkopfgleitbeutler stolz gemacht, dass er zu ihrer Gemeinschaft gehörte. Cracker, Nüsse, Kapern – warum um alles in der Welt hatten sie Kapern? Marcus hatte keine Witze gemacht. Sie mussten unbedingt einkaufen gehen, aber ein paar Grundnahrungsmittel waren da.

Vielleicht gab es im Gefrierschrank verborgene Schätze? Bingo!

„Mmm, was riecht denn hier so gut?", fragte Hunter, als er in seinen Arbeitsstiefeln in die Küche gestapft kam. Sein kurzes Haar war noch feucht vom Duschen, seine Uniform zackig – es gab bestimmt keinen attraktiveren Rettungssanitäter in der ganzen Stadt … im ganzen Staat … Land … auf der ganzen Welt.

Verdammt. Orion musste einen Gang runterschalten, sonst würde er den Mann noch bespringen, und Hunter käme zu spät zur Arbeit.

Marcus reichte Orion eine Tüte und sagte zu Hunter: „Mein Lieber, dieser Mann hier ist ein Zauberer!"

Orion war noch nie gut mit übertriebenem Lob zurechtgekommen. „Da ist Gemüsesuppe drin. Pass aber auf. Ich weiß nicht, wie dicht diese Thermoskanne ist."

„Orion hat die praktisch aus nichts gemacht!" Marcus hörte sich an, als hätte Orion Suppe erfunden.

Kopfschüttelnd versuchte Orion, ihn wieder in die Realität zurückzuholen. „Nicht aus nichts. Aus einer Dose Hühnerbrühe, Tiefkühlgemüse und ein paar Gewürzen."

Marcus machte ein Gesicht, als hätte er jemanden übers Wasser gehen sehen. „Ich wusste nicht mal, dass wir Gemüse da hatten."

„Ja, das habe ich vor einer Weile gekauft. Ich wollte es in der Mikrowelle warm machen, wusste aber nicht wie", erklärte Hunter.

Oh je. Sie konnten nicht mal mit einer Mikrowelle umgehen? Lebten sie nur von Essen zum Mitnehmen? Orion packte zwei Thunfisch-Sandwiches in die Tüte, dazu ein paar Selleriestangen und ein kleines Döschen Salatdressing als Dip.

„Das ist super. Vielen Dank." Hunter fasste sich kurz ans Herz.

„Ist doch bloß ein bisschen was zu essen." Orion fand wirklich nichts dabei.

„Du hast sogar so viel gemacht, dass er mit Sophie teilen kann und es für uns später auch noch reicht!", korrigierte Marcus.

Hunter blieb vor Orion stehen und hob Orions Kinn, zwang ihn, Blickkontakt aufzunehmen. Ein Hauch von Leder kitzelte Orions Sinne. „Es ist mehr als nur ein bisschen was zu essen. Ich weiß es zu schätzen, dass du dich um uns kümmerst. Dankeschön."

Marcus schubste ihn mit der Schulter an und flüsterte laut: „Jetzt musst du mit den Wimpern klimpern und sagen: ‚Gern geschehen … Sir'."

Orion schluckte und versuchte, gleichmäßig weiter zu atmen. „Gern geschehen … Hunter."

Es klang unglaublich falsch.

Warum konnte er es nicht aussprechen? *Sir?* Es war nur ein Wort … des Respekts … ein Wort, das jeder ständig benutzte. Verdammt, Xander benutzte es, wenn er sich nicht an den Namen eines Typen erinnern konnte. Aber für Orion hatte der Titel eine zu große Bedeutung, und er konnte das Wort nur dann aussprechen, wenn es von dort kam, wo er es eingeschlossen und weggesperrt hatte.

„Fast." Marcus stieß Orion noch mal mit der Schulter an und wandte sich an Hunter: „Rette Leben, aber pass für mich gut auf deins auf."

„Mach' ich doch immer. Benimm dich, falls du dazu imstande bist." Hunter küsste Marcus.

Der Kuss löste einen seltenen Hunger in Orion aus. Was würde er nicht für einen einfachen Kuss geben? Er wollte, dass Lippen so über seine glitten. Wie dumm von ihm, nach dieser Art von Liebe zu lechzen – wo Liebe doch nur ein schlichtes chemisches Ungleichgewicht war. Er wäre ein Lügner, wenn er behaupten wollte, dass sich nicht ein Teil von ihm nach dem Glück und der Sicherheit sehnte, die eine alles verzehrende Liebe bringen würde.

Hunter wandte ihm das Gesicht zu, und für einen kurzen Moment konnte Orion das Verlangen in seinen Augen lesen. Er wollte seine Lippen auf Orions Mund legen. Und alles in Orion warnte ihn, dass das der beste Kuss aller Zeiten wäre …

Hunter beugte sich vor, bis sein Mund dicht vor ihm schwebte, doch dann hielt er inne. Seine Lippen streiften flüchtig Orions Wange. „Viel Spaß mit Marcus."

Hunter schlüpfte zur Tür hinaus, ehe das Bedauern Orion traf wie ein Schlag in die Magengrube.

„Ich kann gut noch mit dem Mittagessen warten, falls dir das lieber ist", erklärte Marcus.

„Ich habe die Suppe zugedeckt und die restlichen Sandwiches in den Kühlschrank gestellt."

Wieder tat Marcus so, als wäre Orion ganz großartig. „Du bist ein Gott unter Männern!"

Orion schüttelte den Kopf. „Wohl kaum."

Marcus ging an den Kühlschrank. „Ich hol' mir einen Limo. Möchtest du auch eine?"

„Ja, bitte."

Orion starrte die Limonaden-Spezialität an, die Marcus für ihn öffnete. Er nippte an dem sprudelnden Orangen-Thymian-Mix. Mmm, die musste er unbedingt besorgen, wenn er mit Xander das nächste Mal *schick* einkaufen ging. Das machten sie alle paar Wochen, um ihren Vorrat an interessanteren Markenprodukten aufzustocken, die es bei Price Chopper nicht gab.

Marcus deutete auf die Sitznische. „Nimm Platz. Was für Musik hörst du gern?"

Orion glitt auf die gepolsterte Bank. „Panic! At the Disco, Green Day, Radiohead, Tokio Hotel, R.E.M –"

„Irgendwas aus den Top 40?"

„Eigentlich alles, wozu ich tanzen kann …"

„Endlich! Jemand, der Verständnis hat. Hunter hört nur Heavy Metal. Sophie, du weißt schon, seine Teampartnerin?"

„Oh mein Gott, die ist toll." Orion trank einen weiteren Schluck von dem süßen Sprudelgetränk.

„Also, Sophie, so sehr ich auch für diese Frau schwärme, aber sie hat Hunters Musikgeschmack total verdorben. Obwohl, wenn man was oft genug hört, fängt man vermutlich an, es zu mögen."

„Kognitive Dissonanz", steuerte Orion den Fachbegriff bei.

„Was?"

„Die Theorie der kognitiven Dissonanz besagt, wenn du was Unangenehmes nur oft genug machst, redet dein Verstand dir ein, dass es dir gefallen muss, weil du es ja schließlich tust. Oder in diesem Fall, weil du diese Art von Musik hörst, musst du sie mögen."

„Denn warum solltest du es sonst tun?", schloss Marcus.

Orion klopfte auf den Tisch. „Genau."

„Ich unterhalte mich gern mit dir. Ich lerne jedesmal was Neues." Marcus musterte ihn. „Du musstest bestimmt lange studieren, um Krebsforscher zu werden."

„Ja, aber mit Professoren als Eltern war das selbstverständlich." Orion verdrängte die Erinnerung daran, wie sein Vater getobt hatte, als er davon gesprochen hatte, vor der Uni ein Jahr lang auf Reisen gehen zu wollen. Vielleicht hätte er sich nach seinem Abschluss ein Jahr frei nehmen sollen, aber das hatte er nicht getan. Er hatte nonstop gearbeitet. Nur im Entwined hatte er hin und wieder mal eine Auszeit gekriegt.

Marcus nickte und machte die Jukebox an, in der sein iPod steckte. Er rief eine Playlist auf, und der erste Song war „Emperor's New Clothes" von Panic! At the Disco. Marcus begann den Text stumm mitzusprechen.

Orion grinste. „Ich liebe dieses Musikvideo."

„Es ist toll, wenn er sich in einen Dämon verwandelt. Die Spezialeffekte sind gut." Marcus trank einen Schluck Limo. „Jedenfalls beeindruckend, dass du auf dem College warst. Mir hat die High School schon gereicht."

„Bei meinen Eltern stand nach der Highschool aufzuhören nie zur Debatte." Orion fragte sich wieder mal, ob er nicht aus purem Trotz in die Forschung gegangen war, denn wahrscheinlich hätte ihm das Unterrichten viel eher gelegen.

„Und deine Mom unterrichtet auch?"

„Ja, sie setzt sich gerade für die nächste Erweiterung des Instituts für Geschlechterforschung ein."

Marcus rutschte auf seinem Platz hin und her und knibbelte an seinem Nagellack herum. „Die behandeln doch Themen wie soziale Gerechtigkeit, Klasse, Nationalität, Rasse … solche Dinge? Oder liege ich da ganz falsch?"

„Nein, genau das bedeutet es." Wow. Die meisten hatten keine Ahnung, was dieser Studiengang alles beinhaltete.

„Ich war vielleicht nicht auf dem College, aber ich versuche, mich auf dem Laufenden zu halten." Marcus spielte mit seiner lila Haarsträhne.

Orion stellte eilig klar: „Nein, du bist sehr klug. Ein College-Diplom kann nichts weiter als ein Stück Papier sein, wenn man nicht in sein Studium investiert war. Und dieses Stück Papier nicht zu haben heißt noch lange nicht, dass man nichts gelernt hat und ungebildet ist."

„Ich weiß, dass du kein Akademiker-Snob oder so was bist, aber manchmal …" Marcus eilte hinaus und kam mit Schreibunterlagen, Filzstiften und einem Buch zurück.

„Glaub' mir, ich arbeite oft genug mit Snobs zusammen, um zu wissen, dass deine Empfindlichkeit der Realität entstammt."

Marcus reichte ihm ein dickes Buch. „Da, such' dir eine Vorlage aus, dann schneide ich die Seite für dich raus."

Orion blätterte in den aufwendigen Mandalas herum. „Die sehen alle ziemlich verzwickt aus. Ich bin nicht besonders kreativ."

Lächelnd legte Marcus die gepolsterten Schreibunterlagen und die Filzstifte auf den Tisch. „Doch, bist du. Entscheide dich für eins, an dem du arbeiten möchtest."

„Hmm." Orion durchblätterte das Buch und hielt auf einer beliebigen Seite an. Er zeigte sie Marcus.

„Gefällt es dir?"

Orion betrachtete das Muster erneut. „Doch, ja."

Marcus drehte das zusammengeklappte Rasiermesser zwischen den Fingern, dann löste er die Seite aus dem Buch und legte sie auf die Schreibtischunterlage.

Er setzte eine lila umrandete Brille auf und beantwortete Orions unausgesprochene Frage: „Ich trage meistens Kontaktlinsen."

Orion zog seine eigene schwarz umrandete Brille hervor und setzte sie auf.

Marcus grinste anzüglich. „Die gefällt mir. Damit siehst du erst recht sexy aus."

Vielleich brauchte Orion seine Brille nicht zu verstecken, aber er verdrehte die Augen. „Ich könnte ein blonder Harry Potter sein. Und du wirst bald sehen, wie unkreativ ich bin."

Marcus wählte eine Vorlage für sich und schnitt die Seite mit dem Rasiermesser aus dem Buch. „Das glaube ich nicht. Such dir einfach eine Farbe aus und fang an."

Orion versuchte, Marcus nachzuahmen. Er suchte sich einen Filzstift aus, wählte einen Bereich des Musters und begann zu malen.

Bleib innerhalb der Linien. Bleib innerhalb der Linien.

„Du machst das großartig. Genieß es einfach, dich durch Farbe auszudrücken."

„Love Who Loves You Back" von Tokio Hotel entspannte Orion. Er griff nach einem petrolblauen Filzstift. „Hey, wie bist du für deine Farbsträhne auf lila gekommen?"

Marcus zuckte mit den Schultern. „Lila ist die Farbe des Adels. Purpur. Aber was Adel wirklich bedeutet, ist Unabhängigkeit und das zu verfolgen, was man will … und zwar solange, bis man sein Ziel erreicht hat."

Orion heftete seinen Blick auf die Seite, an der er arbeitete, und konzentrierte sich darauf.

Marcus wiegte sich im Takt der Musik, während er sein Muster ausmalte. „Es hat mir echt gut gefallen, dass du uns diese Zettelchen in die Lunchpakete gesteckt hast."

Was sollte Orion sagen? Hunter hatte sie nicht erwähnt, daher hatte er angenommen, sie hätten seine Botschaften vielleicht gar nicht gesehen. „Kurzer Aussetzer … ich habe einem Impuls nachgegeben."

„Wir mögen deine Impulse."

„So was mache ich sonst nie." Orion konnte es immer noch nicht fassen, dass er den Mumm dazu gehabt hatte.

„Wie schade." Marcus hielt zwei Filzstifte in einer Hand, wechselte zwischen ihnen hin und her und sang *„Love Who Loves You Back"*.

Orion summte mit. Die sexy Orgien-Szene aus dem Musikvideo ging ihm einfach nicht aus dem Kopf.

Marcus sang einen hohen Ton und fragte dann unvermittelt: „Vermisst du es nicht, an Sessions teilzunehmen?"

Orions Hand zog einen pfirsichfarbenen Filzstiftstrich quer durch das Design. „Verdammt!"

„Schon okay. Arbeite mit dem, was du hast. Male einfach den ganzen Bereich pfirsichfarben aus und dann mit dunkleren Farben drüber, oder lass es so."

Guter Rat, aber das reichte nicht, um den Schmerz zu lindern, den seine Antwort hervorrief. „Doch, ich vermisse es schon."

„Was vermisst du am meisten?"

„*Alles*" zu sagen würde bedeuten, nur weiter in einer anscheinend ewig schwärenden Wunde rumzustochern. Orion entschied sich dafür, Marcus eine Frage zu stellen. „Würdest du dich wirklich als Sadist bezeichnen?"

„Ich bin einer. Ich habe kein Problem mit Bezeichnungen ..."

Orion ergänzte: „Solange sie nicht dazu benutzt werden, etwas zu pathologisieren ..."

Marcus starrte ihn an. „Was?"

„Manchmal hört jemand eine Bezeichnung und stellt dann über alle Personen, die sich mit einem bestimmten Begriff identifizieren, pauschale Vermutungen an. Oder die Bezeichnung wird wie eine Diagnose verwendet, ob passend oder nicht."

Marcus atmete hörbar aus. „Ja, ungefähr so, wie wenn ich *Sadist* sage und alle immer gleich an *Das Schweigen der Lämmer* denken."

„Ich nehme an, die meisten Leute machen keinen Unterschied zwischen Soziopath, Psychopath und Sadist. Und sie gehen wahrscheinlich davon aus, dass alle Sadisten sich auf dieselbe Weise ausdrücken."

Marcus gab ein leises Geräusch von sich und wechselte zu einer anderen Farbe über.

Orion wartete mit Fakten auf. „Hast du gewusst, dass bei Sadisten die Stimulationsfähigkeit der Amygdala erhöht ist?"

Marcus hörte auf zu malen, ließ seinen Filzstift fallen und schaute auf. Seine großen Augen nahmen wahrscheinlich Orions Nervosität wahr. Seine Mundwinkel hoben sich, und eine perfekt gezupfte Augenbraue ging nach oben. „Sagst du jetzt versaute Sachen zu mir, Orion?"

„Nur, wenn du das willst." Marcus machte den Mund auf, aber Orion wollte diesen Weg nicht einschlagen, daher schüttelte er den Kopf. „Ähm, die Amygdala ist ein Teil des Gehirns, der mit starken Emotionen in Verbindung gebracht wird."

Marcus beugte sich vor, stützte die Ellbogen auf den Tisch und begann, mit seinen lila Haarsträhnen zu spielen. „Oh."

War dem Mann überhaupt klar, wie sexy diese Geste war? Das langsame, rhythmische, sinnliche Drehen und Zwirbeln bescherte Orion einen Ständer. Ah, dem wissenden Blick nach zu schließen wusste Marcus ganz genau, was er da tat.

Orion schüttelte den Kopf, um über die Lust hinaus zu denken. Wovon hatten sie noch gleich gesprochen? „Ähm, ja. Normalerweise kann ein Sadist sich supergut in das einfühlen, was andere empfinden."

Marcus lehnte sich zurück und fasste nach der Tischkante. „Ja. Ich habe nicht das Bedürfnis, jemanden mental zu kreuzigen, aber ich stehe total drauf, die intensiven Empfindungen mitzuerleben, die ich anderen verschaffe ... diese Intensität ..." Er fuhr sich mit den Fingern durch die Haare. „Das ist Perfektion."

Heilige Scheiße! Orion hätte ihn am liebsten angefleht, die Tiefen des Machtaustauschs mit ihm zu teilen. Er brachte kein Wort heraus, und der Moment verstrich.

Marcus ergriff Orions Hand. „Du zitterst ja."

Orion konnte ihm nicht in die Augen sehen, daher starrte er auf sein halbfertiges Mandala. Er sehnte sich verzweifelt danach, die Extreme zu kosten, die Marcus ihm bieten konnte. Doch es führte kein Weg vom Wunsch zum Handeln.

Marcus betrachtete ihn nachdenklich, was Orion unbehaglich auf seinem Platz hin und her rutschen ließ.

Er zog sich hastig in die Sicherheit seines Intellekts zurück, griff in die Dateien, wo er Informationen über Studien verwahrte. „Glaubst du an Decetys Theorie des Sadismus?"

„Was? Wer? Schon wieder solche schweinischen Ausdrücke, du Schlingel." Marcus' kastanienbraune Augen funkelten, und seine dunkelroten Lippen zuckten.

Orion hielt sich an den Fakten fest, um nicht völlig den Verstand zu verlieren. „Das Konzept, dass Liebe und Schmerz in der Kindheit irgendwie miteinander verknüpft werden, und dass diese Verbindung im Sadisten den Hunger erzeugt, beides zu vermischen."

Marcus schüttelte den Kopf. „Meine Mutter, die ich sehr liebe, hat mir nie wehgetan und war nie gewalttätig zu mir. Also trifft das auf mich nicht zu."

Auf die Gefahr hin, sich wie ein übereifriger Forscher anzuhören, fragte Orion: „Was meinst du, warum haben sich deine sadistischen Tendenzen entwickelt?"

Ein Pop-Song begann. Die lebhafte Melodie des Stücks schien ihre Unterhaltung noch bedeutsamer zu machen.

Marcus zuckte mit den Schultern und beugte sich vor. „Ich kann nur für mich selbst sprechen, aber ich habe eine Theorie darüber, wie ich geworden bin …"

Erregung durchfuhr Orion. Er hatte bereits vermutet, dass Marcus nicht der Typ Mensch war, der andere klein machen musste, um sich groß zu fühlen. Und es würde ihm keinen Kick geben, wenn jemand aus Angst vor ihm zitterte. Aber wenn jemand darum bettelte, kommen zu dürfen –

Konzentrier' dich. „Ja?"

„Masochisten stehen auf Schmerz." Marcus zog an seinen Haaren.

Orion nickte in völligem Einvernehmen. „Ja, wir ziehen sexuelle Befriedigung aus körperlichem und manchmal auch aus seelischem Schmerz. Es erfüllt ein Bedürfnis, das andere nicht haben."

„Subs wollen dienen. Masochisten wollen leiden."

Die sehr grobe Vereinfachung ließ Orion nicht dahinschmelzen, aber die Welle von Verlangen ertränkte ihn fast. Er wünschte sich so sehnlich, beides für jemanden zu tun, der dessen würdig war.

„Also, als Masochist sehne ich mich nach diesen Qualen, und als Sadist möchte ich anderen das *Vergnügen* des Leidens verschaffen."

„Dann ist die Empfindung, nach der du strebst das, was du gibst?", fragte Orion. „Und mit deinen hochempfindlichen Sinnen erlebst du eine Session vielleicht in mancher Hinsicht intensiver als ein Dom."

„Genau!", rief Marcus. „Ich glaube, du bist der erste, der wirklich kapiert, was ich meine."

Ja – nein! Rückzug. „Na ja, über Sadisten wird nicht viel geforscht. Dabei gäbe es ethische Probleme. Aber es gab eine Studie, die gezeigt hat, dass Sadisten gar nicht so selten sind."

Marcus riss die Augen auf. „Wirklich? Was für eine Studie?"

Orion gefiel es sehr, dass Marcus sich nicht von seinen verbalen Ergüssen abschrecken ließ. Er liebte es, Informationen zu teilen; vielleicht hätte er wirklich auf seine Eltern hören und Lehrer werden sollen. „Vor einigen Jahren hat Dr. Paulhus eine Studie in *Psychological Science* veröffentlicht. Studenten wurden gebeten, zwischen unangenehmen Arbeitsaufgaben zu wählen. Über fünfzig Prozent entschieden sich dafür, als Schädlingsbekämpfer oder Assistenten von Schädlingsbekämpfern zu arbeiten, statt Toiletten zu putzen oder Schmerzen durch Eiswasser zu ertragen."

Marcus runzelte die Stirn und neigte den Kopf. „Okay?"

„Die Möchtegern-Kammerjäger bekamen je drei Käfer in einem Behälter. Den Käfern hatte man niedliche Namen gegeben, wie Muffin. Die Versuchspersonen mussten die Käfer in eine Kaffeemühle werfen."

Marcus verzog das Gesicht. „Igitt!"

„Keine Sorge, es gab ein Geheimfach. Den Käfern ist nichts passiert. Aber die Maschine hat Mahlgeräusche gemacht."

Marcus zuckte zusammen. „Das ist krank! Ich könnte so was nicht."

„Einige Versuchspersonen habe sich geweigert, aber es gab auch welche, die mehr Käfer verlangt haben …"

„Wirklich?" Marcus war leicht grün im Gesicht und schien kurz davor zu sein, zum Mülleimer zu rennen.

Orion nickte und fuhr fort: „In späteren Studien hat Dr. Paulhus Versuchspersonen in getrennte Räume gesetzt und bei Computerspielen gegeneinander antreten lassen. Der Sieger konnte den Verlierer mit Lärm von null bis zehn beschallen, musste aber im Gegenzug dafür eine langweilige Aufgabe erledigen. Die Versuchspersonen, die hochgradige sadistische Tendenzen aufwiesen, haben keine Mühen gescheut, um den Verlierer zu bestrafen. Und dabei ging es nicht einmal um Rache, denn wenn die Versuchsperson verlor, hat der andere Teilnehmer, der in die Studie eingeweiht war, immer null gewählt."

Marcus machte „Hmmm."

„Dr. Paulus meinte damit gezeigt zu haben, dass Sadisten nicht selten sind, aber in ihrem Ausprägungsgrad variieren. Sadisten funktionieren wie jeder andere auch. Ich meine, du weißt das natürlich."

Marcus kicherte. „Aber obwohl ich Sadist bin, würde ich niemanden nur so mit Lärm beschallen wollen."

„Genau. Außerdem habe ich noch nie verstanden, warum die meisten Darstellungen von Sadisten sie zugleich auch als Psychopathen charakterisieren."

Marcus zwirbelte einen Filzstift zwischen den Fingern. „Okay? Warum?"

„Für Psychopathen sind die Schmerzen, die sie anderen zufügen, nur Mittel zum Zweck, während der Sadist anderen gezielt wehtut, weil er den Schmerz durch seine Zielperson erleben will." Orion schien einfach nicht den Mund halten zu können. „Das, und Psychopathen fehlt es an Empathie … vermutlich klingt es deshalb einfach unglaubhaft für mich, wenn Filme Sadismus mit einer psychopathischen Persönlichkeit verknüpfen. Natürlich könnte es schon Menschen geben, die beides sind, aber meiner Meinung nach wäre das eher die Ausnahme als die Regel." Orions Vorlesung kam zum Erliegen.

Marcus nickte. „Das stimmt. Mir geht's nur um die Empathie … aber ich würde nie jemandem was antun oder Schmerzen zufügen, der sich nicht freiwillig darauf eingelassen hat. Sie müssen die Empfindungen wollen."

Orion würde sich so was von auf die Schmerzen einlassen, die Marcus zu bieten hatte, und er würde jede qualvolle Sekunde lieben, ganz gleich –

Nein! „Ich glaube, wenn wir uns von den Bezeichnungen und den strikten Definitionen loslösen, stellen wir fest, dass die meisten Dinge auf einem Spektrum liegen."

„Dann bin ich also auf dem sadistischen Spektrum?", fragte Marcus.

„Ja, und deine masochistische Ader zieht dich aus dem Median." Da sein Ausmalpartner ihm offensichtlich nicht mehr folgen konnte, verdeutlichte er: „Spitze der Glockenkurve."

„Seitlich versetzt?"

„Stimmt." Orion fügte Lilatöne zu seinem Mandala dazu.

Marcus räusperte sich und tauschte seine Filzstifte gegen Silber und Gold aus. „Deshalb brauchen Hunter und ich einen Dritten. Jemanden, der sowohl den Schmerz genießen kann, den ich teilen will, als auch sich Hunt unterwerfen kann."

Orion sah dabei ein Problem. „Hunter will keinen –"

„Ich kann für Hunt den Sub spielen, aber ich habe kein Verlangen nach Führung. Befehle zu befolgen und mich an Grenzen zu halten, ist nichts für mich." Marcus strichelte mit dem Gold am Rand seines Kunstwerks entlang. „Er steht nicht auf die Empfindungen, die ich teilen muss. Obwohl er sie für mich ertragen würde. Aber ich will das mit jemandem machen, der süchtig nach Schmerz ist … der das Erlebnis genauso dringend braucht wie ich. Jemandem so intensive Gefühle verschaffen zu dürfen ist berauschend. In seinem Beruf ist Schmerz nichts Gutes."

„Aber will Hunter überhaupt einen Dritten?" Warum fragte Orion das? Es sollte ihn doch eigentlich nicht interessieren.

„Hunt will nicht zugeben, dass er mehr braucht, als ich ihm bieten kann. Aber das tut er. Wenn wir den Richtigen finden würden …"

Scheiße. Warum war Orion ihnen jetzt begegnet? Warum hatte er sie nicht kennenlernen können, bevor –

„Hast du schon mal in Nadel- oder Piercingspiele reingeschnuppert?", fragte Marcus.

Orion nickte. „Ich habe vor ein paar Jahren im Entwined an einer Demonstration teilgenommen."

„Ah, Master Randy aus Colorado. Ich erinnere mich. Wie hat's dir gefallen?"

Orion wählte den dunkelgrünen Filzstift und begann den äußeren Kreis auszumalen. „Es hat Xander an die Allergiespritzen erinnert, die er als Kind gekriegt hat. Deshalb sind wir nicht bis zum Schluss geblieben."

„Allergiespritzen. Nicht sexy."

Orion biss sich auf die Wangen, doch er konnte die Worte nicht zurückhalten. „Aber ich hätte nichts dagegen, es mal selbst auszuprobieren. Spiel-Piercen tut nicht weh, aber man könnte es schmerzhaft machen ... für die richtige Person."

Marcus sah Orion nicht an; er nickte nur.

Da er es sagen musste, betonte Orion: „Der kontinuierliche Schmerz ... klingt verlockend."

„Das ist er ... und so kann ich wieder und wieder und wieder winzige Häppchen Schmerz dazugeben. Bei manchen Leuten kumuliert die Empfindung. Und wenn ich den richtigen Rhythmus finde, gleiten sie in den Subspace ab."

Orion unterdrückte gewaltsam sein Stöhnen. Fuck! Sein Herz galoppierte bei der Vorstellung. „Sich all diesen Einstichen hinzugeben ist bestimmt ..."

„Unglaublich. Solange du mit den richtigen Leuten zusammen bist." Marcus musterte ihn eingehend.

Orion schwieg, da er überzeugt war, dass Marcus seine sämtlichen Geheimnisse ausgespäht hatte – einschließlich der Tatsache, dass Orion sein Nadelkissen sein wollte. Er wartete.

„Wenn du im Entwined gespielt hast, was hat dir da besonders gut gefallen?"

„Alles." Seine Stimme war kaum ein Flüstern. Er räusperte sich und versuchte es noch mal. „Schlagspiele, Bondage, Wachs, Grenzspiele ..." Wo er dann in Schwierigkeiten geraten war.

„Atemkontrolle, Feuer, Messer?" Marcus' Stimme streichelte die verwundeten Teile von Orions Seele, während die Frage ihn zugleich zerriss.

Orion schluckte, da ihm die Galle hochzukommen drohte. „Alles."

Die Zeit blieb stehen, als Marcus in ihn hineinstarrte. Die Frage hing zwischen ihnen.

Frag schon! Ich kann nein sagen, und wir können das hinter uns lassen.

Marcus senkte den Blick auf Orions Mandala. „Sieht super aus. Willst du noch ein bisschen mehr Lila dazutun?"

„Lila?"

Marcus reichte Orion mehrere Lilatöne. „Ich würde dir empfehlen, weiter bei den leuchtenden Farben zu bleiben, da du den Pfirsichton übermalt hast."

Orion starrte auf sein Kunstwerk hinab und widerstand dem Drang, das Blatt in Stücke zu reißen.

Marcus hatte wahrscheinlich ein Fiasko umgangen, indem er ihn nicht um eine Session gebeten hatte. Was hätte das auch für einen Sinn? Außer, wenn … nein.

„Hast du eigentlich noch Sex, Orion?"

Orion lachte. „Was? Ähm, ich habe zwar einen Knacks weg, aber ich bin kein Mönch … Ich mach' nur kein BDSM."

Ein Piepsen veranlasste Marcus, sein Handy hervorzuholen. „Das ist Hunter."

„Grüß' ihn von mir", sagte Orion, als wäre er in der siebten Klasse.

Marcus grinste, und dann wechselten sie offenbar ein paar SMS.

Orion malte sein Bild zuende.

„Sieht klasse aus", sagte Marcus nach sorgfältiger Inspektion. „Möchtest du unsere SMS lesen?"

Ja! „Ähm … okay?" Hatten sie sich wieder über ihn unterhalten?

Orion las Marcus' SMS: *Er gehört uns.*

Hunter hatte geantwortet: *Er ist kein Hündchen.*

Darauf hatte Marcus geschrieben: *Ich weiß, aber er gehört uns und ich will ihn behalten.*

Orion starrte länger als nötig auf das Handy. Schließlich brachte er den Mut auf, einen Blick auf Marcus zu riskieren.

Marcus musterte ihn. „Ich fand, das solltest du wissen. Scheiß auf diese schwachsinnige Ausrede mit dem Experiment. Lerne Hunter und mich kennen. Meiner Meinung nach könnte das für uns alle richtig gut werden."

Orion musste unbedingt hinzufügen: „Oder ganz schlimm …"

8

„Was gucken wir uns heute an?", rief Xander vom Sofa aus.

Orion nahm das Popcorn für ihren freitäglichen Filme-Abend aus der Mikrowelle und gab die heißen Körner in eine große rote Schüssel. Er holte für jeden was zu trinken aus dem Kühlschrank und ging ins Wohnzimmer. „Du bist dran mit Aussuchen."

„Okay. Scrollen wir mal durch Amazon und schauen, was es kostenlos gibt. Quillon sagt, dass gerade eine neue Staffel von *Transparent* rausgekommen ist."

Orion unterdrückte einen Freudenschrei bei der Eröffnung und stellte die Getränke hin. Er setzte sich auf die Couch und stellte das Popcorn zwischen sich und Xander. „Und, wie geht's Quillon?"

„Er ist einfach toll." Xanders Seitenblick besagte, dass er wusste, was Orion vorhatte, das Verhör aber gnädigerweise erlauben würde. Er scrollte weiter durch die Filme im Angebot und warf sich eine Handvoll buttriges Popcorn in den Mund.

„Und, habt ihr schon …?"

Xander lächelte. „Wir haben in den Hinterzimmern im Entwined gespielt, aber er hat mich auf ein Nicht-BDSM-Date eingeladen."

„Cool. Wohin?"

„Mittagessen in der Innenstadt von Troy, und danach vielleicht ins Kino … oder irgendwas."

„Klingt gut", sagte Orion und sah Xander nachdenklich an. War da irgendwas komisch an seinem Tonfall?

„Und mit ‚danach irgendwas' meine ich … wann wolltest du am Samstag nach dem zweiten Date mit deinen Männern wieder zuhause sein?"

„Sie sind nicht meine Männer, und lenk' nicht vom Thema ab. Also, habt ihr zwei schon *ge-irgendwast*?" Orion wollte das Problem lokalisieren, bevor er sich verirrte.

Xander runzelte schmollend die Stirn und atmete hörbar aus. „Noch nicht. Er sagt, er will noch ein bisschen warten."

„Und du willst nicht …?" Verdammt, normalerweise war es Xander, der in jeder seiner Beziehungen bei den körperlichen Aspekten die Bremsen anzog.

Xander seufzte. „Ich glaube einfach, er macht sich Sorgen, ich könnte ihn dann vielleicht …"

Orion füllte die Lücken. „Weil er trans ist, hat er Angst, das könnte ein Problem für dich sein?"

„Ja. Ich glaube, er hat nicht gerade viele erfolgreiche sexuelle Erfahrungen gemacht. Und als ich ihm gesagt habe, dass ich ihm einen blasen will, ist er …"

„Na ja, er hat sich wahrscheinlich nicht operieren lassen, und …"

„Männern blase ich einen und Frauen lecke ich. Ist doch nur eine Redewendung. Er ist ein Mann, und ich will ihm einen blasen. Das ist mein Recht als gottverdammter Sub! Was er da unten hat oder nicht hat, macht ihn nicht zum Mann. Er *predigt* diesen Scheiß. Man kann seinen Körper so lieben, wie er ist."

Orion verspürte das Bedürfnis, Xander zu erinnern: „Es sei denn, seine Körperdysphorie bringt ihn durcheinander."

Xander seufzte. „Ich weiß, aber nicht jeder muss sich umoperieren lassen, um ein glückliches Leben zu führen."

„Er aber vielleicht schon."

„Na ja, aber woher soll ich das wissen? Weil er nämlich nicht mit mir darüber redet. Eine physische Angleichung macht einen nicht mehr zu dem Geschlecht, mit dem man sich identifiziert, aber …"

Orion nickte. „Stimmt, aber das zu leben ist eine andere Sache."

Xanders Tirade versiegte. „Ja, ich weiß. Aber Gott, ein Mann wie er ist mir noch nie begegnet. Was ich durch ihn alles empfinde. Was ich ihm alles geben will. Ich fühle mich sicher bei ihm. Und er ist so männlich, so dominant, dass ich am liebsten auf die Knie fallen und … Wie auch immer, erzähl mir von deinen Lovern."

Orion hielt das Knurren nicht aus seiner Stimme raus. „Sie sind nicht meine Lover. Ich war mit Hunter angeln. Marcus hat mit mir Mandalas ausgemalt. Wir haben ein paarmal zusammen gegessen. Und dieses Wochenende wollen wir das Ganze wiederholen – das Angeln und das Ausmalen – und danach werde ich mir mit Marcus einen Star-Wars-Marathon reinziehen, bis Hunter von seiner Schicht nach Hause kommt."

„Und, hast du?"

Orion beschloss, am besten den Unschuldigen zu spielen. „Habe ich was?"

Er kicherte, als Xander ein genervtes, ungeduldiges Geräusch von sich gab. X griff nach seinem Handy, und innerhalb einer Minute bekam Orion ein SMS-Ping.

Mit finsterem Gesicht zog Orion sein Handy hervor. Und tatsächlich war ein Gleitbeutler-Video in seinen Nachrichten. Er spielte es ab. Das süße Pelzgesicht fragte: „Haben deine Lover dir schon mit ihren Schwänzen Fieber gemessen?"

Orion prustete. „Du bist wie ein Achtklässler."

Xander nickte. „Bin ich! Sag mal, was soll das eigentlich mit diesem bescheuerten Experiment?"

Jetzt war es Orion, der seufzte. „Ich glaube, dem hat Marcus letztes Wochenende ein Ende gemacht."

„Also keine fadenscheinigen Ausreden mehr, hinter denen du dich verstecken kannst?"

„Anscheinend nicht." Orion zuckte mit den Schultern.

„Gut." Xander fand eine erste Folge von *Transparent*. „Das hier?"

„Okay."

ORION SCHAUTE über den See und versuchte, nicht zu gähnen. Die friedliche Stille brachte ihm dem Subspace so nah, wie er nur sein konnte.

Hunter räusperte sich. „Ähm, es gäbe da zwei Sachen, die ich dich fragen wollte."

„Klar, schieß los." Orion setzte sich aufrechter hin.

„Marc hat in ein paar Wochen Geburtstag. Wir machen nichts Offizielles oder so, aber wir treffen uns normalerweise mit ein paar Freunden im Entwined. Könntest du dir vorstellen, dort zu sein, oder wäre dir dabei unbehaglich zumute?"

Orion schüttelte den Kopf. „Nein. Ich vermisse den Club schon irgendwie."

Hunter tätschelte ihm fürsorglich die Hand, oder war es Mitgefühl? Orion konnte sich nicht sicher sein, aber er wollte kein Mitgefühl von Hunter. Er wollte ihm zeigen –

„Er macht keine richtige Session, aber er sticht ein paar Spiel-Piercings … normalerweise bei mir. Ich hab' mich gefragt …"

Orions Herz hämmerte, und es verscheuchte wahrscheinlich die Fische. *Ja?*

„Welchen von den Subs sollte ich deiner Meinung nach ansprechen?"

Rumms! Was? Nein, mich! „Weswegen?", fragte Orion mit zusammengebissenen Zähnen.

„Ähm, ob jemand Interesse an Piercing-Spielen hätte. Marc ist sich darüber im Klaren, dass ich da keinen Spaß dran habe, also weiß ich, dass er es nicht so genießen kann, wie ich es mir für ihn wünsche …" Orions Gesicht musste etwas verraten haben, denn Hunter fragte: „Was ist denn?"

„Ich will, dass du mich fragst." Da, Orion hatte die Worte gesagt, die er wahrscheinlich nicht sagen sollte.

Hunter entgegnete mit gedämpfter Stimme: „Aber du machst doch kein BDSM mehr. Ich will dir nichts zumuten, wobei dir nicht wohl ist."

Das war logisch, aber Orion wollte derjenige sein, der Marcus dieses Geschenk machte. Niemand sonst. Außer vielleicht Hunter. „Es wäre mir nicht unwohl dabei."

„Das verstehe ich nicht." Hunter studierte ihn, als wäre Orion ihm ein Rätsel. Orion konnte es ihm nicht verdenken.

„Ich auch nicht, um ganz ehrlich zu sein. Aber ich will das machen." Bei allem, was ihm an Wissenschaft auf der Welt lieb und teuer war, er wollte das für sich … für Marcus und für Hunter.

Hunter bohrte nach: „Hast du dich schon mal piercen lassen?"

Details. „Nein."

„Willst du's deshalb versuchen?"

Erregung durchströmte Orion. Warum war ihm das nicht vorher eingefallen? Piercing-Spiele waren nicht mit negativen Erinnerungen behaftet. „Keine Ahnung. Aber wenn ich Dinge erkunden kann, die ich im BDSM-Bereich noch nie gemacht habe, komme ich vielleicht irgendwann auch wieder zu den Dingen zurück, die ich früher gern gemacht habe." Ergab das überhaupt einen Sinn? Seine Begeisterung über die Möglichkeit legte ihm nahe, diese Idee weiter zu verfolgen.

„Du glaubst, es würde dir helfen, Vertrauen aufzubauen." Hunter hatte das Rätsel gelöst.

Orion nickte.

Hunter warf seine Angel wieder aus. „Ich will dir nichts vormachen. Wenn die Piercings erst mal drin sind, kann er sie verdammt schmerzhaft machen, falls ihm danach ist."

Orion unterdrückte ein Stöhnen und rutschte auf seinem Stuhl hin und her, weil seine Hose immer enger wurde. Marcus würde todsicher dafür sorgen, dass Orion jede einzelne Nadel spürte, die seine Haut durchstach. Wann war Marcus' Geburtstag noch mal?

Hunter schüttelte den Kopf. „Ich bin kein Weichei, aber Herrgott, ich hasse es, wie diese Nadeln …"

„Gott, ich weiß … oder ich will es wissen." Orions Stimme klang ganz hauchig, als imitierte er gerade Marylins „Happy Birthday" an Kennedy. Die Vorstellung, für Marcus zu leiden und erleben zu dürfen, wie der Schmerz sich in intensive Lust verwandelte … „Ich glaube, das könnte ich hinkriegen, wenn … wenn du da wärst und mich anleiten würdest?"

Hunter starrte tief in Orions Seele. „Natürlich werde ich das tun."

Orion stockte der Atem.

„Und du kannst immer dein Safeword einsetzen." Hunter konnte sich offenbar nicht davon abhalten, Orion daran zu erinnern, dass er immer einen sicheren Ausweg hatte. Der Hinweis gab Orion nicht das Gefühl, schwach zu sein, sondern wärmte ihn noch mehr. Jemand, der auf die Tiger aufpasste, gewährte ihm die Freiheit, einfach nur zu sein.

Orion verwarf den Gedanken. „Stimmt, aber ich glaube nicht, dass ich es brauchen werde."

„Dann bringen dich also nur gewisse Situationen dazu, dicht zu machen?" Hunters Stimme wurde tiefer, und Orion hoffte, eines Tages zu hören, wie sie ihm echte Befehle gab.

Allein die Möglichkeit, sich wieder in einer Session versuchen zu können, brachte Orion dazu, seine Wahrheit genauer zu analysieren. „Ich glaube, wenn ich bei einer Session ausgerastet bin, war immer Bondage mit im Spiel."

„Dann ist Bondage vielleicht ein Limit."

Orion fand diese Auffassung abwegig. Doch statt sie verächtlich abzutun, betonte er: „Ich hatte vorher nie Limits."

Hunter schüttelte den Kopf. „Oh doch. Du hast sie nur nie definiert."

Orion starrte finster zu den Vögeln auf, die träge am Himmel kreisten. Er hasste die Vorstellung, Limits zu haben. In seiner perfekten Welt waren Grenzen unnötig.

„Du weißt, dass Limits sich mit der Zeit verändern und angepasst werden. Sieh eine Grenze als etwas an, was du dem Dom schenken kannst. Zusammen mit der Entscheidung … ob er sie zu verschieben versucht oder nicht."

„Dann sind Grenzen also nichts Schlechtes." Es spielte keine Rolle, dass er die Worte am liebsten sofort wieder zurückgenommen hätte. Er hatte sie ausgesprochen. Verdammt, er hatte nie in irgendeinem Fach Nachhilfe gebraucht, doch BDSM war ein Minenfeld geworden. Oder vielleicht schon immer gewesen, und er hatte es nur vermieden, die möglichen Probleme zu sehen.

„Nein. Ich kann nur für mich sprechen, aber ein Dom oder Master, der über eine Session hinaus mit einem Sub arbeiten will, braucht diese Parameter. Jemandem, der das nie für möglich gehalten hätte zu helfen, seine eigenen Grenzen zu sprengen, kann das Lohnendste an BDSM sein. Der Dom sollte die Einschränkungen als Leitfaden nehmen, um dem Sub zu helfen, zu wachsen und seine Grenzen auszuloten." Hunters Gesicht strahlte geradezu.

Es war nicht so, als hätte Orion die Ziele ganz aus den Augen verloren, nach denen aktive Mitglieder der BDSM-Szene strebten. Aber vielleicht hatte das Zusammensein mit Henry seinen Blick getrübt.

Hunter schlürfte seinen Kaffee. „Es gibt Männer, die sich jemanden wünschen, den sie anleiten und dem sie helfen können, zu wachsen und verschiedene Aspekte zu erkunden."

Orion konnte das nicht einfach so stehen lassen. „Die gibt es?" Es hätte eigentlich nicht wie eine Frage klingen sollen, aber das tat es.

Hunter sah ihn nicht an, sagte aber: „Die gibt es, und ich bin einer davon."

Konnte Orion je jemandem genug vertrauen, um wirklich zu wachsen? Er starrte Hunter länger an, als er sollte.

„Ich hab' einen am Haken!"

Orion nickte, und sein Schwanz stimmte zu. „Ja, ich glaube, das hast du."

MARCUS HEFTETE ihre Kunstwerke mit Magneten an den Kühlschrank und trat zurück, um sie zu bewundern. „Ich bin froh, dass du wieder ein Mandala gemacht hast."

Mit einem flüchtigen Blick auf Marcus' kompliziertes Gartenbild mit allen möglichen Blumen und Schmetterlingen räumte Orion ein: „Es war die sicherere Alternative, fand ich. Die Gartenbilder, die du mir gezeigt hast, waren alle viel zu detailliert."

Marcus winkte ab und deutete auf Orions Meisterwerk. „Deine Farbenwahl ist einzigartig." Er schaltete die Playlist aus, schnitt Taylor bei „shake" das Wort ab. „Also, was würdest du empfehlen – in welcher Reihenfolge sollen wir die Star Wars-Filme gucken?"

Orion stellte die Frage, vor deren Antwort ihm ganz entschieden graute. „Hast du schon mal einen gesehen?"

Marcus wusste anscheinend, dass er sich auf dünnem Eis bewegte, denn er trat einen Schritt zurück und gab Cheese Puffs in eine Schüssel. „Ähm, eigentlich nicht. Ich habe Teile von *Die Rückkehr der Jedi-Ritter* gesehen, und *Clones*, und den ersten."

„*Die dunkle Bedrohung* oder den ersten, der rauskam?"

„Ähm … den ersten, der rauskam. Du weißt schon, den mit der Prinzessin." Marcus deutete mit kreisenden Handbewegungen Prinzessin Leias Haarknoten an, dann holte er zwei Flaschen italienische Himbeer-Limetten-Limonade aus dem Kühlschrank und reichte sie an Orion weiter.

Orion hielt ein Lächeln zurück. „Du meinst *Eine neue Hoffnung*?"

Marcus zuckte mit den Schultern und griff nach der Schüssel. „Nun, stimmt es, dass die schon lange vor *Game of Thrones* mit Inzest gespielt haben?"

„Was?" Orion schnaubte. Typisch Marcus. „Ach das. Ja, Luke und Leia haben sich einmal geküsst, bevor sie gemerkt haben, dass es sich nicht richtig anfühlt."

„Wer's glaubt, wird selig." Marcus schniefte und ging ins Wohnzimmer.

Orion folgte ihm in den Raum, der ein wahrer Altar des bequemen Fernsehens war. Er hatte die Verdunklungsvorhänge noch nie offen gesehen, was dazu beitrug, eine Kinoatmosphäre zu schaffen. Sitzgelegenheiten im Heimkino-Stil dominierten den Raum. Jeder Abschnitt der Couch hatte Sitzheizung, Massagefunktion und eine verstellbare Rückenlehne. An den beiden äußeren Sitzen gab es sogar beleuchtete Getränkehalter. Das große Ecksofa, das Zweiersofa und die beiden Sessel waren alle auf einen riesigen Flachbild-Fernseher ausgerichtet. Hunter hatte neben dem Fernseher ein Regal angebracht, auf dem ein DVD-Gerät, ein Videorekorder, ein Apple TV, zwei Spielekonsolen und eine Stereoanlage mit Plattenspieler untergebracht waren, dazu diverse weitere Geräte, die Orion nicht benennen konnte.

Orion stellte die Getränke auf den niedrigen Glastisch. „Ich glaube, wir sollten mit dem Beginn der Saga anfangen, mit ‚*Die dunkle Bedrohung*'."

„Ich kapiere bloß nicht, warum sie nicht einfach gleich mit dem ersten Teil angefangen haben."

„Lucas hat eine gigantische Geschichte geschrieben. Er brauchte eine Vorgeschichte, und die hat sich zu Trilogien entwickelt – Marcus, warum guckst du mich so an?" Orion wischte sich übers Gesicht. Hatte er was …?

„Ich find's toll, wie ernst du diesen Kram nimmst. Das ist süß." Die gebündelte Intensität von Marcus' Blick reichte, um Stahl zu schmelzen. „Du bist süß."

Konnte ein Mann über dreißig überhaupt süß sein? Marcus' erotische Ausstrahlung zog ihn wie magisch an, und er bekam einen Ständer. „Ich … okay … ähm … was wollten wir uns noch mal angucken?"

„Du wolltest ‚*Im dunklen Rom*' streamen. Hört sich für mich nach Porno an."

Orion prustete. „‚*Die dunkle Bedrohung*'."

„Klar doch, wenn du das sagst." Marcus' Handy piepte. Nachdem er die SMS gelesen hatte, sagte er: „Mist!"

„Was?"

„Jetzt wird's bei Hunter noch später." Marcus fuchtelte mit dem Handy herum.

Orion wusste nicht, wo das Problem liegen sollte. „Wir sind sowieso schon spät dran mit unserem Marathon. Wenn du auf Hunter warten willst, brauchen wir ja noch nicht anzufangen."

„Ähm, nein, wir sollten wahrscheinlich anfangen wie geplant." Marcus schrieb etwas zurück und legte sein Handy beiseite.

Orion versuchte, den Grund zu bestimmen, warum Marcus plötzlich so zappelig war. Er gab auf und fragte: „Alles okay?"

„Hoffentlich. Spät heißt meistens, dass es einen schlimmen Unfall gegeben hat, und ich hasse es – lass uns einfach den Film gucken." Als er die Lichter ausknipste, fügte er grinsend hinzu. „Versprich mir, dass du meine Hand hältst, wenn es gruselig wird."

„Abgemacht." Orion scrollte zum Film und drückte „Play".

Marcus kuschelte sich enger an ihn und schmiegte sich mit dem ganzen Körper an Orion. Der sexy Patschuliduft, der Marcus anhaftete, machte Orion geil.

Zum ersten Mal konnte der Zauber von *Star Wars* Orion nicht mitreißen. Außer mit Xander hatte er sich eigentlich noch nie mit einem anderen Mann zusammen einen Film angeschaut. Orion wusste nicht, was er tun sollte.

Ungefähr eine halbe Stunde lang ging er in Gedanken alle möglichen Szenarien durch, während der Film lief, doch dann fiel ihm nichts mehr ein. Er hielt sich an einer längst vergessenen Teenager-Fantasie fest, einfach mit einem anderen Jungen Händchen zu halten. Es war albern und wenig originell, doch er konnte das Bedürfnis nicht abschütteln.

Er schluckte und streckte die Hand aus, Handfläche nach oben. „Es ist nicht wirklich gruselig, aber …"

Marcus flüsterte „Danke" und nahm Orions Hand.

Ein nervöses Hochgefühl verscheuchte Orions sämtliche Bedenken. Die schlichte Verbindung ging ihm direkt ins Herz. Es war verrückt. Nach allem, was er mit anderen Männern getrieben hatte, sollte ein Händedruck ihn nicht in einen solchen Freudentaumel versetzen und sein Herz vor Glück tanzen lassen. So etwas hatte er noch nie zuvor erlebt.

Die Hand, die er hielt, war warm und ein bisschen größer als seine. Marcus' Finger waren lang, feingliedrig und perfekt manikürt. Künstlerhände, sinnierte Orion. Sie schienen praktisch Talent auszustrahlen.

Marcus streichelte mit dem Daumen Orions Hand. Die zärtliche Geste förderte abgesplitterte Stücke zutage, die Orion in einem Versuch, sie zu ignorieren, begraben hatte. Marcus fügte den zerbrochenen Teil von Orions Seele mit der sanften, langsamen Wischbewegung wieder zusammen. Er blinzelte die Tränen weg.

Orion musste seine außer Kontrolle geratenen Emotionen in den Griff kriegen. Er zog seine Hand weg, machte die Flaschen auf und reichte eine davon an Marcus weiter. Nachdem er einen großen Schluck von seiner Limonade getrunken hatte, nahm er Marcus die Flasche ab und stellte beide wieder auf den Tisch.

Als er wieder nach hinten rutschte, streckte Marcus ihm die Hand hin und wackelte mit den Fingern. Orion verschränkte ihre Hände erneut miteinander, und die Rührung, die ihn zu überwältigen drohte, verdreifachte sich. Er fühlte sich, als würde er fliegen. Vielleicht wurde Selbstbeherrschung überbewertet.

Orion schaute verstohlen zu ihm hin. „Manchmal –"

„Ja, ich auch." Marcus drückte seine Hand und legte den Kopf an Orions Schulter. In diesem Moment konnte Orion sich einbilden, dass es wirklich okay war, oder möglicherweise sein könnte … mit Marcus und Hunter.

Der Film lief vor ihnen ab, und Orion blieb voll auf Marcus konzentriert. Dann kam ihm Hunter und die Situation, in der sie sich befanden, wieder in den Sinn. Er spielte in Gedanken beide Arten durch, wie das enden würde – schlimm und verheerend. Wie konnte er hoffen, überhaupt einen Mann zufriedenzustellen, geschweige denn zwei?

„Alles wird gut." Hatte Marcus telepathische Fähigkeiten?

Das Garagentor öffnete sich.

Marcus erstarrte und richtete sich ruckartig auf.

Orion hielt den Film an und schaltete den Flachbildfernseher aus.

Hunter stolperte durch die Küche, ging an Marcus vorbei und brach grußlos auf der Couch zusammen. Er hatte seine Uniform gegen Straßenkleidung getauscht, und sein Haar war nass.

„Scheiße, das ist nicht gut", bemerkte Marcus zu niemand Bestimmtem.

Hunter reagierte nicht, nahm Marcus und Orion nicht mal zur Kenntnis, sondern starrte nur unverwandt auf den dunklen Fernseher. Verschwunden war der selbstsichere, dominante Mann, der heute Nachmittag aus dem Haus stolziert war, bereit, es mit der ganzen Welt aufzunehmen.

Orion durchsuchte die Dateien in seinem Hirn. Hunter schien sich in einem milden Dämmerzustand zu befinden. War während seiner Schicht irgendwas passiert, was ihn so dichtmachen ließ? Er funktionierte noch, aber –

„Marcus?" Orion hoffte auf Anweisungen.

„Hilf mir mal frische Getränke holen." Marcus fasste ihn an der Hand und zog ihn hinter sich her.

Orion folgte ihm in die Küche.

Marcus packte ihn an den Schultern. „Jetzt musst du dich entscheiden. Du kannst bleiben und mir helfen, oder abhauen …"

Er wusste zwar nicht, worauf er sich hier einließ, aber für Orion gab es keinen Zweifel, was er zu tun hatte. „Wie kann ich helfen?"

Marcus zuckte mit den Schultern. „Wenn er sich so in sich verkriecht, bedeutet das, dass es wahrscheinlich einen schweren Unfall gegeben hat und dass es ganz übel war. Aller Wahrscheinlichkeit nach war er mit allem Möglichen verschmiert, von Blut über Hirnmasse bis hin zu irgendwelchen Eingeweiden. Und vielleicht hat er Patienten verloren, bevor er sie ins Krankenhaus schaffen konnte. Er nimmt das schwer und schaltet völlig ab, bis er damit klarkommen kann."

„Was machst du dann?" Orion wünschte, er hätte mehr Zeit, um die passende Herangehensweise zu verstehen.

„Ich hole ihn zurück. Meistens massiere ich ihm zuerst mal die Füße. Manchmal erzählt er mir, was passiert ist, manchmal nicht. Normalerweise sage ich kein Wort, bis er zu reden anfängt."

Orion nickte. Körperkontakt konnte jemandem im Hier und Jetzt Halt geben.

Marcus seufzte. „Er steht kurz vor dem Zusammenbruch. Ich übermittle ihm meine Liebe durch Berührung. Ich massiere ihn, und er schläft ein, oder ich blase ihm einen, oder manchmal vögeln wir auch. Ich weiß immer erst, was er braucht, wenn ich mit ihm zusammen bin. Wenn er jemanden verloren hat, schläft er meistens ein. Falls nicht, passiert wahrscheinlich was Sexuelles. Ich will dich nicht in eine blöde Situation bringen."

„Dann wäre es dir also lieber, wenn ich gehe?" Orion wusste nicht, warum er sich bei Marcus' Worten so ausgeschlossen fühlte.

Marcus schüttelte den Kopf. „Nein, mir wäre es lieber, wenn du bleibst und ich dich bei mir habe. Aber nicht, wenn dir dabei unwohl ist."

„Ich bleibe." Entscheidung getroffen. Er würde Marcus nie im Stich lassen, und wenn er irgendwas tun konnte, um den Kummer wegzunehmen, der Hunter umgab – er würde es tun.

Das Lächeln, das Marcus' Augen erstrahlen ließ, gab Orion das Gefühl, alles schaffen zu können.

Marcus verschwand kurz im Badezimmer und ließ heißes Wasser über einen Waschlappen laufen. Er kehrte ins Wohnzimmer zurück, kniete sich vor Hunter auf den Boden und zog ihm einen Stiefel aus.

Orion folgte seinem Beispiel. Er schnürte Hunters anderen Stiefel auf und streifte ihn ab.

Marcus wusch Hunter mit dem Waschlappen die Füße, während Orion Socken und Stiefel einsammelte. Er stellte sie neben das Sofa.

Orion passte sich dem Rhythmus von Marcus' langsamen, gleichmäßigen Handgriffen an. Er folgte demselben Muster und atmete im Gleichtakt mit Marc.

Ein Teil von Orion sorgte sich um Hunter, aber ein anderer Teil war überglücklich darüber, sich nützlich machen zu können. Sich nicht auf diese Weise hingeben zu können hatte ihm das Gefühl gegeben, unvollständig zu sein. Aber jetzt hatte jedes Atemholen einen Sinn. Er war zum Geben geschaffen. Alles, was er war, durchströmte ihn und mündete in Hunter wie ein heilender Fluss.

Marcus lehnte sich an ihn, wie um ihre Kraft zu kombinieren und ihre vereinte Stärke ganz in Hunter fließen zu lassen.

Gemeinsam würden sie diese lange, abenteuerliche Reise unternehmen und Hunter aus seiner Düsternis holen. Orion genoss es, nicht mehr isoliert zu sein. Der erforderliche Schlüssel drehte sich in den Schlössern, die Orions Verlangen unterteilt hielten. Diese beiden Männer öffneten ihn, Stück für Stück, gaben Orion seine Bestimmung zurück – zu dienen.

Er und Marcus arbeiteten einträchtig zusammen. Mit jedem knetenden, reibenden Handgriff band Orion sich enger an beide Männer.

Das Bedürfnis, alles Geschehen um ihn herum zu analysieren, zerfloss allmählich in der sanften Geborgenheit des Dienens.

Orion blickte verstohlen zu Hunter auf.

Der Blick des Mannes ging nicht mehr starr ins Leere, sondern schien sich auf ihn und Marcus zu konzentrieren. Etwas von seinem Leid war von ihm abgefallen.

Mit der Rückbesinnung auf seine Pflicht sprengte Orion die Schlösser. Hier neben Marcus kniend war er so glücklich wie noch nie zuvor in seinem Leben.

Er sah kurz zu Marcus hinüber, der inzwischen zu Hunters Fußknöchel vorangerückt war.

Marcus' Lächeln gab Orion alle Ermutigung, die er brauchte. Er drückte sich an Marcus, und sie arbeiteten gemeinsam weiter.

9

ALS MARCUS Hunters Ferse knetete, wusste er schon, dass das hier in Sex umschlagen würde. Hunter konzentrierte sich immer intensiver auf ihn und Orion. Das Zelt in Orions Hose verriet, dass eine solche Wende der Ereignisse nicht unwillkommen wäre.

Furcht nagte an den Rändern von Marcus' Verstand. Dies war der Einstieg … das Tor, durch das sie zu dritt weitergehen konnten. Aber er war schon früher in Dreierbeziehungen gewesen, und die hatten für ihn nie gut geendet. Die Paare, die er zurückgelassen hatte, waren ohne ihn immer noch glücklich miteinander und irrsinnig ineinander verliebt.

Vielleicht war es seine Rolle im Leben, den opferbereiten Beziehungsstifter zu spielen und Menschen, die er gern hatte, zusammenzubringen, bis sie einander mehr liebten als ihn.

Nein. Er würde nicht zulassen, dass Hunters Bedürfnisse wegen seiner Ängste ungestillt blieben. Seine eigene Vorgeschichte mit Erektionsstörungen sagte ihm, dass er Wünsche und Bedürfnisse hatte, die Hunter nicht erfüllen konnte. Und die Ahnung, dass sie beide Orions Bedürfnissen entsprechen könnten, trieb ihn unaufhaltsam weiter voran.

Scheiß auf die Furcht. Orion konnte die Lücke schließen, und sie würden ihn genauso heiß und innig lieben, wie sie einander liebten. Es war möglich, oder?

Er war davon überzeugt, dass Orion dieser Mensch sein konnte. Hunter musste jemanden zu seinen Füßen knien haben, dessen Wunsch es war, ihm zu dienen, nicht nur Liebe und Hingabe zu zeigen. Als er kurz zu Orion hinschaute, konnte Marcus das Verlangen fast schmecken, zu erleben, was er Hunter zu bieten hatte. Dies war der Weg für sie alle, der Weg zwischen Wunsch und Handeln.

Hunter machte mit einem Räuspern auf sich aufmerksam. „Schlimmer Autounfall … eine Mutter und ihre vierjährige Tochter. Das kleine Mädchen hat meine Hand genommen und mich angefleht, ihre Mommy aufzuwecken. Ich wusste nicht, ob wir das schaffen würden. Jede Menge Blutverlust … praktisch alles gebrochen … aber wir haben's geschafft. Sie wird überleben."

Jesus! Marcus kniff die Augen zu und umarmte Hunters Bein. Was dieser Mann sah. Marcus würde nicht einen Tag in Hunters Job überleben.

„Aber wir hätten sie fast verloren." Hunters Stimme war kaum lauter als ein Flüstern.

Orion setzte die Massage mit langen Strichen an Hunters Wade entlang fort. „Über was-wäre-wenn nachzugrübeln nützt nichts. Diesmal *konntest* du ein Leben retten. Freu dich."

Marcus blinzelte sich die Feuchtigkeit aus den Augen und rieb Hunters Bein, um die Anspannung zu lockern. Orions Worte waren perfekt. „Er hat recht. Bleib in diesem Moment. Sei bei Orion und mir."

„Ja, du hast recht. Ihr habt beide recht." Hunter suchte in Marcus' Augen nach der Antwort, die Marcus ihm schon seit Wochen zu geben versuchte.

Ja! Hunter, lass Orion ein.

Er berührte Orion an der Schulter und bedeutete ihm mit einem Kopfnicken, gemeinsam an Hunter hochzukriechen. Marcus schlängelte sich an Hunters muskulösem Körper empor, und Orion folgte ihm. Sie hockten sich links und rechts von Hunter hin.

Marcus umfasste Orions Gesicht und zog ihn an sich. Er grinste Hunter an und leckte sich die Lippen.

Beide Männer schnappten nach Luft. Vielleicht schaute Orion auch gerne zu?

Marcus ließ seine Zunge erneut vorschnellen, ließ sie seinen nächsten Zug vorausahnen. Er drehte sich um und streifte Orions Mund mit den Lippen. „Mmmm, süß."

Orion atmete an Marcus' Lippen aus. Er ergab sich sofort und weckte unerwartete Wünsche in Marcus.

Marcus machte den Kuss inniger, setzte die Zunge ein und erhob Anspruch.

Fügsam und bereitwillig gestattete Orion die Invasion. Verdammt, er hieß sie willkommen.

Marcus drehte den Kopf und leckte an Hunters Hals.

Hunters Atem stockte, und er umfasste Marcus' Hintern. Sie würden dafür sorgen, dass Hunter sich aufs Hier und Jetzt konzentrierte und ihn von allem Was-wäre-wenn fernhalten.

Marcus öffnete die Augen und wandte sich dann wieder Orion zu. Er drückte ihre Lippen aufeinander.

Orion wimmerte, doch seine Augen blieben geschlossen.

Hunter starrte auf ihre Münder und keuchte, als wäre Atmen ein Luxus. Er formte lautlos die Worte „*verdammt geil*".

Ja, genau! Marcus löste sich von Orions Mund, um ihn zu teilen. Er lenkte Orion zu Hunters Lippen und presste dann ihre Münder aneinander.

Leises Stöhnen von beiden Männern fachte die Erregung an, die den ganzen Tag in Marcus vor sich hin geschwelt hatte. Zusammen sahen sie atemberaubend aus. Hunter versuchte, sanft zu sein, während Orion zu beweisen versuchte, dass er keine Rücksichtnahme brauchte.

Marcus leckte Hunters Hals erneut, nur um zu hören, wie das kehlige Stöhnen lauter wurde. Verdammt, er liebte das. Er fuhr mit der Zunge an Hunters Kehle entlang, ertastete das Spiel der Muskeln beim Küssen. Marcus schabte mit den Zähnen über die Haut.

Hunter legte den Kopf in den Nacken, um Marcus besser Zugriff zu gewähren. Fuck. Sein Mann wusste ganz genau, was jetzt kam. Hunter erlaubte es, und Marcus würde sich diese Gelegenheit nicht entgehen lassen. Er biss zu und saugte.

Das Zischen, verursacht durch zugefügten Schmerz, erregte Marcus. Er wich zurück und leckte den Knutschfleck liebevoll.

Orions jungfräuliche Haut zog Marcus' Aufmerksamkeit auf sich. Er wischte das blonde Haar beiseite und hielt inne.

„Ja, mich", bettelte Orion und schlang einen Arm um Marcus, zog ihn enger an sich. Er widmete seine Lippen wieder seiner völligen Hingabe an Hunter.

Die Tatsache, dass Orion ihn auch wollte, ließ Marcus dahinschmelzen. Er strich mit den Lippen über Orions Kehle. Als Orion sich ihm zuwandte, knabberte Marcus an Orions praller Unterlippe, bis er dachte, er würde sterben, wenn sie das hier nicht bald auf die nächste Stufe hoben. Aber er ertrug die Frustration, ließ die Vorfreude wachsen.

Hunter stellte die eine Frage, die diesen Traum zerplatzen lassen konnte. „Das hier ist zwar nicht unbedingt eine Session, aber nur für den Fall, dass was Unerwartetes passiert – Orion, wie lautet dein Safeword?"

Orion lehnte sich an Marcus.

„Du schaffst das", versicherte Marcus ihm.

Orion presste für einen Moment die Lippen zusammen, dann flüsterte er: „Krebs."

Hunter hatte zu seiner Dom-Stimme gewechselt. „Verstanden. Falls irgendwas zu viel wird, sagst du das und alles hört auf."

Hunter tätschelte Marcus den Hintern. Übersetzt hieß das „gut gemacht".

„Und jetzt *mehr*", stöhnte Orion und neigte den Kopf weiter zur Seite, eine Einladung an Marcus' Zähne.

Kein Aufwärmen, nur ein Biss und ein Lecken ergaben ein sexy Stöhnen. Marcus saugte sich an Orions Hals fest, während Hunter Orions üppige Lippen verschlang.

Alles in Marcus fing Feuer. Ja, jemandem Schmerzen zu schenken, der sich nach ein bisschen Quälerei sehnte, nährte einen Teil von ihm, den er selten sättigte. Sein Herz sang, weil Hunter einen Sub bekam, der ihn brauchte.

Ja! Marcus biss und saugte erneut, schrieb Liebesbriefe auf Orions Haut.

Orion wand sich auf Hunters Schoß und stöhnte, ließ Marcus wissen, dass er bekam, was er so dringend nötig hatte.

Oh ja! Marcus dirigierte, als der Schmerz sich in eine Symphonie der Lust verwandelte. Er rieb die Vorderseite von Orions ausgebeulter Hose. Er reizte ihn bis zur Raserei, und dann hörte er auf.

Große blaue Augen klappten ruckartig auf, und Orion hörte auf, Hunter zu küssen. Er wimmerte und wandte sich Marcus zu. Das stumme Flehen war laut und deutlich.

Köstlich. Marcus' Grinsen sollte ihm klarmachen, dass er noch länger unter Entzug leiden würde.

Orions Wimpern senkten sich über seinem Verlangen, und ein leichtes Nicken der Akzeptanz und der Hinnahme der aufgeschobenen Befriedigung schürte Marcus' Feuer.

Marcus griff nach Hunters Reißverschluss und fragte neckend: „Darf ich?"

Hunter stöhnte: „Ja." Er stemmte sich hoch, um Marcus zu helfen, im alles von der Taille abwärts auszuziehen.

Dann riss Marcus Orion an sich und küsste ihn leidenschaftlich. Orion wich zurück und senkte den Kopf über Hunters Unterleib. Er blies einen feuchten Atemhauch über Hunters Penis. Sein Mann … *ihr* Mann hatte einen Steifen, triefte und war bereit. Den Luftstrom über Hunters Eichel zu lenken brachte ihn dazu, die Hüften nach oben zu stoßen.

Orion kauerte sich zusammen, um näher am Geschehen zu sein.

Hunter grub ihnen beiden die Finger ins Haar.

Einfach nur Luft über Hunters Schwanz zu pusten quälte sie alle.

Orion wollte Hunter befriedigen. Hunter brauchte einen Orgasmus. Und Marcus peinigte sich mit seiner eigenen gespannten Erwartung, während er die unerfüllten Bedürfnisse aller begierig in sich aufnahm.

Es dauerte Sekunden, Minuten oder vielleicht Stunden, Marcus war sich nicht sicher, aber schließlich hatte Hunter genug und verlangte: „Blas mir einen."

Orion ließ die Zunge um Hunters pralle Eichel kreisen und saugte ihn in den Mund.

Hunter stieß zu und knurrte: „Das ist gut, Orion. Du machst das toll."

Man sollte meinen, Orion hätte eine Million Dollar gewonnen, so wie diese Worte sein Gesicht vor Glück erstrahlen ließen. Sein Lächeln verzerrte sich um Hunters dicken Schwanz.

Marcus brauchte diese Worte nie, die es Hunter anscheinend zu geben drängte. Aber er sah mit Begeisterung, wie jemand sie mit solcher Dankbarkeit empfing.

Orion streckte die Hand aus, berührte Marcus an der Schulter und wackelte dann mit den Fingern. Was wollte er – oh.

Marcus presste ihre Hände ineinander. Er fühlte sich, als wäre sein Herz zu groß für seine Brust. Die Geste bedeutete ihm mehr, als er je laut zugeben würde. Zu oft war er in der Vergangenheit beim Sex zu dritt der Außenseiter gewesen; entweder wussten die anderen nicht, was sie mit ihm anfangen sollten, oder sie störten sich an seinen Bedürfnissen. Aber Orion reichte ihm die Hand und holte ihn zurück, als würde Marcus gebraucht, um den Kreis des Gebens und Nehmens zu schließen.

Orion riss sich von Hunters Schwanz los und streichelte Marcus' Wange. Er starrte ihm tief in die Augen.

Marcus begriff, dass Orion sich nach dem sehnte, was er zu bieten hatte, was ihn so unverzichtbar machte wie den Dom, dessen Männlichkeit sie beide verehrten. Das Ausmaß an Liebe und Akzeptanz drohte Marcus zu überwältigen. Stattdessen konzentrierte er sich auf den Sex und ließ sich von Orion zu Hunters Schwanz lotsen.

Er packte Orions Hand fester und fickte Hunter mit dem Mund. Angestrengtes Keuchen hallte durch das Wohnzimmer.

„Ja, zeig' mir, wie du ihn bläst", bettelte Orion.

Eine Richtigkeit, wie er sie noch nie erlebt hatte, durchtoste Marcus. Er lutschte an Hunters Schaft und bewegte den Kopf auf und ab.

Hunter durchkämmte Marcus' langes Haar mit den Fingern, verleitete ihn zum Aufblicken. Die reine, grenzenlose Liebe stand Hunter ins Gesicht geschrieben.

Er peitschte Hunters Erektion mit der Zunge und ließ sie um die Spitze kreisen. Ein Ziehen an ihren verbundenen Händen bedeutete Orion, sich zu beteiligen.

Orion leckte an seiner Seite auf und ab.

Marcus teilte liebend gern, und er schabte leicht mit den Zähnen an Hunters Schaft entlang.

Ein angedeuteter, zarter Biss brachte ihm ein Ziehen an den Haaren und ein Stirnrunzeln von Hunter ein.

Marcus hätte ihm nicht wehgetan … nicht sehr. Nur ein leichtes Zwicken hier und da. Aber stattdessen wandte er seine Aufmerksamkeit Orion zu. Marcus grub seine Nägel in jemanden, der die Motivation zu schätzen wusste.

Orion stöhnte auf und lächelte Marcus hungrig an, dann widmete er sich wieder ganz Hunters Vergnügen.

Marcus teilte seine Aufmerksamkeit zwischen Hunters großem Schwanz und Orion auf, den er mit kleinen Empfindungsbröckchen ablenkte, während sie sich beim Lutschen abwechselten. Es war himmlisch.

Als er wieder mit Lutschen dran war, nahm er ihn bis zum Anschlag in den Mund und schluckte, setzte seine Rachenmuskeln ein. Auf dem Rückweg gab Orion ihm ein Küsschen auf die Wange. Der unerwartete Kuss war so süß, dass er ihm vielleicht peinlich gewesen wäre, hätte er sich näher damit befasst, aber dafür blieb keine Zeit.

Orion schlürfte Hunter in den Mund und bewegte auf dem Weg nach unten den Kopf hin und her. Er zog die Lippen wieder nach oben und riss sich mit einem „Plopp" von Hunter los.

Marcus war dran, und er schluckte ihn gleich wieder und ließ Hunters Schwanz seine Kehle reiten.

Orion gab Marcus einen raschen, feuchten Kuss, bevor er seinen Platz wieder einnahm.

Mmmm, sexy. Sie wechselten sich weiter ab und knutschten spielerisch rum, bis Hunter nach Luft schnappte. Ein rasches Grinsen von Orion verriet Marcus, dass er sich prächtig amüsierte.

„Ich komme gleich." Hunter begann auf dem Sofa hin und her zu rutschen. Mist! Er versuchte schon wieder zu flüchten.

Hunter und Marcus hatten das schon tausendmal durchdiskutiert. Die Risiken waren minimal. Sie nahmen beide vorbeugende Medikamente. Dennoch machte Hunters medizinischer Hintergrund ihn paranoid. Und wenn Marcus raten sollte, hatte Hunt wahrscheinlich heute Abend eine Runde Postexpositionsprophylaxe angefangen, weil es eine Menge Blut gegeben hatte.

Scheiß auf die Furcht! Sie würden alles tun, was in ihrer Macht stand, damit nichts Schreckliches passierte, aber letztendlich wollte er leben und das Leben feiern. Hunter war intellektuell mit ihm auf derselben Wellenlänge, aber bei der Umsetzung verhaspelte er sich manchmal und versuchte sich ihm in letzter Minute zu entziehen.

„Ich mach' das schon", raunte Marcus Orion zu und gab ihm einen flüchtigen Kuss als Entschuldigung für die Notwendigkeit, sich gierig zu geben. Er stürzte sich auf Hunter. Per Paartelepathie forderte er Hunter zum Abspritzen auf.

Nach einem leichten Nicken von Hunter ließ Marcus seine Rachenmuskeln die Debatte entscheiden. Er sehnte sich nach dem bitteren, salzigen Geschmack von Hunters Sperma. Dadurch fühlte er sich mit seinem Geliebten verbunden.

Hunter gab sich mit einem Ächzen geschlagen und ergoss sich in Marcus' Kehle.

Marcus platzte schier vor Glück, während er durch die Nase atmete und seine Bewegungen verlangsamte, seinen Mund saugend an Hunters Schwanz entlang nach oben bewegte. Ein Blick auf Hunt sagte ihm, dass er … dass *sie* ihn aus den Tiefen der Hölle geholt hatten. Marcus presste seine Zunge um die Eichel, um den Orgasmus zu vollenden.

Nur ein winziges Aufblitzen von Frustration, die hinter der Liebe in Hunters Blick verschwand, belohnte Marcus.

Hunter streichelte Marcus und Orion mit trägen Händen.

Zufriedenheit bewegte Marcus dazu, Orion über Hunters Schoß zu ziehen, sodass er einen Kuss auf diesen üppigen Mund hauchen konnte.

Orion machte den Kuss inniger und umklammerte Marcus' Hand, die er immer noch hielt.

Hunt räusperte sich.

Orion erstarrte, als hätte er was falsch gemacht.

Marcus kicherte und fragte an Orions Lippen: „Ja, oh großer Dom?"

Hunter verpasste ihm eins auf den Hintern. Marcus verdrehte die Augen, aber Orions hörbares Luftholen erinnerte ihn an sein Verlangen nach Empfindungen.

„Kümmert euch umeinander", bestimmte Hunter von oben herab, aber verdammt, Orion schmolz bei dem Befehl geradezu dahin. Was wieder mal bewies, dass jeder auf dieselben Stimuli unterschiedlich reagierte.

Marcus warf einen Blick auf Hunter. Aha, Wollust-Alarm – der heimliche Voyeur wollte eine Show.

Er kuschelte sich mit Orion auf den Fußboden und schob den Kaffeetisch aus dem Weg. „Was möchtest du machen?"

Orion neigte den Kopf und entgegnete: „Was immer du willst."

„Orion, es ist gefährlich, so was zu einem Sadisten zu sagen." *Mist!* Marcus hätte sich am liebsten auf die Zunge gebissen, weil er Orion an frühere negative Erfahrungen erinnert hatte. Aber er hatte diesen Schmerz nicht verdient.

„Ist schon okay." Orion hatte ihn offenbar durchschaut und beruhigte ihn.

Marcus drückte es anders aus. „Ich meine, wie soll ich dich zum Orgasmus bringen?"

„Wie auch immer du mich zum Orgasmus bringen willst." Orion rutschte hin und her.

Nachdenklich wandte Marcus sich an Hunter. „Meinung?"

„Natürlich. Orion, das hier ist nicht direkt eine Session, aber dein Safeword lautet immer noch ‚Krebs'."

„Ja ... Krebs."

Hunter befahl: „Zieht euch aus."

Marcus grinste. „Wenn man einen Mann im Master-Modus nach seiner Meinung fragt, bittet man ihn anscheinend darum, die Kontrolle zu übernehmen und alle rumzukommandieren."

Hunter konnte die Lippen zusammenpressen, so viel er wollte, um den strengen Master rüberzubringen, aber Marcus las das Glücklichsein im Funkeln seiner Augen. „Zieht euch aus."

„Ich hoffe, ich ruiniere dir hier nicht die BDSM-Stimmung." Er wollte Orion zuliebe alles unbeschwert halten.

„Nur keine Sorge. Deine charmante Respektlosigkeit unterstreicht noch Orions Gehorsam." Hunter verschränkte die Arme vor der Brust, lehnte sich zurück und wiederholte lediglich: „Jetzt zieht euch aus."

Marcus seufzte dramatisch und sagte: „Dein Wunsch und der ganze Zinnober." Das Augenrollen, das seine Worte begleitete, war winzig ... relativ gesehen.

Orion war nackt, ehe Marcus sich auch nur aus seiner Hose gepellt hatte.

Verdammt. Einige seiner Kunden ließen sich traumhaft schöne Manga-Figuren stechen, aber keins von den Bildern kam Orion gleich. Schlank, aber nicht mager, Haare ein bisschen wilder als sonst und ein erigierter Penis, der sich rechts von Orions Bauchnabel in die Höhe wölbte ... all das ließ Marcus das Wasser im Mund zusammenlaufen.

Er schaute kurz zu Hunter hinüber, als Orion sich ihre Klamotten schnappte und daranging, jedes Stück zu falten und auf einen Sessel zu legen.

Hunter grinste. „Sehr schön, Orion. Es gefällt mir, dass man dir nicht erst sagen muss, was zu tun ist."

Marcus bildete es sich nicht nur ein; Orion stand tatsächlich aufrechter, und er bog das Kreuz ein klein wenig durch, was seinen Hintern hervortreten ließ. Mmm, wenn das die Reaktion war, dann hieß Marcus die Dom-Stimme gut. „Scheiße, guck dir diesen Arsch an. Ich weiß nicht, ob ich lieber draufhauen, reinbeißen oder ein Tattoo reinstechen würde."

Das wäre ein gutes Spiel: hauen, beißen oder tätowieren.

Orion legte das letzte Kleidungsstück auf den Sessel und drehte sich um. Seine Wangen färbten sich rosa, aber er lächelte leicht. „Was auch immer du willst, Marcus ... dein Schwanz ..."

Beim Blick nach unten sah Marcus seine eigene Erektion. Wagte er zu glauben, dass seine Erektionsprobleme gelöst waren? „Stimmt, das ist meiner. Den habe ich schon seit meiner Geburt."

„Nein, ich meine das Tattoo darauf." Orion streckte die Hand aus, erstarrte aber.

Marcus zuckte mit den Schultern. Das Tribal-Muster passte zu dem auf seinen Schenkeln. „Ist auch meins."

„Darf ich anfassen?", hauchte Orion.

„Schön wär's", spornte Marcus ihn an.

Orion fuhr das Tattoo auf Marcus' Schaft mit der Fingerspitze nach. Die sanften Berührungen ließen ihn triefen. Orion wischte mit dem Finger über die Spitze und verstrich die Feuchtigkeit, und Marcus schnappte nach Luft. „Hattest du keine Angst vor einem nicht-ischämischen Priapismus?"

Marcus lachte laut auf. Typisch Orion. „Nein, obwohl das ein toller Nebeneffekt gewesen wäre."

„Ist das nicht eine Dauererektion? Und das komplette Gegenteil von einem *tollen* Nebeneffekt?", fragte Hunter.

Orion nickte und untersuchte dabei das Kunstwerk auf Marcus' Schenkeln. „Ja, resultiert aus einer Behinderung des Blutabflusses aus dem Penis. Es gab mal einen Fall ..."

Marcus stöhnte, als Orion die jungfräuliche Haut seines Hinterteils liebkoste.

„Dein Tattoo betont deinen ... dein Hinterteil. Es ist atemberaubend."

Marcus musste einfach fragen: „Mein Tattoo oder mein Hinterteil?"

Hunter ignorierte die geistreiche Bemerkung. „Sein Arsch ist wunderschön. Er streitet das immer ab, aber ist er nicht perfekt?"

Was zum Teufel ...?

Orion untersuchte Marcus' Hintern genauer und strich mit einer Hand über die glatten Hügel. „Sehr. Du bist wirklich umwerfend."

Marcus wusste nicht, was er sagen sollte. „Äh ... Danke." Er fand seine Erektion und zog einmal dran. Genug jetzt mit diesem ... was immer es war. „Komm her."

Orion wirbelte herum und versuchte, um ihn herumzugehen, stolperte aber irgendwie über seine eigenen Füße.

Hunter fing Orion auf, bevor er auf dem Boden landete. Hunt stützte ihn und tippte ihm mit einem Finger auf die Nase. „Pass auf dich auf. Sicherheit geht vor."

„Ja ..." Orion blinzelte.

Marcus hielt den Atem an. Würde er *Sir* sagen? Verdammt, Marcus fühlte das Wort in der Luft hängen. *Komm schon, sag* Sir.

„... Hunter." Orion seufzte und schaute keinen von ihnen an.

„Schsch, ist schon okay. Es ist noch nicht an der Zeit. Jetzt sei Marcus gefällig." Hunter tätschelte ihm den Hintern und setzte sich wieder hin.

Orion schlüpfte in Marcus' Umarmung. Er passte perfekt in Marcus' Arme, als gehörte er dorthin. Marcus fuhr mit den Fingern Orions entzückenden Arsch nach und kratzte dann.

„Marcus, mehr", stöhnte Orion.

Marcus folgte der Aufforderung und haute ihm eins hintendrauf.

Orion erschauerte und drückte seine Erektion an Marcus' Schenkel.

Er gab ihm noch einen Klaps und zwickte einmal kräftig. Marcus duckte sich und leckte an dem Kranz aus Knutschflecken, mit dem er Orions Hals verziert hatte. Ob sie wohl über den Hemden, die Orion zur Arbeit trug, zu sehen sein würden?

Keuchend verschob Orion seinen Körper, sodass sich die Spitzen ihrer Schwänze fast berührten. Oh, nicht ganz. Selbst wenn er auf den Zehenspitzen stand und sich an ihm rieb, war Orion zu klein, um ihre Schäfte aneinander auszurichten.

Marcus sah Hunter an, der sich lässig den Schwanz streichelte. Er beneidete ihn um seine Fähigkeit, schon wieder einen Ständer zu haben.

Hunter formte lautlos mit den Lippen: „Versohl' ihn."

„Ich will dir den Hintern verhauen, Orion. Ist das okay?" Marcus rieb Orions Hinterteil mit kräftigen, kreisförmigen Bewegungen.

Orion würgte ein „Ja" hervor und umarmte Marcus fester.

Marcus holte aus und machte seine Handfläche mit Orions Arsch bekannt. Sein Hintern war perfekt zum Draufhauen. Die Backen waren straff, hatten aber genau das richtige Maß an Elastizität.

Er würde langsam anfangen und achtgeben, es mit den Schlägen nicht zu übertreiben. Doch die mentale Stimulation würde Orion hoffentlich höllisch geil machen. „Gefällt dir das, Orion?"

Orion öffnete die Augen und stöhnte: „Ja, mehr." Dann legte er die Stirn an Marcus' Brust und wölbte den Rücken wie eine Katze.

Damit streckte er zugleich den Hintern weiter raus, als wollte er Marcus ein besseres Ziel schenken und ihn anbetteln, ihn mehr Empfindungen fühlen zu lassen. Marcus erfüllte die Bitte, indem er schneller und fester zuschlug.

„Du brauchst das, nicht wahr, Orion?" Marcus nahm Orions unbändige Sehnsucht nach intensiven Gefühlen begierig in sich auf.

„Gott, ja!" Orions Stimme verfing sich an seinen Worten und dem hinreißenden Wimmern atemlosen Verlangens, das ihm mit ihnen entfuhr.

Marcus saugte jeden Schlag, den er gab, in sich auf. Er bereitete Orion Schmerzen, aber jetzt würde er wetten, dass das Brennen sich für Orion in Lust zu verwandeln begann. Es war der Wahnsinn, das mit jemandem gemeinsam zu genießen.

Hunter knurrte: „Fester."

Normalerweise ließ Marcus sich nicht gerne was vorschreiben, aber nicht zu gehorchen wäre kontraproduktiv gewesen. Er klatschte seine Handfläche mit mehr Wucht auf Orions rote Arschbacken.

Orion wäre wahrscheinlich auch ohne die zusätzliche Aufmerksamkeit gekommen, aber Marcus wollte ihm einen richtig guten Orgasmus verschaffen. Er nahm Orions Penis in die Hand und verlangte: „Hol' mir einen runter, Orion."

Orion drehte den Kopf, leckte sich über die Hand und machte sich daran, Marcus' Schwanz zu reiben.

So verführerisch die Berührung war, Marcus brauchte ein klein wenig mehr. „Fester, mach' es schmerzhaft, Orion. Ich will mit dir leiden."

Orion schnappte nach Luft und gab mit einem erstickten Laut seine Zustimmung.

Zitternd an Marcus' Körper streichelte Orion ihn mit einer Drehung, die den perfekten Hauch von Schmerz hinzugab. „Autsch, ja. Genau so."

„Orion, du wartest, bis Marcus gekommen ist", verlangte Hunter.

Erregung wuchs. Marcus lockerte seinen Griff um Orions Schwanz, versohlte ihm aber weiter den Hintern.

Orions Beben brachte Marcus dazu, so lange wie möglich aushalten zu wollen. Je länger Marcus seinen Orgasmus in Schach halten konnte, desto mehr würde Orion leiden. Aber verdammt, seine Eier hatten sich zusammengezogen, und er stand auf Messers Schneide. Gegensätzliche Begierden bekriegten sich in Marcus – *aushalten, loslassen, aushalten, kommen.*

Orion stöhnte.

Marcus' Hand begann zu brennen und wehzutun. Er versuchte die Missempfindungen zu nutzen, um den lustvollen Absturz weiter zurückzudrängen, doch der Schmerz trieb ihn nur noch schneller darauf zu. „Du willst kommen, Orion, nicht wahr?"

Orion krächzte ein kaum hörbares „Ja."

„Aber du wirst auf mich warten, oder du kannst dein Safewort sagen." Die Tatsache reichte fast, um Marcus über die Kante zu stoßen, aber er klammerte sich mit den Fingerspitzen fest.

Orion nickte, zitternd am ganzen Körper. „Ja, Marc-cus. Ich werde warten."

Marcus leckte an Orions Hals. „Köstlich."

Das Dilemma machte süchtig. Je länger er seine eigene Erlösung aufschob, desto mehr musste Orion ertragen, aber verdammt, der Mann wichste unglaublich gut. Er drehte die Faust bei jeder Aufwärtsbewegung und nahm jeden Schlag hin. Er verweilte auf der schmerzhaften Schwelle der Lust, nur weil Marcus von ihm verlangt hatte, zu warten.

Marcus wühlte die Finger in Orions Mähne und riss daran. Er küsste das gequälte Zischen von Orions Lippen und kam.

Marcus löste ihre Münder voneinander und flüsterte: „Komm."

Orion brüllte seine Erlösung hinaus und kleckerte Marcus mit seinem Sperma voll. Hätte Marcus ihn nicht aufrecht gehalten, wäre Orion mit Sicherheit in die Knie gegangen.

Weit aufgerissene Augen bettelten ihn an. „Darf ich?"

Marcus nickte, obwohl er nicht wusste, wozu er seine Zustimmung gab.

Orion machte sich daran, jeden einzelnen Tropfen von seinem Sperma aufzulecken, der auf Marcus' Bauch gelandet war.

Wie von fern nahm Marcus das Knurren wahr, mit dem Hunter zur Erfüllung kam, und hörte ein gebrummtes: „Gut gemacht."

Hunter benutzte sein Hemd, um die Schweinerei wegzuwischen, die seine Anerkennung hinterlassen hatte.

Marcus drückte Orion einen stürmischen Kuss auf die Lippen und kuschelte sich dann neben Hunter.

Orion rannte in die Küche, kam mit einer Sprayflasche und Küchentüchern zurück und wischte den Tisch sauber. Als er wieder in die Küche ging, wollte Marcus ihn zurückhalten, aber Hunter flüsterte: „Lass ihn. Er braucht das."

Orion kam zurück und blieb vor ihnen stehen. Er trat von einem Fuß auf den anderen, und sein Blick huschte zwischen ihnen hin und her.

Hunter übernahm die Führung und sagte: „Du hast das sehr gut gemacht, Orion. Du hast uns beide mit deinen Diensten zufriedengestellt. Komm, kuschle mit uns."

Mit einem strahlenden, glücklichen Lächeln setzte Orion sich mitten zwischen sie und schmiegte sich an beide.

Verdammt, das hier war einfach perfekt. Irgendwie musste Marcus eine Brücke bauen, um die Distanz zwischen Wünschen und Tun dauerhaft zu überwinden. Scheiße, jeder konnte sehen, dass sie Orion brauchten und er sie beide.

Sie alle brauchten Beständigkeit.

10

ORION RANNTE die Steintreppe zum Hauptraum des Entwined runter und schlüpfte auf den Platz, den Xander ihm freigehalten hatte. Nicht zu fassen, dass er wieder an einem Sub-Treffen teilnahm und sich sogar fast so fühlte, als hätte er ein Recht, hier zu sein.

Xander packte sein Knie und drückte. „Wo hast du bloß gesteckt?"

„Hab' mit Hunter und Marcus rumgehangen." Falls man gemeinsame Abendessen und eine Überdosis manueller Erlösung als *rumhängen* bezeichnen konnte. Vielleicht wäre das ein gutes Modell für ein Restaurant mit Rundumservice. Er unterdrückte das Kichern, das darauf brannte, herauszukommen.

„Oh, nennen die Kids das heutzutage so?" Xanders Gesicht warnte ihn vor der Diskussion, die ihnen bevorstand und bei der sein bester Freund ihm jedes schmutzige, wundervolle Detail rauskitzeln würde. „Ich habe dich seit Tagen nicht gesehen."

„Wir schreiben uns alle paar Stunden SMS und wir haben uns diese Woche jeden Tag zum Mittagessen getroffen", betonte Orion – fürs Protokoll und um genau zu sein. Er genoss es, auf dem Gelände der Uni herumzuschlendern, wo Xander unterrichtete. „Und ich habe jede Nacht zuhause geschlafen." Zugegeben, manchmal schaffte er es nicht vor vier Uhr morgens ins Bett, aber er wachte offiziell in seinem eigenen Bett auf.

Xander machte den Mund auf, klappte ihn aber wieder zu, als Zack Davis aufstand. „Da Tony und sein Master diesen Monat auf Europareise sind, hat er mich gebeten, die Treffen zu eröffnen und zu leiten, bis er wieder da ist."

Ein aufgeregtes Flüstern ging durch die Gruppe, als neue Mitglieder über Zacks Metamorphose im letzten Jahr vom beliebten Dom zum halsbandtragenden Sub ins Bild gesetzt wurden.

„Schön, dass ihr alle da seid. Ich sehe einige Gesichter, die in letzter Zeit nicht oft dabei waren." Zack warf Orion einen direkten Blick zu. Hey, Orion hatte Zack nach dieser katastrophalen Session nicht direkt gemieden, aber er war auch nicht zu ihm gekommen. „Ihr habt uns gefehlt."

Orion nickte ihm bestätigend zu.

Zack machte weiter. „Und ein herzliches Willkommen unseren neuen Mitgliedern. Dies ist das allmonatliche Treffen der gemischten Gruppe für weibliche und männliche Subs. Termine für weitere Meetings hängen ebenfalls aus. Irgendwelche Fragen, bevor wir anfangen?"

Eine Frau, die neben Sophia saß, hob die Hand.

Zack deutete auf sie. „Ja?"

„Hi. Ich bin neu. Mein Name ist Jasmine und ich freue mich, hier zu sein. Können wir ein bisschen über den Unterschied zwischen Machtaustausch und Missbrauch reden?"

Bildete Orion sich das nur ein, oder schaute Zack absichtlich nicht in seine Richtung? „Natürlich. Aber vorab, darf ich fragen, ob jemand in Schwierigkeiten steckt?"

Jasmine schüttelte den Kopf und zuckte mit den Schultern. „Siehst du, das weiß ich eben nicht. Meine Freundin sagt, dass es ihr gut geht und dass sie einfach härter spielt als ich, aber …"

Orion hatte dieses Lied auch gesungen. Genau dasselbe hatte er immer allen erzählt, einschließlich sich selbst, aber es war ihm nicht gut gegangen.

„Ich gebe die Frage an die Gruppe weiter." Zack setzte sich.

Sophia sagte: „Wenn Limits missachtet werden – und damit meine ich nicht das Ausloten oder vielleicht sogar Verschieben von Grenzen – ist das Missbrauch."

„Wenn der Dom dein Safeword ignoriert oder im Zorn eine Session hält, ist es Missbrauch", warf Xander ein.

Orion fügte hinzu: „Wenn der Sub Angst hat, sein Safeword einzusetzen, könnte das darauf hinweisen, dass die Beziehung überprüft werden sollte."

„Alles Unkontrollierte", rief jemand.

„Das stimmt nicht", entgegnete ein Mann in einem dunkelblauen Nadelstreifenanzug.

Zack stand auf. „Gibt es einen Unterschied zwischen persönlichen und objektiven Limits?"

„Was sind objektive Limits?", fragte Jasmine.

Orion sagte: „Dinge, die für jeden tabu sein sollten, und ja, ich bin davon überzeugt, dass es objektive Limits gibt."

Xander atmete aus, als hätte er die Luft angehalten und flüsterte: „Gut, das wird aber verdammt noch mal auch Zeit."

„Was zum Beispiel?", fragte Joey Junior in eindeutig herausforderndem Tonfall.

Jetzt, wo Orion es endlich ausgesprochen hatte, würde er keinen Rückzieher machen. „Wenn einem Dinge angetan werden, die so nie vereinbart waren … Joey Junior, du hast das große Glück, seit Jahren mit einem Master zusammen zu sein, der dich über alles liebt."

Joey Junior lächelte strahlend. „So ist es."

Sichtbarkeit war wichtig. Und vielleicht war es okay, ein Paradebeispiel für das zu sein, was man nicht tun sollte. „Das ist ein Privileg, das manche von uns noch nie hatten."

Einige Subs nickten.

Joey Junior zog für einen Moment den Kopf ein. „Du hast recht. Ich kann als selbstverständlich voraussetzen, dass manche Dinge einfach nicht in Frage kommen."

Zack hob die Hand, um die Unterhaltung zu verlangsamen. „Vielleicht sollten wir uns auf RACK konzentrieren – risikobewusstes, einvernehmliches BDSM – und inwiefern das unseren Bedürfnissen gerecht wird."

Ein neues Mitglied, ein Mann mit Militärhaarschnitt, blaffte: „Subs sollten keine Bedürfnisse haben."

„Du meinst Sklaven", widersprach Ross, ein langjähriges Mitglied.

Zack verengte die Augen. „Sklaven verzichten auf Entscheidungsfreiheit, aber ihre Bedürfnisse werden typischerweise vorher vertraglich definiert, um sie zu schützen."

Mr. Militär verkündete: „Ich habe eine BEST-Ausbildung durchlaufen."

Erwartete er etwa einen Orden?

„BEST, das ist doch ein Trainingshandbuch für Sklaven, nicht?", fragte Sophia in so selbstsicherem Ton, dass es eigentlich gar keine Frage war. Nach einem Nicken bewies sie, dass er nicht der einzige Eingeweihte war. „BEST steht für *Behavior, Emotions, Self-Image und Thoughts* – Verhalten, Emotionen, Selbstbild und Gedanken – nicht wahr?"

„Ja." Mr. Militär machte ein finsteres Gesicht und verschränkte die Arme vor der Brust. „BEST-Training verhilft Sklaven zu einer positiven Einstellung und damit zum Erfolg."

Sophia neigte den Kopf und fragte: „Aber es ist aus der Perspektive einer weiblichen Sub und eines männlichen Masters geschrieben. Und *ausschließlich* aus deren Perspektive, nicht wahr?"

„Grundlegende Konzepte lassen sich übertragen", entgegnete Mr. Militärhaarschnitt.

„Und manche Master finden ihre *eigenen* Methoden effektiver", ergänzte sie mit einem süßen Lächeln.

Neulinge kritzelten Notizen.

Xander neigte sich zu Orion und flüsterte: „Wäre es geschmacklos, mit ihr abzuklatschen?"

„Ja." Orion grinste ihn an.

Zack nickte. „Wie ihr seht, führen viele Wege in den Subspace; ihr braucht nur einen zu finden, der für euch passt. Jasmine, ich würde gerne nach dem Treffen mit dir reden. Und ich möchte euch alle daran erinnern, dass hier im Entwined nächstes Wochenende der Kurs BDSM 103 angeboten wird, bei dem es um Missbrauch geht. Aber falls ihr Hilfe oder Klarheit über irgendwas braucht, wartet nicht lange. Wir sind hier, und wir können im persönlichen Gespräch helfen."

Zack blickte sich in der Runde um, dann setzte er sich wieder auf seinen Platz. „Ich möchte Erin einladen, uns etwas mitzuteilen."

„Erin ist hier? Erin wird sprechen?" und Variationen der Frage gingen durch den Raum. Beifall brach aus, als sie das Wort ergriff.

Sie grinste. „Ja, Erin ist hier, und ich wollte euch was zeigen." Erin war eine halsbandtragende Sub, die kaum jemals lauter als im Flüsterton sprach und sich meistens hinter ihrer üppigen roten Haarpracht versteckte. Orion konnte sich nicht erinnern, sie je so voller Selbstvertrauen gesehen zu haben.

Erin rieb mit zwei Fingern über ein rotes Lederarmband, das mit drei miteinander verschlungenen schwarzen Herzen verziert war. „Die meisten von euch wissen von meiner schweren Angststörung."

Wegen ihrer Phobien konnte sie an den meisten Spielpartys, Sub-Treffen und Demonstrationen nicht teilnehmen, weil sie nicht mit Menschenmengen zurechtkam. Dass sie jetzt hier stand, vor ungefähr fünfzig anwesenden Subs, und zu ihnen sprach, grenzte geradezu an ein Wunder.

Sie warf ihr welliges Haar zurück und sagte: „Ich glaube zwar nicht, dass ich ein Allheilmittel gegen Ängste entdeckt habe, aber ich habe Unterstützung gefunden."

Die meisten Subs beugten sich vor.

Sie streckte ihnen das Handgelenk mit dem Armband entgegen. „Das hier ist meine Geheimwaffe."

Ross kniff die Augen zusammen. „Ein Armband? Ist ja hübsch und alles, aber –"

„Es ist in Wirklichkeit eine Fessel." Sie trat zu Zack. „Wärst du mal so nett?"

„Natürlich." Zack nahm ihr das Armband ab und teilte es in zwei schmalere Lederstreifen, die er dann wieder mit dem Druckkopf zu Kreisen schloss, sodass je eine Schlaufe um jedes Handgelenk lag.

Erin hielt ihre Hände hoch, die jetzt aneinander gefesselt waren, und zog. „Nun, ich weiß, dass es unterschiedliche Ansichten gibt. Manche sehen Bondage als …"

„Sexy und geil."

„Bestrafung", rief ein Neuling.

„Eine Möglichkeit, die Schönheit des Subs zur Schau zu stellen und ein lebendes Kunstwerk zu schaffen", fügte Zack hinzu, der in japanischer Erotik-Bondage einer der Besten war.

Erin nickte. „Es ist für jeden anders. Für mich ist es wie ein Tag im Wellness-Studio, wenn mein Master und meine Mistress mich fesseln."

Orion verdrängte den Neid und die Wünsche seiner von Seilen erfüllten Fantasien. Er hatte von Hunters meisterhaftem Geschick in Hänge-Bondage gehört. Oh, die Positionen – *Stopp!*

Er konzentrierte sich wieder auf Erin. „Sobald die Seile mich zu umschlingen beginnen, entspanne ich mich. Ich vertraue darauf, dass Mistress Jess und Master Ralph sich um alles kümmern, und ich kann einfach nur sein."

Sam grinste. „Und wie funktioniert das magische Armband nun?"

Erin kicherte. „Es ist keine Magie, aber mit ihm kann ich ein Stück weit auf die Ruhe zugreifen, die ich erlebe, wenn ich in Bondage bin. Jeden Morgen rufen meine Mistress und mein Master mich zu sich und legen mir das Armband um. Beide fordern mich auf, daran zu denken, dass ich geliebt werde und in Sicherheit bin." Sie zuckte mit den Schultern. „Ich konnte immer mehr von den Sachen machen, an denen mich meine Ängste vorher gehindert haben."

„Das Armband bringt dich in den Subspace?", fragte Sam.

Orion hatte beim Sex mit Marc und Hunter den Hauch einer Ahnung von Subspace erlebt.

„Ähm … nicht direkt … vielleicht … es erinnert mich an diesen himmlischen Ort und lässt mich entspannter sein. Obwohl ich jetzt, wo ich hier stehe, immer noch nervös bin. Vor einer Gruppe zu sprechen, das hätte ich vorher nie und nimmer gemacht."

„Wo hast du es her?" Orion merkte erst, dass er eine Frage gestellt hatte, als Xanders Luftschnappen alle Luft aus dem Raum zu saugen drohte und sein Blick ein Loch in Orion bohrte.

„Die werden jetzt hier im Entwined verkauft. Noch mal, ich glaube nicht, dass sie magisch sind. Meins ist nur etwas, was mir hilft. Und davon wollte ich erzählen." Sie lächelte Zack an und hielt ihm ihre Handgelenke entgegen. „Bitte. Dankeschön."

Leute, die das Armband anfassen und Fragen stellen wollten, umringten sie. Xander neigte sich zu Orion. „Willst du so eins? Würde das helfen?"

„Ich bin mir nicht sicher." Aber nach diesem Wochenende war Orion vielleicht bereit, es zu versuchen. Er schob die Erinnerungen an Hänge-Bondage beiseite, die vor seinem geistigen Auge aufblitzten. Ein quälendes Verlangen, von Hunter gefesselt und von Marcus auf köstliche Weise gefoltert zu werden, hatte ihn gepackt. Es musste einen Weg für ihn geben, dahin zu kommen.

Nachdem die Sub-Horde für fünf Minuten in Chaos verfallen war, rief Zack die Versammlung wieder zur Ordnung. „Möchte noch jemand eine Frage stellen oder Informationen weitergeben?"

Xander hob die Hand.

Zack deutete auf ihn. „Ja, Xander?"

„Frage. Wäre jemand hier bereit, sich mit mir über Sex mit jemandem, der trans ist, auszutauschen?" Xander blickte sich mit hoffnungsvoller Miene um.

Orion verkniff sich ein Grinsen, als er sah, wie Xanders Wangen einen hübschen Rosaton annahmen. Aber er konnte sich nicht davon abhalten, leise zu trällern: „Xander hat 'nen Freu-heund, Xander hat 'nen Freu-heund!"

Mehrere Subs hoben die Hand.

Zack deutete auf sie und dann wieder auf Xander. „Könnt ihr euch nach dem Meeting treffen, um Telefonnummern und Infos auszutauschen?"

„Ja. Vielen Dank." Xander lächelte die Subs an, die sich bereit erklärt hatten, mit ihm zu reden.

Orion schickte Xander eine Gleitbeutler-SMS mit dem Untertitel: „Xander hat einen Freund! Xander hat einen Freund!"

Xander reagierte auf sein vibrierendes Handy. Sobald er Orions SMS gelesen hatte, drehte er sich um und fragte: „Echt jetzt?"

Orion schnaubte und zuckte mit den Schultern. Er wandte seine Aufmerksamkeit wieder dem Meeting zu.

Jemand fragte: „Wann wird eine offene Beziehung nichts weiter als eine Ausrede, um mit anderen Leuten zu vögeln?"

Ja, wann? Fuck! War es das, was Hunter und Marcus gerade mit ihm machten? Er wollte glauben, dass es nicht so war, aber wusste er es? Vielleicht waren die ganzen Sprüche von wegen einen Dritten suchen reine Augenwischerei.

Als niemand von sich aus antwortete, sagte Zack: „Meiner Meinung nach ist es eine gute Sache, wenn zwei … oder mehr Leute an einem Strang ziehen und gemeinsam dafür sorgen, dass die Bedürfnisse jedes einzelnen erfüllt werden. In meinem Fall weiß ich, dass Master Drew und ich immer ausführlich besprechen, was wir im Sinn haben. Vor allem, wenn es um eine Session mit jemand anderem geht. Wir gehen vorher und nachher alles miteinander durch. Aber das macht nicht jeder so. Ich glaube, ihr müsst für euch selbst herausfinden, was es für euch bedeutet und was es für euren Dom oder eure Doms bedeutet."

Sam meinte verächtlich: „Ha! Ich hatte vor Timmy einige Partner außerhalb der Szene, die eine offene Beziehung wollten. Was hieß, wenn sie sauer waren, sind sie jedesmal los und haben jemand anderen gebumst. Und wenn ich mal mit jemand anderem ins Bett gestiegen bin, wurden sie eifersüchtig."

Timmy legte den Kopf an Sams Schulter. „Offene Beziehungen sind nicht für jeden was."

Sam schlang einen Arm um Timmy. „Aber wenn ein Paar nach einem Dritten sucht, gibt es Wege, das hinzukriegen."

Ein Sub, den Orion nicht kannte, grummelte: „Oder der Master will den Sub bloß demütigen und ihm wehtun, indem er noch andere hat."

Zack nickte. „Es gibt Master, die ihre Subs gern ausleihen, und manche Subs glauben, dass es das Recht ihres Masters ist, noch andere zu haben. Noch mal, über solche Dinge zu reden ist entscheidend für unsere geistige Gesundheit. Schaut auf den Plan, aber ich glaube, nächsten Monat gibt es ein Seminar namens ‚Cuckolding, Cuckqueaning und einvernehmliches Fremdgehen'. Meines Wissens werden darin eine Vielzahl von Themen innerhalb der BDSM-Welt abgedeckt, aber auch außerhalb davon."

Ruby, eine der elegantesten weiblichen Subs im Entwined, hob die Hand. Als Zack ihr mit einem Wink das Wort erteilte, sagte sie: „Wie einige von euch wissen, haben mein Master und ich schon mehrmals versucht, einen Dritten in unsere Beziehung mit einzubeziehen. Das hat nie funktioniert." Sie beugte sich vor und nahm Bryans Hand. Bryan trug einen schicken Anzug und ein verdammt breites Lächeln. Ruby verkündete. „Bis jetzt. Bryan, Master Russ und ich sind jetzt zu dritt."

Beifallsrufe und „Glückwunsch!" hallten durch den Hauptraum des Clubs.

„Großartig!" Zack schaute auf seinen Digital-Timer. „Okay, unsere Zeit ist fast um. Hat irgendwer noch abschließend was beizutragen? Falls ihr neu seid, wir rufen einfach kurze, knackige Bemerkungen. Wie zum Beispiel ‚Topping from the Bottom ist nicht immer ein Verbrechen‘.“

„Das stimmt. Kommunikation ist wichtig“, rief jemand, den Orion nicht kannte.

„Sub bedeutet nicht Fußabtreter.“ Sam verschränkte die Arme vor der Brust.

Sophia sagte: „Master sind auch Menschen.“

„Safewörter sind kein Teufelswerk“, erklärte Xander.

Orion gab ihm einen Schubs. „Du bist sehr hilfreich.“

Und wie aufs Stichwort fügte Zack hinzu: „Vergesst nicht, in BDSM macht ein einziges Wort allem ein Ende, aber tausend Worte können Missbrauch nicht stoppen. Okay, das Treffen ist beendet. Ich freue mich darauf, euch alle schon bald wiederzusehen. Bis dahin, spielt immer sicher, vernünftig und einvernehmlich.“ Zack ging schnurstracks auf Jasmine zu.

Xander sprang von seinem Stuhl auf. „Ich geh‘ mir mal die Nummern von den Subs holen, die schon mit Transmenschen zusammen waren.“

Vielleicht hätte Orion das nicht so auf die leichte Schulter nehmen sollen. „Ist in der Beziehung alles okay?“

Xander nickte. „Ja. Ich will bloß mit Quillon nichts verbocken. Er ist so … verdammt köstlich. Aber außer Buck Angel gibt’s da draußen nicht viele sex-positive Botschaften für Transmenschen.“

Orion konnte sich erklären, warum das so war. „Na ja, die ganze Gruppe wird schon so lange sexualisiert, dass viele Leute sich da ungern ran wagen.“

Xander runzelte die Stirn, nickte aber. „Du sagst es. Sehen wir uns heute Abend zuhause?“

„Ja, ich will nur noch hier im Laden vorbei, ehe ich wieder zur Arbeit gehe. Ich muss zu ein paar Sitzungen, und wahrscheinlich mache ich danach gleich Feierabend.“ Erin war schon weg; Orion würde sich ein andermal mit ihr unterhalten müssen. Aber diese Armbänder hatten seine Neugier geweckt.

Er schlängelte sich zum Laden durch, vorbei an hundert Umarmungen und Versprechungen, wieder öfter in den Club zu kommen.

Ein Schritt in den Laden, und der göttliche Duft nach Leder schlug ihm entgegen. Er gönnte sich einen tiefen Atemzug. Mmm, genau wie Hunter. Orion steckte die Hände in die Taschen, um mehr Platz in seiner Hose zu schaffen.

An einer Wand waren alle möglichen Lederartikel ausgestellt, und was es dort nicht gab, konnte man auf Bestellung anfertigen lassen. Die Rückwand stellte unterschiedliche Arten von Spielsachen zur Schau, von Scherzartikeln wie aufblasbaren Schafen bis hin zu Gerätschaften für medizinische Spiele, wie Wartenberg-Rädern. Die dritte Wand war Paddles für jeden Geldbeutel vorbehalten, von Spielzeugpaddles und Linealen bis hin zu Paddles mit Intarsienmustern aus Perlmutt. Und an der Wand neben der Tür hingen Seile, Flaschenzüge und sonstiges Bondage-Equipment.

Orion begrub sein Interesse für die Seile und konzentrierte sich stattdessen auf die Schaukästen, die den Verkaufsraum säumten. Sie enthielten Piercing-Zubehör, Vibratoren, Fleshlights und den ganzen herrlichen Krimskrams der BDSM-Welt.

„Orion!" Audrey ließ den Dildo fallen, den sie gerade mit einem Staubtuch masturbierte, und sprang hinter der Ladentheke hervor. „Oh, mein Gott, ich hab' dich vermisst."

Er umarmte die reizende, ganz in lilafarbenes Leder gekleidete Frau. Die Farbe ließ ihn an Marcus denken, und das wiederum brachte ihn auf Hunter und löste Erinnerungen an sie alle zusammen aus. Verdammt, er hatte diese Farbe lieben gelernt.

„Dann bist du also wieder zurück?" Sie legte den Dildo wieder in den Schaukasten.

„Ja ..." *Bin ich das?* „Ich glaube schon."

Audrey sah ihn stirnrunzelnd an. „Ich weiß, wie schlimm es werden kann und wie verrückt es einen macht, aber wenn du erst mal den richtigen Master ... oder, ähm, die richtigen Master gefunden hast, ergibt alles wieder einen Sinn."

Vermutlich hatte sie recht. „Danke."

„Was suchst du?" Sie warf ihren Lappen neben die Registrierkasse.

„Eigentlich nichts. Ich wollte nur die Armbänder sehen, von denen Erin geredet hat."

„Hier bitte." Sie nahm die drei Ausstellungsstücke aus der Vitrine und legte sie auf ein samtüberzogenes Tablett. „Die kannst du bei Master Leather bestellen, und er hat sie normalerweise innerhalb von ein bis zwei Wochen fertig."

Orion nahm ein Armband und legte es um sein Handgelenk. Würde das Tragen eines Armbands ihm erlauben, Bondage anders zu sehen? Konnten zwei Lederriemen und ein Druckknopf das Negative auslöschen, das für ihn damit verbunden war? Außer Kontrolle zu sein ... und vergewaltigt zu werden?

„Wunderschöne Arbeit. Ich wäre vermutlich nie drauf gekommen, was es ist, wenn ich das heute nicht gesehen hätte." Er öffnete das Armband, drehte es hin und her und untersuchte die Schlaufen, die sich beim Trennen der beiden Bänder bildeten.

„Da jedes eine Spezialanfertigung ist, kann man sich das Muster aussuchen. Hier wird die Größe gemessen." Sie berührte seinen Arm oberhalb des Handgelenks. Dann zückte sie ein Maßband, schlang es um sein Handgelenk und schob es fünf Zentimeter weiter nach oben. „Du brauchst einen achtzehner Riemen."

„Jeder braucht einen achtzehner Riemen", rief eine weibliche Stimme vom Eingang her.

Lachend drehte Orion sich um. „Hallo, Sophia. "

„Hey, Mr. Achtzehner Riemen. " Sie zog ihn an sich, umarmte ihn und flüsterte: „Ich habe Hunter noch nie so voller Lebensfreude erlebt."

„Was? Oh nein. Das hat sicher nichts mit ..."

„Wie du meinst. Ich freue mich ja so, dass du zu einem Sub-Treffen gekommen bist! Was kaufst du denn?"

Orion gab Audrey lächelnd das Armband zurück. „Nichts."

„Ah, du hast dir das *magische* Armband angeguckt. Ich finde die Idee super. Ich bin ganz dafür, Limits kreativ zu umgehen. Weißt du? Also dann, wir sehen uns bei Marcus' Geburtstagsfeier." Hurrikan Sophia gab ihm ein Küsschen auf die Wange und fegte wieder hinaus.

Nicht mal ein heftiges Blinzeln half gegen die wirbelnde Energie, die sie zu hinterlassen schien.

Audrey stützte die Ellbogen auf den Schaukasten und grinste Orion an. „Dann gehst du also zu Marcus' Party. Du weißt ja, dass er auf Piercingspiele steht."

Orion nickte. Seine Google-Suchmaschine wusste das auch, da er andauernd darüber recherchierte und sich Videos davon anschaute. Danach brauchte er meistens eine Weile Zeit für sich allein.

„Ich finde Piercingspiele geil. Mein Master hat gesagt, dass er eventuell lernen möchte, das mit mir zu machen. Ich würde ja zu gern meine Nippel gepierct sehen." Sie schaute auf ihre üppige Oberweite hinab.

„Ja." Orion auch. Seine Nippel, nicht ihre. Er zählte die Tage bis zu Marcus' Party.

11

HUNTER KONNTE nichts gegen das erwartungsvolle Flattern im Magen tun, als er die Textnachrichten-App öffnete. Marc und Orion flirteten mit ihm.

Marc schrieb: *Wie geht's meinem Rettungssanitäter und meinem Forscher?*

Ein Schauer von Richtigkeit durchrann ihn, weil Marc Orion ebenso für sich beanspruchte wie ihn. Er begann allmählich, von Orion genauso sehr als „sein" zu denken wie von Marc. Aber das war verrückt.

Orion antwortete: *Habe eben ein Stück Fleisch für heute Abend in den Schmortopf getan und backe jetzt Kekse.*

Marc gab zurück: *Zu deinem Stück Fleisch sag ich jetzt mal nichts, aber Kekse?*

Hunter lachte leise, aber sein Magen knurrte, und er schrieb: *Hunger!*

Marc schrieb: *Orion und ich können dich füttern.*

Etwas anderes erwachte. Verdammt, ja! Er tippte: *Ich freu mich drauf.*

Orion schickte ein Emoji mit großen Augen. *Ich auch.*

„Grrrr." Sophias frustriertes Knurren riss Hunter unsanft aus seinem Vergnügen. „Jesus, jetzt leg schon dein Handy weg."

Hunter unterdrückte ein Grinsen. „Tut mir leid." Er tippte: *Wir sehen uns dann heute Abend. Sophia will auch was von unserer Pause haben.*

„Ich erwarte ein Update." Sie trank einen Schluck Kaffee und stellte dann den Becher wieder in den Halter.

„Wir haben alle unsere Erwartungen …" Hunter hob ihre weggeworfenen Zuckerpäckchen auf. Sonst würde die nächste Schicht meckern, dass sie eine Schweinerei im Auto hinterlassen hätten. Na schön, er würde ihre Neugier gegen sie verwenden. „Du gibst mir deins, ich geb' dir meins."

Sophia verzog das Gesicht, als hätte er von ihr verlangt, Republikanerin zu werden. „Na schön. Colin will mir sein Halsband umlegen."

„Ihr habt wohl den Arsch offen." Nie und nimmer! Was dachte der Kerl sich bloß dabei? Was zum Teufel dachte sie sich bloß dabei?

„Verpiss dich mitsamt dem Gaul, den du fickst", knurrte Sophia.

Hunter ignorierte ihren merkwürdigen Kraftausdruck und betonte: „Es ist zu früh für dich, jetzt schon an ein Halsband zu denken." Obwohl die Worte mehr als hohl klangen, wenn er sie auf seine und Marcus' Gefühle für Orion anwandte.

„Erstens ist es das nicht. Zweitens bin ich erwachsen." Sie seufzte. „Drittens, jetzt habe ich zum ersten Mal jemanden, der mich versteht und mich nicht unter Druck zu setzen versucht."

Hunter schnalzte missbilligend mit der Zunge. „Du hast mich. Ich versteh' dich."

„Ja, aber du weißt schon, was ich meine. Es ist fast unmöglich, jemanden zu finden, der versteht, was ich als Sub brauche."

Okay, vielleicht verstand er sie ja nicht völlig. „Und er ist so jemand?"

„Ja. Er ist kein herablassender Wichser, der meine Einwilligung zu erzwingen versucht, sondern versteht, dass ich meinen Gehorsam anbieten muss. Und er braucht nicht den blöden Macho zu spielen, um Respekt zu kriegen. Außerdem will und muss er nicht rund um die Uhr und sieben Tage die Woche spielen."

„Dir sein Halsband umzulegen ist kein Unter-Druck-setzen?"

„Nein, mehr so was wie eine Bestätigung dafür, dass ich so akzeptiert werde, wie ich bin." Sophia war fest entschlossen, es ihm begreiflich zu machen. Sie wollte seinen Segen, auch wenn sie das nie zugeben würde.

Hunter wusste nicht, was er sagen sollte. Er musste seiner besten Freundin eine Stütze sein, aber … „Soph, ich will, dass du glücklich bist."

„Oh mein Gott, Hunter! Er macht mich schwindlig vor Glück. Ich liebe es, mit ihm zu reden, und er weiß, wann er die Klappe halten muss. Wir mögen dieselben Bücher, dieselben Filme, dieselbe Musik, und was den Sex angeht … Eins sag ich dir, ob Fetisch- oder Blümchensex, mit Colin ist alles toll."

Hunter fuhr sich mit einer Hand übers Gesicht. „Okay … gut. Aber trotzdem, ihr kennt euch noch nicht so lang."

„Wir passen zusammen wie fehlende Puzzleteilchen. Und komm mir jetzt bloß nicht mit irgendwelchen Befürchtungen nach dem Motto ‚das klingt aber sehr nach Co-Abhängigkeit' … es ist mir egal. Ich kann ich sein … alles, was ich bin, und ich bin hin und weg."

„Mehr will ich gar nicht für dich." So war es auch, und er würde da sein, falls es in die Brüche ging – nachdem er Colin umgebracht hatte.

Sophia machte eine Handbewegung, als würde sie etwas aufwickeln. „Okay, bitteschön. Ich hab dir meine kitschige Liebesschnulze in den Schoß gesabbert. Was ist mit dir? Du strahlst selber auch über alle vier Backen."

Hunter zuckte mit den Schultern, konnte aber das Lächeln nicht zurückhalten. „Du kennst ja Marc. Er macht keine halben Sachen. Er ist voll dabei und meint, dass Orion uns gehört."

„Und du?"

„Es ist noch zu früh." Es war viel zu früh, einen Dritten fest in seine Welt mit einzuplanen. Oder? In dem Fall sollte er vielleicht lieber aufhören, von Orion als „sein" zu denken.

Sophia atmete hörbar aus. „Ist es nicht. Manchmal weiß man es einfach." Dachte sie, wenn sie langsamer sprach, würde er ihr eher zustimmen?

„Verdammt, du hörst dich an wie Marc. Er scheint sich keine Sorgen zu machen, dass was schief gehen könnte … und es gibt so vieles, was schief gehen könnte!"

„Na ja, dein Freund ist nicht nur ein hübsches Gesicht. Marcus hat kapiert, dass das Leben kurz ist. No risk, no fun." Sie schürzte die Lippen, als wüsste sie was und überlegte gerade, ob sie es ihm sagen sollte.

„Sophia, zwing mich nicht, dir in den Kaffee zu spucken. Was? Sag, was du auf dem Herzen hast." Eine leere Drohung, aber er räusperte sich dramatisch.

„Igitt! Das würdest du nie machen." Sophia schnappte sich ihren Kaffeebecher und funkelte ihn wütend an. „Scheiße, und ob du das machen würdest. Du bist so ein Arschloch. Na schön. Vielleicht brauchst du erst einen Schubs, um aktiv zu werden. Orion war gestern beim Sub-Treffen."

„Wirklich?" *Heilige Scheiße!* Hoffte er etwa, wieder in BDSM rein zu finden?

„Jau. Er hat glücklich ausgesehen."

„Was hat er gesagt?", verlangte Hunter zu wissen, als hätte er ein Anrecht darauf. Hoffentlich würden seine Worte trotzdem als normale Frage durchgehen.

„Ganz schön neugierig, hm? Ich geb' nichts weiter, was beim Treffen gesagt wurde. Aber ich habe ihn hinterher noch gesehen."

„Und?" Hunter hasste es, wenn sie ihn dazu zwang, ihr jedes Häppchen Wissen einzeln zu entreißen.

Sophia lächelte mit einer Unschuld, die sie schon lange nicht mehr besaß. „Ich habe gesehen, wie er eine teilbare Fesselmanschette befummelt hat. Kennst du Erin?"

„Ähm, Erin?" Hunter hatte kein besonders gutes Namensgedächtnis. Was zum Teufel hatte sie mit Orion und einer Fesselmanschette zu tun?

„Sie gehört Mistress Jess und Master Ralph."

„Ach ja, natürlich." Hunter erinnerte sich vage daran, sie vor ein paar Jahren mal getroffen zu haben. Sie war eine stille kleine Rothaarige, schien aber nett und gefügig zu sein.

„Jedenfalls war sie auch da und hat darüber geredet, dass man die Fessel auch als normales Armband tragen kann, und das hat ihr geholfen, mit ihren Ängsten außerhalb einer Session besser fertig zu werden."

„Wie?", fragte Hunter erstaunt.

„Das Leder erinnert sie an die Ruhe, die sie im Subspace empfindet. Wenn sie nervös wird, hilft es ihr, sich auf das Armband zu konzentrieren. Und man kann es auch aufmachen und als Handfessel verwenden. Ich habe vor dem Treffen mit ihr gesprochen, und sie sagt, dass sie das Armband manchmal als Handfessel trägt, wenn sie allein ist." Aus Sophias Augen leuchtete etwas, das Hunter als Ermutigung bezeichnen würde.

Hunter reimte sich den Rest zusammen. „Und Orion hat sich für das Armband interessiert?"

„Ja, aber er hat keins bestellt. Soweit ich weiß …" Sophia warf ihm einen bedeutungsvollen Blick zu, den Hunter offenbar entschlüsseln sollte. „Sein Maß für das Armband ist dasselbe wie meine Lieblings-Penisgröße."

Hunter hasste es, dass er viel zu viel über sie wusste. „Genug von Penissen geredet."

„Da wir gerade von Penissen reden ... was macht ihr drei eigentlich?"

Das war die Frage. Was machten sie eigentlich? „Ich rede hier keineswegs von Penissen, das warst du ... und Orion, Marc und ich ... wir verbringen Zeit miteinander ... lernen uns besser kennen."

„Umschreibung für Penisspiele ..." Sophia kicherte ihm ins Gesicht, als fehlten nur noch die Glitzerjeans, und sie wäre das coolste Mädchen in der achten Klasse.

Hunter lachte leise. „Du wirst zu geil, wenn wir eine ruhige Schicht haben. Der Truck ist gewaschen und unsere Pause ist vorbei."

„Halt' die Klappe. Ich hab' erst ein paar Mal einen Dreier gemacht. Wie ist das so mit euch allen dreien?" Soph beugte sich vor.

Hunter ließ den Truck an und machte sich auf die Rückfahrt zur Rettungswache. „Es ist, als hätten Marcus und ich neue Energie gekriegt. Orion passt zu uns und macht Marc und mich besser."

Soph legte den Kopf schief. „Keine Eifersucht?"

„Nein. Ist schwer zu erklären."

„Versuch's trotzdem." Sie verschränkte die Arme vor der Brust, um klarzumachen, dass das Thema noch lange nicht erledigt war.

Eine rote Ampel erlaubte Hunter, ihr einen verärgerten Blick zuzuwerfen. „Er braucht, was Marc und ich einander nicht geben können, aber ... er trägt auch zu dem bei, was wir einander geben. Es ist nicht das eine oder das andere. Es ist, als hätten wir ein weiteres Familienmitglied, aber ..."

„Das ist wunderbar. Ich freue mich für dich. Warum das Aber?"

Er bog einige Male ab, ehe er antwortete. „Sieh mal, wir haben noch keine formelle Session gehalten, und ich weiß nicht, ob Orion das will ... oder je wollen wird." Da. Er hatte es gesagt. Wahrscheinlich, weil seine Wachsamkeit nachgelassen hatte und seine Zunge locker war.

„Hmmmm ... wie könnte man das bloß rausfinden? Okay, überlegen wir mal. Du könntest einen Privatdetektiv anheuern, der ihn verfolgt. Sein Handy anzapfen. Xander fragen. Oder – hey, ich hab's! Es ist ein neuer Ansatz, und vielleicht ein bisschen zu New Age für dich, aber warum zum Teufel fragst du Orion nicht einfach? Du Volltrottel."

Rote Ampel. Hunter schloss die Augen und zählte langsam bis zehn. Er machte die Augen auf, und Sophias Grinsen brachte ihn dazu, sie wieder zuzumachen und von vorn anzufangen.

„Es ist grün", bemerkte Sophia.

Er fuhr ein paar Blocks und sagte schließlich: „Ich warte auf die passende Gelegenheit. Aus irgendeinem Grund scheint Marc im Moment die Führung zu übernehmen."

„Marcus ist kein Dom." Sophia schüttelte so heftig den Kopf, dass ein paar Locken aus ihrer Haarspange rutschten.

Das stimmte. Vielleicht war es einfacher, sich weiterhin auf größtenteils konventionellen Sex zu beschränken. „Nein, aber er kann Orion das bieten, was er sich wünscht, ohne den Stressfaktor BDSM."

„Etwas von dem, was Orion sich wünscht. Du hast den Rest. Warum willst du ihm das vorenthalten?" Soph ließ nicht locker in ihrem Verhör.

„Ich weiß, für Miss Elefant im Porzellanladen ist das vielleicht schwer zu begreifen, aber Geduld ist eine gute Sache." So war es auch. Hunter würde behutsam vorgehen. Besser langsam vorankommen als nachher den Rückzug antreten zu müssen.

„Klingt, als ob Marcus nicht warten will …"

Das stimmte. „Orion sehnt sich nach dem, was Marc zu geben hat. Er greift mit beiden Händen danach. Marc gibt ihm Schmerz ohne die Einschränkungen der Dominanz."

„Orion müsste also erst auf dich zukommen?" Soph ließ die Frage klingen, als wäre er völlig bescheuert.

„Im Grunde schon." Vielleicht hatte sie ja recht.

Sophia schnalzte missbilligend mit der Zunge. „Dann wartest du also darauf, dass er dich von unten her toppt. Du Held."

Verständlich, warum sie es nicht kapierte. „Nein, so ist es nicht. Ich warte einfach nur auf ein Signal von ihm."

„Rauchzeichen? Türglocke? Ein Windspiel, das rätselhafterweise in einer windlosen Nacht klimpert? Oder brauchst du einen Decoder-Ring? Von denen hat Machdirnichinshemd.com bestimmt noch welche auf Lager." Sophias abfällige Bemerkung triefte noch mehr vor Sarkasmus als üblich.

Hunter ließ sein Augenrollen für sich sprechen.

„Ist er schon mal über Nacht geblieben?"

„Noch nicht." Er bog in die Einfahrt der Rettungswache ein. Fast, aber Orion steckte ihn und Marc immer ins Bett und schlüpfte dann hinaus.

„Eine Pyjamaparty würde helfen, glaube ich. Du weißt schon, Kissenschlachten. Rumknutschen im Schlafanzug und –"

„Pass auf, dass deine Fantasien nicht auslaufen und mich vollkleckern."

„Igitt! Als ob!" Sophias angewiderte Grimasse war fast beleidigend. Sie sprang aus dem Truck und führte den Routine-Check durch. „Reifen sehen gut aus. Ich glaube, wenn Orion bei euch übernachten würde, hättet ihr die nächste Stufe erreicht."

Es sei denn, er sagt nein …

Ehe er lange genug grübeln konnte, um es sich auszureden, schrieb Hunter eine SMS: *Wollen wir aus diesem Besuch eine Übernachtung machen?*

Marc hatte offenbar gerade keine Kundschaft. Er schrieb: *Na KLAR doch! Vermeide den Spießrutenlauf nach Hause und bring eine Reisetasche mit.*

Hunter wartete. Vielleicht hatte Orion die SMS nicht gesehen.

Schließlich, zehn Minuten später, kam Orions Antwort. *Okay. Ich bringe trotzdem das Abendessen mit.* Zwei Minuten später schickte Orion noch eine SMS: *Übrigens, von wegen Spießrutenlauf, eher so was wie ein Siegeszug.*

HUNTER STIEß sich vom Tisch ab und rülpste verstohlen. „Verdammt, Orion. Du kochst einfach großartig."

Orion zog den Kopf ein, aber nicht schnell genug. Hunter sah das erfreute Lächeln, das sein Gesicht erhellte.

„Bitte, bleibt sitzen. Ich mach das schon."

Marc und Hunter ignorierten Orions Bitte und halfen ihm den Tisch abzuräumen. Hunter spülte die Teller ab, und Marc steckte sie in die Spülmaschine.

Sobald Orion die letzten Reste im Kühlschrank verstaut hatte, nahm Marc ihn in die Arme. Hunters Herz setzte einen Schlag aus. Die beiden Männer waren vom Aussehen her polare Gegensätze. Orion hatte eine blonde Ninjakrieger-Frisur, helle Haut, blaue Augen und eine beinahe überwältigende Unschuld. Marc hatte langes dunkles Haar, olivfarbene Haut und ein Sündenrepertoire, um das Satan ihn beneidet hätte. Gott, sie waren wunderschön zusammen.

Marc flüsterte ihm etwas zu, was Orion erst zögern und dann mit Begeisterung und einem Grinsen nicken ließ. „Also dann. Hunt, na los, kommandier' uns rum …"

Orion prustete und schaute Marc über seine Schulter hinweg an.

„Was? Ihr wisst doch, dass ihr zwei das mögt", hielt Marc ihm entgegen.

Achselzuckend sagte Orion: „Ich jedenfalls schon …"

Rede, Hunt, rede! „Ich auch …"

„Seht ihr? Na bitte." Marcus zwickte Orion in die Brustwarzen.

Orion stöhnte auf. „Du spielst nicht fair –"

„Sollte ich?", fragte Marc, dann grinste er ihn an. „Das ist was für Hunt. Er spielt nach den Regeln."

Na ja, das fasste alles kurz und knapp zusammen. Marc verstrickte sich nicht in Regeln für ordnungsgemäße Dominanzspiele. Er konnte sich ganz auf die Lust am Sex konzentrieren … und am Schmerz, was für Orion ein und dasselbe zu sein schien.

Hunter kam zu dem Schluss, dass ein kleines Spielchen vielleicht nicht schlecht wäre, schon gar nicht, wenn Orion zu einem Sub-Treffen gegangen war. Zeit, das Terrain zu sondieren. „Orion, wie lautet dein Safeword?"

„Krebs … Hunter."

Hunter schob die Enttäuschung beiseite und fragte: „Kann ich mich darauf verlassen, dass du es benutzen wirst, falls nötig?"

„Ja … Hunter." Orions Mundwinkel bogen sich für einen Moment nach unten und kehrten dann in ihre neutrale Position zurück.

„Sag dein Safeword noch mal." Zumindest konnte Hunter ihn vielleicht davon überzeugen, dass das Wort ein notwendiger Teil der Grundlagen war, die sie hier schufen.

„Krebs ... Hunter."

„Sehr gut. Es macht mich zufrieden, dass du es aussprechen kannst. Also dann, auf die Knie und Beine breit."

Wie vorherzusehen fiel Orion auf die Knie und spreizte sie weit auseinander. Seine Hände waren hinter dem Kopf verschränkt, sein Blick zu Boden gerichtet und seine Lippen leicht geöffnet.

Marcus starrte Orion an, dann Hunter, und seine Augen weiteten sich.

Hunter ignorierte Marcs überraschtes Gesicht. „Ist er nicht entzückend, Marcus?"

Nach einer kaum merklichen Pause antwortete Marc rückhaltlos: „Und wie!"

„Wie fühlt es sich an, auf den Knien zu sein, Orion?", fragte Hunter.

„Fantastisch", erklärte Orion ohne zu zögern.

„Orion, sieh mich an." Sofort hing Orions Blick an Hunter, also benutzte Hunter ein Handzeichen, eine abwärts gerichtete Wischbewegung mit zwei gespreizten Fingern.

Orion wechselte in die Lehrposition, nahm die Knie enger zusammen und legte die Hände mit den Handflächen nach oben auf die Oberschenkel.

„Sehr gut. Ich war mir nicht sicher, ob du dich an die Handzeichen erinnerst." Hunter lächelte. Obwohl er sich nicht vorstellen konnte, dass ein Dom oder Sub, der dieses Wissen einmal erworben hatte, es je wieder ganz verlieren würde.

Er ließ Orion Zeit, in die Position hineinzufinden und sich wieder an grundlegende BDSM-Aktivitäten zu gewöhnen. „Magst du es, wenn Marc dir Schmerzen zufügt?"

„Ja ... Hunter. Ich mag es sehr." Orion nickte.

Marcus lächelte. „Ich genieße es, die Empfindungen mit dir zu teilen."

Hunter räusperte sich. „Möchtest du, dass ich dir Anleitung biete und Grenzen setze?"

„Ja, bitte ... Hunter. Ich ... ich brauche das von dir." Wenn Orions bittender Tonfall Hunter nicht überzeugt hätte, dann hätte die Aufrichtigkeit in seinem Blick das getan.

„Wir werden heute Abend nur an Positionen arbeiten, und vielleicht kann Marc sich noch was anderes zu deiner Unterhaltung einfallen lassen." Hunter entging der Hunger nicht, der in den Augen beider Männer aufblitzte und ihm bestätigte, dass dies der richtige Weg war. Er genehmigte sich einen Moment, um ihr Verlangen in sich aufzunehmen, dann drehte er sich um und befahl: „Fuß."

Orion ging auf alle Viere und kroch hinter ihm her, als Hunter ins Wohnzimmer schlenderte. Es war etwas ganz Einfaches, aber dass ein schöner Mann seine Anweisungen befolgte, einschließlich hinter ihm her zu kriechen, machte etwas Grundlegendes mit ihm. Er würde seinen devoten Partner beschützen, indem er das

Tempo gemäßigt hielt, aber die bereitwillige Unterwerfung befriedigte etwas ganz tief in seinem Innern.

Marc stieß einen koketten Pfiff aus. „Verdammt, Orion, du weißt, wie man Sex in ein Kriechen bringt!"

Hunter verzog keine Miene, als er umschwenkte und sich aufs Sofa setzte. „Hoch."

Orion stand auf und verschränkte die Hände hinter dem Rücken, den Kopf hoch erhoben und den Blick zu Boden gerichtet.

„Orion, gut gemacht." Hunter reagierte nicht auf Orions leichtes Lächeln, er sagte nur: „Ausziehen."

Marc setzte sich neben Hunter und fragte mit verhaltener Stimme: „Und was soll ich machen?"

Hunter legte den Arm um ihn, zog ihn an sich und gab ihm einen Kuss. „Was immer du möchtest. Ich werde Orion in Positionen bringen, und wenn du willst, kannst du sie schwieriger machen." Er hob die Stimme, um sicher zu gehen, dass Orion ihn hörte. „Orion ist die Gefügigkeit in Perfektion. Wenn du seine Positionen zu einer größeren Herausforderung für ihn machen wolltest, kann ich mir vorstellen, dass er dankbar dafür wäre."

Orions Erektion zeigte, wie sehr ihm der Vorschlag zusagte.

Stöhnend zog Marcus sein Hemd aus und stolzierte auf Orion zu. Mit einem Blick über die Schulter fragte er: „Was dagegen, wenn er meine Fragen beantwortet, Dommy-Schatz?"

„Sofern dir nichts anderes befohlen wird, Orion, darfst du frei sprechen und deine Blicke richten, wohin du willst." Hunter war sich darüber im Klaren, dass manchmal die Wegnahme der Einschränkung, zu Boden starren zu müssen, den Sub dazu zwang, seine Mitte tiefer in sich zu suchen. Außerdem wollte er Orions Gesichtsausdruck genießen.

„Danke, Hunter."

„Gesicht nach unten."

Orion fiel auf die Knie und berührte mit der Stirn den Boden, die Arme ausgestreckt und die Hände über dem Kopf.

Marcus berührte Orions Haar und lächelte Hunter an.

„Schön gemacht, Orion." Hunter hatte seine Mitte gefunden und war völlig Herr der Lage. Er fühlte sich mit Orion verbunden, aber auch mit Marc, und das auf eine ganz neue, bisher nie gekannte Art. Verschwunden war der Witzbold; sie hatten ein gemeinsames Ziel.

Marc fuhr mit den Händen an Orions Rückgrat entlang. Als seine Hände auf Orions Hintern lagen, sah er Hunter an und bat mit einem Blick um eine Erlaubnis, die er noch nie zuvor gesucht hatte.

Scheiße, das war ein Wunder! Hunter nickte knapp.

Klatsch! Klatsch! Klatsch!

Marcus verzierte Orions Hinterteil mit drei Handabdrücken.

Orion stöhnte und streckte den Hintern weiter hoch, was Marc dazu veranlasste, ihm weitere Schläge zu verweigern. Seine Hände glitten an Orions Oberschenkeln nach unten und kratzend wieder nach oben, wobei er rote Striemen hinterließ.

Aus Hunters Blickwinkel war Orions Schwanz gut zu sehen. „Hoch."

Orion kam auf die Füße und flehte Hunter mit den Augen an. Ja, sein Schwanz triefte und stand in einem Winkel hoch, der um Aufmerksamkeit bettelte, aber eins nach dem andern.

„Orion, wann hast du zum letzten Mal einen Bluttest machen lassen?" Nicht sexy, aber lebenswichtig, wenn sie diesen Pfad wirklich einschlagen wollten.

„Äh ... oh." Orion machte große Augen. „Vor zwei Wochen, und da war alles negativ."

Hunter hasste es, so klinisch zu sein, aber das Risiko war es einfach nicht wert. Wenn er noch paranoider wäre, würde er die Ergebnisse schriftlich verlangen, aber Orion hatte keinen Grund zu lügen. „Marc und ich nehmen Truvada. Du musst das nicht tun, aber ich würde mich offen gesagt wohler fühlen, wenn du es tätest."

„Nach dem, was passiert ist, habe ich damit angefangen", teilte Orion ihnen mit.

„Irgendwelche Nebenwirkungen?", fragte Hunter.

Orion schüttelte den Kopf. „Nein."

„Gut." Hunter nickte und verdrängte gewaltsam seine Befürchtungen.

Marc seufzte. „Wo wir alle negativ getestet sind und eine Prophylaxe nehmen, könntest du da nicht mal die Fluchtversuche sein lassen, wenn ich dich im Mund habe? Wenn einer alles vollspritzt, kommt das im Porno zwar gut, aber nicht in der Realität. Und, mal ehrlich – auf Wichse auszurutschen ist doch wahrscheinlich viel riskanter, als wenn wir drei es miteinander treiben?"

Und da war sein rumflachsender Geliebten wieder. Es war ein Wunder, aber Marcs spöttische Bemerkungen schienen nie eine Session zu stören. In gewisser Weise dienten sie dazu, sie alle an die Freude am Spiel zu erinnern, und sie schienen Orion davor zu bewahren, sich unter Druck gesetzt zu fühlen.

Hunter durfte nicht lachen, aber möglicherweise grinste er seine beiden Lover an. „Ja, Marc, du hast recht, Sicherheit geht vor. Also entweder schlucken, oder wir tragen rutschfeste Schuhe."

Marc verdrehte die Augen. „Ich hab's nicht so mit hässlichen Gummisohlen. Also, nur um das klarzustellen, kein Rumgezicke, wenn ich sein Sperma schlucken will oder deins? Oder wenn ich ihm meins in den Mund spritzen will, oder dir? Oder wenn ich dich aussaugen will?"

Fuck! Typisch Marc, den Sex wieder in seine beleidigte Tirade mit reinzubringen.

Hunter griff auf die Stimme zurück, die Orion immer erschauern ließ, und sagte: „Korrekt. Marc, mach ihn geil."

„Dein Wunsch, oh Master, mein Master." Marc grinste, fiel auf die Knie und leckte an der Spitze von Orions Schwanz.

„Oh Gott!" Orion schnappte nach Luft und sah seinen Peiniger an.

Grinsend schnippte Marc mit der Zunge wieder und wieder an die äußerste Spitze von Orions Erektion.

Nach fünf Minuten lobte Hunter: „Orion, andere Männer wären zusammengebrochen, doch du hast die Position gehalten. Gut gemacht."

Orion lächelte leicht, obwohl er unter der Anstrengung zitterte. „Danke, Hunter."

Nach zehn Minuten machte Marc den Mund weit auf und stülpte ihn über Orions Schwanz, jedoch ohne ihn zu berühren. Das hatte er mit Hunter nur ein einziges Mal gemacht, und Hunter hatte keine dreißig Sekunden umweht von der quälend feuchten Wärme durchgehalten, ehe er Marc befohlen hatte, ihm einen zu blasen.

Orion wimmerte und biss sich auf die Lippe. Stählte er sich so gegen die Folter? Noch mal drei Minuten, und Orion war wackelig auf den Beinen.

Hunter hörte auf, sich die Vorderseite seiner Hose zu reiben. „Auf die Knie."

Mit einem leisen Stöhnen zog Orion sich aus Marcs Mund zurück. Er ging ein bisschen holperig auf die Knie.

Ein wenig Machtgefühl durchflutete Hunter, als Orions Erektion beim Positionswechsel schwankte.

Marc küsste und biss Orion in den Hals, bis er zitterte.

Hunter fragte sich laut: „Was möchtest du tun, Orion?"

Orion stöhnte: „Dir und Marcus einen blasen … *Hunter*."

Heilige Scheiße! Ja. Perfekte Antwort. „Du darfst."

Marc krabbelte auf die Couch und sank gegen Hunter. Er atmete schwer, als er den Reißverschluss runterzog und seine Jeans abstreifte. Sein Schwanz war erigiert und feucht.

Hunter umfasste Marcs Schaft und streichelte ihn. Er fand es toll, dass Marcus offenbar kein Problem mehr hatte, seine Erektion zu behalten. Sie drei zusammen war besser als Viagra. „Orion, lutsch."

Orion nahm den oberen Teil von Marcs Schwanz in den Mund. Seine Wangen wurden hohl, als er zu saugen begann.

Stöhnend fiel Marc über Hunters Hals her und saugte sich fest. Gott, er ließ sich liebend gern den Hals küssen und lecken, und Marc machte das genau richtig. Aber seine Beherrschung war stärker als sein Genuss. Machtgefühl durchfuhr ihn. Hunter wichste Marc zum schnellsten Orgasmus alle Zeiten. „Komm."

Marc schnappte nach Luft, und dann entfuhr ihm ein langgezogenes Stöhnen.

Orion schluckte wieder und wieder, doch am Ende hatte er immer noch ein bisschen was am Mundwinkel.

Hunter wischte das Sperma mit dem Finger weg und hielt Orion das Tröpfchen hin.

Orion leckte den Tropfen ab und fragte dann: „Darf ich dir einen blasen … Hunter?"

„Ja, Orion."

Ohne seinen eigenen, gepeinigten Schwanz zu beachten, kroch Orion auf den Knien zu Hunter, machte seinen Reißverschluss auf und schluckte ihn. Es gab keine Einleitung, nur ein Schlürfen und kräftigen Sog.

Orions Triumph war zum Teil Hunters Verdienst. Seine Führung erlaubte Orion zu dienen, und Orion schien darunter aufzublühen. Die Richtigkeit hallte durch Hunters Verstand, so sehr er sich auch davor zu verschließen versuchte.

Marc fiel über Hunters Mund her und küsste ihn.

Verdammt! Zwei Männer, die ihm das Gefühl gaben – er wickelte sich Orions Haar um die Finger und führte seinen Mund in schnellerem Tempo.

In geradezu beschämend kurzer Zeit zogen Hunters Hoden sich zusammen, und Lust flammte in seinem Innersten auf und breitete sich aus. Er gab Orion alles, was er hatte, bis er rücklings in die Polster sank, neben Marc, der immer noch versuchte, wieder zu Atem zu kommen.

Der oralfixierte Mann leckte weiter an seinem Schaft und umkreiste die Eichel mit der Zunge, bis Hunter sagte: „Danke, Orion, es ist gut." Hunter sah Marc an, dem bereits wieder der Schalk aus den Augen blitzte. Er sah erholt genug aus, um zu verwirklichen, was auch immer er an verruchten Dingen geplant hatte. „Befolge Marcs Anweisungen."

Orion kniete sich aufrecht hin und wartete.

Marc riss Orion von den Knien hoch und zog ihn neben sich auf die Couch. Er grinste: „Na, hallo", und begann Orion zu küssen.

„Komm, wann du willst." Hunter gab den abschließenden Befehl, da sein Mund von jetzt an anderweitig beschäftigt sein würde.

Er nahm Orions Schwanz in den Mund. Der Bursche war lange genug aufgegeilt worden, daher ging Hunter direkt zu den guten Sachen über.

Nach Meinung vieler Doms zeugte es von Schwäche, seinen Sub oral zu befriedigen, es sei denn als Belohnung. Hunter hatte noch nie was davon gehalten, sich diesen Genuss zu versagen, denn wem schadete das schon?

Orion ballte die Hände zu Fäusten und stieß die Hüften vor. Er keuchte.

Hunter ging tiefer und saugte ein bisschen stärker.

„Ja!", zischte Orion, und Hunter ertappte sich dabei, eine großzügige Ladung Sperma zu schlucken.

Als er alles gekriegt hatte, was Orion ihm geben konnte, leckte Hunter ihn sauber und machte es sich mit Marc und Orion auf dem Sofa gemütlich.

Orions Blick war versonnen und abwesend.

„Bist du okay?", fragte Hunter.

Orion nickte mit einem entzückenden, wenn auch leicht verwirrten Lächeln. „Ja, aber ich glaube, ihr zwei lasst meinen Dopamin-, Noradrenalin- und Phenylethylaminspiegel ansteigen."

Was? Oh ... ähm, wow. Hunter sollte eigentlich was sagen. Es war zu früh –

„Mein Serotoninspiegel ist für dich so niedrig wie in Bezug auf Hunter", flüsterte Marcus sein Liebesbekenntnis.

Orion schloss die Augen und lächelte.

Hunter sollte auch ein, zwei Worte zu diesem Festival der Liebe beitragen, doch das konnte er nicht ... noch nicht.

12

HUNTER STAPFTE in seine Stammkneipe. Die kleine Bar war ein paar Blocks von seinem Haus entfernt. Musik und Beleuchtung waren gedämpft, während wichtige Sportereignisse ohne Ton über die überall im Raum verteilten Bildschirme flimmerten. Es gab zehn Stehtische, acht Sitznischen und ungefähr zwölf Barhocker vor dem Eichentresen. Das Essen war gut, und die Drinks waren nicht verwässert.

Er kam selten mit anderen Doms aus dem Entwined zusammen, aber er hatte einige von ihnen gebeten, sich nach Feierabend auf ein paar Drinks mit ihm zu treffen. Vielleicht würden sie ihm helfen, Klarheit zu finden. Er hatte seine guten Freunde Andrew und Russ – die er schon ewig kannte – und Colin Myrick eingeladen, und sie waren bereits da. Sein zusammengewürfelter Haufen hatte eine ruhige Sitznische mit Beschlag belegt.

Sie winkten ihn zu sich.

Hunter glitt neben Russ auf die Sitzbank aus poliertem Holz.

„Danke." Hunter trank einen großen Schluck von seinem Cantillon Lambik. Das zitronige Prickeln des belgischen Biers erfrischte ihn.

Andrew nippte an seinem Weißwein und taxierte Colin über den Tisch hinweg. Gut. Hunter vertraute seinem Urteil. Er musste wissen, woran er mit Colin war, ehe irgendwas mit einem Halsband passierte. Dem Onkel Doktor war es viel zu gut gelungen, Sophias Herz im Sturm zu erobern.

Hunter blickte sich in der Runde um. „Was gibt's Neues?"

„Zack und ich werden demnächst wieder mit der Band auf Tournee gehen." Andrew rutschte auf seiner Seite des Tisches rastlos hin und her.

„Promi-Hairstylist der Rockstars. Überrascht mich ja, dass du überhaupt Zeit für uns hast." Russ tat nichts lieber, als Andrew damit aufzuziehen, dass er den Dark Angels folgte wie ein Groupie.

Andrew spielte mit dem Stiel seines Weinglases. „Für dich nicht, aber für Hunter tu' ich alles."

„Ich wette, dieses Jahr wirst du unterwegs mehr Spaß haben." Hunter erinnerte sich noch gut an die angsterfüllten SMS von Andrew, als er befürchten musste, seine Chancen bei Zack verspielt zu haben.

Andrew nickte grinsend.

„Was ist mit dir, Colin?", fragte Hunter.

„Ich fahre mit Sophia für ein verlängertes Wochenende in die Poconos."

Russ legte den Kopf schief. „In das Resort mit den Champagnerglas-Jacuzzis in den Zimmern?"

Colin lachte leise. „Stimmt genau."

„Pass auf mit dem offenen Kamin. Die Fotografen raten einem immer, den Kamin für kitschige Fotos mit diesen Pseudo-Holzscheiten vollzupacken. Aber wenn du das machst und so ein Holzklotz das Glas trifft …" Hunter wollte nicht zu hören kriegen, dass Sophia wegen Verbrennungen behandelt werden musste.

„Alles klar. Keine zusätzlichen Holzscheite in den Kamin." Colins Augen funkelten. „Und ich werde versuchen, dafür zu sorgen, dass sie nicht aus dem Jacuzzi fällt … vielleicht könnte ich sie mit Seilen sichern."

„Sehr witzig." Hunter verschränkte die Arme vor der Brust. „Es kann immer was passieren."

Colin lächelte. „Ich werde gut auf unser Mädel aufpassen. Versprochen."

Da Hunter auf keinen Fall auf dieses „*unser*" reagieren wollte, wandte er sich stattdessen an Russ: „Bericht. Du bist mir heute viel zu glücklich."

„Na ja, ich glaube, ich habe endlich einen passenden zweiten Sub zu meiner Ruby gefunden." Russ prostete ihnen mit seiner Flasche Ruby Ale zu.

Nachdem alle mit ihm angestoßen hatten, konnte Hunter sich die Frage nicht verkneifen: „Wirklich? Das sind ja tolle Neuigkeiten! Warum ist gerade dieser Sub genau richtig für dich und deine reizende Ruby?" Denn Hunter hatte keine Ahnung, wie man sich über so was klar werden wollte.

Russ war Mitte vierzig, im mittleren Management tätig und seiner Sub, Ruby, treu ergeben. „Colin, zur Erklärung für dich, meine entzückende Ruby ist seit zwanzig Jahren meine beste Freundin, meine Frau und meine Sub. Wir haben schon mehrmals zuvor versucht, jemand Drittes fest in unsere kleine Familie aufzunehmen."

Andrew nippte an seinem Wein. „Ein schwieriges Unterfangen."

Hunter knibbelte ein Stück von seinem Etikett ab und ergänzte: „Und manchmal eine ziemliche Katastrophe."

Nickend stimmte Russ zu. „Das könnt ihr laut sagen. Es war schlimm. Wir haben es ein paarmal mit weiblichen Subs versucht, aber ob es nun an Rubys Wettbewerbsgeist lag oder daran, dass sie nie viele Freundinnen hatte, jedenfalls herrschte dann bei mir zuhause immer Krieg. Dann habe ich mich einmal mit Zack unterhalten –"

„Mit meinem Zack?" Andrew setzte sich aufrecht hin und warf ihm einen scharfen Blick zu.

„Es gibt nur einen", stellte Russ klar. „Jedenfalls hat er gefragt, ob für mich eventuell auch ein männlicher Sub in Frage käme. Ruby hatte ihr Herz daran gehängt, in einer Dreierbeziehung zu leben. Sie war davon überzeugt, dass es uns beide glücklicher machen würde. Da dachte ich mir, ein Mann kann auch nicht schlimmer sein."

Colin beugte sich vor. „Dann würdest du dich also als bisexuell bezeichnen?"

Russ zuckte mit den Schultern. „Ich sehe mich nicht als bisexuell. Auf dem College damals hatte ich ein paar Erfahrungen, aber normalerweise fühle ich mich nicht zu Männern hingezogen. Deshalb glaube ich nicht, dass der Begriff auf mich passt ... wie auch immer, Bezeichnungen sind eben nur Bezeichnungen. Es ändert nichts daran, wie ich mich selbst sehe."

Hunter konnte sich einen kleinen Seitenhieb nicht verkneifen. „Als Blödmann?"

Russ sah ihn schräg an. „Leck mich. Nein, ich bin ein Dom." Er warf einen zornigen Blick in die Runde. „Und ich will keinen Schwachsinn hören von wegen, dass das keine *offizielle* Orientierung ist."

Andrew hob die Hände und sinnierte: „Hey, von mir aus kann sich jeder bezeichnen, als was er will. Steht mir nicht zu, Leute in Schubladen zu stecken. Mein Job ist es, dir zu sagen, wo du's dir hinstecken kannst."

Hunter machte: „Tä-*tää*, tä-*tää*, tä-*tää* ..."

„Wie nett", spottete Russ.

Kopfschüttelnd sagte Andrew: „Nein, ich finde das sehr aufgeschlossen von dir."

Russ zeigte seine strahlend weißen Zähne und winkte ab. „Wie auch immer. Bryan und die Art, wie er dienen muss – das hat schon was. Auf die Gefahr hin, lächerlich zu klingen –"

„Lass dich davon nicht aufhalten. Das hat dich schließlich noch nie gestört", spottete Hunter.

Russ hob eine Faust, mimte mit der anderen Hand eine Kurbelbewegung in der Luft daneben und streckte langsam den Mittelfinger aus.

„Ja, ja. Zur Kenntnis genommen. Du hast mir in Zeitlupe den Stinkefinger gezeigt", sagte Hunter. „Zurück zu Bryan und Ruby."

„Er ist sehr emotional und voller Hingabe, ganz wie Ruby. Es ist wunderschön, wie er sich unterwirft."

Orion war leidenschaftlich und hingebungsvoll, na und? Hunter hakte nach. „Das war es? Seine Leidenschaft und Hingabe?"

„Na ja, nein. Er ist ein toller Typ. Die Art, wie er und Ruby miteinander umgehen, ist ... ich weiß nicht, harmonisch. Als ich neulich mal auf einer Konferenz war, habe ich ihnen für die ganze Woche Keuschheit verordnet."

Andrew lachte leise. „Eine Woche? Das hätte Zack dazu gebracht, sein Safeword zu benutzen."

„Eigentlich hatte ich damit gerechnet, dass genau das passiert. Normalerweise hält Ruby nicht mal einen Tag lang durch, ohne zu betteln." Russ warf ein selbstzufriedenes Lächeln in die Runde, das deutlich besagte: „meine Sub braucht meine besonderen Vorzüge und kommt keinen Tag ohne sie aus."

Hunter erteilte nie über eine Session hinaus Orgasmusverbot, doch er konnte den Reiz nachempfinden.

„Jedenfalls, als ich nach Hause kam, knieten sie an der Tür. Ich habe sie gefragt, wer von ihnen einen Orgasmus verdient hätte." Russ zuckte mit den Schultern, als Hunter kicherte. „Hey, ich dachte, ein bisschen sexy Gebettel wäre eine nette Einstimmung für die Heimkehr. Aber stattdessen haben sie mich beide angefleht, den andern kommen zu lassen."

„Hmmm." Colin nippte an seinem Mineralwasser.

„Ich war schockiert, dass meiner Ruby Bryans Vergnügen wichtiger war als ihr eigenes. Und Bryan hat für sie plädiert, daher wusste ich …" Russ trank einen großen Schluck von seinem Bier. „Bryan ist jetzt seit drei Wochen bei uns, und ich habe Ruby noch nie glücklicher gesehen."

Colin fragte: „Dann wohnt Bryan also bei euch?"

„Ja, er ist kürzlich eingezogen." Russ' Lächeln sagte alles.

„Aber hast du denn keine Angst, dass sie sich zusammentun und dich verlassen könnten?" Andrew stellte die Frage, die Hunter nicht über die Lippen brachte.

Schon gar nicht nach gestern Abend, als Orion und Marcus sich gegenseitig praktisch ihre Liebe gestanden hatten. Er versuchte, sein bescheuertes Herz zur Ruhe zu bringen.

Russ setzte sich aufrecht hin. „Nur weil sie jetzt schon enge Freunde sind und irgendwann ein Liebespaar sein werden, heißt das noch lange nicht, dass sie mich weniger lieben oder brauchen."

„Aber es gibt immer ein Risiko", warf Hunter ein, obwohl er seinem guten Freund diese Dreierbeziehung nicht miesmachen wollte.

Verdammt, Marcus war schon mehrere Male von Trios, die zu Duos wurden, verletzt worden. Warum war er bereit, das Risiko noch mal einzugehen? Wieso glaubte Marcus, dass es diesmal anders sein würde?

Russ schwenkte das restliche Bier in seiner fast leeren Flasche herum und entgegnete: „Sieh mal, Ruby könnte jederzeit mit einem ihrer Kollegen oder einem anderen Master aus dem Entwined durchbrennen, aber ich vertraue ihr. Unsere Gefühle füreinander sind stark, und unsere neuen Gefühle für Bryan haben uns einander näher gebracht. Er ist ein fantastischer Sub und ein prima Kerl."

„Alle Achtung. Ich weiß nicht, ob ich mit einem festen Dritten klarkommen würde", sinnierte Andrew. „Manchmal ist es mir schon zu viel, Zack mit einem weiteren Sub zu teilen."

Colin nickte.

„Es ist nicht jedermanns Sache, aber ich liebe die neue Dynamik, die es in jedem Aspekt unseres Lebens geschaffen hat. Ich finde es schön, dass Ruby einen Gefährten hat, mit dem sie verspielt sein kann, und dass ich jemanden habe, der mit mir zum Football geht. Wir drei sind einfach besser zusammen." Russ grinste in sein Bier.

„Marcus will einen festen Dritten dazunehmen", warf Hunter ein.

„Ihr habt doch seit Jahren eine offene Beziehung. Wieso die Bedenken?", fragte Andrew.

„Jemanden mit reinzunehmen …" Hunter schüttelte den Kopf, doch die Vorstellung, dass Orion sich ihm und Marc auf Dauer anschloss, war tatsächlich verlockend.

„Würdet ihr trotzdem noch eine offene Beziehung haben?" Colin machte sich mit seiner Serviette zu schaffen.

„Wir hatten nur deshalb eine offene Beziehung, weil Marcus überzeugt war, dass wir unseren Bedürfnissen gegenseitig nicht vollständig gerecht werden könnten." Zugegeben, damit hatte er nicht Unrecht gehabt. Wenn Hunter ehrlich war, wusste er nicht, ob sie überhaupt noch zusammen wären, wenn sie keine offene Beziehung hätten. „Aber damit wäre Schluss, weil wir alles, was wir brauchen, theoretisch von unserem Dritten kriegen würden."

Russ stützte die Ellbogen auf den Tisch und musterte Hunter wie eine Kuriosität. „Habt ihr etwa schon jemanden gefunden?"

„Orion?", fragte Andrew, obwohl das keine Vermutung war.

„Wir treffen uns seit ein paar Wochen ausschließlich mit ihm. Er ist ein toller Typ, geht gern mit mir angeln. Er ist unheimlich klug, großzügig ohne Ende und wunderbar empfänglich."

„Und hübsch auch noch", ergänzte Colin.

Hunter machte ein finsteres Gesicht. Glaubte Colin etwa, Hunter müsste daran erinnert werden? „Ganz richtig."

„Aber es gibt Probleme?" Colins Frage ließ darauf schließen, dass er es wirklich nicht wusste.

Russ knurrte: „Falls ich diesen Scheiß-Henry je in die Finger kriege …"

Colin blickte sich fragend in der Runde um. Ah, offenbar war er jemand, der sich auch nicht mit Klatsch und Tratsch abgab. Hunter musste ihm das – wenn auch widerwillig – zugutehalten.

„Er hat in einer Weise gehandelt, die gegen den Anstand verstößt, und Orion hat jetzt mit den Auswirkungen zu tun", erläuterte Andrew.

Ein Muskel unter Colins Auge zuckte, und er starrte Hunter an. „Falls du je beschließen solltest, dem Karma zur Hand zu gehen, bin ich dabei."

Russ nickte und ließ seine Fingerknöchel knacken. „Ich auch."

Hunter hob abwehrend die Hände. „Das wird nicht nötig sein. Aber wie soll ich …?"

Colin fragte: „Orion helfen?", während Andrew sich erkundigte: „Entscheiden, ob du überhaupt einen Dritten willst?"

„Ja zu beidem", fauchte Hunter frustriert. Er war es nicht gewöhnt, nicht zu wissen, was er tun sollte. In seinem Alltag als Rettungssanitäter war Unentschlossenheit tödlich.

„Ist Orion bereit, das zu sein, was er sein soll?", fragte Andrew.

„Wir haben noch keine formelle Session gehalten, aber …" Was sollte Hunter sagen?

Andrew legte den Kopf schräg. „Dann habt ihr also nicht nur Vanilla-Sex?"

„Nein, aber wir halten auch keine echten Sessions. Mit Marc sind die Grenzen da immer fließend", sinnierte Hunter. „Mehr so was wie einzelne Bruchstücke, die zusammengenommen vielleicht wie was aussehen könnten, wenn man nicht so genau hinguckt, aber ..."

Andrew schürzte die Lippen. „Wie also stehen die Dinge genau?"

„Weiß ich nicht." Hunter gab der Kellnerin einen Wink, noch eine Runde zu bringen.

Andrew beugte sich vor. „Nach allem, was ich über Orion weiß, passen Grenzspiele und Bondage zu seinem Stil."

Hunter seufzte. „Zumindest zu dem, was er früher getan hat. Aber wenn wir eine echte Session halten würden oder falls Bondage ins Spiel käme, würde er vermutlich ganz schnell einen Rückzieher machen."

„Dann machst du dir also Sorgen, dass es ihn vertreiben könnte, wenn du den Master voll aufdrehst?" Typisch Russ, die Sache genau auf den Punkt zu bringen.

„Zack sagt, dass Orion beim Sub-Treffen war." Andrews Tonfall ließ durchblicken, dass das etwas Gutes war.

Colin stützte einen Ellbogen auf den Tisch. „Klingt doch vielversprechend."

Hunter seufzte. „Sophia sagt, dass Orion im Laden war und sich ein Armband angeguckt hat, das auch als Bondage-Fessel dient."

„Ja, von dem hat sie mir erzählt. Eine Sub, die an einer schweren Angststörung leidet, setzt es anscheinend ein, um sich ruhig zu halten. Hut ab vor ihrer Mistress und ihrem Master für diesen Vorschlag. Das ist fast wie eine Art kognitive Verhaltenstherapie." Colin drehte die Serviette unter seinem Mineralwasser. „Oh, Entschuldigung. Das ist eine Behandlung, bei der der Therapeut dem Patienten zu der Einsicht verhilft, dass er von falschen oder irrigen Voraussetzungen ausgeht. Und dann, nachdem sich das Denken verändert hat, kann der Patient besser mit seinen Ängsten oder seiner Phobie umgehen."

Hunter konnte den Ausführungen des Arztes folgen, aber ... „Also, wie funktioniert denn nun das Armband genau?"

Colin setzte eine Miene auf, die er wahrscheinlich auch seinen Patienten gegenüber verwendete. „Das Armband erlaubt ihr, sich zu entspannen und für sich selbst zu erkennen, dass ihre Ängste nicht auf Tatsachen beruhen."

„Dann ist das Armband also so was wie eine Sicherheitsdecke", sagte Hunter nachdenklich.

„Ja. Es erinnert sie an all das Gute, was Bondage ihr gibt." Colin nippte an seinem Wasser. „Bondage kann einen wirklich in einen meditativen, entspannten Zustand versetzen."

„Ich war immer der Meinung, dass es unsere wichtigste Aufgabe ist, kreative Wege um die Limits unserer Subs herum zu finden, und dann dürfen sie frei erkunden." Andrew spielte mit dem Stiel seines Weinglases.

Eine Idee tanzte in Hunters Hinterkopf herum.

Russ stieß Hunter mit der Schulter an. „Komm schon, Hunt. Hast du nicht immer gejammert, dass du keinen Sub hast, den du anleiten kannst? Hört sich an, als wäre dir da einer in den Schoß gefallen."

Jahrelang hatte Hunter sich gewünscht, Marc würde eines Tages als Sub aufwachen. Vielleicht würde es was bringen, seine Idee mit den Jungs zu besprechen. „Orion hat gesagt, dass er vielleicht einzelne Elemente von BDSM wieder erkunden möchte. Um die Dinge nun meinerseits in die Wege zu leiten dachte ich, ich könnte ihm doch eins von diesen Armbändern schenken. Vielleicht wirkt es sich genauso aus und bringt ihn dazu, sich an die guten Erfahrungen zu erinnern, die er gemacht hat … Gute Idee oder Scheiße?"

Andrew schürzte für einen Moment die Lippen und sagte dann: „Gute Art, zu schubsen, ohne zu drängen."

Russ' Optimismus schimmerte durch. „Ja, da könnte was dran sein. Das Armband könnte ihm helfen, sich wieder mit Bondage anzufreunden."

Colin nickte. „Stimmt. Wenn Orion die Fessel als Armband trägt, desensibilisiert ihn das vielleicht gegen den Auslöser seiner Probleme im Zusammenhang mit Bondage."

„Das wäre meine Hoffnung." Hunter war fast sicher, dass er begriff, was der Doc gesagt hatte.

„Stimmt. Es ist bloß ein Armband, aber er weiß, dass es so viel mehr ist. Ich glaube, ich muss mir die verdammten Dinger auch mal angucken. Vielleicht kaufe ich Ruby und Bryan auch welche." Russ holte sein Handy aus der Tasche; wahrscheinlich setzte er es auf seine To-Do-Liste. Die Kellnerin brachte ihnen noch eine Runde Drinks. „Danke."

Hunter trank einen großen Schluck von seinem Bier. Wenn Orion mit Bondage warm werden könnte … großes wenn … Die Abläufe einer komplizierten Session zu planen hatte für Hunter etwas Elektrisierendes an sich. Marc beteiligte sich ihm zuliebe an Hängebondage-Sessions, aber wie so vieles war auch das nicht so befriedigend, wie mit jemandem zu arbeiten, der unbedingt gefesselt werden wollte. Er war sich ziemlich sicher, dass Orion den Anforderungen entsprach.

Andrew nippte an seinem zweiten Glas Wein. „Orion hat früher immer mehr gebraucht, als die meisten von uns ihm je vorbehaltlos gegeben hätten. Aber du und Marcus kombiniert … ich glaube, ihr beide zusammen könntet Orion durchaus gerecht werden."

Hunter verfolgte die Wassertröpfchen, die an seiner kalten Bierflasche entlang rannen.

Russ betrachtete ihn nachdenklich und deutete dann auf Colin. „Du weißt das vielleicht nicht, aber Hunt hier tüftelt diese aufwendigen Hängebondage-Sessions aus."

Colin beugte sich vor. „Oh, hast du schon mal Analhaken benutzt?"

126

„Marc würde da wahrscheinlich drauf stehen, aber nein, bisher noch nicht."
Und das würde er auch nie. Der Anus war zum Lecken, Befingern und Ficken da,
nicht um Haken reinzurammen. Zu viel konnte dabei schief gehen.

„Ich muss sagen, so viel Kopfzerbrechen es mir auch bereitet hat, Sessions
mit Zack und noch einem Sub zu halten, es kann auch sehr lohnend sein", wechselte
Andrew das Thema.

„Soph sagt, dass Zack früher mal ein Dom war. Stimmt das?", fragte Colin.

Russ grinste. „Er war ausgesprochen beliebt im Club, bevor Andrew hier
ihn vom Markt genommen hat." Er unterstrich die Feststellung mit einem Nicken
in Richtung des Mannes.

Andrew trank einen Schluck Wein. „Mein Rat, den ich selten gebe, lautet:
sei, wer du sein sollst. Hör auf, dich dagegen zu wehren. Marcus liebt dich bereits
über alles, und er hat sich immer jemanden gewünscht, um den ihr euch beide
kümmern könnt und der sich um euch kümmern kann. Orion scheint dieser Mensch
zu sein. Warum nicht mal sehen, wohin das führt?"

Kichernd schraubte Russ das geistige Niveau noch weiter runter, als ob
Hunter das bräuchte. „Mit anderen Worten, Zeit, deinen Dom zu stehen, Kumpel,
und ihnen zu geben, was sie brauchen."

DAS TELEFON läutete nur einmal, dann meldete sich eine muntere Stimme: „Master
Leather hier. Falls du Geld eintreiben willst, leg auf und ruf nicht noch mal an. Aber
wenn du den Hintern voll haben willst, zieh die Hose runter und bück dich. Gib mir
deine Adresse, ich bin gleich bei dir."

Hunter lachte. Master Leather mochte zwar jenseits der Siebzig sein, aber
der charmante Mann hatte Stil und ein Charisma, dem im Lauf der Jahre viele Subs
erlegen waren. Es fehlte ihm nie an Spielpartnern. „Master Leather, hier ist Hunter
Dixon."

„Natürlich, Hunter. An meinem Telefon ist die Anruferkennung ausgeschaltet.
Ich mag Überraschungen, und zu wissen, wer dran ist, verdirbt die Spontaneität."
Master Leather lachte glucksend. „Okay, du wolltest mich ja bestimmt nicht bitten,
dich mit einem Paddle zu verhauen. Also, mein lieber Junge, warum rufst du an?"

Hunter konnte das Lächeln nicht zurückhalten. Der Mann flirtete mit jedem.
„Nun ja, ich habe von deinen Achter-Fessel … Armbändern gehört."

„Ja, ja. Ich wünschte, diese süße kleine Sub hätte mir gesagt, dass sie beim
Sub-Treffen meine Zuhälterin spielen will. Seither läutet ständig das Telefon."

„Oh. Das ist gut, nehme ich an." Aber bedeutete das einen Lieferengpass
für die Armbänder? „Was meinst du, wie lange würde es dauern, eins zu machen?"

„Für dich nur ein paar Tage."

„Danke. Das wäre toll."

„Welche Größe?"

Sophia hatte es ihm gesagt, indem sie von ihrer Lieblings-Penisgröße gesprochen hatte. Warum er die kannte … Manchmal begünstigten lange Schichten ein Durchbrechen von Grenzen, was wiederum dazu führte, dass viel zu viele Informationen ausgetauscht wurden. „Achtzehn Zentimeter."

„Was für ein Design willst du haben?"

„Es ist für einen Mann."

„Dachte ich mir, es sei denn, du hättest beschlossen, die Seiten zu wechseln." Master Leather lachte gackernd. „Spricht schließlich nichts dagegen, ein Design in ein Männerarmband zu schneiden."

Allerdings. „Meinst du, du könntest ein dezentes BDSM-Emblem machen?"

„Das Symbol , das so ähnlich aussieht wie Yin und Yang, aber mit noch einem Dritten dazu?" Master Leather hatte schon immer eine einzigartige, sehr persönliche Art gehabt, die Dinge zu sehen.

„So hab' ich das Rad mit den drei Speichen noch nie aufgefasst, aber ja."

„Ein goldenes Rad mit drei Speichen, die spiralförmig gebogen waren."

Hunter erkannte das Zitat aus *Die Geschichte der O*. Heißes Verlangen flammte in ihn auf. Er hoffte, Orions Geschichte mit einem Happy End schreiben zu können.

Master Leather räusperte sich. „Ich kann das Emblem auf den Verschluss machen, dann ist es nicht zu auffällig. Ich zeichne gleich einen Entwurf und schicke ein Bild davon an dein Handy. Sobald du dein Okay gibst, fange ich mit dem Armband an."

„Okay. Danke. Ich hätte es gern am Freitag. Ist das möglich?"

„Hast es eilig, was? Gut. Ich mag diese Art von Entschlossenheit. Freitag geht klar." Er machte eine Pause, und Hunter fragte sich, ob er gleich auflegen würde. „Und Hunter?"

„Ja?" Gott, er musste verrückt sein, aber Hunter konnte nicht aufhören zu lächeln.

„Glückwunsch. Du wirst sie beide glücklich machen."

Woher zum Teufel wusste er das? Und wie hatte er es rausgefunden? Hunter brauchte sich eigentlich nicht zu wundern. Der Klatsch und Tratsch des Entwined verbreitete sich schneller als ein trendiger Tweet im Internet. „Danke. Das hoffe ich."

Scheiße, er würde das wirklich tun. Und es klang gut, Yin und Yang mit einem Dritten dazu. Nicht nur irgendeinem Dritten … Orion. Verdammt, seine sämtlichen chemischen Prozesse waren völlig hinüber von seinen beiden Männern.

13

„DAS WAR köstlich, Orion. Wo hast du die frischen Ravioli her?" Marcus faltete seine Leinenserviette zu einem kleinen Dreieck zusammen und legte sie auf Orions Esstisch.

Marcus war gerührt, dass Orion sein Verlangen nach mehr Förmlichkeit bei Tisch irgendwie erkannt und ihm zuliebe neue Stoffservietten besorgt hatte. Orion neigte dazu, seine Zuneigung zu zeigen, indem er sich um andere kümmerte.

„Aus dem italienischen Laden", antwortete Orion, während er die letzten leeren Teller einsammelte und in die Küche brachte. „Kaffee?"

Hunter rieb sich mit einer Hand übers Gesicht und rief: „Ja."

„Ja, bitte", antwortete Marcus. Es war immer noch ein komisches Gefühl für ihn, sitzen zu bleiben, während Orion den Tisch abräumte. Hunter hatte darauf hingewiesen, dass Dienstbarkeit für Orion eine Möglichkeit war, sich wieder mit BDSM vertraut zu machen. Daher behielt Marcus seinen Hintern auf dem Stuhl und ließ Orion ihnen auf diese Weise dienen.

Der arme Hunter hatte während des ganzen Essens rumgezappelt. Jetzt spielte er mit seinem unbenutzten Messer herum. Konnte er noch hinreißender sein, wenn er nervös war? Er zog die Schachtel aus seiner Hosentasche und stellte sie auf den Tisch.

Marcus griff über den Tisch und drückte seine Hand. „Wird schon gut gehen. Du gibst ihm nur ein Dankeschön für letztes Wochenende."

Hunter seufzte und warf Marcus einen vielsagenden Blick zu. Sie wussten beide ganz genau, dass dies nicht einfach nur ein Geschenk war. Es besagte, dass Hunter sein Herz ebenfalls aufs Spiel setzen würde, zusammen mit Marcus und Orion.

Marcus spöttelte: „Mir wäre ja ein Blowjob lieber gewesen, aber ein Armband ist auch nett."

Hunter verzog das Gesicht, doch schließlich kicherte er: „Du bist ein Arsch."

Na also.

Orion brachte ein Tablett mit Kaffee, Tassen, Zucker, Sahnekännchen und Süßstoff herein. Er beäugte die schwarze Schachtel, sagte aber nichts, als er Zucker in Hunters Kaffee rührte.

Hunter murmelte: „Danke."

Orion füllte eine Tasse zur Hälfte mit Sahne und gab dann Kaffee und Süßstoff dazu. Er stellte Marcus die Tasse hin.

„Danke, Sexy. Genau so mag ich ihn." Marcus nutzte die Gelegenheit, um Orions Hintern zu streicheln. Er drückte die knackigen Backen und rubbelte mit der Hand drüber. Gott, er wollte ihn ficken.

Orions Augen weiteten sich. Als Marcus aufhörte zu reiben, schenkte er sich selbst auch einen Kaffee ein – schwarz – und setzte sich.

Gespannte Erwartung hing über ihnen. Die Spannung stieg.

Herrje. War etwa ein Stichwort nötig? „Hunter …"

„Ähm… also, ähm, ja. Ich hab' dir … also, das ist für dich." Hunter schob Orion die Schachtel hin.

Orions Lippen teilten sich, und er befeuchtete sie. Er starrte das schwarzglänzende Rechteck an, lehnte sich jedoch zurück, als könnte eine Bombe drin sein.

„Ich hab's nicht eingepackt. Vielleicht hätte ich es verpacken sollen?" Hunt errötete.

Marcus schmolz dahin, als Hunt ihm einen hilfesuchenden Blick zuwarf. Während Marcus' linkische Unbeholfenheit genauso amüsant fand wie jeder andere auch, schritt er ein. „Hunt wollte dir was ganz Besonderes schenken. Zum Dank für deine Hilfe letztes Wochenende."

Er war so dankbar gewesen, dass Orion geblieben war und ihm geholfen hatte, Hunter aus diesem Loch voller Elend und Was-wäre-Wenn herauszuholen, in dem er sich verkrochen hatte. Es hatte Marcus in seiner Überzeugung bestärkt, dass sie füreinander bestimmt waren. Aber Hunt, der doch so viel klüger war als er, hatte das irgendwie nicht mitgekriegt.

Orion starrte sie einen nach dem anderen an, dann die Schachtel. „Ich weiß nicht, was ich sagen soll."

Marcus beschloss, ihm klugen Rat zu bieten. „Ist nur ein Vorschlag, aber vielleicht möchtest du die Schachtel aufmachen und sagen, was dir in den Sinn kommt." Das schien ihm die beste Lösung zu sein, aber was wusste er schon?

Orion schluckte, betrachtete sie beide prüfend und musterte dann wieder die Schachtel.

Hunter rutschte auf seinem Stuhl hin und her.

Himmel! Das hier wurde langsam peinlich, als hätten sie ihn gefragt, ob er mit ihnen gehen wollte. Ha! Ein wohlplatzierter Tritt gegen Hunters Schienbein, und das rastlose Gezappel hörte auf.

Hunter streifte Marcus mit einem finsteren Blick, sprach aber zu Orion. „Mach' die Schachtel auf, Orion. Du brauchst das Geschenk nicht zu behalten, wenn du es nicht haben möchtest."

Ah, gut. Hunter, der Dom war wieder da. Er versteckte sich nicht länger unter zu vielen Schichten von Diplomatie und Therapie.

Orion öffnete die Schachtel und starrte das doppelsträngige Lederarmband an. Marcus hatte nicht die geringste Ahnung, was in seinem Kopf vorging.

Ohne einen von ihnen anzusehen, klappte Orion die Schachtel wieder zu und stellte sie vor Hunter hin.

Hunter sog zischend den Atem ein und stand auf. „Ich verstehe." Er schob seinen Stuhl unter den Tisch und ging zur Tür.

„Nein", wisperte Orion.

Hunter trug die vermeintliche Zurückweisung wie einen verdammten Gehörschutz für Presslufthammer-Benutzer. Er bückte sich und begann sich die Stiefel anzuziehen.

Orion fuhr herum und starrte Marcus mit seinen riesigen, indigoblauen Augen an, die um Vermittlung flehten.

Friss oder stirb. Orion musste derjenige sein, der Hunts Missverständnis in Ordnung brachte. Marcus war vielleicht nicht immer zur Stelle, um für ihn und Hunter den Dolmetscher zu spielen. Er neigte den Kopf und gab zu verstehen, dass Orion selbst für sich eintreten sollte.

Orion schloss die Augen und bewegte die Lippen in einem Singsang, der von Minute zu Minute lauter wurde. „Krebs. Krebs. Krebs. Krebs. Krebs."

Ja! Hunter erstarrte. *Sieg für Orion!*

Eine von Hunters größten Unsicherheiten war es, dass Orion sein Safeword nicht einsetzen würde, falls er es brauchte. Doch hier war Orions Safeword auf einem blitzblank polierten Silbertablett. Marcus hatte fester daran geglaubt, doch es war nicht zu leugnen, dass es eine Erleichterung war, das Wort geschrien zu hören. Seine letzten leisen Zweifel waren beseitigt.

Hunter kam steifbeinig zurück zum Tisch und kniete neben Orion nieder. Im sanftesten Tonfall, den Marcus je von ihm gehört hatte, sagte er: „Schscht, alles okay. Ich bin hier. Danke, dass du mir vertraut hast."

Orion schniefte und schluckte. „Krebs." Er klammerte sich an Hunters Hemd fest.

Hunter streichelte ihm den Rücken und fragte: „Warum hast du dein Safeword benutzt?"

„Ich wollte, dass es aufhört."

Hunter beugte sich vor, und seine Stimme blieb leise. „Was sollte aufhören?"

„Du. Ich wollte … dass du nicht gehst." Orion deutete auf die Schachtel. „Ich bin nicht … ich kann nicht … ich weiß nicht, wie ich das … aber –" Orions trauriges Kopfschütteln zerriss Marcus das Herz.

„Orion, meine einzige Frage ist: *Willst* du?", brachte Hunter es auf den Punkt.

Orion nickte ruckartig. „Mehr als alles andere." Orion ließ das von seinen Fingern zerknitterte Hemd los, packte Hunter an der Schulter und griff über den Tisch nach Marcus' Hand. „Ich weiß nur nicht, wie …"

Bei der schlichten Geste, die ihn mit einbezog, wurde Marcus so eng ums Herz, dass er beinahe die Fassung verloren hätte. Das ging nicht an. Zeit, um die

Stimmung aufzuhellen. Er holte die Schachtel zurück und machte sie auf. „Das Armband ist voll krass."

„Ich finde es ganz toll", sagte Orion mit einem Lächeln, dass sein Gesicht erhellte, und strich mit dem Finger über das Emblem auf dem Verschluss.

Hunter machte den Mund auf, aber es kam nichts raus.

Marcus berührte ihn an der Schulter. Der Blick, den sie wechselten, bestätigte, was Jahre an gemeinsam gelebten Erfahrungen einem Paar gaben. Marcus verstand, was Hunter Orion sagen wollte, aber nicht wusste, wie er es in Worte fassen sollte.

Es war ihm eine Ehre, Orion diese Worte zu geben. „Das hier ist ein Armband, bis du den Wunsch oder das Bedürfnis hast, mehr daraus zu machen."

Orion musterte Marcus mit zusammengekniffenen Augen, in denen viel zu viel Unsicherheit und Schatten lagen. „Aber –"

„Nur ein Armband", bekräftigte Hunter.

Orion fuhr mit einem Finger über die BDSM-Symbole und sah Hunter an.

Hunt nickte. „Lass mich." Er griff nach Marcus' Hand und drückte sie. „Lass uns dir zeigen, wie du erkunden kannst, was du erleben willst. Vertraue dir selbst und uns."

Ein Moment verwirrter Unschlüssigkeit huschte über Orions Gesicht. Mist, Marcus kannte diesen Gesichtsausdruck nur zu gut. Etwas so unbedingt haben zu wollen und sich doch davor zu scheuen, wirklich danach zu greifen.

Dann schien etwas „klick" zu mache, und Orion streckte die rechte Hand aus. „Ja."

„Ja, was, Orion?", fragte Hunter.

„Ich möchte, dass ihr beide es mit mir erkundet … Hunter."

Hunter verschlang Orions Mund, während Marcus sich zurückhielt und die Vorfreude auskostete.

Als Hunter seine Gier gestillt hatte und sich zurücklehnte, beugte Marcus sich im Schneckentempo vor, um Orions Lippen in Besitz zu nehmen, ganz langsam, um Orions ganzes Verlangen nach seinem Mund, nach diesem Kuss, in sich aufzunehmen.

Endlich berührten sich ihre Lippen.

Zuneigung brach hervor. Marcus legte Fürsorge, Zärtlichkeit und ein kleines Bisschen Sex in den Kuss. Als er zurückwich, hatten sie beide noch nicht genug.

„Oh." Orion leckte sich die Lippen. „Würde es mir jemand anlegen?"

Marcus schlang das Leder um Orions Handgelenk. Er starrte Hunter an und bedeutete ihm mit einer Kopfbewegung, den Verschluss zuzumachen.

Klack. Klack. Hunter fügte die beiden Druckknöpfe zusammen.

Alle drei starrten das Armband an.

Orion leckte sich die Lippen. Verdammt, Marcus hatte keine Probleme damit, sich diese Zunge an seinem Schwanz vorzustellen. „Was heißt das jetzt?" Seine Stimme überschlug sich bei der Frage.

Hunters Vorschlag riss Marcus auf der Stelle wieder aus seinen Träumen vom Ausleben seiner oralen Fantasien. „Warum setzen wir uns nicht aufs Sofa und reden."

„Reden. Was für ein schmutziges Wort. Es gibt eine Menge Wörter, die ich lieber mag. Ihr wisst schon, *Schmerz, Wichse, wehtun, anal, oral, Peitsche, gefesselt …*", grummelte Marcus, aber er folgte ihnen zu dem geblümten Ungetüm, das sich als Sofa ausgab.

Marcus pflanzte sich neben der einen Armlehne hin, und Hunter setzte sich neben die andere. Orion hopste aufs Sofa und setzte sich in die Mitte. Oooh, ja! Marcus hätte nur zu gern schadenfroh gegrinst, weil Orion so perfekt zwischen Hunt und ihn passte … in mehr als einer Hinsicht. Er konnte sich ein „Na bitte!"-Lächeln in Hunters Richtung nicht verkneifen.

Hunters bestätigendes Nicken weckte in Marcus den Wunsch, einen Siegestanz aufzuführen.

Orion wischte sich die Hände an der Hose ab. Sicheres Zeichen, dass er nervös war.

Hunter schürzte die Lippen, machte den Mund auf und dann wieder zu. Er fing Marcus' Blick auf.

Marcus hatte das im Griff. Mit einfach anfangen, und sie konnten sich zu schwieriger vorarbeiten. „Wie hast du gemerkt, dass du auf BDSM stehst, Orion? Wirklich durch Star Wars?"

Hunter strich Orion eine widerspenstige Haarsträhne hinters Ohr.

„Ja. Ich meine, es gab auch noch andere Anzeichen." Orions Stimme zitterte leicht.

Marcus wollte es wissen. „Was zum Beispiel?"

Orion zuckte mit den Schultern. „Ich habe *,Scheiß auf die Rosen, schick mir die Dornen'* gelesen und gedacht, ich hätte meine Bibel gefunden."

Hunter lachte leise.

„Das ganze Ding?" Marcus schüttelte den Kopf. „Ich weiß immer noch nicht, wie du über die unbeholfenen Versuche, humorvoll zu sein und diese sexistische Art, wie sie den dominanten Mann und die devote Frau darstellen, weggekommen bist."

Hunter fuhr sich mit den Fingern durch sein kurzes Haar. „Ich habe es auch gelesen. Ich war elf Jahre alt, und durch dieses Buch habe ich zum ersten Mal geahnt, dass ich kein Schulhof-Tyrann bin. Ich war lediglich dominant, und das Buch hat mir geholfen, mir über den Unterschied klar zu werden."

Marcus schob einen Arm hinter Orions Kopf durch, um Hunter an der Schulter zu berühren. „Bist du. Total."

Orions Zustimmung klang mehr wie ein Wimmern.

Hunter räusperte sich und sprach weiter: „Obwohl, rückblickend sollte man wirklich nicht zulassen, dass Kinder solche Bücher in die Finger kriegen. Aber für mich ergab auf einmal alles einen Sinn. Ich habe begriffen, warum es mir wichtig war, dass ich das Sagen habe."

Orion begann sich hin und her zu wiegen. Er atmete zittrig ein und fragte: „Was ist mit dir, Marcus?"

Lief das hier alles etwa gerade in die falsche Richtung? Nicht, wenn er es verhindern konnte. Orion musste auf andere Gedanken gebracht werden, und das erforderte ein bisschen Quälerei. Er spielte an Orions Hose herum, bis er seine Aufmerksamkeit hatte, und ließ dann den Hosenknopf aufspringen. „Das ganze Reden ..."

Hunter setzte sich anders hin und beobachtete Marcus' Ablenkungsmanöver mit einem amüsierten Lächeln.

„Was machst du –", keuchte Orion.

Marcus legte ihm seinen langen Zeigefinger auf die Lippen. „Dich entspannen."

Das Ratschen des Reißverschlusses hallte durch den Raum. Marcus zog Orions interessierten Schwanz aus dem offenen Hosenschlitz und strich mit dem Finger daran entlang. „Ich habe entdeckt, dass ich es genieße, andere bis zum Wahnsinn zu reizen ... zu quälen ... zu erregen ... Es ist eine Herausforderung. Es gibt mir einen Kick, wenn jemand sich abquält und ich das Werkzeug seiner Strapazen bin. Magst du es, wenn ich dich um Beherrschung ringen lasse?"

„Ja", würgte Orion hervor.

„Warum?"

„Es ist gut ..." Orions Stimme war leise, fast wie ein Hauch.

„Warum ist es gut, Orion?" Lust und Zuneigung durchfuhren Marcus, als er ihn aufreizend streichelte.

„Die Stim... ulation hält meine Synapsen davon ab, oh ... Marcus ... mein Verstand kann nicht in Panik verfallen, wenn du das machst", erklärte Orion.

Marcus grinste. Genau deshalb machte er es ja. „Siehst du, ich bin auch für was gut."

Orion stöhnte auf. „Zu gut! Du bringst mich um."

„Vergiss nicht, dass dein Safeword – *Krebs* – bei mir auch funktioniert." Marcus wartete einen Moment, doch Orion sprach sein Safeword nicht aus und protestierte auch nicht. Er spreizte die Beine weiter, wie um ihm besseren Zugriff zu bieten. Marcus konnte diese Einladung nicht ausschlagen, daher ließ er seine Finger an Orions Schaft entlang tanzen.

Hunter richtete sich auf. „Was sind deine Limits, Orion?"

„Ich ... Gott ... ich hab' keine." Orion klang unsicher.

Hunters finsterer Blick verriet, dass das nicht die richtige Antwort war.

Zeit für einen kleinen Test. „Abmurksen?"

„Was?" Das riss Orion aus seinem Nebel der Lust.

Marcus schüttelte den Kopf und zuckte mit den Schultern. „Du sagst, du hast keine Limits. Wenn das wirklich der Fall ist –"

Hunter warf ein: „Okay, Marquis de Sade! Ich würde sagen, abmurksen fällt für uns alle flach."

„Ja, als ob du nie dran gedacht hättest, mich kaltzumachen … ganz langsam." Marcus hielt sein triumphierendes Grinsen zurück und zeichnete mit einem Finger die vortretende Ader auf Orions Erektion nach. „Sag über den Marquis de Sade was du willst, aber er war seiner Zeit voraus. Es versteht bloß keiner die Bedeutung des Marquis."

Orion wand sich. „Ja, äh … Gott … äh, er wird manchmal als Vorläufer von Freud beschrieben … ahhh… mit seiner Betonung auf Sex als Motivation."

„Glaubst du, dass Sex motivierend ist?", fragte Marcus.

„Ja!"

Gott, klug war sexy. Marcus umfasste Orions spärlich behaarten Hodensack und kitzelte die Unterseite. „Und er hat dazu beigetragen, die Französische Revolution auszulösen, nicht?"

Orion schlängelte sich näher zu Marcus und sagte: „Ist nicht bewiesen, aber … oh Marc –"

„Ja, Orion?" Er legte eine Gelassenheit in seine Stimme, die er nicht empfand.

Orion stöhnte. „Ah … ich kann nicht …"

Köstlich. Marcus war andere Ansicht. „Du kannst …"

Hunter leckte sich die Lippen und forderte: „Zeig uns, dass du kannst, Orion."

„Oh …." Orions Gesicht wurde zu einer Maske der Konzentration, als er sich bemühte, seine Reserven zu mobilisieren. Weil Hunter den Dom aufgedreht hatte.

Marcus zog mit den Fingern die Konturen von Orions Penis nach. „Sagst du uns, wie De Sade an der Revolution beteiligt gewesen sein könnte?"

„Du schaffst das, Orion. Sag's uns", spornte Hunter ihn an.

Orion keuchte und krümmte sich zwischen ihnen. „Ähm … Ich … oh … es heißt, er hätte der vor der Bastille versammelten Menschenmenge immer wieder zugeschrien, dass sie drinnen … oh …"

Verdammt beeindruckend! Dass Orion jetzt noch auf den Teil seines Gehirns zugreifen konnte, in dem die Fakten verstaut waren, sprach von innerer Stärke. Oder hatte Marcus es nicht mehr drauf? Er schloss die Faust um Orions Schwanz und rieb einmal auf und ab. „Dass sie was?"

Orion wimmerte: „Gefangene umbringen."

„War das so?" Er nahm Orions verzweifeltes Bemühen, ihm gefällig zu sein, gierig in sich auf.

Hunter durchkämmte Orions Haar mit den Fingern. „Du machst das gut. Antworte Marc. Haben sie Gefangene umgebracht?"

Ein kleines Lächeln verriet, dass Orion das Lob registriert hatte, aber er schüttelte den Kopf. „Oh … keine Ahnung, aber ein paar Tage später wurde die Bastille gestürmt."

„Was war die Bastille?" Marcus massierte das Bändchen auf der Unterseite von Orions Eichel.

„Marcus …" Orion bebte und stöhnte, als wäre er nur wenige Liebkosungen vom Höhepunkt entfernt. Ah, gut, da war er empfindlich.

„Ja?" Marcus merkte sich für die Zukunft, dass ein Vibrator an dieser Stelle eine interessante Folter ergeben würde, aber er verringerte die Stimulation. Orion brauchte mehr aufreizende Beachtung, und Marcus wollte dieses höchst angenehme Gespräch nicht zu früh enden lassen. „Was war die Bastille?"

Orion schnappte nach Luft und schrie fast: „Eine Festung! Ein Gefängnis und … ähm, ein … die Königsmacht."

Hunter küsste Orion auf die Wange, dann zog er eine Augenbraue hoch und sah Marcus an. „Und ihr Untergang trieb die Revolution voran. Gute Geschichtsstunde, aber ich würde lieber Orions Limits besprechen."

Marcus rieb einmal kräftig an Orions Schwanz, und Orion stieß in seine Faust. Köstlich! Seine Panik war lustvollem Verlangen gewichen. Marcus verkündete: „Jetzt ist er entspannt und bereit, oder?"

Orions Blick war abwesend, aber er nickte langsam.

Hunter kämpfte gegen das Lächeln an, das ihm die Dom-Einstellung zu rauben versuchte. „Orion, was sind deine Limits?"

Orion legte für einen Moment die Stirn an Hunts Schulter, dann richtete er sich auf und setzte sich gerade hin. Als er wieder zu Atem gekommen war, bekannte er: „Ich weiß nicht. Vielleicht … ähm, meine Limits, die habe ich vorher nie gefunden."

Richtige Antwort. Pluspunkte für Orions Erektion, weil sie ihm erlaubt hatte, seine innerste Wahrheit auszusprechen.

„Das ist verständlich. Du hast gern hart gespielt, und dabei scheinst du dich ganz aufs Durchhalten konzentriert zu haben, nicht auf Wachstum." Hunter beurteilte die Situation aus seiner Dom-Perspektive.

Hmmm, interessant. Aus der Sicht eines Sadisten stand Orion schlicht und einfach auf Schmerz.

Orion nickte. „Mhm … ich meine, ja … *Hunter*."

Ah, näher am *Sir*, aber noch nicht ganz so weit. Marcus wollte ihn mit einem Thema ablenken, das wirklich zählte, daher fragte er: „Warum redet ihr nicht über die Grundlagen?"

Hunter warf ihm dieses kleine Lächeln zu – das, mit dem er ihn dazu kriegen konnte, alles zu tun, was Hunter wollte. „Wie die Spielpartner-Liste? Gute Idee. Schlagspiele?"

„Die mochte ich früher … sehr sogar … aber …" Orions bekümmerte Miene brach Marcus schier das Herz.

Bei ihren „nicht ganz eine Session"-Sessions hatte Orion um diese Art der Behandlung gebettelt, aber er hatte immer noch Bedenken, wenn es um formellere Sessions ging. Es war wie eine Blockade.

Zeit, mit seinem Sado-Entspannungsplan weiterzumachen. Marcus kratzte mit dem Fingernagel leicht an Orions Erektion entlang.

Orions Lippen teilten sich wie von selbst, und ihm entfuhr ein leises „Oh".

„Möchtest du deine Limits bei Schlagspielen ausfindig machen?" Hunters ganze Aufmerksamkeit galt Orions Gesicht; wahrscheinlich schätzte er gerade seine Subby-Reaktion ein und filterte sie durch sein Dom-Fu. Marcus spielte weiter den Plagegeist und konzentrierte sich darauf, Orion verrückt zu machen und ihn so vom Dichtmachen und Flüchten abzuhalten.

„Ja, Hunter." Orion warf Marcus einen glühenden Blick zu.

Marcus' Antwort bestand in einem Grinsen, das *Ich liebe es, dich zu quälen* besagte.

Hunter erklärte: „Wir können eine einfache Session mit verschiedenen Arten von Schlaginstrumenten halten: Paddles, Reitgerten, Rohrstöcke, Lineale, Haarbürsten …"

Orion schwenkte wieder zu Hunter um und stöhnte: „Ja, Hunter. Bitte, das klingt –"

Hunter küsste ihn flüchtig auf die Wange. „Wir werden die alle erkunden. Ich könnte sie oberflächlich durchgehen oder dein Limit für ein bestimmtes Instrument suchen, weil ich mich darauf verlassen kann, dass du dein Safeword benutzen wirst, oder?"

„Ja, Hunter."

Hunter war ganz sachlich. „Okay. Was ist mit Asphyxiation? Atemkontrollspielen?"

„Ich … das war es, was … das will ich nie wieder machen!" Orion hob die Stimme.

Hunter nickte. Er griff nach seinem Handy und erstellte eine Liste. „Notiert. Ich werde das Thema nicht wieder erwähnen, bis wir diese Liste erneut durchgehen."

Orion runzelte die Stirn und duckte sich leicht. „Tut mir leid. Ich hätte nicht sagen sollen …"

„Dass du Limits hast? Bedürfnisse? Bedenken?" Hunters Stimme wurde tief.

Scheiße, selbst Marcus wollte vor Hunters Altar niederknien und ihm seine Verehrung erweisen. Ihr Mann … ja, *ihr* Mann war dominant, sexy und stark. Hunt war Marcus' Fels. Immer schon gewesen, und würde es immer sein … und jetzt würde er diesen unerschütterlichen Halt mit Orion teilen.

Hunter fuhr fort: „Ja, du solltest Marcus und mir sagen, was du willst. Ich bin wirklich froh, dass du mir jetzt laut und deutlich sagst, was du denkst. Im BDSM geht es nicht um Gedankenlesen."

Orion starrte an die gegenüberliegende Wand. Hunter ließ ihn das verarbeiten. Schließlich sagte Orion mit leiser, ruhiger Stimme: „Danke, *Hunter*."

Marcus streichelte Orions Schwanz zärtlich mit der flachen Hand. Er würde die Unsicherheit auf die eine oder andere Art ausräumen.

Hunter machte weiter. „Augenbinden?"

Orion zuckte mit den Schultern. „Okay."

„Sensorische Deprivation?"

Orion hielt inne, schaute kurz an die Decke und antwortet dann: „Habe ich noch nie gemacht, also bin ich mir nicht sicher."

„Über Bondage haben wir schon geredet." Hunter berührte das Armband. „Wir werden Bondage abhängig von deiner Bereitschaft erkunden. Du sagst mir Bescheid, wenn du so weit bist."

Orion schüttelte den Kopf. „Oh … nein, das könnte ich nicht. Das wäre Topping from the Bottom. "

„Ich sehe es eher als Kommunikation an." Hunter war bestimmt, aber Orion schüttelte den Kopf, als hätte er nicht verstanden, worum es ging.

„Mein sexy Mann, Hunter ist alles Mögliche, aber nicht unfehlbar. Kein Dom ist das." Warum kam Marcus sich vor, als würde er einem Kind erklären, dass es den Osterhasen nicht wirklich gab? Marcus ließ zum Ausgleich für den Verlust einen Finger um Orions Eichel kreisen.

„Oh Gott! Marcus!" Orions Kopf fiel nach hinten an die Sofalehne.

Marcus verteilte die Feuchtigkeit aus der Spitze über Orions ganzen Schwanz. „Gott, Marcus … mhm, das hat was."

Er entwickelte hier womöglich gerade die erste Schwanztherapie überhaupt. Man stelle sich die ganzen Probleme vor, mit denen die Leute fertig werden könnten, wenn er ihre Schwänze piesackte. Nein, er mochte die beiden Schwänze, die er aufgeilen konnte. Verdammt! Orions Lusttropfen trockneten nur langsam und machten seinen Penis schlüpfrig. Er verlockte zum Küssen. Marcus widerstand dem Drang und genoss es, wie die Vorfreude Orion noch geiler machte.

Orion keuchte und drückte Hunters Hand.

Marcus bremste sich und konzentrierte sich wieder auf die Unterhaltung.

„Ich würde sagen, für medizinische Spiele hatte ich noch nie viel übrig", gestand Hunter.

„Verständlich." Orion nickte und versuchte, noch mehr zu sagen, doch es kam nur ein erstickter Laut heraus.

„Aber falls du das erkunden möchtest, können wir uns was überlegen." Hunter war so ein fürsorglicher Dom. Marcus wünschte, er könnte für ihn ein richtiger Sub sein. Ah, aber jetzt hatten sie ja Orion. Sie konnten sich alle auf die Aspekte konzentrieren, die ihnen am meisten gaben.

„Steh' eigentlich nicht auf medizinisch. Hab' ein paar Kurse besucht, aber … ähm, aber das bezieht sich nicht auf Piercing- und Nadelspiele, oder?"

Marcus spitzte die Ohren. „Nicht unbedingt. Rede mit mir." Verdammt, Orion hatte ein Thema angesprochen, das Marcus sehr am Herzen lag, selbst in seiner erotischen Fast-Euphorie; das war ein gutes Zeichen.

Orion starrte auf seinen Schwanz. Marcus quälte den Schaft weiter mit sanften Zärtlichkeiten. „Na ja, ich hätte vielleicht Interesse, das ... das zu erkunden."

Hunter lächelte. „Gut. Und Marcus hat sicher nichts dagegen, bei diesen Aktivitäten die Führung zu übernehmen."

„Mit deiner Erlaubnis, natürlich." Marcus sollte Pluspunkte kriegen, weil er das gesagt hatte, ohne eine Miene zu verziehen.

Hunter verdrehte die Augen. „Ja, mit meiner Erlaubnis."

Orions Prusten verwandelte sich in ein Stöhnen, als Marcus ihm mit seiner eigenen Erektion auf den Bauch klopfte.

Marcus konzentrierte sich darauf, Orions Schwanz an seinem Unterleib zu reiben. Orions T-Shirt gab ihm wahrscheinlich interessante Empfindungen, aber nicht genug Reibung. „Alle diese Einstiche ..."

Wimmernd rutschte Orion zwischen ihnen herum.

Marcus wischte etwas von der frischen Feuchtigkeit von Orions Eichel und steckte ihm die Hand in die Hose. „Du genießt es, dir was reinstecken zu lassen, nicht wahr?" Er drang mit der Fingerspitze in ihn ein.

Orion wand sich, stieß und drängte sich dem Finger entgegen.

Hunter fragte mit seiner Dom-Stimme: „Nicht wahr?"

Orion nickte voll gespannter Erwartung und stöhnte: „Ja, Sir."

Orion öffnete die Augen und starrte sie beide an, wie um nach einer Erklärung zu suchen.

Marcus jubelte nicht. Aber er war überzeugt, dass seine Schwanztherapie es Orion erlaubt hatte, diese Barriere zu durchbrechen, wenn auch nur ein einziges Mal. Wenigstens würde er sehen, dass die Verwendung des Titels kein Weltuntergang war.

Hunter, der spielend mit dem Durchbruch fertig wurde, sagte: „Diese Anrede erwarte ich nicht von dir. Aber wenn du möchtest, können wir in Zukunft darüber reden und die Ergebnisse in eine etwaige Vereinbarung mit aufnehmen, falls wir eine treffen."

Ah, schön! Hunter ging auf Nummer Sicher und drängte nicht auf einen Vertrag. Gut. Orion sollte sich so sehr nach diesem nächsten Schritt sehnen, dass er selbst danach griff, wenn er bereit war. Hunt und Marcus würden in Orions Tempo vorgehen.

In der Gesellschaft ging es nur um sofortige Erfüllung aller Wünsche. Aber es war gut, etwas zu wollen. Der immer stärker werdende Hunger machte es umso kostbarer, wenn das Verlangen gestillt wurde.

Marcus bewegte den Finger rhythmisch ein und aus und nahm mit der anderen Hand wieder Orions pochenden Schwanz in Besitz. Verdammt!

Hunter räusperte sich und fragte dann: „Was ist mit Penetration? Sowohl innerhalb als auch außerhalb einer Session."

Oh, war das, was sein Finger gerade machte, etwa unbefugtes Betreten? Uups!

Orion stöhnte: „Sehr gern."

„Gut. Wenn wir weiter vorangehen ... ich würde deine Testergebnisse gern mit unseren zusammen in unserem Ordner in der Küche aufbewahren, und ich möchte, dass du dich genauso regelmäßig testen lässt wie Marcus und ich." Hunt vertrieb die ganze Erotik mit seinem medizinischen Gelaber. Na ja, zugegeben, es war wichtig.

„Wer sich zusammen testen lässt, bleibt zusammen ...", versuchte Marcus die Stimmung aufzuhellen. Aber verdammt, Hunter und seine Paranoia wegen Geschlechtskrankheiten und HIV und Autounfällen konnten einem ganz schnell jede Stimmung verderben. Marcus verstand Hunt, aber manchmal –

„Marcus findet, dass ich zu vorsichtig bin, aber ich kann nicht anders. Für viele Geschlechtskrankheiten gibt es immer noch keine Heilung. Ich glaube fest an das Prinzip ‚keine Penetration ohne Kondom'."

Marcus schob seinen Finger tiefer rein.

„Einverstanden", japste Orion. Er krümmte sich und stieß seinen vernachlässigten Schwanz leicht an Marcus' Hand.

„Kommen wir wieder zum erotischen Teil zurück, ja?" Marcus setzte sich anders hin, um seinen eigenen Steifen in eine weniger eingeengte Position rutschen zu lassen.

Das schien Hunter in die Realität zurückzuholen. „Orion, ich möchte mit dir die komplette submissive Spiel-Liste durchgehen, und ich will, dass wir jeden einzelnen Punkt miteinander besprechen."

Klang sagenhaft langweilig und unsexy, aber Marcus gab keinen Kommentar dazu ab. Vielleicht hatte Hunter ja nicht ganz unrecht. Orion die gesamte alphabetisch geordnete Liste aller BDSM-Aktivitäten durchgehen und jede einzelne Aktivität einstufen zu lassen, je nachdem, was er davon hielt, war eine gute Idee. Und ein einfacher Weg für ihn, Munition gegen ihren neuen Lover zu sammeln und herauszufinden, was ihn an- oder abturnen würde.

„Also, wie soll das hier jetzt laufen?" Orions Frage endete in einem Stöhnen.

Zeit zum Klarstellen.

„Orion ..." Hunter sah Marcus an, um sich seine endgültige Bestätigung zu holen, räusperte sich und sprach für sie beide. „Wir möchten, dass du uns gehörst, und wir werden mit der Zeit gemeinsam herausfinden, was das genau bedeutet."

Orion erschauerte bei Hunters Feststellung. Wobei sein breites Lächeln die Reaktion als Begeisterung kennzeichnete, nicht Furcht.

„Du gehörst uns, und wir gehören dir", formulierte Marcus um. So einfach war das.

„Ja", war das einzige, was Orion sagte. Dann lehnte er sich zurück und breitete in bedingungsloser Kapitulation die Arme aus.

Marcus beschloss, dass ein Orgasmus Orion am besten helfen würde, all diese Informationen wirklich zu begreifen.

Hunter legte ebenfalls eine Hand um Orions Schwanz, und sie holten ihm gemeinsam in schnellem Tempo einen runter. Nach einer Minute befahl Hunter: „Komm."

Orion krümmte sich zusammen und kam.

Vielleicht hatte ihm seine Erektion alles Blut aus dem Hirn geraubt, aber als Orion sie mit seinem Sperma vollspritzte, hatte Marcus das Gefühl, als würden sie jetzt das nächste Kapitel ihres Lebens beginnen ... gemeinsam.

14

B<small>IS HEUTE</small> Abend hatte Marcus das Entwined nie anders als voller Selbstvertrauen betreten. Er stand im Eingangsbereich und warf einen Blick auf Orion, der ihn übertrieben fröhlich anlächelte. Scheiße! Er wusste nicht, ob Orion es verkraften würde, heute in einem der Hinterzimmer des Entwined zu sein. Vielleicht sollte er ihm sagen –

„Dein Handy, Marc." Hunter streckte die Hand aus, ohne sich umzudrehen, und Marcus drückte ihm sein Smartphone in die Hand. „Orion?"

Orions lange Wimpern flatterten vor seinen funkelnden indigoblauen Augen, als er blinzelte. „Oh, teilen wir uns ein Schließfach?"

Herrje, Orion hatte keine Ahnung, wie Beziehungen jenseits von Sessions funktionierten. Hunt und Marcus würden es ihm beibringen.

„Natürlich. Du bist mit uns zusammen. Dein Handy?" Hunter war voll auf Dom getrimmt. Es war schon eine Weile her, seit er sich zum letzten Mal in Leder geworfen hatte, und er sah verdammt heiß aus. Marcus liebte den Duft, den Hunter trug, aber Mann! – gemischt mit echtem Leder hätte Marcus sich am liebsten drin rumgewälzt.

Orion streifte sein Hemd ab. Er reichte die Seide zusammen mit seinem Handy an Hunter weiter.

Marcus schluckte mühsam. Verdammt. Orion hätte ein BDSM-Pinup sein können in seiner engen Bluejeans und mit dem Lederarmband. Die Eingangstür öffnete sich, und Orions Nippel zogen sich in der kühlen Brise zusammen. *Fuck,* mit Ringen drin würden sie großartig aussehen.

„Danke für das Schließfach in der untersten Reihe, Audrey." Als Hunter sich nach dem Schließfach bückte, zeichnete sich jeder einzelne Muskel in seinem Hintern und seinen Beinen unter der Lederjeans ab. Er trat von einem Fuß auf den andern.

„Nichts zu danken, Master Hunter. Ich kriege nicht oft einen Master dazu, sich für mich zu bücken. Aber wenn ich es kann, dann tue ich es auch." Audrey spähte über ihre lila Brille und grinste. Ja, wenn er das Meisterwerk, das Hunters Hinteransicht war, so auf sich wirken ließ … Marcus konnte es ihr nicht verdenken.

Heilige, gequirlte Scheiße. Marcus schaute weg, weil in seiner Hose auch so schon nicht besonders viel Platz war. Vielleicht konnte er Hunter und Orion überreden, wieder nach Hause zu gehen. Wer musste schon einen Geburtstag feiern? Es war ein Tag wie jeder andere.

Nein. Der Masochist in ihm sehnte sich danach, seine Befriedigung hinauszuzögern, bis er fast vor Verlangen starb. Er würde leiden. Herzlichen Glückwunsch zum Geburtstag!

Zwei Hände strichen über seinen Hintern, von denen jede einem seiner Männer gehörte. Orion drückte und Hunter tätschelte. Scheiße, das mit dem Sterben könnte schneller gehen als erwartet.

„Geburtstagskind." Hunter stieß die Zwischentür auf und erlaubte Marcus, in den Club zu rauschen.

Auf dem steinernen Treppenabsatz blieb Marcus wie angewurzelt stehen und nahm den schummrig erleuchteten Hauptraum des Entwined genauer unter die Lupe. Tische und Stühle waren voll besetzt mit Mitgliedern und Freunden, neuen und alten. Leichte Sessions spielten sich im Hauptraum ab, während andere Paare und Gruppen sich ihren Weg zu den Hinterzimmern bahnten.

Er sog den Geruch nach Sex und Leder ein. Ah, der Duft der Freiheit. Die Atmosphäre des Entwined drohte es zu einer schwierigen Aufgabe zu machen, die Treppe runterzugehen.

„Alles okay, Orion?" Vielleicht war Marcus ein bisschen beschützerisch, nach Hunters „Lass den Mann ein Sub sein"- Miene zu schließen, die schwer zu übersehen war, selbst wenn man sie zu ignorieren versuchte.

„Ja, Marcus." Eine Stahlstange schien Orions Innerstes zu stützen.

Hunter trat rechts neben Marcus, umweht von seinem Duft nach Leder und Mann. Die maßgeschneiderte Lederweste hatte Marcus ihm letztes Jahr zu Weihnachten geschenkt. Sie war jedes einzelne der zusätzlichen Tattoos wert, das er hatte stechen müssen, um sich die sexy Kreation leisten zu können. Sie umspannte Hunters Muskeln auf eine Weise, dass er am liebsten sein Gesicht an Hunters Brust gerieben hätte.

Die Leute unten begannen sie zu bemerken. Auftritt gemacht. Er fasste Orion und Hunter an den Händen. So schwebten sie die Treppe hinab und verkündeten damit, dass sie ein Trio waren.

Sophia stürzte sich auf ihn und bewies ein Knuddeltalent, das Koalas neidisch gemacht hätte.

„Umpfh!" Marcus stolperte rückwärts gegen Hunter, der ihn stützte, als er Sophie seinerseits drückte.

„Alles Gute zum Geburtstag, Marcus!"

„Dankeschön." Er machte sich von ihr los und raunte ihr zu: „Ist das deiner?"

Wurde sie etwa rot? Schwer zu sagen in diesem Licht, aber es sah ganz so aus. Wie süß! Sie starrten beide den gut aussehenden Mann an, der sie beobachtete.

Sie zischelte: „Ja! Alles meins."

Schön für sie. Marcus flüsterte: „Gut gemacht, Sophia." Er drehte sich um und reichte dem Mann die Hand, der dafür zu sorgen schien, dass Sophia in ihren hohen Absätzen nicht umkippte. „Du musst Colin sein."

143

„Ganz richtig. Herzlichen Glückwunsch zum Geburtstag." Colin hatte einen festen Händedruck, hielt freundlichen Blickkontakt und brachte Sophie zum Strahlen, also war er Marcus' Meinung nach okay. Hunter akzeptierte offenbar Colins Platz in Sophias Leben, denn er umarmte ihn brüderlich.

Zack trat vor und veranstaltete etwas mit Marcus, was halb Umarmung, halb Ringkampf war. „Herzlichen Glückwunsch! Ich hab' dich ja ewig nicht mehr gesehen."

Fuck. Marcus hatte früher oft und gern mit Zack im Entwined gespielt. Er hatte in einer Reihe von Sessions als zweiter Dom fungiert, wenn ein Submissiver zwei Männern dienen wollte. Sie waren ein gutes Team gewesen.

„Ich weiß, aber ich glaube, *du* warst beschäftigt." Marcus warf einen vielsagenden Blick auf Zacks Liebsten und Master.

„*Du* aber auch." Aus Zacks grünen Augen blitzte der Schalk, als er mit einem Kopfnicken auf Orion deutete, der gerade mit Xander ins Gespräch vertieft war. Zack konnte die Wahrheit nicht leugnen und schlug vor: „Wir müssen nächste Woche unbedingt mal zusammen essen gehen."

„Danke, gern." Marcus versuchte, seine Korsage wieder in Ordnung zu bringen. Keine Chance.

„Lass mich", flüsterte Orion. Er zog die Verschnürung gerade und knotete dann die lila Satinbänder neu.

„Danke, Orion." Marcus strich mit den Fingerspitzen über Orions Wange.

Zack verwickelte Orion in ein Gespräch, wodurch Marcus der uneingeschränkten Beachtung von Zacks Master ausgesetzt war.

Andrew beäugte ihn wie ein Puzzleteil und machte ihm damit wieder mal deutlich, dass er nirgends richtig reinpasste. Marcus verwirrte die meisten Mitglieder des Entwined. Er war kein Switch, er war ganz bestimmt kein Sub und wohl nicht allzu dominant, obwohl er diese Rolle hin und wieder gerne spielte. Marcus genoss es, Empfindungen zu erkunden.

Warum musste bloß immer alles so kompliziert sein? Es erstaunte ihn immer wieder, dass Menschen, die sich als außerhalb der Gesellschaft stehend betrachteten, trotzdem versuchten, andere in Schubladen zu stecken. Als wäre das notwendig, um die Ordnung aufrechtzuerhalten.

Andrew schien seine Ratlosigkeit überwunden zu haben und hörte auf, ihn zu begutachten. „Hey, Marcus. Alles Gute zum Geburtstag."

„Danke. Freut mich, dass ihr kommen konntet."

Andrew trat näher. „Danke, dass du Zack und mich eingeladen hast. Ich muss sagen, ich bin sehr daran interessiert, mehr über Spiel-Piercing zu lernen."

Marcus griff mit beiden Händen nach dem Gesprächsthema, bei dem er sich auskannte. „Es kann sehr intensiv sein."

„Soweit ich weiß, ist dabei sehr wenig Schmerz mit im Spiel, oder?", fragte Andrew.

„Es sei denn, die Spieler wünschen sich diese Art von Empfindung. Ich pierce keine Muskeln, nur Haut." Marcus atmete bewusst gleichmäßig. „Für mich geht es bei Piercingspielen mehr darum, jemandes Vertrauen zu haben. Da ist diese mentale Auslieferung … es ist erregend."

Ein Körnchen Wahrheit schien bei Andrew Widerhall zu finden. „Ja, das kann ich mir vorstellen."

Quillon kam mit Xander herbeigeschlendert. Marcus schüttelte beiden die Hand und nahm ihre Glückwünsche entgegen.

Hunter fragte in diesem gewissen Tonfall, der klarmachte, dass es eigentlich keine Frage war: „Sollen wir nach hinten gehen?"

Marcus' Herz schaltete einen Gang höher. Die Vorfreude plagte ihn schon seit Tagen. Er hatte schon ziemlich lange keine formelle Session mehr mitgemacht, und es war noch länger her, seit er zum letzten Mal eine Spielpiercing-Session gehalten hatte.

Orion fasste Marcus an der Hand und führte ihn zu Hunter, der grinste. Hunt trat zwischen sie und schlang jedem von ihnen einen Arm um die Schulter.

Marcus schmiegte sich an Hunts Muskeln und warf einen Blick zu Orion, der dasselbe tat.

Andrew, Zack, Colin, Sophia, Xander und Quillon folgten ihnen. Die kleine Gruppe versammelte sich in einem der Hinterzimmer, und Sophia machte die Tür zu.

Hunter reichte Marcus die Zubehörtasche, die er für ihn getragen hatte.

Marcus zog einen Stuhl, der aussah wie ein Blutspendesessel beim Roten Kreuz, in die Mitte des Raums. Der Stuhl hatte breite Armlehnen und einige trickreich angebrachte Fesselriemen. Ein rollbarer Instrumententisch kam neben den Stuhl.

Orion holte den bereitstehenden Kanülen-Abwurfbehälter von einem Regal neben der Tür und stellte die rote Box auf den Tisch.

Marcus packte Alkoholtupfer, Verbandmull, Plastiktüten mit steril verpackten Kanülen und Latexhandschuhe aus. Was war denn da ganz unten in seiner Tasche? Er förderte dünne Kerzen und ein Feuerzeug zutage.

Verwundert fragte er: „Hunt?"

Sein Komplize grinste. „Das hier ist eine Geburtstagsparty. Ich hab' diese Paraffinkerzen anspitzen lassen, sodass sie genau in die Enden der Kanülen passen."

Zack murmelte: „Wow, das ist geil."

Andrew warf seinem Sub einen erstaunten Blick zu. Zack schien nichts davon mitzukriegen, aber Marcus war sich ziemlich sicher, dass Zack in nächster Zukunft eine Session mit Kerzen und Wachs bevorstand. Andrews Lächeln nach zu urteilen hätte Marcus gewettet, dass Zack schon sehr bald wachsüberströmt sein würde.

„Danke, Hunt." Er ordnete die Kerzen eine neben der anderen an.

Hunter holte Eiswürfel aus dem kleinen Kühlschrank und gab sie in einen Eiskübel, den er ebenfalls auf den Tisch stellte.

Dann packte Marcus sechsunddreißig Nadeln aus und reihte sie nebeneinander auf. Dabei ließ er sich viel Zeit und achtete darauf, dass die farbigen Enden auf einer Höhe waren und die Nadeln in ihren Schutzkappen gerade lagen. Das Ritual senkte ein andächtiges Schweigen über die kleine Versammlung.

Hunter sprach mit gedämpfter Stimme zu Orion; so sehr Marcus sich auch anstrengte, er konnte die Worte nicht verstehen.

Schließlich war Marcus bereit. Seine Vorfreude konnte nicht mehr viel stärker werden.

„Hunter …" Er wusste es zu schätzen, dass sein Partner dies jedes Jahr für ihn tat. Aus Respekt sorgte er dafür, dass es nicht wehtat … nicht sehr.

Hunter küsste Orion so leidenschaftlich, dass Marcus sich die Lippen leckte. Dann trat Hunt zu Marcus, fuhr ihm mit den Fingern in die Haare und packte zu. Er zog.

Verdammt, Marcus liebte ein schönes, erotisches Ziehen an den Haaren. Sobald Hunter seinen Kopf fest im Griff hatte, fiel er gierig über Marcus' Mund her. Die kleine Versammlung gab beifällige Geräusche von sich. Schließlich wich Hunter zurück und führte Marcus zärtlich zu Orions Lippen.

Orion ergab sich mit einem leisen Stöhnen und öffnete den Mund. Einladungen zu ignorieren war nicht Marcus' Art, daher strich er mit der Zunge über Orions pralle Unterlippe. Dann zeichnete er die Konturen der Oberlippe nach. Orion klammerte sich an seinen Armen fest und drängte sich an ihn. Marcus schnippte mit der Zunge zwischen seinen Lippen ein und aus.

Orion streckte die Zunge vor! Als sie sich berührten, explodierte Marcus' Verlangen und fuhr ihm direkt in den Schwanz.

Mehr! Marcus zog Orion fest an sich und kostete seinen üppigen Mund. Er würde nie genug von ihm bekommen, genausowenig wie von Hunt. Er konnte nur hoffen, dass sie ihn weiterhin wollen würden.

Nur Hunters Räuspern hielt Marcus davon ab, Orion weiter zu küssen. Brauchte Hunt ein Hustenbonbon? Nein, nur die allgemeine Aufmerksamkeit.

„Wie ihr alle wisst, hat Marcus heute Geburtstag, und wie üblich werden wir ein kleines Piercing-Spiel machen."

Als der Beifall endete, führte Hunter Orion vor den Stuhl und verkündete: „Aber dieses Jahr ist was Besonderes. *Unser* Orion wird daran teilnehmen."

Unser Orion. Das gefiel Marcus. „Nein. Moment mal … was?"

Marcus' Verstand setzte aus. Einerseits wollte er das hier mit Orion teilen, der Schmerz wirklich mochte. Doch zugleich wollte er Orion einfach nur beschützen, vor … na ja, vor allem, einschließlich vor sich selbst.

„Es sei denn, du möchtest nicht, dass ich …" Unsicherheit und Kummer machten Orions zuvor so glückliches Lächeln zunichte.

„Nein. Ich meine, doch …" Fuck! Was konnte Marcus sagen, das Orions Geschenk nicht entwerten würde? „Ähm, bist du sicher, dass du das tun willst?"

Orion fasste nach Hunters Hand. Leidenschaft brannte in seinem zuversichtlichen Blick. „Ganz sicher."

Marcus starrte Hunter an und klappte den Mund zu. Na, das war unerwartet.

Hunter hob Orions Hand an die Lippen und küsste sie. „Ich hab' dich, aber sag' uns dein Safeword."

„Krebs … *Sir*." Orion sprach das Wort mit voller Absicht aus. Der Titel war ihm nicht einfach bloß rausgerutscht.

Die stolze Freude in Hunters Gesicht und Orions offensichtliche Zufriedenheit, der Grund dafür zu sein, waren die besten Geburtstagsgeschenke aller Zeiten. Marcus musste ganz sicher gehen. „Du versprichst doch, es zu benutzen, wenn nötig, oder?"

„Natürlich, Sir." Orion strahlte, und seine Augen funkelten. „Aber, Sir, ich glaube nicht, dass ich es brauchen werde." Jeder einzelne Muskel in Orions Körper entspannte sich, und er lehnte sich ein bisschen an Marcus. „Ich will das hier unbedingt, Sir."

Der Titel war eine große Sache für Hunter, aber Marcus hatte er noch nie besonders viel bedeutet. Schon gar nicht, wenn irgendein Zufallspartner während einer Session oder beim Sex damit um sich warf. Aber Mannomann. Dieses Wort aus Orions Mund war wie der schönste Kosename und das beste Aphrodisiakum der Welt. Scheiße. Marcus machte sich mit seinen Nadeln zu schaffen, versuchte sich zu beruhigen und starrte dann Hunter an, um seine Mitte zu finden.

In diesem Moment wurde ihm plötzlich etwas Undefinierbares ganz klar bewusst. Sie waren wirklich und wahrhaftig nicht mehr *zu zweit*, sondern *zu dritt*. Er hatte sein Zuhause gefunden. Hunter und Orion waren sein Zuhause, und er war ihres. In der beruhigenden Gewissheit, auf dem richtigen Kurs zu sein, bedeutete er Orion, sich auf den Stuhl zu setzen.

Orion sprang auf den Sitz und legte seine blassen Arme auf die Armlehnen. Sein Schwanz beulte seine Hose aus. Kein Zweifel, er sehnte sich nach dem, was Marcus so dringend geben wollte. Aber würde er es auch aushalten können?

Hunter trat hinter den Stuhl und legte Orion die Hände auf die Schultern. Orion lehnte den Kopf an Hunter und lächelte zu ihm auf. Beide sahen Marcus erwartungsvoll an.

Richtig … Marcus leitete das Geschehen. Er schluckte, weil er plötzlich einen komischen Kloß in der Kehle hatte. „Orion, dein Geschenk an mich ist nicht, dass du das hier tust, sondern dein Vertrauen in mich – in uns – dir zu geben, was du brauchst."

Er hätte nicht gedacht, dass Orions Lächeln noch breiter werden könnte, aber er hatte sich geirrt. „Ja, Sir."

„Da dies Orions erstes Mal ist, werde ich nebenher mehr reden als sonst." Marcus untersuchte die Streckseiten von Orions Unterarmen durch Betasten und

Zusammenkneifen der Haut. „Ich sehe nach, ob es Auffälligkeiten oder Verletzungen gibt, aber das ist nicht der Fall. Jetzt werde ich den Bereich desinfizieren."

Hunter begleitete ihn, als er ans Waschbecken ging. „Hast du was dagegen, wenn ich dir helfe?"

„Nein, ganz im Gegenteil", sagte Marcus. Er und Hunter schrubbten sich die Hände, trockneten sie ab und zogen Handschuhe an.

Hunters berufliche Qualitäten zeigten sich. Er öffnete einen Alkoholtupfer halb und reichte ihn Marcus.

Marcus erklärte: „Piercingspiele können nahezu spirituell sein, weil es mehr um die psychologische Unterwerfung geht. Piercing ist eine symbolische Form der Penetration. Ich gehe ihm buchstäblich unter die Haut, breche sie auf und bahne mir einen Weg hinein."

Marcus wischte Orions Arm gründlich ab und unterdrückte ein Lächeln, als Hunter zwei weitere Alkoholtupfer aufriss und ihm anreichte. Orions Arm würde supersteril sein, aber das war okay. Er nahm den Hautmarker und tupfte zwei Reihen von achtzehn gleichmäßig verteilten Punkten. „Wir machen achtzehn an diesem Arm und achtzehn am anderen."

Orion drehte und wand sich auf dem Stuhl. Seine Pupillen waren erweitert, und er keuchte ein bisschen.

„Ich verwende 25-G-Kanülen mit Standardschliff. Sie sind drei Zentimeter lang."

Orion zischte: „Ja, bitte."

„Ich hebe mit Daumen und Zeigefinger eine Hautfalte ab. Ich fasse nur den Plastikteil der Nadel an. Der längste Teil des Schliffs sollte der Haut zugewandt sein." Marcus brauchte dabei nicht mehr den Atem anzuhalten, aber kontrolliertes Atmen würde den Zen-Rhythmus erzeugen, den er Orion geben wollte.

Er fuhr mit seinen behandschuhten Fingern an den Punkten entlang. „Bist du bereit, dich von mir piercen zu lassen?"

„J-ja, bitte pierce mich, Marcus."

Gott. Köstliches Verlangen durchfuhr Marcus wie ein Blitz, als er Orion keuchen und betteln hörte. Er strich mit einem Finger sanft über die Stelle, an der die erste Nadel sitzen würde, und sagte: „Wie du möchtest, Orion."

Er nahm die Schutzkappe der Kanüle ab, kniff die Haut mit Daumen und Zeigefinger zusammen und nahm die Anspannung in Orions Körper begierig in sich auf. „Jetzt stecht ihr die Nadel in einem Zug durch die Hautfalte. Haltet euch dabei an die Markierungen."

Es gab kein Zucken und kein Jammern. Nein, Orion stöhnte seine Hinnahme von Marcus' Einstich hinaus. Heißes Begehren schoss durch Marcus' Adern. Orion ersehnte die Verbindung ebenso sehr wie Marcus selbst. Er fing Hunters Blick auf, und sein Geliebter war darin eins mit ihm.

Um sich nicht völlig zu verlieren, machte Marcus einen Scherz: „Passt auf, dass ihr euch nicht selber piekt."

„Bleiben noch fünfunddreißig. Ich bin bereit, Sir." Orions Stimme zitterte.

Marcus wiederholte das Ganze noch siebzehn Mal an Orions rechtem Arm. Bis auf ein gelegentliches Keuchen oder Stöhnen von Orion herrschte Stille im Raum.

Hunter schob sich näher heran und sagte: „Du machst das gut, Orion." Er fing Orions Blick auf und sah dann Marcus so voller Leidenschaft an, dass ihm ganz heiß wurde. Wagte er zu hoffen, dass Hunter endlich für Piercing entbrannt war?

„Orion, bist du bereit, dir den linken Arm von mir piercen zu lassen?" Marcus fuhr mit seinem behandschuhten Finger in der Mitte der Nadeln an den Piercings entlang.

„Oh Gott, ja, Sir." Orion wölbte sich vom Stuhl hoch.

Marcus schnippte gegen die Endkappen. „Nur ein bisschen Empfindung."

„Marcus, oh Sir. Mach, dass es wehtut." Orions Augen öffneten sich und schlossen sich wieder.

Einer solchen Bitte konnte Marcus nicht widerstehen. Er schnippte fester gegen die Endkappen und strich mit dem Finger über die Haut, unter der die Nadeln hervortraten. Drückte drauf, sodass sowohl er als auch Orion das Metall fühlen konnten, das in ihn eingedrungen war.

„Autsch. Ja." Orion stöhnte, und seine Lider öffneten sich flatternd. In seinem Blick lag der verträumte Ausdruck des Subspace.

Marcus sog die Gewissheit in sich auf, dass er ihn dorthin gebracht hatte. Schön.

Hunter hatte Orions Arm mehrmals desinfiziert und reichte dann Marcus einen bereits geöffneten Alkoholtupfer zum abschließenden Drüberwischen. Marcus nahm den Hautmarker entgegen und tupfte ein gleichmäßiges Muster auf Orions Arm.

Orion drückte den Hintern in den Stuhl und rutschte hin und her. Oh ja, nach all der Reinsteckerei wollte er wahrscheinlich einen Schwanz im Arsch stecken haben.

„Bleiben noch achtzehn." Marcus arbeitete routiniert und schnell. Nadel, Kappe ab, Hautfalte, Schliff ansetzen, einatmen, Luft anhalten, Nadel durchschieben, loslassen, und das Ganze von vorn.

„Noch eine. Bist du bereit?", sagte Hunter.

In dem vagen Bewusstsein, dass Hunter mit ihm gesprochen hatte, antwortete Marcus: „Ja, Hunt."

Orion erwiderte vertrauensvoll: „Ja, Sir."

Vielleicht war es Topspace, oder vielleicht nur ein wohlgenährter Sado-Masochist, aber verdammt, das war der beste Geburtstag aller Zeiten.

Orions ganzes Vertrauen, seine ganze Hingabe gipfelten in dieser letzten Nadel. Einstechen, Durchschieben bis die Spitze auf der anderen Seite herausschaute. „Sechsunddreißig Nadeln. Danke, Orion."

Orions Blick wirkte benebelt. „Alles Gute zum Geburtstag, Marcus, Sir.“

Marcus strich mit dem Finger an der Reihe der Plastik-Endkappen entlang.

Orion schnappte nach Luft. „Ja, Marcus, lass mich fühlen“, bettelte er.

Marcus wiederholte die Bewegung mit mehr Nachdruck, um ihn jeden einzelnen Einstich spüren zu lassen. Er nahm die Anspannung in Orions Körper gierig in sich auf. Ja, da war es. Orions schmerzerfülltes Zischen verwandelte sich in ein Stöhnen wollüstiger Unterwerfung. Marcus spielte mit Orion, bis sie beide kurz vor dem Abspritzen standen. Zeit zum Weitermachen.

Orion fragte mit hoffnungsvollem Blick: „ Jetzt die Kerzen, Sir?“

„Ja. Unser Hunter war so nett, diese extralangen Paraffin-Geburtstagskerzen anfertigen zu lassen, und die sollten …“ Marcus drehte sich um und steckte eine in das orangefarbene Ansatzstück einer Kanüle, drückte das Wachs ein, bis sie fest und sicher saß. „Passt perfekt.“

Ehe er die letzte der sechsunddreißig Kerzen in die Endkappe der Kanüle steckte, zündete er sie an und träufelte sich das Wachs aufs Handgelenk. Er unterdrückte ein Zischen, als er das schmerzhafte Brennen spürte, und schälte den Wachstropfen ab.

Hunter war sofort da, um nach ihm zu sehen. Er rieb mit Eis über die gerötete Stelle. „Mmmmmm, später, Hunt.“

Die Zuschauer kicherten leise. Mist, er hatte fast vergessen, dass sie da waren.

Marcus steckte die letzte Kerze fest und drehte Orions Arme so, dass die Kerzen aufrecht standen. Er flüsterte ihm zu: „Ich möchte, dass du dich nicht bewegst. Verschütte das Wachs nicht.“ Sich selbst und Orion das vorzuenthalten machte ihn schwindelig.

Orion nickte.

Hunter zündete die Kerzen am einen Arm an, und Marcus übernahm die andere Reihe.

Alle sangen „Happy Birthday“. An den Dochten der Kerzen bildeten sich kleine Wachspfützen.

„Vorsicht, beweg die Arme nicht.“ Marcus leckte sich die Lippen und sah zu, wie Orion um Beherrschung rang. Er sehnte sich nach dem Brennen des Wachses, aber er wollte den Befehl befolgen, als wären Marcus‘ Worte Gesetz.

Orion keuchte, doch er grinste Marcus an. Ganz eindeutig gefiel ihm die einfache Folter ausnehmend gut.

„Kannst du dir vorstellen, wie sich das Wachs anfühlen würde?“

Wimmernd bettelte Orion: „Ja, bitte.“

„Orion, möchtest du für mich Schmerzen empfinden?“

„So gern, bitte, Marcus.“ Er wand sich so heftig, dass einige von den Kerzen zu tropfen begannen.

„Alles Gute zum Geburtstag für mich.“ Marcus nahm Orions Hände und drehte seine Arme.

Orion zischte, als jede einzelne der sechsunddreißig Kerzen ihn mit Wachs bekleckerte.

Marcus drückte ihm die Hände und drehte seine Arme andersrum. Wachs küsste Orions Haut erneut.

Orions Stöhnen hüllte Marcus ein und bestätigte ihm, dass Orion die Empfindungen, die Marcus mit ihm teilen wollte, nicht nur hinnahm, sondern willkommen hieß. Schmerz, der sich in Lust verwandelte, war etwas Unglaubliches, und durch ihre Verbindung konnte Marcus jeden einzelnen brennend heißen Tropfen miterleben, der über Orions Haut rann.

Hunter sagte: „Wünsch dir was."

Richtig. Die Kerzen waren fast heruntergebrannt, und sehr viel näher sollten die Flammen der Haut nicht kommen. Marcus wünschte sich, was er sich schon immer gewünscht hatte, und blies alle Kerzen aus.

Er hörte weder den Beifall noch die Glückwünsche. Er konzentrierte sich darauf, die Nadeln zu entfernen. „Beim Rausziehen drücke ich die Haut wieder zusammen."

Eine nach der anderen zog er die Nadeln heraus und ließ sie in den Abwurfbehälter fallen. Bei jeder dritten Nadel machte er das Rausziehen schmerzhaft, nur um dafür zu sorgen, dass Orion auf Wolke sieben blieb.

Jedes Mal sagte Orion „Au", seufzte und stöhnte leise.

Marcus sprühte Orions Arme mit Alkohol ein, um dem Ganzen noch ein bisschen mehr Biss zu geben, dann wischte er sie mit Papiertüchern ab. „Wie fühlst du dich, Orion?"

Wie vorherzusehen stöhnte Orion und verkündete traumverloren: „Ich muss gefickt werden."

„Ich auch", flüsterte Marcus hörbar.

Ihre Gäste verstanden den Wink. Rasche Glückwünsche und Abschiedsgrüße wurden gerufen, und schon bald waren sie nur noch zu dritt.

Hunter untersuchte Orions Arme. „Du brauchst keinen Verband. Es blutet schon nicht mehr." Er wandte sich an Marcus und fragte: „Also, es ist dein Geburtstag. Was möchtest du?"

15

Hunter drängte sanft: „Wir haben diesen Raum, solange wir wollen, Geburtstagskind. Aber die Frage bleibt: Was möchtest du machen?"

Marc hielt sich an der Stuhllehne fest und starrte Orions Arme an. Von den Einstichen waren nur noch dekorative rote Punkte übrig. Als er Hunter ansah, war sein Blick so verdattert, als hätte er Schwierigkeiten, die Frage geistig zu verarbeiten.

„Verdammt, Marc, du siehst genauso high aus wie Orion." Hunter bekam Marcs Topspace – oder Sado-Space oder wie auch immer er es nannte – nicht oft zu sehen, und er hoffte sehr, dass sich das in Zukunft ändern würde. „Also, was willst du von uns?"

Marc fiel der Unterkiefer runter. Er streckte die Hände aus und verzog das Gesicht. „Du kannst vielleicht Fragen stellen, Hunt!"

Hunter kicherte. Würde er lange auf die Antwort des Geburtstagskindes warten müssen?

Orion fiel auf die Knie und verschränkte die Hände hinter dem Rücken, so fest, als wäre er gefesselt.

Verdammt. Orion auf den Knien. Der Anblick drohte den Dom in Hunter anzukurbeln, aber er hielt sich zurück, da er wusste, dass sich seine Geduld für sie alle auszahlen würde. Er kraulte Orion den Kopf, während sie beide auf Marcs Entscheidung warteten.

Marc ging rastlos auf und ab. Er erinnerte Hunter an ein Perpetuum Mobile. Doch die gesamte aufgestaute Energie des Abends trieb ihn immer schneller voran. Plötzlich blieb er wie angewurzelt stehen und verkündete: „Ich will ficken und gefickt werden."

Hunter schlang einen Arm um ihn. „Es ist mir eine Ehre und ein Vergnügen, deinen strammen Arsch zu ficken."

Marcus schnüffelte und biss seine Antwort in Hunters Hals.

Mmm, schön. Hunter liebte es, dass Marc auf der richtigen Seite des Schmerzes blieb. Er umfasste Marcs in Leder verpackten Hintern und fragte, nur um ihn wimmern zu hören: „Orion, was sagst du zu dem Plan?"

Marcus wandte seine Aufmerksamkeit Orion zu, fiel auf die Knie und leckte an seiner Kehle. „Ich werde in dir sein. Okay?"

Den Kopf in den Nacken zu legen reichte nicht, um Marcus zum Zubeißen zu bewegen, daher flehte Orion mit unwiderstehlich süßer Stimme: „Bitte, Marcus."

Marc knurrte und knabberte an der dargebotenen Kehle, bis Orion zitterte.

Zeit, um die Sache ins Rollen zu bringen, ehe noch einer von ihnen implodierte – und nicht auf gute Weise. Hunter räusperte sich. „Zieh dich aus, Orion."

„Ja, Sir." Orion griff nach Marcs ausgestreckter Hand und ließ sich auf die Beine helfen. Er machte seine Jeans auf und streifte sie bis zu den Fußknöcheln runter, wobei er ein ausgebeultes schwarzes Suspensorium enthüllte, das sein bestes Stück wirkungsvoll verdeckte. Er drehte sich um, bückte sich und wackelte mit seinem prachtvollen Hintern in der gesäßfreien Unterhose, während er vollends aus der Jeans stieg.

„Oh Mann! Tolle Unterhose." Marcus konnte unmöglich das mit funkelnden lila Svarowski-Kristallen besetzte Ende des Butt-Plugs übersehen, das zwischen Orions Hinterbacken herausragte. Hunter hatte Orion geholfen, das Teil auszusuchen.

Orion schnappte sich seine Jeans und drehte sich um. „Ich hatte gehofft, dass du schicke Unterwäsche magst."

Marc nickte wie ein Wackeldackel. „Allerdings, aber ich kriege Hunt nie dazu –"

Hunter behielt seinen ernsten Gesichtsausdruck bei, während er sich aus seiner Lederjeans pellte. Jesus, Erektionen in ledernen Hosen waren kontraproduktiv.

Orion leistete ihm Beistand beim Entkommen aus den verdammten Dingern. Er faltete das Leder und legte es zusammen mit seiner Jeans säuberlich auf einen Stapel.

„Marc, wozu kriegst du mich nie?" Hunter drehte sich langsam um und präsentierte seinen brandneuen, sexy Männerslip.

„Heilige Scheiße aber auch! Du im Spitzenhöschen?" Marc wischte sich mit dem Unterarm über die Stirn.

Hunter ließ sein Dom-Gesicht wieder einrasten, um das Lachen einzusperren, das aus ihm herauszusprudeln drohte. Er schwang die Hüften nach links, dann nach rechts und posierte, zeigte stolz seine Muskeln und den maßgefertigten Spitzenslip, der Mühe hatte, seinen Schwanz zu fassen. „Problem?"

„Oh Scheiße, nein." Marc schien nicht zu wissen, wo er zuerst hingucken sollte. Er fasste Hunter in den Schritt und drückte.

Die Spitze war rauer auf Hunters Haut als die Baumwolle, die er sonst trug. Sie reizte ihn und machte ihn noch geiler auf einen Fick.

Marc murmelte: „Ihr zwei solltet für Andrew Christian modeln. Scheiß drauf … alles Gute zum Geburtstag für mich."

Hunt wechselte einen Blick mit Orion. „Ich glaube, das Geburtstagskind ist reif zum Ficken. Orion, nimm deine Position ein."

Orion stolzierte hinüber zu dem gepolsterten Podest und schnappte sich unterwegs ein sauberes weißes Handtuch vom Handtuchhalter. Nachdem er das Frotteetuch akribisch ausgebreitet hatte, kniete er sich mitten drauf und ging auf alle Viere. Er machte ein Hohlkreuz, streckte den Hintern auf höchst appetitliche

Weise raus und schaute über die Schulter. „Wenn es so recht wäre, ich bin bereit, gefickt zu werden … Sirs."

Verdammt. Es war Hunter *mehr* als recht. Gott, er hatte die Kontrolle vermisst, wenn jemand eine Aufgabe ausführte, die er ihm zugewiesen hatte. Jemanden durch eine Aktivität leiten zu dürfen war ein einzigartiges Erlebnis, aber diese Erfahrung mit den beiden Männern zu teilen, die ihm am meisten bedeuteten … nun ja, das übertraf alles.

Die Position zusammen mit dem *„Sirs"* ließ seinen Ständer oben aus der Spitze ragen. Er griff in den Stoff, der mit seiner Erektion hoffnungslos überfordert war, und rieb sich den Schwanz. Ja. Zeit, das hier voranzubringen. „Marc?"

„Ähm … ich will gefickt werden und dabei ficken, bis ich komme." Marc formulierte seinen Wunsch neu, aber augenscheinlich wusste er nicht, wie das zu bewerkstelligen war.

Hunter zog Marc an sich und pflanzte ihm einen harten Kuss auf den Mund. „Ich mag diese lila Hose" – ein flinker Ruck, und der Reißverschluss der knallengen Hose war offen – „aber sie würde mir noch besser gefallen, wenn du sie aushättest."

„Oh … äh, stimmt." Marcus zog sich unverzüglich aus und warf seine Sachen auf den Stuhl.

Hunter hielt sich mühsam davon ab, jedes einzelne der sexy Tattoos nachzuzeichnen, die sich um Marcus' Schenkel und seinen Schwanz schlangen. Jedes Mal, wenn er Marcus toppte, staunte er wieder ein bisschen, dass ein so traumhaft schöner Mann sich für ihn bücken wollte. Und jetzt hatten sie Orion …

Marcus kniete sich hinter Orion und rief: „Scheiße! Ich bin zu groß."

Typisch Marcus, Hunters wachsende Anspannung zu durchbrechen, ohne auch nur von ihr gewusst zu haben. Ha! Normalerweise würde er jetzt die richtige Kombination von Kissen und Keilen ausknobeln, aber zur Hölle damit. Das würde er sich für ein andermal aufheben. Im Moment waren einfache Lösungen die besten. Er griff um Marcus herum und gab Orion einen kräftigen Klaps auf den Hintern. „Dreh dich um, Orion, und leg dich auf den Rücken."

Orion befolgte den Befehl, zog grinsend die Beine an und sagte mit einem Funkeln in den Augen: „Ja, Sir. Die Geometrie ist auch beim Sex nicht zu vermeiden."

„Ja, mein Mathelehrer wäre stolz, dass ich sie im wahren Leben anwende." Marc drückte Orions Knie runter auf die gepolsterte Matte unter ihm. Er zog den glitzernden Plug raus und legte ihn beiseite. „Sehr festlich", kommentierte er, als er sich ein Kondom über seinen tätowierten Schwanz streifte. Er brachte sich zwischen Orions Beinen in Position, das Gleitgel in der Hand.

Orion passte seine Haltung an, um seinen Arsch frei zugänglich zu machen.

Marcus gab zusätzlich Gleitgel auf Orions startklare Rosette.

Hunter wusste nicht, wer lauter stöhnte, aber bald steckte Marc bis zu den Eiern in Orion. Er hatte die Arme unter Orions Knien durchgeschoben, die

Hände links und rechts von ihm auf die Unterlage gestemmt, um ihn in seiner brezelähnlichen Position zu stützen.

Marc blickte sich um und fragte: „Hunt?"

Er riss sich aus seiner Bewunderung, eilte hinter Marc und spreizte diese untätowierten Hinterbacken auseinander. Hunter tauchte Gesicht voraus dazwischen. Marcs Rosette mit der Zunge zu piesacken war eine seiner Lieblingsbeschäftigungen. Bald würde er Orion und Marc Seite an Seite haben und – doch erst mal konzentrierte er sich und drang mit jedem Lecken tiefer ein.

Marc stöhnte, als Hunter seine Zunge behutsam herauszog.

Marcs Hintern zuckte, als Hunter aufhörte und zurückwich, und er flehte um mehr. Er würde ihm alles geben, was er brauchte.

Hunter quetschte sich etwas Gleitgel auf die Finger und zwängte erst einen, dann zwei Finger in Marcs Wärme.

„Hunt, komm schon", verlangte Marc.

Er massierte Marcs Eier. Sie begannen sich bereits zusammenzuziehen. Keine Erektionsprobleme heute Abend … genausowenig wie in letzter Zeit.

Hunter schnappte sich das Kondom und machte die Folie vorsichtig auf. Wie viele Leute durchlöcherten ihre Gummis, indem sie die Verpackung mit den Zähnen aufrissen? *Stopp!* Er hasste es, wie ihm immer im falschen Moment irgendwelche Aufklärungs-Werbespots durchs Hirn trampelten.

„Hunt!" Marc schob den Hintern hin und her.

Der Anblick, kombiniert mit Orions Stöhnen, holte Hunter ins Hier und Jetzt zurück. Er streifte sich das Kondom über und achtete darauf, das Reservoir an der Spitze frei zu lassen.

Gott, die Aktivitäten des Abends rissen ihn mit. Er gab mehr Gleitgel auf das Kondom und brachte sich in Stellung.

„Mach schon", knurrte Marc.

Hunter glitt rein und stockte, als Marcs Enge seinen Schwanz ausbremste. Er wartete, bis Marc zuckte. Dann gab er dem ungeduldigen Geburtstagskind einen Klaps auf den Hintern. Unter leichten, wiegenden Bewegungen entspannte Marc die Muskeln und öffnete sich, und endlich war es soweit: ein herrlicher, tiefer Stoß, und Hunter war zuhause.

Alle drei stöhnten einstimmig auf.

Zuhause. Ja. Marcus ließ sich jetzt seit fast sieben Jahren von ihm toppen, aber heute … war es anders. Dies hier war noch vollkommener, weil sie mit Orion verbunden waren.

Hunter legte die Hände auf Marcs Rücken und begann in einem Rhythmus zu stoßen, den sie in zahllosen gemeinsamen Nächten perfektioniert hatte.

Orion wimmerte. „Sir, oh Gott! Ich kann dich fühlen. Du fickst mich durch Marcus!"

Marcus stieß vor und zurück. „Darum geht es ja grade. Wir ficken dich beide."

Das taten sie. Hunter fickte zwar Marc, doch jede seiner Bewegungen wirkte sich direkt auf Orion aus.

Wie hatte er vergessen können, wieviel Spaß Sex zu dritt machte? Das Vergnügen, den einen Partner etwas spüren zu lassen und zuzusehen, wie die Bewegung für den anderen zu einer anderen Art von Verlockung wurde?

Hunter lernte schnell. Er brachte Orion durch kreativen Einsatz von Marcs schönem Körper zum Seufzen, Stöhnen und Betteln und raubte dabei zugleich seinem langjährigen Geliebten den Atem.

„Ja, ja, ja", heulte Orion und grub Marc die Fingernägel in den Rücken, hinterließ halbmondförmige Abdrücke, unterlegt mit langen, roten Striemen an seinen Flanken entlang.

Hunter packte Marc an den Hüften und stieß zu, trieb ihn vorwärts, tiefer in Orion hinein.

Marc rückte Orion unter sich zurecht, legte die Hände flach auf die Matte und pumpte weiter. In dieser Position konnte Hunter Orions Gesicht besser sehen.

Bekam Orions Schwanz genug Reibung ab? Hunter übte Druck auf Marcs unteren Rücken aus.

Orion kniff die Augen zu und stöhnte. Na also! Jetzt ja.

Marc gab ein Ächzen von sich und bettelte: „Fester, Hunt. Ich will dich bis nächste Woche spüren."

Knurrend rammte Hunter sich in ihn rein. Verdammt, sie würden beide leiden, aber er wollte jeden Teil von Marcs hungriger Seele nähren. Er wollte jeden einzelnen der verborgenen Winkel und Abgründe mit Liebe füllen.

Marc drückte das Kreuz durch und spannte die Muskeln um Hunter herum an, verstärkte die Reibung und Enge.

Das Paradies war nahe. Der Drang, möglichst schnell zur Befriedigung zu kommen, setzte ihm schwer zu. *Nein!* Hunter konzentrierte sich wieder auf seine Partner.

Orion öffnete die Augen. Er strich Marcs langes Haar auf einer Seite aus seinem Gesicht und packte ihn an der Schulter. Dann streckte er die andere Hand nach Hunter aus.

Hunters Herz schlug einen Purzelbaum, als er Orions kleinere Hand ergriff. Er drückte einen Kuss auf den Handrücken.

Orion umklammerte Hunters Hand und Marcs Schulter und sagte mit einem verträumten Lächeln: „Ich liebe … *das hier.*"

„Ich auch." Marcs leise Worte gingen beinahe unter im Klatschen von Haut auf Haut.

Hunter nickte, fuhr mit einer Hand über Marcs Rücken und drückte Orions Hand. „Ich auch." Und so war es.

„Ich komme", stieß Marc atemlos hervor.

Hunter zielte bei jedem Stoß direkt auf Marcs Prostata, in dem Wissen, dass ihn das immer um die Beherrschung brachte. Er grub seine Finger in die Seite von Marcs Hintern.

Orion kratzte mit den Fingernägeln über Marcs Rücken, den Blick auf Hunter geheftet.

„Ja." Marcs Rhythmus stockte, doch Hunters Hüften trieben ihn weiter voran, Stoß für Stoß, bis es kein Zurück mehr gab. Er kippte nach vorn und fiel über Orions Mund her, während er sich Hunters Schwanz entgegen drängte.

Marcs innere Muskeln quetschten und massierten Hunters Schwanz. Der Druck wuchs zu einem Crescendo an.

Orion starrte Hunter durch Marcs Fülle von wirren Haaren an und flehte: „Bitte."

Das war's. Die Lust entlud sich.

„Ja!", schrie Hunter und kam.

Orions Aufschrei war wie ein Echo, das ihn anspornte, durch seinen Orgasmus hindurch weiter zu ficken. So gut.

Marcus sackte über Orion zusammen, und Hunter wich zurück, wobei er sein Kondom festhielt. Er streifte es mit einem Stöhnen ab und warf es weg.

Verdammt. Marc schien sein Kondom vergessen zu haben. Hunter hielt den Gummi fest, als er Marc behutsam hoch half. Er legte ihn neben Orion, zog das Kondom ab, nahm ein Handtuch und wischte damit über Orions Oberkörper.

Orion gähnte und kuschelte sich an Marc. Hunter schnappte sich eine Decke. Er schmiegte sich von hinten an Orion und nahm beide in die Arme.

Marc weckte Hunter, indem er schnurrte: „Das war die beste Pyjama-Party aller Zeiten."

Hunter strich Orion das Haar aus dem Gesicht, und indigoblaue Augen klappten auf. Orion rutschte herum und rieb seinen Arsch an Hunter. Es war erst ein paar Stunden her, daher war er noch nicht wieder bereit für die nächste Runde. „Wie fühlst du dich?"

„Warum sagst du mir das nicht, Sir?" Orion klimperte mit den Wimpern, aber sein Schwanz war auch noch nicht wach.

Er tätschelte die Seite von Orions Hintern. „Tut dir was weh?"

„Nur auf die bestmögliche Art." Der kleine Schelm zwinkerte ihm zu.

Vielleicht machte er sich zu viele Sorgen, doch bevor Hunter nach Marc sehen konnte, stimmte der zu: „Mmm, mir auch. Tolles Gefühl." Er zog Hunter in einen innigen Kuss, dann presste er mit einem zufriedenen Seufzer die Lippen auf Orions Mund.

Orion wandte Hunter das Gesicht zu.

Hunter konnte einem Geliebten nie gut was abschlagen, und er sah keinen Grund, das zu ändern, also küsste er Orion.

Marc fasste ihn an der Schulter und kuschelte sich enger an Orion. „Ich sag's jetzt einfach … ich schlafe besser mit Orion in unserem Bett."

Das stimmte.

Orions Augen weiteten sich, aber er gab keinen Laut von sich.

Sie würden die Wohnverhältnisse in ihrer Vereinbarung thematisieren, aber Hunter tippte Orion auf die Nase. „Ich mag die Gewissheit, dass du da schläfst, wo du hingehörst."

Orion kuschelte sich tiefer ein. „Ich liebe …" Seine geflüsterten Worte hingen im Raum, umgaben sie mit einem Kokon von Unsicherheit.

Marc strich mit einem Finger über Orions vom Küssen geschwollene Lippen und sah Hunter an.

Botschaft angekommen. „Wegen dir und Marc ist mein Serotoninspiegel niedriger als bei jemandem mit einer Zwangsneurose."

„Oh." Orion atmete aus und starrte Hunter mit Augen an, die ein bisschen verschleierter waren als vorher.

Marc ließ seine Finger über die Knutschflecken tanzen, die seine Brust direkt unter der Kragenlinie schmückten. „Und meine Chemikalien sind durch euch beide im Ungleichgewicht und können nicht wieder ins Gleichgewicht gebracht werden."

Orion schniefte und schaute von Hunter zu Marc und dann wieder zu Hunter. Er fasste nach ihren Händen und drückte sie. „Euch beide zu kennen hat mich davon überzeugt, dass romantische Liebe mehr ist als nur ein chemisches Ungleichgewicht."

Hunter musste ihn die Worte sagen hören. „Dann glaubst du also nicht, dass das hier nur das Ergebnis einer chemischen Reaktion aufgrund von Nähe, Verfügbarkeit und sexueller Anziehungskraft ist?"

Kopfschüttelnd sagte Orion: „Ich glaube, unser Experiment –"

„Hat seinen Zweck erfüllt", bemerkte Marcus in abfälligem Ton. „Du hast dir gleich zwei Männer elegant unter den Nagel gerissen."

Orion täuschte gespieltes Entsetzen vor. „Was meinst du denn bloß damit?"

Es war Zeit, voranzugehen und das hier für sie alle zu sichern. Hunter erklärte: „Ich liebe euch beide sehr."

Marc blinzelte. War er überrascht, dass Hunter es zugegeben hatte? Oder dass er der erste war, der das Geständnis mit L ablegte? „Ich auch."

Orion nickte. „Ich war noch nie glücklicher. Ich liebe euch beide, und das macht mir eine Todesangst."

„Wem sagst du das", grummelte Marc.

„Warum hast du Angst?", fragte Orion.

„Ah, ich dachte, mein unseliges Talent zum Umwandeln von Trios in Duos hätte sich inzwischen unter sämtlichen Subs im Entwined rumgesprochen."

„Nein, aber mit mir tratscht auch kaum jemand … außer Xander."

Marc schüttelte den Kopf und stieß ein bitteres Lachen aus. „Na ja, du kannst vermutlich deine Ersparnisse drauf verwetten, dass ihr zwei spätestens in drei Monaten sehr glücklich miteinander sein werdet, und ich werde von der Insel der Liebe runtergevotet sein."

Endlich. Er hatte seine Furcht laut eingestanden. Vielleicht zeigte sich darin Marcs Masochismus, aber Hunter konnte nicht verstehen, warum Marc so sehr gedrängt hatte, wenn das eine seiner größten Ängste war.

Orion atmete aus und schüttelte den Kopf. „Niemals."

Hunter ließ sich die Chance nicht entgehen. „Diese anderen Männer waren Arschlöcher und emotionale Erpresser, die nicht zu schätzen wussten, was sie hatten."

„Was hatten sie denn? Und ja, ich bin auf Komplimente aus." Marc war schamlos und schien kein Problem damit zu haben.

Orion umfasste Marcus' Wange und zog seine Lippen zu sich. Sie küssten sich so liebevoll, dass Hunter sich die Lippen leckte, während er wartete, bis er an der Reihe war. Gott, er liebte es, sie zusammen zu sehen.

Als Orion Marcs Mund freigab, eroberte Hunter diese vollen Lippen und verschlang Marc. Schlicht, rein und echt.

„Du bist ein talentierter Künstler", sagte Orion.

Hunter beendete den Kuss und zog an Marcus' lila Haarsträhne. „Du bist verdammt sexy."

„Du bist unglaublich gut im Bett." Orion wurde allmählich kühn.

„Du bist unglaublich gut im Bett." Das stimmte. Hunter würde es nicht leugnen, aber er fügte hinzu: „Dein Mitgefühl schmilzt mir das Herz."

Orion sagte: „Deine Stärke erlaubt mir, Schmerz anzunehmen und ihn in was Gutes zu verwandeln, und du bist klug."

Marc winkte lächelnd ab, doch die Furcht leuchtete ihm immer noch aus den Augen. „Okay, okay ... übertreiben wir's mal nicht, aber gibt's denn hier keinen, der meine Blastechnik gut findet?"

Ah, Marc versteckte sich wieder hinter Sex. Okay, er würde mitspielen. Hunter hob die Hand, ebenso wie Orion.

„Sehr schön. Dann gehen wir jetzt was frühstücken, und danach erinnere ich euch an mein Talent. Hoffentlich kommt das dann beim nächsten Mal auch auf die ‚Warum Marcus so toll ist'-Liste."

Orion sah Hunter an, dann Marcus und dann wieder Hunter. „Er redet davon, uns einen zu blasen, oder?"

„So ist es. Aber bevor wir gehen, müssen wir meiner Meinung nach unbedingt darüber reden –"

„Argh! Das ist das beschissenste Wort, das du aussprechen kannst!" Marc sah ihn wütend an. „Ich habe Geburtstag!"

Hunter beharrte: „Marc, ich weiß, dass du früher mit Arschlöchern zu tun hattest. Aber wir müssen uns alle versprechen, miteinander zu kommunizieren. Nur so kann das hier funktionieren. Das hier ist Neuland für mich."

„Beziehungen sind was völlig Neues für mich", gab Orion zu bedenken.

159

Marc verschränkte die Arme vor der Brust.

„Und du hast schon ein paar gescheiterte Dreierbeziehungen hinter dir. Also müssen wir reden, weil wir nämlich hierbei nicht scheitern dürfen … nicht wahr?" Da war Hunter sich sicher. „Wir müssen alle auf der Insel der Liebe überleben."

Orion nickte, aber Marcus schaute weg.

„Es ist mein Ernst. Wenn wir das hier machen, dann machen wir es zusammen. Zu dritt." Scheitern kam nicht in Frage … na ja, es war eine Möglichkeit. Eine, mit der Hunter sich nicht aufhalten würde.

16

DIE SANFTE Brise von Hunters und Marcus' Küchenfenster her tat nichts dazu, Orion abzukühlen. Er saß Hunter gegenüber, der seine Seite der Fünfzigerjahre-Sitznische dominierte. Orion rutschte herum, um seiner Erektion mehr Platz zu verschaffen, und versuchte sich nicht auszumalen, wie Hunter und Marcus sämtliche Aktivitäten auf der BDSM-Spielliste mit ihm durchexerzierten.

Hunter drehte die Liste so, dass sie sie beide lesen konnten. „Ich glaube, du solltest alles, was dir Probleme bereiten könnte, mit einem Sternchen kennzeichnen."

Orion unterdrückte einen Seufzer über die Tatsache, dass er Probleme hatte, und nickte. „Das wäre wohl sinnvoll, ja." Er nahm einen Stift und befasste sich erneut mit der Seite, die er ausgedruckt hatte.

Gott. Schau dir bloß diese Liste an. Ich habe viel zu viele Probleme, um ein guter Sub zu sein.

Als er fertig war, sagte Hunter: „Wir sollten auch über die Punkte reden, die du als harte Limits markiert hast, die Nullen und Einsen."

„Ersticken, Würgen und Mumifikation *halte* ich für harte Limits." Orion sollte sich nicht schuldig fühlen, aber das tat er.

Versager. Milchbubi. Schmalspur-Fetischist.

„Verständlich", sagte Hunter mit viel zu viel Mitgefühl in der Stimme.

Orion fühlte sich gedrängt, hinzuzufügen: „Aber Atemkontrolle … vielleicht."

Als ob das was dran ändern würde, dass ich eine Null bin!

„Glaubst du wirklich, dass das kein Problem wäre?" Hunters Unglaube klang laut und deutlich in seinem Tonfall mit. Er musterte ihn und sagte schließlich: „Falls ich beschließe, in diese Richtung zu gehen, werde ich die gesamte Session vorher mit dir durchsprechen. Aber um ehrlich zu sein war das noch nie so mein Ding."

Ja klar. Natürlich nicht; wie dumm von ihm, dass er daran nicht gedacht hatte. „Weil es zu medizinisch ist."

„Wahrscheinlich. Was sollte sonst noch ein Sternchen kriegen?"

Zu vieles, wenn es nach Orion ging. „Na ja … ich weiß nicht, wie ich Bondage handhaben soll."

„Nehmen wir uns jede Unterkategorie einzeln vor. Was ist mit Bondage light?"

Orion strich mit einem Finger über sein Armband. „Das ist okay … oder fast … bald." Er hasste sich nur ein wenig dafür, aber –

Er war unbrauchbar als Sub.

Hunter fragte: „Was ist mit Körperharnischen?"

„Ich glaube, in so was würde ich mich wohlfühlen", sinnierte Orion und fragte sich dabei, ob das wirklich der Fall war. Vielleicht, wenn er sich einreden könnte, dass die Lederriemen nur ein Kleidungsstück waren.

„Bondage im Hängen – aufrecht, umgekehrt, horizontal – sollte später besprochen werden", sagte Hunter in einem Ton, der klar machte, dass er Orion gegen jeden verteidigen würde. Einschließlich gegen sich selbst.

Die Liebe, die er für Hunter empfand, wuchs in diesem Moment. Er wusste vom Hörensagen, wie sehr Hunter auf Hängebondage stand. Doch Hunter setzte ihn nicht unter Druck, um zu kriegen, was er wollte. „Ich würde das wirklich gern …"

Himmelherrgott noch mal! Ich will kein Psycho sein. Warum kann ich kein Sub sein, auf den meine Master stolz sein … mit dem sie angeben können?

Hunter schwieg, hielt aber weiter Orions Hand.

Orion stieß frustriert den Atem aus. „Ich will das machen. Ich will gefesselt und hilflos sein. Ich habe schon immer … ich weiß nicht. Seit ich dich und Marcus kenne, träume ich davon, von deinen Seilen gesichert und durch seine spielerische Folter frei zu sein."

Befreit durch das unbändige Verlangen nach dem Orgasmus, das all die Stimmen auslöschte, und dabei zwangsweise für die Folter still halten zu müssen war … perfekt.

Orions einziger Hinweis darauf, dass das von ihm gezeichnete Bild Anklang fand, war ein kurzes Stocken in Hunters Atem. „Daran können wir arbeiten."

„Das würde mir gefallen." Orion wünschte sich den sicheren Halt von Hunters Seilen mit einer Dringlichkeit, die ihm eigentlich Angst einjagen sollte. Wenn dafür in seinem Hirn genug Blut übrig gewesen wäre.

„Mir auch." Hunter drückte Orions Hand. „Das wird schon. Wir werden zusammenarbeiten und dich dorthin bringen, wo du sein musst."

Ein rasches Schlucken beseitigte den Kloß in seiner Kehle nicht, daher nickte er.

Hunter schüttelte den Kopf. „Mehrtages-Bondage? Ich stehe nicht auf mehrtägige Bondage, aber ich werde dich irgendwann auf öffentliche Bondage und Bondage unter der Kleidung ansprechen."

Orion zuckte mit den Schultern. „Beides wäre okay … *wenn* ich so weit wäre." Das große *WENN*.

„Japanische Bondage?"

Es war wirklich unfair. Orion runzelte die Stirn und stieß verärgert den Atem aus. „Dasselbe. Würde ich liebend gern machen, aber …"

Wie konnte er Hunter dazu kriegen, nicht mehr so mitfühlend dreinzuschauen? Verdammt. Subs sollten keine Forderungen stellen.

Hunter drückte seine Hand und ließ los. Er tippte auf das Blatt Papier. „Rede mit mir."

Orion sagte zaghaft: „Ich glaube, japanische Hänge-Bondage wäre …" Das war Hunters Spezialität. Könnte er –

„Hey. Was machst du für ein Gesicht?"

Orions Magen schlug einen Purzelbaum. „Was? Oh … ich …"

Hunters Augen wurden schmal, und er runzelte die Stirn. „Du wirst dich doch wohl hüten, mir eine Lüge zu erzählen, oder?"

Typisch Dom, weiß immer alles besser. Orion schaffte es, seinen finsteren Blick für sich zu behalten. „Es ist frustrierend. Ich hatte immer dieses Bild von mir als *Muster*-Sub, aber jetzt ist die Wahrheit –"

„Du bist ein fantastischer Sub. Nicht jeder Sub geht diese Liste durch und macht sich über jede einzelne Aktivität so viele Gedanken wie du. Du hast mir ein kostbares Geschenk gemacht."

Was? Orion starrte ihn an.

Hunter lächelte breit. „Du bist offen dafür, Dinge zu erkunden, die du noch nie gemacht hast, und du willst versuchen, dein … Trauma – denn das war es – zu überwinden. Wir werden zusammenarbeiten und kreativ nach Wegen suchen, um Hindernisse zu umgehen. Es macht mich wütend, dass dir so was Schreckliches passiert ist, aber ich empfinde es als spannende Herausforderung, dir beim Bewältigen von Problemen zu helfen."

Orion nickte und versuchte, sich das Stirnrunzeln vom Gesicht zu wischen; wenigstens gefiel Hunter seine Inkompetenz.

Hunter fuhr mit dem Finger die Liste entlang. „Also, was sollten wir als nächstes durchgehen?"

Orion schaute auf die Liste und erklärte: „Ich glaube, Wasserfolter sollte auch mit einem Stern versehen werden, weil das auch was mit Atmen zu tun hat."

„Was ist mit Knebeln?", fragte Hunter.

„Na ja, ich glaube, Stoff und Gummi sind okay, aber Klebeband, phallische oder aufblasbare Knebel könnten ein Problem sein." Sie schränkten zu sehr ein. Orion konnte sich dabei ausflippen sehen.

Hunter kratzte sich am Kinn und sagte: „Richtig. Das Atmen … ergibt Sinn."

Hunter schien nicht der Typ dafür zu sein, aber Orion wollte es trotzdem ansprechen. „Ich habe keine Probleme mit Exkrementen, aber Kaviar und Natursekt –"

Beide Hände flogen abwehrend hoch. Hunter schüttelte den Kopf. „Ernsthaft, so was ist tabu für mich. Körperflüssigkeiten reißen mich aus der Session, und ich werde wieder zum Rettungssanitäter."

Erleichterung durchströmte Orion, denn er konnte das schon machen, aber eh, diese Aktivität brachte ihm nichts. Aber besser alle Grenzen identifizieren. „Dann gehe ich wohl recht in der Annahme, dass du mit Windeln, erzwungenem Bettnässen, Katheterisierung und Nachttopfbenutzung auch nichts am Hut hast." Er würde so was mitmachen, aber …

„Ich glaube, Ausscheidungskontrolle generell ist gut für Regressionsspiele und alternative Stimulation, aber ich stehe da nicht drauf." Hunters Gesicht verriet seine Abneigung noch deutlicher als seine Worte. Dennoch fragte er: „Enttäuscht?"

„Nein. Ähm, Zahnarztspiele sind kein Trigger, aber ich habe zu viele Jahre eine Zahnspange getragen, also kein Rummachen an meinen Zähnen." Orion zeigte seine geraden, strahlend weißen Beißerchen. Hunter seine Limits zu nennen wurde immer einfacher, und er erfuhr dabei einiges über den Mann, der ihn dominieren würde.

„Verstanden." Hunter grinste. „Oh, ich weiß, du stehst total auf Orgasmusverzögerung, aber was ist mit Sexentzug über längere Zeit?"

Orion schüttelte den Kopf. Wer nickte schon zu dieser Frage? Ach verdammt, wem machte er hier was vor? Falls Marcus ihn für länger als einen Tag quälen wollte, würde er das sofort erlauben.

„Du hast Branding als Eins markiert?" Hunter neigte den Kopf und sah Orion erstaunt an. „Du bist offen dafür?"

Achselzuckend sagte Orion: „Ja, ich meine, vielleicht ergibt sich mal was …"

Hunter lächelte. „Du denkst dabei an Marcus."

Orion nickte. Er sah Hunter nicht in die Augen, sondern konzentrierte sich wieder auf die Liste.

„Das würde er nie von dir verlangen."

Aber Orion würde ihnen das vielleicht geben wollen … zukünftiges Hirngespinst. Ihr Brandzeichen auf ihm.

Hunter deutete auf die Liste. „Angst?"

„Ich hasse es, Angst zu haben." Orion war ein Angsthase, schon seit diesem Spukhaus damals in der zweiten Klasse. Er konnte nicht mal Horrorfilme genießen. Außer mit Xander, der sich immer während des gesamten Films über die vorhersehbare Handlung lustig machte, sodass Orion nie in die Charaktere investiert war. Angst war eine schlimme Emotion, die das Potential hatte, einem alles zu rauben.

Hunter analysierte ihn. „Gibt dir auf negative Weise das Gefühl, machtlos zu sein."

Orion war froh, dass Hunter sein Problem verstand. Er nickte. „Ja …"

„Notiert." Hunter tippte etwas in sein Handy. „Blickkontakt-Einschränkungen?"

„Eh, wie du sehen kannst, eine Eins." Orion würde es tun, doch wenn er seinen Dom nicht sehen konnte, würde er sich isoliert fühlen. Die Verbindung fehlte ihm immer, wenn diese Einschränkung galt.

Hunter seufzte. „Ich persönlich mag es, wenn du mich ansiehst und ich einschätzen kann, was du gerade fühlst."

Gott, er mochte es, gesehen zu werden.

Hunter nickte. „Ich höre mich bestimmt an wie Marcus mit seinem Bedürfnis, zu teilen." Er ging die Liste weiter durch. „Das hier sehe ich genauso wie du. Ich stehe nicht auf Schläge ins Gesicht, Spiele mit Schusswaffen … und ich habe kein Interesse daran, dich in einen Aschenbecher oder in ein Möbelstück zu verwandeln. Vergewaltigungs- oder Aussetzungsphantasien mache ich nicht. Aber wenn du möchtest, bin ich gern bereit, über Rollenspiele außerhalb dieser Szenarien zu reden."

„Verstanden." Orion konnte sich vorstellen, dass Hunter in seinem Beruf schon auf einige schreckliche Dinge gestoßen war.

Das Garagentor gab dieses Knirschen von sich, das ankündigte, dass es sich öffnete.

Hunter lächelte die geschlossene Tür an. „Und wir werden wie besprochen Schlagspiele erkunden, um deine Limits zu finden?"

Jetzt, vielleicht? Hunter rührte sich nicht. Orion sagte ermutigend: „Ich freu‘ mich drauf."

Marcus kam durch die Küchentür und zog seine Stiefel aus. Sein Gesicht erhellte sich, als er Orion und Hunter am Tisch sitzen sah. „Worauf freust du dich?"

„Auf alles." Orion glitt aus der Bank und in Marcus‘ Arme.

Hunter stahl sich einen Kuss von Marcus über Orions Kopf, und dann bückte er sich, um seine Lippen über Orions Mund gleiten zu lassen.

Als Hunter seinen Mund freigab, öffnete Orion die Augen, und Marcus‘ Lippen waren in Kussweite. Orion konnte nicht wiederstehen, daher überwand er die Distanz und presste seinen Mund auf den von Marcus.

Orion hatte nicht stöhnen wollen, es passierte einfach. Er fuhr zurück, und Marcus lächelte ihn wissend an und tätschelte ihm den Po. „Und, was macht ihr zwei so?"

Hunter teilte Flaschen mit ausgefallener italienischer Limonade aus und zog Orion neben sich auf die Bank. „Wir gehen gerade die BDSM-Liste durch."

Orion saß eng an Hunters muskulöse Schenkel gedrückt. So hart – ups, Marcus hatte was gesagt.

„Und, wie laufen die *Spasstivitäten* so?" Marcus hielt mitten im Öffnen seiner Limo inne. „Oh, Moment mal. Ich will wissen, was Orion alles als Fünfen markiert hat."

Orion schnaubte. „War ja klar."

„Du willst bloß wissen, was Orion wahnsinnig geil findet, und es dann gegen ihn benutzen. Moment, du hast doch immer gesagt, die Liste zu benutzen wäre geschummelt?" Hunter schubste Orion mit dem Ellbogen an.

„Zweifellos. Na und? Darf ich sehen?" Marcus rieb sich die Hände.

„Natürlich." Was sollte er sonst sagen? Es würde später Zeit sparen. Orion schob das Blatt näher zu Marcus.

Marcus machte mit seinem Handy ein Foto von der Liste und begann durchzuscrollen. „Ah. Doppelte Penetration, Eiswürfel, Sex im Freien und Schlagspiele, eine hübsche Liste von Fünfen. Und oh, so viele Vieren. Könntest du noch perfekter sein?"

Orion warf einen Blick auf die Liste. Es gab eindeutig eine ganze Menge Dinge, die er liebend gern regelmäßig tun würde. „Ich habe mir die Fünfen für die besonders heißen Sachen aufgehoben, aber die meisten Vieren sind auch echt geil."

„Hmmm, weggegeben zu werden? Warum ist das als dreieinhalb markiert?"

„Ich wollte genau sein." Das war logisch.

Hunter rutschte unbehaglich auf seinem Sitz herum und räusperte sich. „Wir müssen offene und geschlossene Beziehungen definieren."

„Wir haben die Beziehung für das ‚Experiment' geschlossen." Marcus malte mit den Fingern Anführungszeichen in die Luft.

Orion war kein Experte, aber Hunter sah nicht unbedingt erfreut aus, als er fragte: „Soll das heißen, dass du unsere Beziehung wieder öffnen willst?"

Marcus verschränkte die Arme vor der Brust. „Nein, will ich nicht. Du etwa? Oder du?" Er sah sie über den Tisch hinweg wütend an.

Kopfschüttelnd öffnete Orion den Mund und setzte zu einer Erklärung an, aber Hunter sagte: „Nein. Ich will das nicht."

Beide starrten Orion an. Das Bedürfnis, auf Nummer Sicher zu gehen, plagte ihn sehr. „Na ja ... Ich wäre bereit, euch mit anderen Subs zusammen zu dienen ... falls einer von euch das möchte." Er wollte das nicht, aber ... „Ich will nicht an andere Doms ausgeliehen werden."

„Möchtest du denn mit anderen Subs zusammen dienen?" Hunters Stimme drang durch den Lärm in seinem Kopf.

„Nein, Sir, aber ich möchte dir diese Möglichkeit geben." Es war das mindeste, was er tun konnte.

„Ich will die Möglichkeit nicht." Hunter sprach jedes einzelne Wort deutlich aus.

Marcus musterte Orion, dann lächelte er. „Gut – dann bleiben wir also exklusiv?"

Puh! Er wollte nicht teilen.

„Hunt wird dein Sir oder Master sein ...", erklärte Marcus und fragte dann: „Wie möchtest du mich nennen?" Marcus zuckte mit den Schultern. „Ich bin wirklich kein Sir. Obwohl ich sagen muss, ich liebe es, wenn du es sagst ..." Er streichelte mit dem Fuß Orions Oberschenkel.

Orion übernahm das „Sir" während Sessions. Die Stimulation wurde allmählich verwirrend. „Marc –"

Marcus' sockenbekleidete Zehen kitzelten Orions Hodensack durch die Jeans. Die Zehen wanderten weiter nach hinten und drückten gegen Orions Hintereingang.

„Iiiiii!" Orion wusste nicht, ob er wollte, dass es aufhörte oder dass es weiterging.

Stimulation verschwunden.

Orion stöhnte über den Verlust. Anscheinend konnte er gar nicht anders, wenn er in Marcus' Nähe war. Die Art, wie der Mann ihn folterte, war nichts weniger als ein Wunder.

Marcus schlug mit der flachen Hand auf den Tisch und grinste. „Das gefällt mir."

„Was?" Was hatte Orion verpasst? Er rutschte herum, versuchte, mehr Platz in seiner Hose zu schaffen.

Hunter lachte glucksend. „Das glaube ich."

Marcus grinste. „Du hast aus meinem Namen ,Marquis' gemacht."

„Marquis?" Oh, stimmt, das hatte er. Orion legte den Kopf schief. „Das ist perfekt. Darf ich dich so nennen?"

Marcus zuckte mit den Schultern. „Dabei fühle ich mich viel wohler als bei ,Sir' und dem ganzen Scheiß." Marcus stockte und sah Hunter an. „Ähm, hast du ihn gefragt?"

„Nein, ich hab' dir doch gesagt, dass ich damit warten will, bis du da bist." Hunter wandte sich an Orion.

Schlangen drehten und wanden sich in Orion. „Ja, Sir?"

Er liebte es, Hunter auf angemessene Art und Weise anzusprechen. Es war richtig und gut und befreiend.

Hunter räusperte sich, dann sagte er: „Marcus und ich möchten, dass du hier einziehst."

Orion atmete ein und dann wieder aus. „Was?"

Ich kann nicht! Ich will ja, aber ... Xander.

„Ich glaube, wir ..." Hunter korrigierte seine Formulierung. „Ich könnte dich besser im Auge behalten."

Marcus schob seine Zehen in Orions Kniekehlen. „Ich will eben ständig mit dir spielen."

„Marcus", knurrte Hunter. Er strich Orion ein paar Haarsträhnen hinters Ohr. „Du gehörst hierher zu uns."

Orions Welt kippte. „Ich ..."

„Möchtest du denn nicht hier wohnen?" Marcus gab sich keine Mühe, die Kränkung aus seiner Stimme rauszuhalten.

„Ich ..." Doch, er wollte.

„Du musst nicht", ruderte Hunter zurück. „In unserer Vereinbarung können wir bestimmte Tage festlegen, an denen du bei uns bist."

Marcus' missbilligender Gesichtsausdruck vertiefte sich zu einem Schmollen.

Spuck's aus. Sag's ihnen.

Orion schüttelte den Kopf. „Doch, ich möchte hier wohnen, wirklich. Aber ... Xander."

Hunter zuckte mit den Schultern. „Kann zu Besuch kommen, wann immer er will."

„Ah." Marcus nickte. „Nein, das reicht nicht. Du willst ihn nicht im Stich lassen."

„Er ist ein erwachsener Mann", erwiderte Hunter.

„Ja, aber … wir sind eine Familie." Orion wusste nicht, wie er es sonst formulieren sollte.

„Schon verstanden. Komm mit." Marcus sprang aus der Nische. Er ging auf Strümpfen zur Küchentür und trat in den kleinen Raum vor der Garage. „Eure Gleitbeutler können hier rein. Der Raum ist beheizt. Und …"

Hunter klatschte in die Hände. „Tolle Idee, Marc."

Marcus öffnete die Tür und marschierte die Treppe rauf. „Siehst du, es gibt Gründe, warum ihr mich ertragt."

„Warum wir dich lieben", korrigierte Hunter, während er Orion zur Treppe lotste. „Wir lieben dich, und deshalb bist du mit uns zusammen."

„Ich wusste nicht mal, dass es das hier gibt." Orion liebte große alte Häuser und ihre geheimen Ecken.

Ganz oben an der Treppe war eine Tür, die Marcus aufschloss und öffnete. Sie traten in ein geräumiges Zimmer mit Kochnische. „Wir können die Kartons hier rausschaffen." Marcus deutete auf ein halbes Dutzend Kartons mit der Aufschrift *Weihnachten* und *Halloween*.

„Ich bringe sie gleich runter in die Garage", verkündete Hunter.

Marcus blickte sich im Zimmer um. „Ein bisschen staubig, aber das Bad war grade frisch renoviert worden, als wir das Haus gekauft haben. Es gibt eine Feuertreppe, und ich bin ziemlich sicher, dass die den Bauvorschriften entspricht, weil man uns das Haus nämlich mit dieser Einliegerwohnung als Bonus verkauft hat." Er stieß die Tür auf und präsentierte ein Badezimmer, das dreimal so groß war wie das in Orions und Xanders derzeitiger Wohnung.

„Also …" Orion wollte keine voreiligen Schlüsse ziehen.

„Also kann Xander hier einziehen", verkündete Hunter, als wäre bereits alles entschieden. Er warf einen prüfenden Blick in das leere Schlafzimmer.

Marcus grinste. „Ich glaube, er wird mit Quillon zusammenziehen."

„Sie sind beide willkommen." Hunter machte sich ein paar Notizen in sein Handy. „Wir können hier rasch durchputzen, bevor wir es ihm oder ihnen zeigen."

Orion sagte nichts, denn sonst hätte er bestimmt angefangen zu flennen. Er schaute aus den Erkerfenstern und sagte schließlich. „Danke. Ich frage ihn."

Er rief die Talking Pet-App auf seinem Handy auf und sprach ins Mikrofon: „Tribble und Nippet ziehen um. Können dich nicht zurücklassen. Bist du dabei?" Orion schickte die Botschaft ab.

Xander antwortete mit einer SMS: *Wohin?*

Orion ließ einen weiteren Gleitbeutler für sich sprechen: „Orion lebt ab jetzt mit seinem Sir und Marquis zusammen. Du wohnst eine Treppe höher."

Quill und ich wollten uns vielleicht zusammen was suchen, kam die nächste SMS.

Er ist willkommen, schrieb Orion.

Marcus hängte sich an sein Smartphone. „Xander. Komm doch heute zum Abendessen. Bring Quillon mit, dann könnt ihr zwei euch die Wohnung anschauen. Hunter und ich sind froh, wenn sie genutzt wird." Er drehte sich um und flüsterte laut: „Viel besser, als wenn die Verwandtschaft dort einzieht. Gott bewahre." Marcus lachte über Xanders Antwort. „Bis heute Abend."

17

Es GING alles so schnell. Alles schien so perfekt zusammenzupassen. Innerhalb eines Monats stand Orion neben Xander mitten in ihrer ehemaligen Wohnung.

Xander schniefte. „Es ist wie das Ende einer Ära."

„Der Anfang eines neuen Kapitels." Orion blinzelte angestrengt. Er zog Xander mit ans Fenster, um zu ihren Männern runterzuschauen.

Quillon hob Xanders antiken Nachttisch hoch, als ob er nichts wiegen würde, und stellte ihn ganz behutsam in den Truck. Er leitete Marcus und Hunter an, die die von Blumen vollgekotzte Couch schleppten und das Ungetüm auf die Plane hievten.

„Ich hätte nie gedacht, dass ich mal einen Mann finde, dem mein Sofa gefällt." Xander wischte eine Träne weg.

„Er ist ein toller Kerl. Ihr seid direkt über uns!", rief Orion ihm und zugleich auch sich in Erinnerung. „Und falls ich in die Fakultät reinkomme, habe ich auch mehr Zeit für dich."

„Du wirst einen tollen Professor abgeben."

SUNY Albany, die Zweigstelle der staatlichen Universität von New York in Albany, hatte ihm eine befristete Lehrstelle für den Sommer angeboten und ihm mitgeteilt, dass man den Fachbereich erweitern und eine feste Stelle daraus machen wolle. Vielleicht lag es am Einfluss seiner Eltern, oder die Uni hoffte auf eine engere Verbindung zum Albany Central Hospital, aber die Möglichkeit war zu ideal, um sie sich entgehen zu lassen.

„So viele Veränderungen …" Sollte Orion das nicht beunruhigender finden?

„Aber alle sind gut." Xander lachte, dann gestand er: „Es war ziemlich lustig, dass Hunter die Gleitbeutler schon vor drei Tagen rüber geholt hat."

„Hab ich das schon erzählt? Marcus hat ein paar Stühle in Tribs und Nips Zimmer gestellt, um Zeit mit ihnen verbringen zu können", schwärmte Orion. Sein Marquis de Sadist war ein Schatz.

„Na komm. Ich bin so weit." Xander zog Orion am Arm. „Gehen wir."

XANDER GRINSTE und stellte den von Blaubeeren und Melonenbällchen überquellenden Wassermelonenkorb für ihren wöchentlichen Kinoabend ab. „Ich fand das hier festlich für den vierten Juli."

Orion stocherte mit einem Zahnstocher herum und spießte ein paar Stücke auf. Die Süße der Melone passte gut zu den Blaubeeren. „Funktioniert die Klimaanlage hier oben jetzt?"

Quillon nickte. „Jau. Kein Problem." Er musterte das Obst mit finsterem Blick und schüttelte den Kopf. „Hunter! Ich hab' vorgesorgt", verkündete er und kippte eine Tüte Chips in eine Schüssel. „X hat sogar einen Dip gemacht."

Hunter schnappte sich einen Chip und tauchte ihn in die Sour Cream mit Dill. „Prima. Du bist der Größte."

„Kannst auf mich zählen, Mann." Quillon wechselte einen Fauststoß mit Hunter, dann steckte er sich einen eingetauchten Chip in den Mund.

Marcus brachte Flaschen mit diversen Limonaden und Bier für Quillon und Hunter.

Orion verteilte die Getränke.

Quillon setzte sich in den Sessel, der im Laufe der letzten paar Monate während der Kinoabende sein und Xanders Stammplatz geworden war, und packte sich Xander schwungvoll auf den Schoß.

Marcus fischte einen frischen Zahnstocher aus der Schachtel, linste zu Orion und formte lautlos mit den Lippen: „Ich tu' dir gleich weh."

Orions unwillkürliches leichtes Grinsen gab seinem Marquis die nötige Erlaubnis, ihn bis zur Glückseligkeit zu foltern. Orion zuckte mit den Schultern und flüsterte: „Ich hab' den Film sowieso schon gesehen."

Hunter zerrte ihn auf die Couch und Marcus machte es sich auf der anderen Seite neben ihm gemütlich. Himmlisch!

Orion bekam eine Gleitbeutler-Message, die lautete: *Ich mag Kinoabende.*

Als Hunter eine Decke über sie zog und Marcus Orions Hose aufmachte, schickte er seinen letzten klaren Gedanken des Abends als Antwort: *Ich auch.*

„ORION GORDON, du kommst mit deinen Freunden zum Abendessen, basta", fauchte seine Mutter.

Verdammt! Na ja, er hatte sich so lange er konnte davor gedrückt, seine Eltern mit seinen „Mitbewohnern" bekannt zu machen. Seine Mom ahnte bestimmt nicht, dass zwischen ihnen mehr lief, als dass sie sich die Ausgaben teilten. Wie sollte sie auch, nicht wahr?

„Und Xander hat versprochen, seinen jungen Mann mitzubringen. Ich kann's kaum erwarten, den Jungen kennenzulernen, der endlich Xanders Herz erobert hat", schwärmte seine Mutter, und Orion wünschte sich unwillkürlich, sie wüsste auch, wie toll Hunter und Marcus waren.

Nein. Das war keine gute Idee.

Wenn Xander und Quillon auch kamen, würde sie vielleicht abgelenkt sein und nicht so sehr auf ihn und *seine* Männer achten. Ha! Wahrscheinlich würde sie eher einen Republikaner wählen.

„Wir sind um sieben da."

„Wunderbar. Ich mache einen internationalen Abend."

Als er ein Kind war, hatten seine Eltern alle zwei Wochen einen internationalen Abend veranstaltet. Sie suchten sich irgendein Land aus, und dann aßen sie landestypische Gerichte, hörten Musik von dort und seine Eltern diskutierten über Themen, die das jeweilige Land betrafen. Manchmal konnte seine Mutter Kleidung oder Spielzeug aus dem ausgewählten Land besorgen, was noch zusätzlich zum Reiz des Ganzen und zu einem besseren Verständnis der Kultur beitrug. Und sie beschlossen den Abend gewöhnlich mit einem Film aus dem Land oder über das Land. Es machte Spaß, war aber eindeutig der Grund, warum er nicht Baseball spielen, dafür aber seinen Mitschülern von den Regenfällen in den verschiedenen Amazonasgebieten erzählen konnte.

„Ähm, super. Welches Land?"

„Myanmar."

Orion lächelte. Vielleicht würde das Abendessen kein Reinfall werden. „Klingt gut. Als wir das zum letzten Mal gemacht haben, hieß das Land noch Burma."

„Ich weiß. Das ist einer der Gründe, warum ich diesen spannungsreichen, konfliktträchtigen Teil der Welt ausgesucht habe."

„Sollen wir was mitbringen?"

„Nein, Liebes. Bring mir einfach diese faszinierenden Männer, die du versteckt hast", neckte sie, aber er hatte so ein Gefühl, dass sie ihnen andernfalls nachspüren würde.

„Tschüss, Mom."

„Hab' dich lieb, Schatz!"

MARCUS DREHTE sich auf dem Beifahrersitz um und fragte: „Warum bist du so nervös?"

Orion hörte auf, die Hände zu ringen. Er rückte das Blech mit den Cookies gerade, das neben ihm auf dem Rücksitz von Hunters Jeep stand. Marcus hatte sie glasiert. „Meine Eltern waren toll, als ich ihnen gesagt habe, dass ich schwul bin … Na ja, ich glaube nicht, dass das je ein Geheimnis war, aber …"

„Oh, stimmt. Stolz auf die eigene sexuelle Identität ist die eine Sache, aber die Freude an einer BDSM-Dreierbeziehung ist noch mal ganz was anderes. Da liegen Welten dazwischen." Marcus klang nicht direkt gekränkt.

Orion atmete heftig aus und versuchte, seinen Frust loszulassen.

Marcus zuckte mit den Schultern. „Sag ihnen einfach, dass wir Mitbewohner mit gewissen Vorzügen sind, ausschließlich untereinander Sex haben und uns die Ausgaben teilen."

Hunter knurrte: „Wir lieben uns. Wir gehören zusammen, aber ich habe kein Problem damit, wenn wir gewisse Dinge für uns behalten. Sie sind deine Eltern, und sie brauchen nicht zu wissen, was in unserem Schlafzimmer vor sich geht."

Aber Hunter und Marcus waren so viel mehr als das.

Marcus ergänzte, hilfreich wie immer: „Oder in der Küche ... oder im Wohnzimmer ... oder –"

Am Stoppschild drehte Hunter den Kopf und durchbohrte Marc mit einem wütenden Blick. Orion wäre unter diesem Blick zerschmolzen, aber Marcus winkte nur ab und streckte sich nach dem Rücksitz. Er ergriff Orions Hand. „Ich werde mich benehmen. Ich freu' mich drauf, die Menschen kennenzulernen, die Hunter und mir einen so wunderbaren Mann geschenkt haben."

Orion küsste die Hand, die seine drückte. „Danke für dein Verständnis."

Obwohl dadurch Dark Vaders imperialer Marsch, der auf einer Endlosschleife in seinem Hirn lief, nicht leiser wurde.

ORIONS VATER öffnete ihnen die Tür in einem traditionellen weißen Hemd mit Chinakragen, Longyi und einem Kopftuch, wie es für Myanmar typisch war. Orions Mutter trug eine lange, perlenbesetzte Tunika und dieselbe rockähnliche Beinbekleidung wie sein Vater. Ein aufwendig mit Perlen besticktes Band hielt ihr blondes Haar zurück.

„Kommt rein, alle zusammen!" Orions Mutter war ganz in ihrem Element. „Du musst Marcus sein. Ich habe Bilder von deiner Kunst im Internet gesehen. Ich bin beeindruckt."

Falls Moms Aufklärungsmission Marcus überraschte, zeigte er das nicht. „Vielen Dank. Es ist schön, Sie kennenzulernen, Mrs. Gordon."

„Bitte, nenn mich Clovey."

Xander umarmte sie und ergänzte: „Oder Professor Pretty."

Seine Mom kicherte. „Ja, aber nur du kommst ungestraft damit davon, von meinen körperlichen Eigenschaften zu reden." Sie wandte sich an Quillon. „Und du musst Xanders Mann sein. Wie gut du aussiehst."

Quillons Blick huschte von Xander zu Orion und dann wieder zu Xander. „Ähm, danke sehr ... Professor ... Clovey?"

„Beides ist okay, mein Lieber." Sie wandte sich an Hunter. „Du musst Hunter sein."

„Freut mich. Das ist ein sehr schönes Haus", sagte Hunter neutral.

Alle schüttelten Orions Vater die Hand, außer Xander, der ihn fest umarmte.

Nach der Vorstellung erklärte seine Mom: „Da wir ein traditionelles myanmarisches Abendessen haben, dachte ich, ich versuche ein bisschen Atmosphäre zu schaffen."

Xander schnappte dramatisch nach Luft. „Professor Pretty, ich glaube, jemand hat deinen Tisch geschrumpft. Wer war das?"

„Oh, du." Seine Mom gab Xander einen Klaps auf den Arm.

Orion ging durch die Diele am Wohnzimmer vorbei und betrat das Esszimmer seiner Eltern. Leise Instrumentalmusik spielte im Hintergrund, und der klassische Kronleuchter war mit Tüchern verhängt. Die üblichen Wandteppiche blieben, da sie ohnehin aus Myanmar stammten. Doch der schwarze asiatische Lacktisch war verschwunden. Ein niedriger runder Tisch mit sieben Kissen nahm den größten Teil des Fußbodens ein.

Seine Eltern scheuchten alle in Richtung Esszimmer.

Marcus deutete auf das Outfit von Orions Mom. „Das ist sehr hübsch."

„Danke. Wir haben mal einen Sommer lang in Yangon gelebt, und da habe ich einige Textilkünstler kennengelernt. Das hier habe ich mir für formelle Anlässe an der Universität von Yangon machen lassen. Ich dachte, da wir heute *endlich* Xanders Freund und die *Freunde* meines Sohnes kennenlernen, sollte ich es zur Feier des Tages tragen." Ihr Blick landete auf Orion, als hätte sie sein Unbehagen gespürt.

Hunter trat von einem Fuß auf den anderen und sah ihn fragend an.

Marcus rückte näher zu Orion und Hunter.

Orion hielt einen Erklärungsversuch für angebracht. „Meine Mutter und ich haben unterschiedliche Ansichten, was kulturelle Aneignung und kulturellen Austausch betrifft."

„Meine sind enger definiert. Ich glaube an Wertschätzung von und Investition in Kunst und Künstler aus aller Welt. Und wie ihr sehen könnt, sind die Kleidungsstücke, die wir tragen, keine heiligen Artefakte. Auf meinen Reisen habe ich immer nach tragbarer Kunst gesucht. Ich reduziere die Kultur von Myanmar nicht auf exotische Mode. Was Menschen tragen, ist nur ein kleiner Bruchteil dessen, was sie sind und was sie wertschätzen, aber es verrät uns einiges über sie." Sie seufzte. „Ich glaube, einige Verfechter der sozialen Gerechtigkeit sind am anderen Ende des Spektrums und würden mich nur Sachen aus meinem Heimatstaat Vermont tragen lassen."

Xander trat ins Esszimmer und warf Orion einen „Pst, das kannst du nicht gewinnen"-Blick zu. „Deiner Mom geht es nur darum, uns ständig zum Nachdenken und zum Überdenken von Konzepten anzuregen. Das ist ihr Beruf. Ihr Artikel über Wertschätzung und Aneignung wird nächsten Monat veröffentlicht."

„Und mit Sicherheit sofort in der Luft zerfetzt." Sie winkte Xander ab und lächelte Quillon, Hunter und Marcus an, als sie ins Esszimmer kamen. „Mein liebster Ehemann und ich haben mit diesen internationalen Abenden angefangen, als Orion ein kleiner Junge war. Sie waren als erzieherische Maßnahme gedacht. Zugegeben, ich neige dazu, sehr tief in die Materie einzutauchen, aber meiner Meinung nach ist das der beste Weg, eine Kultur wirklich zu verstehen. Hier geht es um kulturellen Austausch und Wertschätzung. Das heißt aber nicht, dass wir die Konflikte und Probleme in den Ländern, die wir kennenlernen, ignorieren. Wir können Kulturen würdigen und zugleich auch die politischen Gegebenheiten diskutieren."

Orion lächelte seine Mutter an. „Ich erinnere mich, dass etwas Greifbares aus einem bestimmten Land in der Hand zu halten, mir als Kind geholfen hat, eine Verbindung zu den Menschen herzustellen. Es brachte mich dazu, mehr über die Kultur wissen zu wollen."

„Jetzt höre ich aber auf zu dozieren." Sie griff nach den Kopftüchern. „Die hier sind von denselben Künstlern, von denen auch meine Sachen stammen. In Myanmar tragen Männer den *Gaung Baung* als Kopfbedeckung zu feierlichen Anlässen, und damit ist keine religiöse Bedeutung verbunden. Aber fühlt euch nicht verpflichtet, einen zu tragen, wenn ihr nicht wollt."

Alle griffen nach den Stoffstreifen, und Xander sagte: „Doch, gern."

Sie lächelte. „Hier, lass mich dir zeigen wie es geht, Xander. Damit du keinen Unfug machst."

„Stets zu Diensten, Mylady." Xander salutierte.

Quillon lachte und sah zu, wie Orions Mutter den roten, mit Goldfäden durchschossenen Stoff um Xanders Kopf wickelte. „Die Quasten locker an der rechten Seite des Kopfes hängen lassen. Ah, ganz reizend. Darf ich deinem gut aussehenden Freund helfen?"

Quillon musterte das Material, als hätte es ihm Unrecht getan, und sagte: „Das wäre sehr nett. Ich weiß nicht, wie rum …"

„Typisch Mann." Sie machte sich mit dem Stoff zu schaffen, bis er richtig lag. „So, bitteschön."

Ob das wohl ihre Art war, Quillon in seiner Männlichkeit zu bestärken? Denn normalerweise hielt sie sich von allem, was auch nur andeutungsweise nach Geschlechtertrennung roch, so weit als möglich fern.

Orion nahm Hunter das rote Tuch aus der Hand und band es ihm um. Er wandte sich Marcus zu und brachte seinen schiefen Turban in Ordnung.

Hunter streckte die Hand nach Orions Kopftuch aus. „Lass uns."

Orion lächelte und übergab ihm den Stoffstreifen.

Zusammen mit Marcus wickelte Hunter ihn Orion um den Kopf.

Marcus flüsterte: „Nicht die übliche Bondage, aber auch lecker!"

Ohne Witz. Hunter machte sich am Knoten zu schaffen und überprüfte ihn zweimal. So gründlich, dass Orion weiche Knie bekam.

Orions Vater gab ihm im Vorbeigehen so was wie einen anerkennenden Klaps auf die Schulter. *Was zum …?*

Seine Mutter deutete in Richtung Tisch. „Sucht euch einen Platz. In Myanmar serviert man typischerweise keine Vorspeisen und trinkt keinen Wein zum Essen. Ich dachte mir, auf die Vorspeisen können wir verzichten, aber da das Weingut Aythaya seit 2004 ausgezeichnete Weine produziert, habe ich uns einen schönen Rosé ausgesucht." Sie schenkte den Wein ein, während alle sich an den Tisch setzten. Dann hob sie ihr Glas und starrte ihren Mann ostentativ an, bis er einen Toast ausbrachte.

Orions Dad rappelte sich von seinem Kissen hoch und hob sein Weinglas. „Auf gute Freunde und Liebende. Mögen die Trennlinien immer unscharf genug sein, dass sie beides zugleich sein können."

Was zum Henker …? Autsch!

Xanders Beine waren lang genug, um Orion unter dem niedrigen Tisch einen Tritt zu geben, obwohl sie sich gegenüber saßen. Aber das erlaubte Orion, den Mund zu halten und einen Schluck Wein zu trinken.

Es schien, als wären aller Augen auf Orion gerichtet. Er war der gemeinsame Nenner, und er wusste nicht, was er sagen sollte.

Hunter räusperte sich, aber es kam nichts nach.

Marcus fragte: „Die Regierung von Myanmar ist also ein Militärregime?"

Orions Vater nickte. „Ja, und leider haben sie die Rohingya ins Visier genommen. Obwohl die Regierung leugnet, dass es sich um ethnische Säuberungen handelt."

„Vergewaltigungen, Misshandlungen und das Hinmorden einer spezifischen ethnischen Minderheit, wie sollte man diese entsetzlichen Taten sonst nennen?", fragte Orions Mutter. „Wobei fast fünfzigtausend Menschen nach Bangladesch entkommen sind. Wir haben eine Spende an den Hilfsfonds geleistet, der die Verteilung von Nahrungsmitteln und Kleidung an Bedürftige in Myanmar unterstützt." Sie schloss für einen Moment die Augen und schüttelte dann den Kopf. „Obwohl die Welt den Bach runtergeht, brauchen wir eine Pause von dem ganzen Irrsinn. Liebling, erzähl ihnen doch mal, wie wir Thura und Thanda kennengelernt haben."

„Nun ja, Clovey und ich waren in einem Dorf am Stadtrand von Yangon unterwegs. Wir hatten ein Tuk-tuk gemietet, aber das hatte eine Panne oder kein Benzin mehr … vielleicht auch beides, also mussten wir uns zu Fuß durchschlagen. Da fingen plötzlich diese zwei riesigen Hunde an, Jagd auf uns zu machen …" Und schon war Orions Vater in Fahrt, und seine Geschichte schlug fast alle in ihren Bann.

Der Wortschwall gestattete Orion, sich auf seine Mutter zu konzentrieren, deren Aufmerksamkeit auf Hunter und Marcus gerichtet war.

Als seinem Vater die Puste ausging und er die Geschichte zum Abschluss brachte, begann seine Mutter die Schüsseln mit Fleisch und Currysaucen herumzureichen. „Messer gibt es keine, wenn auch Gabeln und Löffel inzwischen weit verbreitet sind. Aber ich dachte mir, wir könnten doch trotzdem auf traditionelle Weise essen. Man isst mit der rechten Hand und hält die linke sauber für das Servierbesteck."

„Wenn ich mich recht erinnere, kann man die Suppe während der ganzen Mahlzeit essen." Orion gab gebratenes Rindfleisch und Currysauce auf Hunters Reis, dann auf Marcus'. Aus Gewohnheit legte er beiden eine Portion Gemüse auf und löffelte die verhassten grünen Bohnen von Marcus' Teller auf seinen eigenen. Nichts war Marcus mehr zuwider.

Hunter schöpfte Suppe in Marcus' und Orions Schalen, dann in seine. „Ich liebe Suppe, Mrs … Prof."

Marcus gab Hühnchen und grünes Curry auf Orions Teller, dann auf Hunters.

„Wunderbar. Nimm, so viel du willst", sagte sie und schob ihm die Schüssel zu, obwohl seine Essschale noch voll war.

Marcus legte den Kopf schief. „Myanmar ist ein bisschen kleiner als Texas, nicht?"

Orions Vater nickte. „Es liegt auf der indochinesischen Halbinsel und ist umgeben von Indien, Bangladesch, Laos, Thailand und China im Nordosten."

Marcus trieb das Gespräch weiter voran. „Ich weiß, dass sie Hölzer, Reis, Bohnen und Kautschuk exportieren, aber was sonst noch?"

Sein Marquis war klug, und Orion genoss es, dass seine Eltern das jetzt mitbekamen.

Sein Vater erklärte: „Sie haben angefangen, sich mehr auf Textilien, Fischerei und Tourismus zu konzentrieren."

Hunter trank einen Schluck Wein. „Dann habt ihr also dort gelebt?"

Seine Mom nickte. „Das war vor Orions Geburt … aber wir waren seither nicht mehr dort."

Nach einem ausführlichen Vortrag über die Expansion von Myanmars Exportstrategie platzte sein Vater heraus: „In Myanmar ist die polygame Ehe als eingetragene Lebenspartnerschaft erlaubt."

Was zum … Hatte sie deshalb Myanmar gewählt? Nein! Sie konnte unmöglich wissen …

Ohne mit der Wimper zu zucken fragte Marcus: „Vielleicht deshalb, weil das Land überwiegend buddhistisch ist?"

Seine Mutter freute sich immer über gute Schüler, und ihr Gesichtsausdruck verriet, dass sie in Marcus einen gefunden hatte. „Ja, ich glaube schon."

Hunter warf ein: „Aber keine gleichgeschlechtlichen Partnerschaften, denn das ist illegal."

Seine Mutter nickte ernst. „Leider ist das der Fall. Aber die LGBT-Gemeinschaft macht bereits positive Fortschritte."

Irgendwie hatte Orion nie eins und eins zusammengezählt. Seine Eltern liebten das Land, hatten diesen Raum mit Erinnerungsschätzen gefüllt, und doch waren sie nie wieder dorthin zurückgekehrt. Er verstand jetzt, warum sein Vater zahlreiche Einladung zu Vorträgen dort ausgeschlagen hatte. „Danke." Er hatte nicht so überrascht klingen wollen.

Die meisten in der Runde folgten seinem Gedankengang nicht. Seine Mom wusste wie üblich sofort, was er meinte. „Wir akzeptieren und lieben dich bedingungslos, Orion. Und wir würden nie und nimmer an einen Ort gehen, wo das, was unser Sohn ist, keine Unterstützung findet."

„Deine Mutter und ich wollen, dass du glücklich bist. Und was auch immer dich glücklich macht, wer auch immer dich glücklich macht, ist uns recht. Ich muss sagen, ich bin froh, dass du endlich unterrichtest."

Orion liebte seine neue Stelle. Die Lehrtätigkeit ließ ihm mehr Zeit, sich um Hunter und Marcus zu kümmern, und das machte ihn überaus glücklich.

Seiner Mutter entgingen die zärtlichen Blicke nicht, die er seinen Männern zuwarf. Verdammt. „Ich gehe mal davon aus, dass es am Einfluss deiner *Freunde* lag, die dich ermutigt haben."

„Sie haben mir geholfen, mir darüber klar zu werden, was mich glücklich machen würde, und mir den Mut gegeben, das Risiko einzugehen." Und das, was er tun wollte, aus dem herauszukitzeln, wozu er sich verpflichtet fühlte. Orion wusste nicht, ob er ihnen je wirklich für ihre Unterstützung gedankt hatte.

Hunters und Marcus' Knie rieben seine zur gleichen Zeit.

„Nun ja, ich finde es wunderbar." Seine Mutter lächelte und neigte sich zu ihm hin. „Also dann, darf ich fragen, ob ihr so was wie eine Kommune seid?"

Orion würgte hervor: „Mutter?" Von geliebt und glücklich zu *was soll der Scheiß* in Rekordzeit!

„Orion, guck nicht so entrüstet. Dein Vater und ich haben vielleicht die Flower-Power-Generation um ein paar Jährchen verpasst, aber wir wissen *alles* über Polyamorie."

Marcus fuhr herum. „Wirklich? Jetzt bin ich aber gespannt."

Hunter knurrte, aber Marcus nickte, als bräuchte Orions Mom auch noch Verstärkung.

Seine Mutter senkte die Stimme. „Nun ja, da war dieser Junge im College."

„Ah, Roy. Was für ein Mann", seufzte Orions Vater und schwärmte: „Er war, was man gut bestückt nennen würde, aber klug, und hatte einen Mund, der –"

„Dad!" Wer waren diese Leute, und wo waren seine Eltern? War sein Vater bisexuell? Hatten sie in einer Kommune gelebt?

Seine Mom tätschelte Xander die Hand. „Wie konnte er bei unserer Erziehung nur so prüde werden?"

Xander kicherte. Kicherte! „Keine Ahnung, Professor Pretty."

„Ich bin nicht …" Warum machte Orion sich überhaupt die Mühe?

Seine Mutter schaute so verträumt drein, dass ihm ganz unbehaglich zumute wurde. Dann sagte sie zu seinem Dad: „Schatz, wir sollten Roy ausfindig machen."

Orion kannte jetzt die volle Definition des Wortes *Unbehagen*.

Xander mischte sich ins Gespräch: „Oh, aber unbedingt! So wie sich das anhört, ist dieser Roy echt sehenswert … aus jedem Blickwinkel."

Orions entsetztes Gesicht stachelte sie offenbar noch mehr an.

„Oh, Orion, bitte. Du kannst zwei Männer haben, aber ich nicht? Als Kind warst du nie selbstsüchtig." Sie berührte Hunters Hand. „Er ist mit dir und Marcus nicht selbstsüchtig, oder?"

Und anscheinend gab es keinen Schrank, zu dem seine Mutter keinen Schlüssel hatte.

Hunter erbleichte, schüttelte aber den Kopf. „Nein, Ma'am. Er ist einer der besten Menschen, den Marcus und ich kennen."

„Ah, das hört man doch gern." Sie lächelte und schaute ans andere Ende des Tisches zu seinem Dad. „Ich glaube, wir sollten wirklich nach Roy suchen."

„Ein Wiedersehen wäre schön." Orions Vater nickte und reichte Quillon das Hühnchencurry. „Probier mal das hier, Quillon."

Seine Mutter drängte: „Und, seid ihr eine Kommune?"

Was sollte Orion sagen? „Ähm …"

Sie riss die Augen auf und stieß theatralisch genervt den Atem aus. „Marcus, du hast deine sprachlichen Fähigkeiten doch zweifellos im Griff. Lebt mein Sohn in einer Kommune?"

Marcus sah Orion an. Er griff nach Orions Hand und drückte sie. „Wir sind keine Kommune, Professor. Hunter und ich haben uns bloß in deinen Sohn verliebt. Er ist alles, was wir beide brauchen."

Hunter lehnte sich an ihn, sodass Orion genug von seiner Stärke in sich aufsaugen konnte, um dieses Essen zu überstehen.

„Ooh! Das macht mich glücklich. Dann seid ihr also zu dritt und ihr zu zweit." Sie deutete auf Xander und Quill.

„Ja. Ich war glücklich und dankbar, dass sie beschlossen haben, uns ihre Einliegerwohnung zu vermieten", sagte Xander. „Denn wir wissen ja beide, dass es ein Dorf braucht, um deinen Sohn auf Kurs und glücklich zu halten."

Hunter räusperte sich. „Wir konnten dich und Orion nicht trennen."

Xander grinste. „Dankeschön. Wobei ich glaube, dass du bloß ein zweiter Daddy für meinen Gleitbeutler sein willst."

Hunter lachte leise und stritt es nicht ab. „Na schön, es war Nippet. Er hat mit mir angebändelt. Sagen wir mal, es ist besser für alle. Wir sind eine Familie … und Tribble braucht nichts davon zu erfahren."

Marcus neigte sich zu Orion und flüsterte: „Wir brauchen stärkere Kondome."

Orion brach in Gelächter aus.

Seine Eltern warteten gespannt, aber er weihte sie nicht ein. Er würde es Hunter später sagen.

Als keine Erklärung kam, sagte seine Mutter: „Zahlreiche Studien deuten darauf hin, dass man Beziehungszufriedenheit anhand der Berührungsfrequenz ermitteln kann. Je öfter sich Menschen streicheln, aneinander lehnen, umarmen, etc., desto zufriedener sind sie miteinander."

Sein Vater lachte in sich hinein. „Und wenn ich euch so anschaue, seid ihr alle sehr zufrieden."

Der Rest des Abends verlief ohne größere Zwischenfälle. Die größte Bestürzung entstand, als Orion endlich klar wurde, was der dicke, fest eingeschraubte Ösenhaken im Türrahmen des Schlafzimmers seiner Eltern bedeutete. Seine Eltern besaßen womöglich eine Liebesschaukel oder vielleicht banden sie sich gegenseitig dort fest … oder … nein!

Marcus lachte. „Hey, vielleicht steckt BDSM in deinen Genen."

Hunter umarmte Orion und Marcus und verkündete: „Wir sind alle nur Opfer unseres eigenen Ichs."

18

ORION ÖFFNETE die Tür zu seinem Privatbereich. Hunter und Marcus hatten darauf bestanden, dass er eins der ungenutzten Zimmer in der Nähe des renovierten Herrenzimmers nahm, in dem sie alle schliefen. Hunter hatte seine Männerhöhle. Marcus hatte ein Zimmer voll mit Bücherregalen, Künstlerbedarf und halbfertigen Gemälden.

Als er die Dozentenstelle annahm, beschloss Orion, den Raum als Büro zu nutzen. Hier bewahrte er seine Star-Wars-Sammlung, seine Bücher und seine Kleidung auf. Hunter hatte ihm vorgeschlagen, zusätzlich eine Liege reinzustellen, falls er mal in Ruhe lesen oder Arbeiten benoten wollte – sprich, ohne von Marcus drangsaliert zu werden. Dieses Zimmer war ein Rückzugsort, weshalb er sich selten lange hier aufhielt.

Sie waren jetzt seit sechs Monaten zusammen, und das wollten sie heute Abend mit einem gemeinsamen Besuch im Entwined feiern. Hunter hatte die monatliche Tradition eingeführt, um Marcus zu beweisen, dass niemand irgendwen von ihrer privaten Insel der Liebe runter voten würde.

Seit Marcus' Geburtstag waren sie mindestens ein Dutzend Mal als Trio im Entwined gewesen, aber bisher noch nicht wieder in einem der Hinterzimmer. Vielleicht heute Abend? Vorfreude durchströmte ihn, als er sich eine schwarze Jeans heraussuchte, dazu ein weites, blau und lila bemaltes Seidenhemd, das laut Marcus verborgene Nuancen in Orions Augen hervorhob, und einen lila Spitzen-Jockstrap, den Hunter von jemandem im Club maßschneidern lassen hatte.

Orion wühlte in seiner Sockenschublade herum …

Was war … oh.

Er zog sein Spielhalsband heraus. Beim Auspacken seiner Sachen musste das Leder zwischen seine Socken geraten sein.

Er warf es auf seine Kommode und zog sich an. Sein Blick kehrte immer wieder zu dem Lederstreifen zurück. Es war eine Ewigkeit her, seit er dieses Halsband zum letzten Mal getragen hatte, doch das Verlangen, es wieder zu tun, brannte heißer als eine Wachskerze.

Er griff sich das Halsband von der Kommode, entrollte es und stolperte zu seiner Sofaliege. Konnte er das tun? Er musterte das abgenutzte Leder. War das nicht *Topping from the Bottom* in Reinkultur?

Seine Vereinbarung mit Hunter beinhaltete nichts über die Verwendung von Halsbändern. Hunter hatte nicht gefragt, und Orion hatte das Thema nicht zur Sprache gebracht, aber…

Hastig schnappte er sich seine Socken und stürmte nach unten, ehe er noch den Mut verlieren konnte.

Heute Morgen vor seiner Schicht hatte Marcus zusammen mit Orion seine erste Fuhre Cupcakes gebacken und dekoriert. Ewiger Künstler, der er war, zeigten die bunten Sahnetuffs eine beeindruckende Liebe zum Detail.

„Die sind köstlich, Marc." Hunter stopfte sich den letzten Bissen von dem, was er auf dem Teller gehabt hatte, in den Mund.

Marcus und Hunter lächelten, als Orion eintrat. Und dann schien alles zum Stillstand zu kommen, als sie bemerkten, was er in der Hand hielt.

Hunter räusperte sich. „Orion?"

Orion fiel vor ihm und Marcus auf die Knie. „Ich glaube, ich möchte das hier tragen, Sir."

„Warum?" Auf Hunters Frage gab es nur eine Antwort, die aber auf viele Arten geäußert werden konnte.

„Weil ich es brauche." Das war Tatsache.

„Wir brauchen kein Halsband zum Spielen, und du brauchst dieses Stück Leder nicht, um uns zu gehören", stellte Hunter klar.

„Ich weiß ... aber ich möchte es tragen." Orion konnte sich nicht davon abhalten, auf sein Anliegen zu drängen. Eines Tages wollte er es tragen, wenn es etwas bedeuten würde, was es früher nie bedeutet hatte. Aber im Moment war die Sehnsucht, es wieder um den Hals zu haben, überwältigend. Er streckte ihnen das Halsband entgegen und flehte: „Bitte."

Hunter nahm das Leder und schlang es ihm um den Hals. „Ich bin begeistert, dass du um das bittest, was du brauchst." Er schnallte das Halsband zu.

Orion stand auf, den Rücken kerzengerade und hocherhobenen Hauptes. Er war ein Sub. Das Leder war nur ein Symbol ... eine Bestätigung dafür, dass er, Orion Gordon, Hunter Dixon und Marcus Sadir gehörte ... aber eins, das er mit Stolz trug.

Marcus zeichnete den Lederstreifen mit der Fingerspitze nach. „Gut gemacht, Orion. Hunt, wir sollten ihm von Master Leather eins machen lassen, das zu seinem Armband passt."

Es war, als würden fehlende Teile wieder zusammengefügt ... oder vielleicht waren sie bereits zu etwas Stärkerem umgestaltet worden, und das wurde ihm erst jetzt bewusst.

„Orion?", fragte Hunter.

„Ja, das würde mir gefallen. Danke, Sir und Marquis." Orions Herz war voll, und er war zufrieden.

Hunter sagte: „Wir können nach Neujahr darüber reden, etwas Formelles zu machen."

Orion unterdrückte ein xandermäßiges Quietschen und küsste Hunter die Hand. „Ja, Sir." Er drückte seine Lippen auf Marcus' Hand und schrammte mit den Zähnen über die Handfläche. „Ja, mein Marquis."

Ein Luftschnappen von Marcus besagte, dass sie vielleicht gar nicht ins Entwined zu gehen brauchten.

Hunter räusperte sich. „Iss einen Cupcake, Orion. Du hast Marcus das Backen gut beigebracht."

Oh? Es war doch nur eine Backmischung. Seufz. Na schön.

„Okay." Orion naschte einen Cupcake, dann zog er sich die Socken an, schlüpfte in seine Schuhe, und ab ging's ins Entwined.

MARCUS PEILTE einen Tisch genau in der Mitte des Entwined an und half Orion beim Hinsetzen, dann ließ er sich auf einen dick gepolsterten Stuhl fallen. Gemütlich. „Ah, es tut gut, sich mal setzen zu können, ohne ein Tattoo stechen zu müssen."

„Ich bin froh, dass das Studio deinen Terminplan respektiert. Es ist toll, dass du jetzt rechtzeitig rauskommst." Orion klang ganz wie Hunter.

„Ja. Ich habe mit der Besitzerin geredet und ihr gesagt, dass ich keine Termine mehr außerhalb meiner Schicht annehmen will. Und da hat sie sich dann wohl den Geschäftsführer vorgeknöpft." Es war schwer, weniger verfügbar zu sein. Doch seine speziellen Kunden hatten seine Handynummer, falls sie was brauchten.

„Du kriegst nicht mehr als das, womit du dich zufrieden gibst, Marc", erinnerte Hunter ihn zum x-ten Mal.

Er seufzte. „Du hast recht. Obwohl wir um diese Jahreszeit immer am meisten zu tun haben."

„Halloween?", fragte Orion.

Marcus blickte sich im Club um. Nicht allzu voll für ein Wochenende, aber wenigstens brauchte er heute Abend keinen Jugendlichen ein Gesichtstattoo auszureden, das sie innerhalb von zwei Wochen hassen würden. „Ja, um Samhain rum meint plötzlich jeder, dass er unbedingt ein Tattoo braucht. Das wäre ja okay, aber dabei verlieren die auch alle ein bisschen den Verstand. Gestern Abend hatte ich zwei Mädels, die Ohrtattoos wollten. Ich hab' ihnen erklärt, dass das Design, das sie haben wollten, an dieser Stelle keine gute Idee ist, weil die Tinte zerlaufen kann, und dann verschwimmen die Linien."

Hunter verzog das Gesicht. „Tattoos im Ohr?"

Um Hunter die Stelle zu zeigen, fuhr er Orions Ohrmuschel nach. Orion erschauerte, doch Marcus bremste sich und ging dem nicht weiter nach – aber gute Information für später. „Sie haben mich ignoriert und sind zu einem anderen Tätowierer gegangen. Später am Abend habe ich sie dann darüber jammern gehört, wie sehr sie das Tattoo hassen."

Hunt schüttelte den Kopf. „Manchmal ist Erfahrung der beste Lehrmeister. Nächstes Mal –" Er wollte sich gerade hinsetzen, doch dann hielt er inne. „Ich habe vergessen, Sophia wegen Sonntagabend eine SMS zu schicken. Ich muss kurz zum Spind und an mein Handy. Bin gleich wieder da." Hunt sprintete zur Treppe.

Marcus starrte Hunters Hintern nach, als er immer zwei Stufen auf einmal die Treppe rauf trabte. Er bemerkte, dass Orion ebenfalls sabberte. „Mist, ich muss unbedingt öfter ins Fitnessstudio."

Orion lachte. „Ich muss da überhaupt mal hin."

„Wenigstens ist dein Job keine Ausrede mehr", versetzte Marcus. „Bist du immer noch gern Professor?"

Grinsend stimmte Orion zu: „Ja, ganz anders als Forschung, und Politik gibt's immer noch, aber ich liebe meinen Job."

Orion strahlte, wenn er über seine Lehrtätigkeit an der Universität sprach, und das machte Marcus glücklich. „Nun ja, dein Chef hat es dir unmöglich gemacht. Das Unterrichten scheint dir zu geben, was dir die Forschung nicht gegeben hat."

„Ich bin jetzt viel zufriedener. Vor allem, weil ich weniger Stunden arbeite. Und weil ich für die Art, wie Studenten an Forschung rangehen, was bewirken kann." Orion lächelte und blickte sich um.

Marcus brachte ihm in Erinnerung: „Wir unterstützen dich in allem, was du tun willst."

Orion neigte sich zu ihm und sagte: „Und ich liebe es, mich auf dich und Hunter zu konzentrieren. Dafür zu sorgen, dass es euch beiden gut geht, gibt mir sehr viel."

Marcus hätte nie vermutet, wie sehr es ihre Lebensqualität steigern würde, dass Orion Seelenfrieden und Erfüllung gefunden hatte. Und er persönlich hatte sich noch nicht an den Luxus gewöhnt, einen Spielgefährten zu haben, der zusammen mit ihm bereitwillig Schmerz in Lust verwandelte; es war immer noch mitreißend.

Sie spielten oft zu dritt. Aber anders als in Marcus' früheren Beziehung waren Orion und Hunt seine besten Freunde. Er fühlte sich nicht ausgegrenzt. Seine Beziehung mit Hunter festigte sich, und seine neuere Beziehung mit Orion wurde tiefer. Er war nicht eifersüchtig auf die Beziehung zwischen Hunt und Orion. Er hatte endlich eine echte Dreierbeziehung bekommen; jeder einzelne von ihnen war notwendig, um das Ganze komplett zu machen. So hatte er sich sein Leben immer erträumt.

In einem Ausbruch von Zuneigung sah er Orion tief in die indigoblauen Augen und sagte: „Du wirst geliebt."

„Du auch." Orions Gesicht wurde ernst. „Glaubst du an Religion?"

Marcus war sofort auf der Hut. Orions scheinbar zufällige Fragen lockten sie meist auf unerwartete Pfade. „Ich glaube an Gott, aber man kann auf viele Arten ein guter, spiritueller Mensch sein, ohne sich einmal die Woche für ein, zwei Stunden irgendwo reinzusetzen. Ich nehme mal an, dass ich die positiven Aspekte zu schätzen weiß. Und bestimmt verdanke ich der buddhistischen Überlieferung die Erkenntnis, dass wir uns dem Leiden unterwerfen müssen, wenn wir Erleuchtung erlangen wollen. Du?"

„BDSM kommt für mich einer Religion so nahe wie die Wissenschaft."
Orion knöpfte sein Armband auf, hielt Marcus das Leder hin und fragte: „Würdest
du mir helfen, mein Marquis?"

Heilige Scheiße. Wo war Hunter? Erst das Halsband, und jetzt das hier.
Hunter, verdammt noch mal, wo steckst du?

Marcus warf einen Blick in Richtung Treppe, und Hunter stand auf dem
Treppenabsatz und unterhielt sich mit jemandem. Sie würden das gemeinsam
machen. Das hier war zu groß für einen allein und viel zu leicht zu vermasseln.
„Du meinst, dich zu fesseln?"

Orion nickte.

„Warum?" Marcus nahm das Lederarmband entgegen.

„Es ist Zeit." Marcus' Schweigen ermutigte Orion, weiterzusprechen.
„Ich will das schon seit Monaten tun. Ich vertraue euch beiden, und ... es ist
einfach Zeit."

Da war ein Selbstvertrauen, das Marcus im Verlauf der letzten paar Monate
wachsen gesehen hatte, wann immer sie spielten. „Hast du deshalb so viel Wert
drauf gelegt, dass ich heute Abend meine Reitgerte mitnehme?"

Orion zuckte mit den Schultern. „Ich weiß, dass ihr zwei mir helfen könnt,
über jedes Problem wegzukommen."

„Das werden wir."

„Und ich möchte, dass wir in ein Hinterzimmer gehen", fügte Orion hinzu.

Bei so viel Vertrauen zerriss Liebe Marcus das Herz wie ein schartiges, in
Honig getauchtes Messer. „Mit gefesselten Händen?" Und fraglos wollte er, dass
Marcus ihn ablenkte.

„Ja, mein Marquis."

Ja, verdammt noch mal. Das hier war richtig ... perfekt, sogar. „Steh auf."
Marcus brauchte keinen Stahl in seine Stimme zu legen; sie war da, um Orion
inneren Halt zu bieten, falls er welchen brauchte.

Orion war bereits aufgesprungen, ehe er die Worte „Ja, Marquis" ganz
ausgesprochen hatte.

Marcus würde ein Fels für ihn sein, wie Orion es von ihm erwartete.
Er trennte das Armband in zwei Lederschlaufen und streifte sie über Orions
Handgelenke. „Hunter wird sie schließen. Aber inzwischen ..." Marcus stand auf
und fuhr mit der Reitgerte die Rundung von Orions Hintern nach. Er holte aus und
ließ die Lederschlaufe schwungvoll niedersausen.

Orions Stöhnen klang nicht nach Schmerz, sondern nach Lust auf mehr.

Einige Clubmitglieder drehten sich um und schauten der Vorführung zu, die
sie inszenierten.

Marcus klatschte die Lederschlaufe erneut auf Orions Hinterteil. „Mmm, ich
liebe das Geräusch von Leder auf Jeans." *Patsch!* „Du nicht auch?"

„Ja, Marquis." Orion drückte das Kreuz durch und streckte den Po
weiter raus.

„Was macht ihr zwei denn – oh." Hunter berührte Marcus an der Schulter.

„Orion hat mir eröffnet, dass er gern gefesselt und mit nach hinten genommen werden möchte", sagte Marcus mit ruhiger Stimme, doch dabei funkte er *„Hilf mir!"* mit den Augen – hoffentlich laut genug, um sich Hunter verständlich zu machen.

Als Hunter leicht den Kopf neigte, durchströmte Marcus Erleichterung. Okay, sie konnten das hinkriegen, ohne bei Orion was auszulösen oder seine Heilung zu verzögern, richtig?

„Orion, du trägst heute Abend zu ersten Mal wieder dein Halsband. Bist du sicher, dass du schon soweit bist?" Hunters Stimme hüllte Marcus in Gelassenheit wie eine Decke.

Orion streckte Hunter seine fast gefesselten Hände entgegen. „Bitte, Sir. Ich möchte dir und meinem Marquis dienen. Lass mich."

Shit! Shit! Shit!

Hunt hatte Orion in den letzten paar Monaten schon oft in Positionen gebracht, die Stillhalten und Selbstbeherrschung verlangten, doch immer ohne irgendwelche Fesseln. Bondage war ein Trigger.

Hunter berührte Orions Gesicht. „Du dienst mir und deinem *Marquis* wirklich gut."

Würde Hunter je seinen Spitznamen aussprechen können, ohne ihn wie eine Frage klingen zu lassen? Marcus streckte ihm die Zunge raus.

Orion bebte am ganzen Körper vor unterdrücktem Gelächter, also hatte er wohl Marcus' überaus erwachsene Reaktion mitgekriegt. Er hatte nichts dagegen, den Pausenclown zu spielen, falls Orion das brauchte, damit sie hier alle heil durchkamen.

Hunter räusperte sich. „Wie lautet dein Safeword, Orion?"

„Krebs, Sir."

„Gut. Wie lautet dein neues Warnwort?"

„Dysplasie, Sir." Orion sah Hunter unverwandt in die Augen.

„Du sagst *Dysplasie,* wenn du merkst, dass du kurz davor stehst, dein Safeword einzusetzen."

„Ja, Sir." Orions Stimme veränderte sich. Er glitt allmählich in die Entspannung ab.

Hunter machte mit dem Ritual weiter. „Du setzt dein Safeword ein, so bald du es brauchst. Und du sollst wissen, dass ich stolz auf dich sein werde, wenn du dein Safeword aussprichst. Hast du das verstanden?"

„Ja, Sir." Orion streckte Hunter erneut die Handgelenke entgegen. „Ich bin bereit."

Glücklicherweise war Hunter kein Dom, der sich zum Herrn über einen Sub aufspielen musste, indem er Orion sein *„Topping from the Bottom"* vorhielt. Was Orion hier machte, das Vertrauen, das er in sie hatte, war erstaunlich.

Hunter fing seinen Blick auf, um sich zu vergewissern, dass Marcus vorbereitet war. Er nickte und hielt den Atem an.

Lieber Himmel. Die Druckknöpfe der Handfesseln schnappten zu.

Orion stieß einen tiefen Seufzer aus und lehnte sich ein bisschen schlaffer an Marcus. Er drehte den Kopf und lächelte ihn an. „Ich hab's geschafft."

„Du hast das großartig gemacht", versicherte Marcus. *Wie konnte irgendjemand – besser nicht über die Vergangenheit nachdenken.*

Hunter fragte: „Willst du immer noch ins Hinterzimmer gehen, Orion? Wir könnten auch hier eine Session halten."

Orion grinste Marcus und Hunter an. „Ihr zwei könntet das mit Sicherheit, aber …" Er starrte auf seine gefesselten Hände, anscheinend tief in Gedanken versunken. „Ich möchte in ein Hinterzimmer gebracht werden."

„Ich besorge einen Schlüssel", sagte Marcus, ohne auf eine Antwort zu warten. Freunde versuchten ihn anzusprechen, doch er nahm sie kaum zur Kenntnis. Er fragte den Barkeeper: „Kann ich ein komplett zum Spielen ausgestattetes Zimmer haben?"

„Natürlich, Marcus. Es ist schon eine Weile her, seit du ein Zimmer genommen hast."

„Jau." Er schnappte sich die Schlüssel. „Danke."

Er kehrte zu ihnen zurück. Hunter hatte Orion die gefesselten Hände über den Kopf strecken lassen. Orion sah keineswegs gepeinigt aus; sein Schwanz schien gleich aus der Jeans platzen zu wollen.

Der glühende Blick, den Hunt Marcus zuwarf, ließ erkennen, dass seine Dom-Seite endlich genährt wurde.

„Zimmer sechs." Marcus folgte ihnen. Er hielt sich hinter Orion, der etwas Mühe hatte, mit so hoch erhobenen Armen das Tempo mitzuhalten, das Hunters Gangart vorgab.

Marcus lief um sie herum und öffnete die Tür, knipste das Licht an und machte dann die Tür hinter ihnen zu.

Hunter sagte: „Orion … Inspektion."

Orion eilte in die Mitte des Zimmers. Seine Füße waren schulterbreit auseinander, seine gefesselten Hände hinter dem Kopf verschränkt und sein Blick fest auf Hunter gerichtet.

Ein Kopfnicken von Hunter forderte Marcus auf, ihm zur anderen Seite des Raums zu folgen. „Du hast ein voll ausgestattetes Spielzimmer verlangt?", fragte er leise.

Marcus zuckte mit den Schultern und antwortete mit ebenso verhaltener Stimme: „Ja, ich dachte mir, dieser erste Schritt auf dem Rückweg zu Bondage sollte Spaß machen und positiv sein."

„Guter Plan. Diese Handfesseln sind nämlich so ziemlich alles, was ich heute an Bondage machen will", teilte Hunter ihm mit.

„Ich frage mich, ob ein bisschen Vergnügen mit einem Hitachi-Vibrator angebracht sein könnte." Marcus hoffte, dass hier im Schrank einer war.

Hunter grinste auf eine Weise, die alle Hosen im Umkreis von fünf Meilen enger werden ließ. „Du meinst *Folter*."

Marcus zuckte mit den Schultern. „Vergnügen … Folter, ist alles dasselbe. Außerdem wird die Ablenkung gut sein, und ich weiß ja, wie gern du andere in die Zwickmühle bringst."

„Bondage ohne Bondage. Willst du auch dabei mitmachen?", fragte Hunter mit leichter Herausforderung in der Stimme und einem spitzbübischen Funkeln in den Augen.

Ein kluger Mann wäre weggerannt, aber Marcus war bereit für alles, was Hunter tun wollte. „Natürlich."

„Wär's ein Problem, wenn ich eure Schwänze mit Klebeband am Vibrator festmachen würde?", fragte Hunt, als erkundigte er sich nach dem Wetter.

Marcus schnappte nach Luft. „Oh Mann!"

Hunter zog eine Augenbraue hoch.

„Nein … kein Problem." Im Gegenteil, wo konnte Marcus unterschreiben?

„Gut. Ich glaube, die gemeinsame Erfahrung wird … euch beiden was bringen." Hunter machte auf dem Absatz kehrt und ging an den Schrank. Er nahm eine Rolle schwarzes Klebeband und den brandneuen Massagestab heraus.

Marcus unterdrückte das Zittern in seinen Händen und füllte das Formular aus, das dem Entwined erlauben würde, ihnen das Spielzeug und das Klebeband aufs Mitgliedskonto zu setzen.

Dass sich Orions Augen weiteten war das einzige Indiz dafür, dass er verstand, was hier passierte.

Hunter nahm den langen Stab-Vibrator aus der Schachtel und sprühte den eiförmigen Kopf mit antibakteriellem Spray ein, reinigte das Gerät gründlicher als ein Chirurg. Dann überzog er das Gummi-Ende mit einem Kondom. Normalerweise hätte ein Sub diese Dinge erledigt, doch Hunter ging lieber auf Nummer sicher, um sich nachher keine Gedanken machen zu müssen.

Orion atmete schwerer als normal und stand ganz still.

Hunt eröffnete ihm: „Dein Marquis hat sich bereit erklärt, diese Übung mit dir zu teilen."

Orion streifte Marcus mit einem neugierigen Blick, konzentrierte sich jedoch sofort wieder auf Hunt.

Hunter umkreiste Orion. Er strich mit der Hand an Orions Rücken und Brust entlang bis zu den rosigen Spitzen, die er kurz drückte.

Ein entzückendes Aufkeuchen kam aus Orions leicht geöffnetem Mund.

„Ich werde euch beide mit Klebeband an diesem Hitachi festmachen … an den Schwänzen."

Marcus genoss es, Orions Zögern zu sehen, die Art, wie er sich mit der Zunge über die Lippen fuhr. Oh ja, er war eindeutig heiß auf diese Art von Stimulation. Aber eins nach dem andern. Marcus sagte: „Lass mich dir mit deiner Hose helfen."

Orion presste die Lippen zusammen und sagte dann mit rauer Stimme: „Ja, danke, Marquis."

Verdammt, diese Fügsamkeit fuhr Marcus direkt in den Schwanz. Er massierte die Beule in Orions Jeans. Als Orions hinter dem Kopf verschränkte Arme zu zittern begannen, knöpfte Marcus die Jeans auf und zog den Reißverschluss runter. Lila Spitze kam zum Vorschein. „Mmm, du trägst eine von meinen Lieblings-Unterhosen."

Die dehnbare weinrote Spitze umhüllte Orion. Um seine Eichel herum war die Farbe dunkler geworden. Marcus streichelte den feuchten Fleck aufreizend.

Orion kniff die Augen zu, und ein leises Wimmern drang zwischen seinen halb offenen Lippen hervor.

Das Machtgefühl und die Erregung verblassten im Vergleich zu der Zuneigung, die Marcus packte.

Ein Klaps auf den Po weckte Marcus aus seiner Erstarrung. „Zieh dich aus, Marc. Ich mache inzwischen bei Orion weiter." Hunt beschäftigte sich mit der Jeans. „Du hast deine Position sehr gut gehalten, Orion. Ich bin stolz auf dich. Du kannst jetzt die Arme runternehmen. Hände vor den Bauch."

Marcus riss sich das T-Shirt vom Leib, streifte seine Lederjeans ab und warf beides über die Stuhllehne. Er nahm Orions Sachen von Hunter entgegen und legte sie über seine. Keiner der beiden schenkte ihm genug Aufmerksamkeit, um seinen Batik-Slip zu würdigen … na ja, vielleicht später. Der Slip landete ebenfalls auf dem Kleiderhaufen.

Hunter hatte Orion bereits aus der Spitze befreit und ihm das Material unter die Eier geklemmt. Er dehnte die Spitze und schlang sie um das Gerät, um den Vibrator besser zu stabilisieren. Dann riss er ein zweites, längeres Stück Klebeband ab und befestigte Orions Schwanz an dem Hitachi-Massagestab, den Orion zwischen den Knien hielt.

„Hilf ihm, den Stab ruhig zu halten, Marc", befahl Hunter.

Heilige Scheiße! Er hatte so was bisher nur auf Bildern gesehen. Verdammt! Ihr Größenunterschied drohte alles zu vermasseln. Marcus versuchte sich kleiner zu machen und die Knie gegen den Stab zu drücken, um Orion beim Festhalten des Geräts zu helfen, schaffte es aber nicht.

„Ah, wir brauchen ein Podest." Hunter holte einen stabilen Tritthocker aus der Ecke. Er hielt den Stab fest und sagte zu Orion: „Steig drauf."

„Hunter eilt zur Rettung", kommentierte Marcus zu niemand Bestimmtem die Tatsache, dass er jetzt auf der perfekten Höhe war, um Orion beim Festhalten des Geräts zu unterstützen.

Nach einigen kleineren Korrekturen tätschelte Hunter beiden den Hintern. „Ihr macht das beide großartig."

Hunter streichelte Marcus' strammen Ständer.

„Verdammt, das ist gut." Marcus' Stimme war rau geworden. Sex, er brauchte Sex!

Eine Träne quoll aus Marcus' Schwanz, und Hunter verschmierte das Tröpfchen über die Spitze. Er zog mit der Feuchtigkeit die Linien des Tattoos auf Marcus' Schaft nach. Es war so verlockend, dass Marcus sich vorbeugte und Hunter in den Hals biss.

„Benimm dich", stöhnte Hunter und schubste Marcus wieder in Position. Er befestigte Marcus' Schwanz mit Klebeband an der anderen Seite des kondomüberzogenen Vibrators.

„Ach du lieber Buddha!", schnaufte Marcus. Er drückte und quetschte den Vibrator mit den Knien gegen Orions Knie.

Orion bewegte rastlos die Hände. Wahrscheinlich war es unbequem für ihn, dass sie zwischen ihnen eingezwängt waren.

Hunter musste das wohl bemerkt haben und wies ihn an: „Nimm Marcus in die Arme."

Orion seufzte. „Danke, Sir." Er schlang die Arme um Marcus.

Marcus gefiel es in Orions Armen ... sehr sogar. „Es ist, als würden wir eng umschlungen tanzen ... obwohl das mit einem Vibrator zwischen uns eher versaut als romantisch ist."

„Oh, ich finde es sehr romantisch. Wenn du tanzen willst, lass mich mal die Musik anmachen." Hunter knipste das Gerät an.

Ein kräftiges Surren ging durch Marcus' Schwanz. „Jesus! Hunt! Du bist echt fies!"

Hunter schnalzte missbilligend mit der Zunge und umkreiste sie. „Ihr zwei seht köstlich aus."

„Danke, Sir", sagte Orion. Er war einfach zu perfekt.

Marcus starrte Hunter wütend an, aber wahrscheinlich ohne besonderen Eindruck zu machen, da er bereits hin und weg war. Es fühlte sich an, als würde sein Sperma einfach raus vibrieren. *Konzentrier dich!*

Orions Wimmern rief den Sadisten in Marcus wach.

Er konzentrierte sich wieder und strich mit der Zunge über Orions Lippen, aber ohne seinem Verlangen nachzugeben und ihn zu küssen. „Vielleicht sollte Hunter dich erst kommen lassen, wenn ich abgespritzt habe. Was sagst du dazu?"

„Oh Gott", japste Orion.

„Ja, ich wette, jetzt tut's dir leid, dass du mir gestern zweimal so fantastisch einen geblasen hast." Scheiße, er sollte besser nicht daran denken, wie Orions talentierter Mund an seinem Schwanz lutschte, sonst war dieses Spielchen gleich vorbei.

Orion wand sich, und die Spitzen seiner Nippel streiften Marcus' Brustwarzen. Verdammt! Er klemmte sich den Stab fester zwischen die Knie und zog Orion enger an sich.

„Herrlich." Hunter machte sich bemerkbar, indem er mit einem kalten, feuchten Finger in Marcus eindrang.

„Ich hab' dich." Marcus stützte Orion, als Hunter wahrscheinlich auch ihm einen Finger in den Hintern steckte.

Hunter knurrte: „Ihr gehört beide mir. Genießt du die Folter, Marcus?"

Marcus hätte ihn nur zu gern ein sadistisches Arschloch genannt, aber als er den Mund aufmachte, kam nur ein Stöhnen raus.

Hunter antwortete für ihn. „Oh ja. Schau dir an, was das Surren mit Orion macht." Hunt achtete sehr darauf, nicht an Marcus' Prostata zu stupsen, und das machte ihn verrückt. „Denk dran, je länger du durchhältst, desto mehr muss Orion ertragen."

Orion sah ihn mit seinen riesigen, indigoblauen Augen inständig an. Er zitterte in Marcus' Armen und flehte: „Bitte."

„Ja, alles was du brauchst, Orion. Alles." Es war wie eine Offenbarung. Diese Worte kamen aus seinem tiefsten Herzen. Er würde für jeden dieser beiden Männer alles tun, und verdammt, aber Marcus war überzeugt davon, dass sie alles für ihn tun würden.

Er nahm Orions üppige Unterlippe zwischen die Zähne, biss sanft hinein, leckte zärtlich den Schmerz weg und biss noch mal zu.

Ob Hunter die Veränderung in Marcus' Herzen gespürt hatte oder nicht, aber er unterbrach die Folter und gab sowohl Marcus als auch Orion einen Kuss auf die Wange. Er flüsterte: „Ich liebe euch beide sehr."

Die Qual begann erneut, und die Beinahe-Treffer von Hunters Fingern drohten Marcus um den Verstand zu bringen. Hunters lange Finger streiften jedes Mal *so* knapp vorbei. Verdammt noch mal! Sie waren seit sieben Jahren zusammen, also sollte Hunter keine Landkarte brauchen, um seine Scheiß-Prostata zu finden.

Marcus änderte seine Körperhaltung, und Hunter steuerte nach, um weiter die Stelle zu umgehen, wo Marcus ihn so dringend brauchte. „Du Mistkerl, das machst du mit Absicht!"

Hunter lachte schallend auf. „Du liebst es."

„Ja, verdammte Scheiße." Gott, Hunter nutzte seine geheimen Fantasien aus, nährte sowohl den Sadisten als auch den Masochisten, während er ihren Submissiven in Marcus' Armen zum Keuchen und Zittern brachte.

Orion schniefte, und eine Träne rann ihm übers Gesicht.

Marcus konnte nicht widerstehen und leckte ihren salzigen Geschmack auf. „Orion, du bist hinreißend, wenn du leidest."

„Du auch, Marcus." Jetzt endlich begann Hunt, bei jedem Stoß mitten ins Schwarze zu treffen.

„Gottseidank! Ja, genau … da!" Köstliche Empfindungen verschworen sich mit Liebe und brachen über Marcus herein.

Der Himmel riss auf. Hunter, Orion und der Vibrator trieben ihn gemeinsam zum Orgasmus.

Marcus versuchte die Hüften stillzuhalten; er wollte die fantastischen Empfindungen nicht verlieren, die ihm der Vibrator gab, indem er das blöde Ding fallen ließ. Er erstarrte, presste die Knie fester zusammen und genoss die Erlösung bis zum letzten Tropfen.

Hunter knurrte: „Orion, komm."

Orion ächzte und gehorchte, spritzte Marcus über und über mit Sperma voll und machte alles noch nasser und heißer.

Das Vibrieren überreizte Marcus bis zur Schmerzgrenze, doch Hunt drückte erst auf den Aus-Knopf, als Orion fertig war. Marcus bäumte sich auf und versuchte auf Teufel komm raus, seinen Schwanz zu befreien.

Endlich! Das Gerät hörte auf zu vibrieren. Er sackte zusammen und lehnte sich an Orion.

Hunter löste Orions Handfessel und ließ ihn die Arme senken, massierte sie, um die Durchblutung anzuregen.

Marcus pellte das durchweichte Klebeband ab, schnappte sich das Spielzeug und streifte ein frisches Kondom drüber. „Jetzt solltest du dich aber bei deinem Master bedanken, Orion."

Das Aufblitzen von Besorgnis in Hunters Augen gab Marcus genug neue Energie, um ihn zu der erhöhten Plattform zu lotsen, die auch als Bett dienen konnte.

Orion breitete für Hunter ein Handtuch zum Draufliegen aus, dann schob er Kissen unter dem Kopf des Sultans zurecht.

Marcus schlug vor: „Nimm Hunt in den Mund, Orion."

Orion schob sich Hunters Erektion halb in den Mund, und seine Wangen wurden hohl, als er rhythmisch zu saugen begann.

Marcus schaltete den Massagestab ein und hielt ihn an Hunters Schaft, ließ das Gerät die Arbeit machen.

Hunter wand sich. Orion lutschte. Und Marcus durfte es genießen, den Mann zu foltern, der ihnen allen gerade so viel Lust verschafft hatte.

Machtgefühl, Erregung und abermals reine Liebe drohten Marcus zu überwältigen. Das wollte er nicht zulassen, daher verdoppelte er seine Anstrengungen und stellte den Vibrator auf die höchste Stufe ein.

Hunters Schreie erfüllten den Raum, und es dauerte keine zwei Minuten, da schluckte Orion.

Marcus schaltete das Gerät aus und legte es beiseite.

Er und Orion kuschelten sich links und rechts an Hunter.

Hunter berührte Orions Halsband. „Du hast das sehr gut gemacht, Orion."

Marcus beugte sich über Hunter und biss Orion in den Hals. „Unglaublich gut."

Unmengen von Emotionen huschten über Orions Gesicht, von Stolz über Glück bis hin zu Erfüllung. „Ich danke euch beiden, dass ihr mir erlaubt habt, euch zu dienen. Es war mir ein Vergnügen."

Marcus fügte hinzu: „Mir auch."

Sie lagen in Gedanken versunken da. Dieses Erlebnis hatte jedem von ihnen etwas anderes geboten und ihnen zugleich erlaubt, einander etwas zu geben. Marcus musste zugeben, dass es unglaublich schön gewesen war, Orion zu helfen, wieder einen Schritt in Richtung Bondage zu machen.

Das war ... zu viel Grübelei und verdarb Marcus den ganzen Spaß. Er fragte: „Also, war das jetzt gut oder was?"

Hunter machte die Augen einen Spalt breit auf und entgegnete: „Ihr zwei hättet mich fast umgebracht."

Lächelnd teilte Orion ihm mit: „Ich melde mich demnächst zum Yoga-Kurs für Sklaven an."

Hunter stöhnte.

„Vielleicht sollte ich mitkommen", setzte Marcus noch eins drauf.

„Meine Güte. Habt ihr eine Lebensversicherung auf mich abgeschlossen?"

„Jammernde Doms sind fast so süß wie Gleitbeutler, findest du nicht, Orion?" Marcus konnte das nicht für sich behalten.

Orion und Hunt bebten vor unterdrücktem Gelächter.

19

„KREBS! KREBS! Krebs!"

Nein! Nicht schon wieder! Mir geht es doch besser!

Die Seile verschwanden. Hunter war auf einer Seite neben Orion, Marcus auf der anderen. Sie lagen in ihrem Bett. Er sollte sich eigentlich sicher fühlen.

Orion grollte: „Warum schaffe ich das nicht?" Er hasste das so sehr.

„Der Weg zur Heilung ist keine Gerade. Es gibt Höhen und Tiefen." Marcus fuhr ihm beschwichtigend mit den Fingern durch die Haare.

„Ich will das hinkriegen. Hunter! Marcus! Helft mir."

Versager! Niete! Kann nicht mal –

„Fantastisch", rief Hunter.

Was?

„Gut gemacht", schnurrte Marcus und drückte ihm das Gesicht an den Hals.

Aus Gewohnheit legte Orion den Kopf zur Seite und ließ sich von Marcus' Zähnen zwicken.

„Ich … ich verstehe nicht." Verwirrt und nicht in seinem Element wandte er sich an Hunter und Marcus.

Hunter streichelte ihn beruhigend. „Du hast nicht zugemacht, und du hast uns um Hilfe gebeten. Das ist ein erstaunlicher Fortschritt!"

Marcus war inzwischen nach unten zu Orions Nippeln vorgerückt und - *oh Mann!*

„Wie wär's, wenn dir deine beiden Lieblingsmänner einen blasen würden?"

„Marc, du hast die besten Ideen", sagte Hunter und schlängelte sich abwärts auf Orions Schwanz zu.

„Aber, äh, ich konnte nicht – wir haben aufgehört."

Hunter knurrte: „Zweifelst du etwa an meinem Recht, die Richtung einer Session zu ändern oder dir eine Belohnung zu geben, wenn ich finde, dass du eine verdient hast?"

„Ähm … nein, Sir!" Orion schmolz dahin, als Marcus an ihm lutschte.

Von Safeword zu Blowjob in zwei Minuten. Jetzt endlich holte Orion auf. Sie waren zufrieden mit ihm, und obwohl er anderer Meinung war, würde er ihnen vertrauen, ihm zu geben, was er brauchte.

Hunters Mund löste Marcus' Mund ab. Er setzte mehr Zunge ein als Marcus und –

Marcus schluckte Orions Schwanz, und Hunter glitt nach unten und leckte an seiner Rosette.

Orion grub die Fersen in die Matratze und spreizte die Beine weiter. Hunter sollte so viel Zugang haben, wie er brauchte. „Mmmm, oh ja."

Hunter leckte und fickte ihn mit der Zunge. Es war einfach unglaublich.

Marcus lutschte Orion, bis er es nicht mehr aushielt.

Orion flehte Hunter, Marcus und alle wissenschaftlichen Leitprinzipien des Universums an: „Bitte … Sirs."

Ein dumpfes „Komm" von Hunter reichte, um Orion über die Stratosphäre hinaus zu schicken.

ICH SCHAFFE das. Orion lag ausgestreckt auf dem Bett, in dem er jede Nacht schlief. Drei Gliedmaßen waren bereits daran festgemacht. *Ich schaffe das.*

Hunter begann seinen anderen Fuß ans Bett zu fesseln.

„Ähm, Dysplasie? Dys–"

Alles erstarrte.

„Ich bin noch nicht so weit, Sir." Orion war sich nicht sicher, ob er das je sein würde. „Noch nicht." *Nein, nur noch nicht.*

Orion versuchte, sich zusammenzunehmen, doch er kämpfte mit Schuldgefühlen und Unsicherheit.

Hunter ließ die Hände über sein gefesseltes Fußgelenk gleiten und half ihm beim Verarbeiten. „Du machst das gut. Du hast mich drei Gliedmaßen festmachen lassen. Soweit waren wir bisher noch nie. Und du hast dein Warnwort eingesetzt, das war großartig."

Orion holte tief Luft und konzentrierte sich auf seine Bondage-Leistungen. Er war mit Seilen an ihr gemeinsames Bett gefesselt. An den segensreichen Banden zu zerren ließ seinen Schwanz steif werden.

„Sollen wir aufhören? Falls ja, sag' dein Safeword", meinte Hunter.

„Nein, ich brauche bloß … Ich brauche einfach …" Orion war sich nicht sicher, was erforderlich war.

Marcus kratzte mit den Nägeln an Orions Flanken entlang. „Ich glaube, du hattest dir noch einen Blowjob erhofft."

Orion starrte Marcus an. „Was?"

„Du weißt schon, wie diese Hundis am Flughafen, die deinen Koffer anstupsen, wenn du geschmuggeltes Obst oder sonstwas drin hast, was du nicht ins Land bringen darfst. Na ja, die kriegen ein Leckerli, ob nun wirklich was drin ist in der Tasche oder nicht." Marcus zog an Orions Erektion. Dann fuhr er mit der Zunge die prall gefüllte Vene nach, die an Orions Schaft entlang verlief.

„Marquis!"

Marcus lachte und blies einen Luftstrom über Orions Schwanz. „Ich sag' dir jetzt und hier, wenn du einen geblasen haben willst, dann frag einfach …"

Der Mann war völlig irre, und Orion liebte ihn dafür. Er prustete und begann zu lachen.

Hunter stemmte die Hände in die Hüften und presste die Lippen zusammen. Orion erkannte die Geste; das machte Hunter immer, um zu verhindern, dass seine verführerisch Dom-mäßige Fassade einen Riss bekam.

„Äh, danke, aber noch nicht, Marquis." Er wandte sich an Hunter und bettelte: „Jetzt bin ich bereit." Und er streckte seinem Master den Fuß entgegen.

20

„SCHÖN, DASS du zuhause bist, Hunt", rief Marcus, als sich die Küchentür öffnete. „Wir sind oben."

Galileo sei Dank! Orion stieß einen kleinen Seufzer der Erleichterung aus.

Er trug eine Augenbinde, daher konnte er nicht sehen, was Hunter für ein Gesicht machte, als er den umgestalteten Raum betrat. Marcus und Orion hatten mit Quillons fachmännischer Unterstützung eins der ungenutzten Zimmer im Haus in einen BDSM-Traum verwandelt – in ihre private Folterkammer.

Er und Xander hatten das ganze Zimmer silbrig-grau gestrichen, bis auf eine Wand, die komplett verspiegelt war. Ein Elektriker hatte Dimmer zur Kontrolle der Lichtmenge installiert. Der hintere Teil des großen Zimmers war von einem Bondage-Gerüst gesäumt, das den ganzen Bereich umfasste. Es war so gestaltet, dass es sowohl als Fesselrahmen als auch für Hängebondage genutzt werden konnte. Sie hatten sogar eine Sling aufgehängt, bereit zur Aufnahme eines willigen Beteiligten. Auf einer gepolsterten Plattform an der Seitenwand stapelten sich goldene und silberne Kissen und Decken. Ein wuchtiger IKEA-Schrank, dank Quillons Hilfe mit Schubladen und Stangen aufgemotzt, enthielt sämtliche Spielsachen, die Hunter, Marcus und Orion besaßen.

Hunter schnappte nach Luft. „Was ist das denn?"

Marcus antwortete: „Unser neues Spielzimmer. Quillon und Xander haben Orion und mir geholfen, es für dich zu bauen. Und eins muss ich sagen, Xander hat keine Witze gemacht, als er gesagt hat, dass Quill verdammt gut hämmern und bohren kann."

Hunter verschluckte sich an seinem Gelächter. „Ich glaube, das hatte er nicht ganz so gemeint."

„Wie auch immer." Orion konnte sich Marcus' wegwerfende Handbewegung vorstellen.

„Deshalb war also diese Tür plötzlich immer zu?" Glücklicherweise war Hunter zu beschäftigt gewesen mit den Extraschichten, zu denen Sophia ihn überredet hatte, und hatte daher weder Zeit noch Energie genug gehabt, um über das verschlossene Zimmer nachzugrübeln.

„Oh ja, und auch abgeschlossen. Wir haben unseren Zeitplan nicht eingehalten." Marcus fuhr mit einem Eiszapfen über Orions Nippel.

Orion keuchte auf, als die Kälte zu brennen begann. Er erschauerte, als das Eis an seiner Flanke abwärts glitt und eisig kalt an seinem Schwanz entlang strich. „Marquis!"

Marcus lachte leise. „Was? Ich wärm' dich bloß wieder auf, jetzt, wo der Herr des Hauses wieder zuhause ist."

Hunter stimmte in das Lachen mit ein. „Mit Eis ... Moment mal, ist das ein Lichtschwert-Stieleis?"

Der Marquis schwang das Eisschwert besser als jeder Jedi-Meister. Verdammt. Marcus reizte Orions Eier mit der feuchten Kälte, brachte ihn dazu, sich zu winden und mit den Hüften zu stoßen. Kaltes Wasser rann über seine Eier und kitzelte aufreizend seine Rosette.

Orion war froh, dass seine Hände über dem Kopf an den Rahmen gefesselt waren, denn er bezweifelte, dass er sie sonst von seinem Schwanz hätte lassen können.

Hunter räusperte sich. „Orion, wie lange hat Marc – ich meine dein Marquis dich schon dort hängen?"

„Schon ewig, Sir." Es war eine ehrliche Antwort. Seine Welt war auf Marcus geschrumpft, und jetzt hatte Hunter die Sphäre betreten. Doch er fühlte sich nicht gefangen; stattdessen senkte sich ein Gefühl der Erfüllung auf ihn herab.

Marcus lachte leise. „Ich fühle mich geehrt, dass du das denkst, aber es sind erst zehn Minuten."

Hunter sagte: „Ich nehme dir jetzt die Augenbinde ab, Orion. Lass die Augen zu, bis sie sich angepasst haben."

Helles Licht wurde schwächer, als Orion die Augen zukniff. „Danke, Sir."

Marcus band Orions Hände los, massierte die Stellen, wo die Seile sie berührt hatten.

„Danke, mein Marquis." Orion sonnte sich in ihrer Liebe und Fürsorge und in der Geborgenheit, die sie ihm gaben. „Ich möchte mit deinen Seilen gebunden werden, Sir. Ich bin so weit."

„Hunt, er ist bereit für Hängebondage." Die Feststellung seines Marquis bestärkte Orion noch weiter.

„Ich weiß, wir haben Orions Bondage-Toleranz dank deiner geschickten Ablenkungen gesteigert, aber ..." Die Stille wurde laut, während Orion Hunters Blick auf sich gerichtet fühlte. „Dass wir es tun können, heißt nicht, dass wir es tun sollten oder müssen."

Hunter achtete immer darauf, dass Orion sich nie unter Druck gesetzt fühlte. Vielleicht weckte gerade die fehlende Erwartungshaltung in Orion die Sehnsucht, alles zu erkunden, was Hunter mit ihm machen konnte. Oder die Tatsache, dass Marcus da war, um ihn zum Wahnsinn zu treiben und ihn im Hier und Jetzt zu halten. Es war keine Wunderheilung, aber er war bereit, den nächsten Schritt zu tun.

Marcus schloss seine Hand um Orions Schwanz zur Faust.

Orion konnte sich einen winzigen Stoß nicht verkneifen. Er fixierte sich auf Hunter und versuchte, sein Verlangen deutlich werden zu lassen. „Ich will es wirklich versuchen."

Er hatte das Bedürfnis, seinen Sir das zu geben, aber auch, es für sich selbst zu haben. Orion wollte die Hilflosigkeit des Hängens. Er sehnte sich danach, sein Vertrauen zu Hunter und Marcus auf diese Art zu beweisen, und er sehnte sich danach, in diesem Maß frei zu sein.

Sie hatten sich sein Vertrauen verdient. Hunter und Marcus machten es ihm einfacher, Vertrauen in seine eigenen Entscheidungen zu haben. Sie unterstützten ihn, sagten ihm aber auch, wenn er einen Fehler machte. Wie zum Beispiel, sich auf den Zeitfresser *Clash of Clans* einzulassen, oder mit Sophia Klamotten einkaufen zu gehen, und sie unterstützten ihn, wenn er ihrem Rat nicht folgte … Nur dass nicht mal sie ihn erfolgreich aus dem Schuhgroßhandel-Laden retten konnten und alle drei als Gefangene in Sophias Schuhsuche geendet hatten.

„Wie lauten deine Safewörter, Orion?"

„Dysplasie und Krebs. Ich verspreche, dass ich sie sagen werde, wenn ich muss, Sir."

„Gut."

Statt einfach auf den Fußboden legte Orion sich auf Hunters Befehl und mit seiner Hilfe bäuchlings auf die Memoryfoam-Matte, die Marcus dort platziert hatte, weil Hunter das aus Sicherheitsgründen ganz bestimmt sowieso verlangt hätte.

Orion drehte den Kopf und beobachtete Hunter in der raumhoch verspiegelten Wand.

Hunter inspizierte das Gerüst und die Verstrebungen, die den halben Raum säumten. Marcus und Quillon hatten Stunden mit der Installation verbracht, um sicherzustellen, dass die Balken für den Einsatz bei Hängebondage sicher waren. Nachdem er die Flaschenzüge und die Sling überprüft hatte, verkündete Hunter: „Es ist stabil. Gute Arbeit."

„Wir haben es den Strukturrichtlinien für Stützbalken entsprechend gebaut ", sagte Marcus.

Hunter packte einen Balken und hängte sich dran. „Sieht aus, als wärt ihr drüber hinausgegangen. Das Ding hier ist solide."

Marcus grinste. „Wir wissen, dass der *Herr* des Hauses ein bisschen paranoid ist."

Orion grinste ebenfalls und nickte in seiner Bauchlage.

Hunter schnappte sich das Seil, das Marcus für ihn herausgelegt hatte. Er überprüfte es, dann testete er die Schere, die in der Nähe bereitlag.

„Bereit, Orion?"

Gott, ja! Jetzt. Bitte.

„Ja, Sir."

Als Hunter sich neben ihn kniete, nahm Orion seinen erregenden Geruch nach Leder wahr. Hunter strich mit den Händen über Orions Körper und legte ihn zurecht. „Irgendwelche neuen Verletzungen?"

„Nein, Sir." Orion kniff erwartungsvoll die Arschbacken zusammen. Seine Muskeln umklammerten den Butt-Plug, den Marcus ihm vor einer Stunde so aufreizend reingesteckt hatte.

Seile kitzelten Orions Haut, als sie seine Oberschenkel und Fußknöchel umschlossen. Er rieb sich an der Matte. Das war verführerisch, aber er wollte Sex.

Hunter schob Orion herum, wie er ihn brauchte. Dabei fragte er: „Geht's dir gut?"

Sagenhaft! Fantastisch! Wunderbar!

„Ja, Sir." Orion atmete tief ein und hielt die Luft an, um nicht um einen schnellen Orgasmus betteln zu können.

„Ich binde dir jetzt die Hände auf den Rücken." Hunter schlang rasche Schlaufen, dann verband er sie mit dem Seil zu einer Schulterfessel.

Ein Gefühl der Ruhe überspülte Orion. Er nahm die Fürsorge und Sorgfalt in sich auf, mit der Hunter jeden einzelnen Knoten knüpfte und immer wieder nachprüfte.

Marcus kniete sich hin und strich Orion zärtlich das Haar aus dem Gesicht. „Du machst das wirklich toll."

„Danke, Marquis." Ein Ausbruch von Zuneigung quetschte ihm das Herz zusammen und machte ihn schwindlig vor Glück. Wie hatte er je glauben können, Liebe wäre nur eine chemische Reaktion? Das war eine Ewigkeit her, bevor diese beiden Männer in sein Leben getreten waren und seine Welt zum Besseren umgestaltet hatten.

Hunter überprüfte noch mal jedes einzelne Seil, dann sagte er: „Es ist Zeit. Bist du bereit, Orion?"

„Ja, Sir", antwortete Orion und schwebte empor. Es war ein sanfter Übergang zu neunzig Zentimeter über dem Boden. Er schaukelte leicht, weil die Seile ein bisschen federten.

Hunter drückte ihm einen Kuss auf die Lippen und fragte dann: „Wie fühlst du dich jetzt?"

In diesem Moment fühlte Orion sich sicherer und freier als je zuvor. Er zerrte an den Fesseln, aber sie gaben kaum nach. Gefangen und Hunter und Marcus hilflos ausgeliefert überwältigte ihn ein Gefühl der Gelassenheit und des Glücks. Er gähnte. „Gut."

Marcus lachte. „Hat Hunter dich gelangweilt?"

Orion schüttelte den Kopf, was das Schaukeln verstärkte. „Nein, Marquis. Ich fühle mich wunderbar ... entspannt – oh Gott!"

Offensichtlich fand Marcus es nicht gut, dass Orion entspannt war. Er war zwischen Orion und die Matte gerutscht und hatte angefangen, ihn zu wichsen. Das quälend langsame Streicheln machte Orion verrückt vor Verlangen, gefickt zu werden.

„Mir ist da was aufgefallen ..." Hunter klopfte auf das Ende des Plugs. „Du hast dich für mich vorbereitet."

„Ja, Sir." Orion schloss die Augen und versuchte, den Hintern hochzudrücken, doch mit den Seilen und Marcus, der in die entgegengesetzte Richtung zog, kam er nicht weit.

Hunter marschierte zu einem Korb voller Kondome und nahm sich eins. Er griff nach dem Gleitgel, das sie ihm bereitgestellt hatten.

Marcus' Fäuste glitten über Orions Schwanz wie beim Seilklettern, jedes Mal mit einer leichten Drehung.

Orion öffnete die Augen und fand Marcus direkt vor sich.

Marcus leckte an Orions Mund. „Oh." Wieder und wieder kam diese aufreizende Zunge, bis Orion sich streckte, um Marcus' Mund in Besitz zu nehmen. Sein Schwanz wurde losgelassen.

Marcus wühlte die Finger in Orions Haar und zerrte ihn mit einem Ruck zu sich runter. Der Kuss war perfekt und versprach alles Mögliche, doch wie üblich unterbrach Marcus ihn zu bald.

Und Orion sehnte sich immer noch nach mehr.

Erregung durchfuhr ihn, als Hunter seine Höhe anpasste.

Ein Reißverschluss ratschte runter. Das Aufreißen einer Folienverpackung hallte durch den Raum. Hunter trat hinter Orion, zog den Plug raus und gab Gleitgel zu.

Orions Herz pochte, als er sich ausmalte, wie Hunter sich ein Kondom überstreifte. „Ja", zischte er niemandem im Besonderen zu.

Das Wort ging wahrscheinlich in Marcus' Mund unter. Orion konnte nicht mal den Hintern rausstrecken ... er ergab sich der Überzeugung, dass Hunter und Marcus nehmen würden, was sie wollten, und Orion durfte sich sicher sein, dass es alles war, was er zu geben hatte.

„Genau so." Hunter nutzte Orions Schenkel, um sich in die perfekte Position zu bringen, und stieß seinen Schwanz da rein, wo er hingehörte.

„Ja!" Orions Öffnung weitete sich. Die Dehnung schmerzte ein bisschen, doch das Gefühl des Erfülltseins war stärker als jedes Unbehagen beim Eindringen.

Marcus stöhnte: „Scheiße, Hunt. Ein bekleideter Master und ein nackter Sub – das hat einfach was. Irgendwie macht mich das immer total geil."

Hunter nutzte die Bewegung der Seile, um Orion zu ficken. Das mühelose, gleitende Ein und Aus in Orions Körper wurde nur durch die Enge der Einfallspforte gebremst.

Ätherisches Patschuli-Öl gemischt mit Marcus' einzigartigem Duft machte Orion verrückt. Ihre Küsse wurden immer inniger, bis Marcus aufstand und sich mit Lichtgeschwindigkeit das Hemd auszog.

Orion teilte die Lippen und reckte den Kopf, um die Show nicht zu verpassen.

„Sag deinem Sub, was er tun soll." Marcus' Stimme war eine Oktave tiefer geworden, was magische Sachen mit Orions Innerem anstellte.

Hunter sagte: „Du weißt, was du zu tun hast, nicht wahr, Orion?"

Marcus zog den Reißverschluss seiner Jeans runter und trat näher zu Orion. Sein steifer Penis war auf Mundhöhe.

„Ja, Sir." Orion reizte die Spitze von Marcus' Schwanz mit der Zunge.

Anstatt Marcus' Erektion einfach einzuschlürfen, triezte er den Schaft. Seine eigene Macht stieg ihm zu Kopf. Das Wissen um die Lust, die er Marcus und Hunter bringen konnte, erfüllte ihn mit Befriedigung.

Er leckte eine feuchte Spur um die Eichel, dann folgte er dem Tattoo mit der Zunge nach unten, so weit er konnte, und ließ sie dann spielerisch wieder bis nach oben zur Spitze wandern. Er bohrte die Zungenspitze in den Schlitz und schabte mit den Zähnen daran – behutsam, aber mit genügend Druck – bis Marcus nach Luft schnappte.

Marcus ächzte: „Verdammt! Willst du etwa Sadist lernen?"

Befriedigt blies Orion Luft über die Eichel und grinste: „Ich habe den besten Lehrer."

Stöhnend bettelte Marcus: „Wie wär's, wenn du mir den hungrigen Schwanzlutscher zeigen würdest?"

Orion konnte nicht widerstehen. Er leckte absichtlich nur aufreizend weiter, bis Marcus jammerte: „Hunt! Bring ihn dazu, mehr zu tun als nur an meinem Tattoo zu lecken, um zu sehen, ob es anders schmeckt als meine untätowierte Haut."

Klatsch! Klatsch! Klatsch!

Orion spannte unwillkürlich den Hintern um Hunters Schwanz herum an.

Verdammt, diese Klapse fuhren Orion direkt in den Unterleib. Er sehnte sich nach mehr Schlagspielen, doch der Drang, Hunter zu gehorchen, war stärker. „Ja, Sir."

Er schlürfte Marcus vollständig ein. Als Marcus' Eichel in seiner Kehle ankam, wischte Orion mit der Zunge über seine Eier und schluckte.

Marcus japste: „Gott!"

Ein Schauer der Erregung überlief Orion, als er erkannte, dass er ihnen völlig ausgeliefert war. Er ließ seinen Mund von Hunters Stößen auf Marcus' Schwanz ficken. Sein Sir zog ihn zurück, bis nur noch Marcus' Eichel in Orions Mund war. Wenn Hunter aus ihm herausglitt, schaukelte er wieder nach vorn und schluckte Marcus bis zum Anschlag. Das hier war seine Bestimmung. Nichts bereitete ihm mehr Freude, als diesen beiden Männern zu dienen.

Sie verfielen in einen Rhythmus, der Orion sowohl physisch als auch spirituell zutiefst erschütterte. Er war gefesselt, aber vollkommen frei. Er gab sich ganz und gar hin, und diese Männer taten nichts weiter, als sein Geschenk der Unterwerfung zu würdigen.

Ja! Das war es, was sie ihm gaben. Sie ließen ihn sein, wozu er geboren war.

Hunter stöhnte: „Ich komme."

Der Rhythmus wurde schneller.

Orion war die Brücke zwischen diesen beiden Männern und sie sein Weg zur Erfüllung. Er gab, sie nahmen, und zugleich gaben sie ihm all das zurück, was er nie für sich für erforderlich gehalten hätte und worauf er jetzt nicht mehr verzichten konnte.

Hunter ächzte. Er geriet aus dem Takt, und dann kam er und stimulierte Orions Prostata auf eine Art, die ihn völlig verrückt machte. Orion hätte sich seinem schönen, großzügigen Master problemlos anschließen können, aber er hielt durch und konzentrierte sich auf Marcus. Seinen Marquis, der die Liebe, die sie teilten, vielleicht am meisten von allen brauchte.

Er brauchte ihn nur noch ein paarmal tief einzusaugen, und Marcus heulte seinen Orgasmus ebenfalls hinaus.

Orion schluckte Marcus' salzige Süße.

Die Genugtuung, diese beiden Männer zu befriedigen, machte Orion ganz.

Sein Sir kümmerte sich um das Kondom und gab Marcus einen geräuschvollen Schmatzer auf die Lippen, während Orion immer noch an ihm lutschte.

Orion blickte auf, weil er auch einen Kuss wollte. Er hatte keine Angst mehr davor, um das zu bitten, was er brauchte.

Hunter lachte leise. Vielleicht hatte er Orions Seufzer voller Ungeduld und Verlangen richtig gedeutet. Sobald Orion alles geschluckt hatte, was Marcus ihm gab, nahm Hunter seine Lippen in Besitz und küsste ihn leidenschaftlich. Marcus fiel auf die Knie und machte sich ebenfalls über Orions Mund her.

Gott, seine Männer konnten küssen!

Er bumste die Luft, und seine Erektion suchte nach einem dieser talentierten Münder, um das Verlangen zu stillen, das ihn so sehr quälte.

Hunt erklärte: „Ich gebe dir zehn Schläge auf den Hintern, und Marc wird dich wichsen. Du darfst kommen, wenn du willst."

Wenn er wollte? Natürlich wollte er!

Orions Hirn schmolz, aber war da eine versteckte Drohung dabei? Kein Orgasmus, es sei denn, er kam innerhalb der vorgegebenen Zeit? Er hoffte, dass er das schaffen würde, aber was, wenn er es nicht konnte? Würde er es schaffen?

Mit einem Blick zu Marcus stellte er fest, dass sein persönlicher Marquis de Quälmich da war. Mist! Orion wusste es nicht.

Patsch!

„Eins", zählte Marcus.

Bitte, mach mehr als nur zählen!

Marcus ließ die Finger über Orions Erektion tanzen.

Besser.

Streicheln. Reiben. Streicheln.

Was? Reicht nicht! Mehr! Orion stöhnte und zuckte.

Patsch! Hunter hielt sich nicht zurück. Das war Orions Belohnung für die Session.

„Zwei. Oooh, dein Arsch ist aber niedlich mit Handabdrücken drauf", neckte Marcus, und Orion war sich nicht sicher, ob ihm das gefiel.

Streicheln. Reiben. Streicheln.

Seinem Schwanz gefiel es eindeutig. *Ja, mehr. Hol' mir einen runter!*

Patsch! Hunter ließ ihn den Schlag wirklich fühlen. Die kräftigen Klapse sprachen von Lust und Verlangen.

Marcus legte einen Schuss Überraschung in seine Stimme. „Orion, er macht deinen Popo ganz rot. Das waren drei."

Reiben. Zug. Reiben.

Patsch!

„Mmm, vier. Ich spiele gern mit deinem Eis-Laserschwert, aber dein Schwert mag ich viel lieber."

Licht, nicht Laser! Orions Lächeln öffnete sich zu einem Stöhnen. Gedanken verloren sich in Empfindungen.

Reiben. Reiben. Reiben.

Patsch!

„Fünf." Marcus' Gesicht schob sich immer dichter an Orions Schwanz. Sein Atem wehte über Orions Erektion, verhöhnte ihn.

Zug. Reiben. Zug.

Patsch!

„Sechs." Marcus leckte sich die Lippen.

Zug. Zug. Zug.

Orions Körper spannte sich an vor Verlangen und Begierde. Er brauchte Erlösung. Die drohende Strafe, so verlockend sie auch war, würde verdammt schwer zu verkraften sein, aber …

Patsch!

„Sieben. Du gibst tolle Spucke-Massagen." Dass Marcus von Blowjobs sprach, wenn sein begabter Mund so quälend nahe war, machte Orion wahnsinnig.

Er versuchte zu stoßen. Er wollte Marcus daran erinnern, dass sein Mund sich jetzt auch mit Orions Schwanz befassen könnte und wie sehr er das zu schätzen wüsste. Doch die Seile wirkten einem derartigen Luxus entgegen und dienten nur dazu, Orion noch heißer brennen zu lassen.

Freiheit durchströmte ihn und setzte seine Seele in Flammen. Das Wissen, dass seine Welt auf das Wesentliche zusammengeschrumpft war, befreite ihn. Er durfte jede Empfindung, jede Berührung und jede Geste der Dominanz und Liebe, die sein Master und sein Marquis ihm gaben, bedingungslos in sich aufnehmen.

Zug. Lecken. Zug.

Ja! Zunge! Ja!

Patsch! Hunter legte anständig Wucht hinter den Schlag.

„Acht. Willst du eine?" Marcus' neckende Frage brachte Orion noch um.

Zug. Zug. Zug.

„Ja! Bitte, Marquis. Ja! Blas mir einen. Ich flehe dich an."

Patsch!

„Neun. Mmm, Orion, du weißt, ich kann dir nichts abschlagen, wenn du so lieb bittest."

Schlürf. Lutschen. *Schlürf.* Lutschen. Lutschen. *Schlürf.*

„Oh Gott." Er war nur noch ein Ångström davon entfernt, die Beherrschung zu verlieren. Aber er würde nur noch einen anspornenden Klaps von Hunter kriegen. Würde das reichen? Was, wenn er nicht kam?

Patsch!

So verdammt gut! Der Schlag trieb ihn tiefer in Marcus' Kehle. Herrliches Lutschen begleitet von kräftigem Reiben. Alles in Orion war straff gespannt und bereit, doch er konnte nur annehmen, was ihm gegeben wurde.

Patsch! „Elf, nur weil ich's kann." Hunters Erklärung bekundete eine der wahrsten Tatsachen in Orions Welt.

„Ja!" Himmlisch! Orion brach aus wie ein Vulkan, gab Hunter und Marcus alles.

Als Orion das Bewusstsein für die Welt wiedererlangte, waren die Seile weg. Hunter war an seiner einen Seite, Marcus an der anderen.

Zeit verfloss, bis Orion etwas klar wurde: Sein Erfolg war weniger wichtig, als er geglaubt hatte. „Danke, Sir, Marquis. Ihr habt mich so weit gebracht."

Hunter drückte erst Orion einen Kuss auf die Stirn, dann Marcus. Dann sagte er: „Ja. *Wir* haben das geschafft."

Orion versuchte, seine Gefühle wenigstens einigermaßen auf die Reihe zu kriegen. „So sehr ich das Hängen auch genossen habe – und ich fand es *echt* toll – letztendlich hat es gar nicht so viel bedeutet, wie ich dachte."

Hunter schnappte sich eine Decke und hüllte sie alle drei warm darin ein. „Das ist so, weil es viel wichtiger war, dass wir zusammen sind."

Marcus biss Orion in den Hals. „Was wirklich zählt, ist nicht was wir tun, sondern mit wem wir es tun … außer, wenn es ums Blasen geht, und dann glaube ich –"

Hunter rang Marcus auf den Rücken.

Orion brachte seinen Marquis mit einem Kuss zum Schweigen.

Sehr viel später sagte Marcus: „Wie ich sagen wollte, meiner Meinung nach ist es egal, wer mir einen bläst, solange es einer von euch ist. Wobei diese Theorie noch getestet werden muss."

Orion grinste. „Ja, ich glaube, ein weiteres Experiment wäre angebracht …"

ORION SAß neben Xander im Entwined.

Tony klatschte in die Hände. „Ich möchte unser Sub-Treffen zur Ordnung rufen." Als endlich Ruhe eintrat, sagte er: „Dies ist das allmonatliche Treffen der gemischten Gruppe für weibliche und männliche Subs. Wir treffen uns hier jeden zweiten Mittwoch um 12 Uhr mittags. Das reine Frauentreffen für alle Subs, die sich als weiblich identifizieren, findet jeden Dienstagmittag statt. Und die Gruppe für alle Subs, die sich als männlich identifizieren, trifft sich donnerstags ebenfalls um 12 Uhr mittags. Irgendwelche Fragen oder Mitteilungen, bevor wir anfangen?"

Xander stieß Orion mit dem Ellbogen an.

Orion verdrehte die Augen, hob aber die Hand.

Tony deutete auf ihn. „Ja, Orion."

„Ich wollte mich bei euch allen für eure Unterstützung bedanken, und ich möchte euch hiermit zu meiner Halsbandzeremonie einladen. Sie findet am letzten Freitag im nächsten Monat um 8 Uhr abends hier im Club statt."

Jubelnder Applaus und viele Gratulationsumarmungen umgaben Orion.

Er musste hinzufügen: „Es gibt eine Freiheit in der Unterwerfung, aber die habe ich erst gefunden, als ich mich sicher genug gefühlt habe, um mich zu ergeben. Begnügt euch nicht mit weniger, als ihr verdient habt."

Als er sich wieder hinsetzte, flüsterte Xander: „Sicher und frei, so wie es sein soll."

Z. ALLORA
Schloss und Schlüssel

Buch 1 in der Serie – Verschlungene Träume

Zurückgewiesen. Todunglücklich. Am Boden zerstört.
Zack Davis wollte nur einem einzigen Mann dienen: Andrew Nikeman. Doch das blieb ihm versagt, da Andrew ihn für zu jung hielt und weil ihre Brüder zusammen waren. Also unterdrückte Zack seine devoten Neigungen und konzentrierte sich darauf, der perfekte Dom zu sein, indem er jedem Sub, mit dem er spielte, etwas gab, was er selbst nicht haben konnte.

Nach Jahren der Selbstverleugnung gibt ihm die Wohltätigkeits-Auktion „Bist du Dom genug, um sub zu sein?" des Clubs Entwined einen Vorwand, sich etwas von dem zu holen, wonach er sich schon immer gesehnt hat.

Andrew weiß nicht, wann aus seiner Verliebtheit mehr geworden ist, aber es bringt ihn fast um, Zack mit einer nicht enden wollenden Parade von Subs zu sehen. Er hatte weder die Beziehung seines Bruders aufs Spiel setzen noch etwas werden wollen, was Zack später bereuen würde. Doch Zack ist kein Kind mehr, und die Beziehung seines Bruders ist unzerstörbar. Jetzt, wo Zack ein beliebter und erfolgreicher Dom ist, wird Andrews Traum, ihm eines Tages sein Halsband umzulegen, vielleicht nie in Erfüllung gehen. Doch wenn er sich nicht endlich zu seinen Gefühlen bekennt, könnte er den Mann, den er liebt, für immer verlieren.

www.dreamspinner-de.com

Z. hat ihre eigene wahre Liebe über eine Kontaktanzeige kennengelernt und zusammen mit ihm über dreißig Länder bereist. Sie hat in Singapur, Israel und China gelebt. Jetzt, zuhause in den USA, ist sie aktives PFLAG-Mitglied und entschiedene Befürworterin all derer, die in ihrer Gemeinde zum Regenbogen gehören. Sie möchte mit ihren Worten und Taten für mehr Verständnis und Akzeptanz werben. Regenbogen-Romane zu schreiben erlaubt ihren Worten, Herzen zu öffnen und Meinungen zu ändern.

E-Mail: Z.AlloraHappyEndings@gmail.com
Facebook: www.facebook.com/Z.Allora
Blog: zallora.blogspot.com
Website: www.zallorabooks.com

Von Z. Allora

VERSCHLUNGENE TRÄUME
Schloss und Schlüssel
Sicher und frei

Veröffentlicht von Dreamspinner Press
www.dreamspinner-de.com